Jamie Mason
Ins Gras beißen die andern

JAMIE MASON

INS GRAS BEISSEN DIE ANDERN

ROMAN

Übersetzung aus dem amerikanischen Englisch
von Angela Koonen

LÜBBE

Dieser Titel ist auch als E-Book erschienen

Papier: holzfrei Schleipen - Werkdruck, der Cordier Spezialpapier GmbH

Titel der amerikanischen Originalausgabe:
»Three Graves Full«

Für die Originalausgabe:
Copyright © 2013 by Jamie Mason
Published by arrangement with Gallery Books,
A Division of Simon & Schuster, Inc., New York

Für die deutschsprachige Ausgabe:
Copyright © 2014 by Bastei Lübbe AG, Köln
Textredaktion: Andrea Kalbe, Berlin
Umschlaggestaltung: Sandra Taufer, München
Umschlagmotiv: © getty-images/Scott MacBride
Autorenfoto: Randall Wood
Satz: Helmut Schaffer, Hofheim a. Ts.
Gesetzt aus der Weiss BT
Druck und Einband: CPI books Ebner & Spiegel GmbH

Printed in Germany
ISBN 978-3-7857-6100-7

5 4 3 2 1

Sie finden uns im Internet unter: www.luebbe.de
Bitte beachten Sie auch: www.lesejury.de

Für Art, Julia und Rianne – immer.
Und für den besten Fachmann für Fern-Gehirnchirurgie
auf der ganzen Welt, Graeme Cameron.

Alle Orte sind gleich, und jede Erde
eignet sich für ein Begräbnis.

Christopher Marlowe

1

Es gibt keinen Frieden für einen, der eine Leiche im Garten vergraben hat. Jason Getty war es inzwischen gewohnt, dass ihm nachts die Angst den Hals zuschnürte, dass plötzlich seine Hände kribbelten und ihm jedes Mal der Schreck in die Glieder fuhr, wenn er Mrs. Truesdells Hund mit einem unidentifizierbaren Ding im Maul über den Rasen trotten sah. Es war siebzehn Monate her, seit er an der hinteren Grundstücksgrenze im Schweiße seines Angesichts das Loch ausgehoben und die Leiche aus der wirklichen Welt in seine Träume gerollt hatte.

Was ihn verfolgte, war seltsamerweise nicht die Erinnerung an das gedämpfte Knacken der Knochen oder das stundenlange Putzen hinterher, bei dem er sich gewundert hatte, dass sein Herz derartig lange derartig heftig pochen konnte. Nein. Was er vor sich sah, sobald er im Bett die Augen schloss, war, wie die erste Schaufel dunkler Erde das weiße Laken am Grund des Grabes besprenkelte. War es tief genug? Er wusste es nicht – er war kein Totengräber. Andererseits war er eigentlich auch kein Mörder, aber Tatsachen sind Tatsachen.

Keine Katastrophe bleibt ewig frisch; es wurde noch keine Sorge erfunden, die der Geist nicht in ein bloßes Hintergrundgeräusch verwandeln kann. Während der ersten Tage und Wochen dachte Jason an nichts anderes. Jede Nacht, in manchen zwei Mal (und sechs Mal in der, als es zum ersten Mal stark regnete), schlich er durch die Dunkelheit zu den Kiefern und Pappeln an der Grundstücksgrenze, um zu prüfen, ob sein Geheimnis unentdeckt geblieben war. Seinem Empfinden nach hätte das Rechteck umgegrabenen Erdreichs ebenso gut von Neonröhren eingerahmt sein können. Es war ein auffälliges Beweisstück für den barbarischen Instinkt, der in jedem gezähmten Menschenhirn schlummert. Die Evolution hat uns von den Bäumen geholt und die Kultur das Tier in uns kastriert, doch selbst ein Eunuch kann wütend werden.

Zur Rechten stand sein kleines Rancherhaus, ein gemütliches Plätzchen, dem es an modernen Annehmlichkeiten nicht fehlte. Zur Linken fiel der Grund ab zu einem breiten Streifen Brachland, auf dem Strommasten paarweise in die ferne Zivilisation marschierten. Doch dieses Stück Boden dazwischen geisterte ihm immer wieder durch den Kopf; es flüsterte und skandierte im Takt mit seinem klopfenden Herzen, um ihn wieder und wieder an den einen Moment zu erinnern, als er Jahrtausende menschlicher Erziehung vergessen hatte und zur Marionette eines brüllenden Urzorns geworden war.

Jason schlief nicht. Er aß nicht. Er archivierte seine Berichte und verwaltete seine Kundenliste mechanisch und korrekt, ohne jedoch länger als für ein paar Sekunden zu vergessen, dass unter einer dicken Schicht Humusboden und Fichtennadeln, dreißig Schritt entfernt von seiner Terrassentür, eine Leiche vor sich hin moderte.

Eines Tages riss Dave aus der Buchhaltung einen Witz, und Jason lachte. Schallend und unbekümmert. Es klang so natürlich wie ein Blitzeinschlag. Seine Haut kribbelte, als ihn ein warnender Schreck durchfuhr. *Du hast jemanden umgebracht, du Idiot. Hast ihn im Garten verbuddelt. Vergiss das nicht!* Doch da waren schon fünf Minuten vergangen. Und während die Tage kamen und gingen, stellte er fest, dass die beschwörenden Worte zu einer Plage, zum zermürbenden Unbehagen, zu einem Teil seiner selbst wurden.

Die Heizung blies ihm seinen sauren Atem ins Gesicht, als er mit überhöhter Geschwindigkeit nach Hause fuhr. Er hatte sich zum ersten Mal eine Auszeit gestattet. »Ja, klar«, antwortete er spontan auf die unerwartete Einladung, zum Wochenausklang nach der Arbeit ein Bier trinken zu gehen. Die gute Laune verblasste, als man händeschüttelnd auseinanderging, und an ihre Stelle trat ein stechendes Frösteln, bei dem ihm widersinnigerweise der Schweiß durch alle Falten rann. Ganz gleich, wie sehr er aufs Gaspedal trat, die Heimfahrt schien ewig zu dauern. Dann lief er am Haus vorbei und direkt zum Waldrand, weil er sicher war, er fände dort ... was? Nichts. Nur Bäume und raschelnde Stille und das ferne zischende Geflüster des Autobahnverkehrs.

Der Boden hielt sein Versprechen zu ruhen, und die Kiefern und Pappeln streuten zuverlässig tarnende Licht- und Schattenflecke über besagtes Rechteck. Tagsüber bewegten sich Jasons Gedanken in nicht kriminellen Bahnen, doch das Begräbnis spielte sich jede Nacht erneut hinter seinen Augenlidern ab, noch farbiger, als es in der mondhellen Oktobernacht gewesen war.

Der Jahrestag des Vorfalls machte Jasons Fortschritt weitgehend zunichte. Er stellte sich vor, das Universum in seiner ganzen Ironie erlaube ihm nicht, dieses letzte Kalenderblatt umzuschlagen, das die gut hundert Sekunden von der Terrasse zur Leiche symbolisch dehnte, so als wäre Tag 366 ein magischer Meridian der Zeit – sein ganz persönlicher Neujahrstag. Er beging ihn, überstand ihn und erlebte einen weiteren Winter in einem Kokon allmählich verblassender Furcht. Die Albträume jedoch blieben.

Im folgenden Frühjahr beanspruchte das Haus, dessen Instandhaltung er vernachlässigt hatte, seine Aufmerksamkeit und ließ eine neue und schon angenehmere Art von Sorge aufkommen. Die Sträucher waren zu groß geworden, und der Vorgarten quoll über von Unkraut, das sich ein Dreivierteljahr lang ungehindert ausgebreitet hatte. Die Vorstellung, Schaufel und Hacke zur Hand zu nehmen, verwandelte sein Rückgrat jedoch in Kitt und verlieh den Dingen in seiner Speisekammer irgendwie etwas Ekelerregendes. An drei aufeinanderfolgenden Samstagen sah er sich heldenhaft die Schuppentür niederstarren und an dem jeweiligen Sonntag mit einem Fieber unbekannten Ursprungs im Bett liegen.

Wenn Heimat wirklich dort ist, wo das Herz ist, dann lebte Jason seit geraumer Zeit in seinem Hals. An sich war bisher nicht viel Behandlung erforderlich gewesen, außer dass er Magentabletten gekaut hatte, um sich zu beruhigen. Seine Paranoia flammte aber wieder auf bei der Erkenntnis, dass die Nachbarn, so weit verteilt sie auch waren, sich allmählich über den verwilderten Zustand seines Vorgartens wundern mussten. Die zermürbende Angewohnheit, ängstlich über die Schulter und durch den Vorhangspalt zu spähen, erreichte einen neuen Höhepunkt.

Als im Mai Löwenzahn und Gänsedistel zügellos blühten, stand er vor der Entscheidung, selbst Hand anzulegen oder jemanden zu beauftragen. *Dearborn's Landscaping* war der preiswerteste Anbieter und sagte zu, den vorderen Rasen zu lüften und nachzusäen, die Büsche zu stutzen, Unkraut zu jäten, die Kanten der Mulchbeete zu säubern und rings um den Eingang und an der Auffahrt pflegeleichte Stauden zu pflanzen. Jason wollte so lange wie möglich nichts im Garten tun müssen und investierte gerne ein bisschen mehr dafür. Ein verwegen aussehender Gärtner namens Calvin kam mit zwei jungen Gehilfen und einem offenen Anhänger voller rostiger Geräte, um in zwei Tagen den Wildwuchs von anderthalb Jahren zu beseitigen.

Am ersten Tag lungerte Jason den ganzen Vormittag vor dem Haus herum, wusch den Wagen, plauderte mit Calvin und ging mit bühnenreifem Gebärdenspiel nach der Post sehen – zwei Mal, und das, bevor der Briefträger überhaupt seine Runde gemacht hatte. Gegen Mittag wagte er, ein wenig aufzuatmen, da offenbar keiner der Gärtner Anstalten machte, den Garten näher zu studieren als nötig. Die vertragliche Vereinbarung zog eine klare Grenze, und niemand würde einen Schritt in den hinteren Garten setzen, um dort wohl noch mehr Arbeit vorzufinden. Er machte sich ein Sandwich und sah eine Zeit lang durchs Fenster den Gärtnern zu, dann zog er sich in sein Arbeitszimmer zurück. Er schaute sich eine Hundeausstellung im Fernsehen an und horchte dabei mit einem Ohr nach ungewöhnlichen Plumps- oder Raschelgeräuschen von draußen. Aber er hörte nichts dergleichen, und schließlich ließ er, erschöpft von seiner Rastlosigkeit, den Kopf gegen die Sessellehne sinken. Nur für einen Moment. Die Spätnachmittagssonne schien schräg durchs Fenster und lag schwer wie warme Goldmünzen auf seinen Lidern. Er wollte die Augen aufzwingen, doch der orangefarbene Schein war so schön, so heiter, und der Ohrensessel hielt ihn behaglich umfangen, während der Deckenventilator seine Gedanken zum Schweigen brachte.

In seinem Traum kniete ein junger Mann im Overall von *Dearborn's* im Gras. Lächelnd blickte er zu Jason hoch, nachdem er Pflanzkellen und Grabegabeln in den Werkzeugkasten gesteckt hatte, und wischte sich achtlos die Hände sauber. Jason schwafelte drauflos, gestikulierte wild und hüpfte umher, bereit, sonst was aufzuführen, um den unvermeidlichen Moment hinauszuzögern, in dem der Gärtner wieder auf den Rasen blicken und sein Werkzeug weiter einsammeln würde. Der junge Mann, dessen Gesicht Jason seltsam bekannt vorkam, hörte ihm aufmerksam zu und wischte sich dabei mit dem Zipfel eines weißen Lakens, der aus dem Erdreich lugte, blutgetränkten Schmutz von den Händen.

Jason neigte die Kanne bis in die Senkrechte und füllte den Kaffeebecher über das empfehlenswerte Maß. Sobald er die Sahne hineingegossen hatte, wurde ihm klar, dass höchstens ein Zen-versenkter Chirurg die Tasse in die Hand nehmen könnte, ohne die Arbeitsfläche einzusauen und sich die Hand zu verbrühen.

»Scheiße«, murmelte er und lehnte sich vor, um auf die dampfende, randvolle Tasse zu pusten. In dem Moment läutete es an der Tür. Vor Schreck tauchte er die gespitzte Oberlippe in den brühheißen Kaffee, und das folgende Zusammenzucken löste ziemlich genau die Sauerei aus, die er vorausgesehen hatte, nur dass er sich die Lippe statt der Hand verbrühte. »Scheiße.« Wenigstens war die Tasse jetzt nur noch so voll, dass er sie handhaben konnte. Er drückte sie auf das Geschirrtuch und nahm sie mit zur Haustür.

Calvin und Kollegen waren heute, am zweiten Tag, am Morgen kurz nach acht gekommen, weil sie meinten, dann bis Mittag fertig zu werden. Der Vorgarten sah wieder gepflegt aus, und die maschinell bearbeiteten Beetkanten hätte Jason niemals so hinbekommen, selbst wenn er sich dazu überwunden hätte, einen Spaten in die Hand zu nehmen.

Er hatte sich schon allein besser gefühlt, als er ihnen beim Abladen der blühenden Pflanzen zusah. Das Leuchten der Farben steckte an, und das gesunde Grün strahlte Rechtschaffenheit aus. Seriosität zeigte sich in einem gut gepflegten Garten, und Jason war bei dem Anblick warm ums Herz geworden. Die Gärtner hatten nun knapp zwei Stunden lang gearbeitet, und er rechnete beim Öffnen der Tür mit der verlegenen Bitte, mal das Bad benutzen zu dürfen. Stattdessen blickte er einem aschfahlen Calvin ins Gesicht.

»Mr. Getty –« Mehr brachte Calvin nicht heraus.

»Ja?« Jasons Mund antwortete auf Autopilot, und in seinen Ohren begann es zu rauschen, während sein Verstand errechnete, was in seinem Garten einen sonnengegerbten Gärtner zum Erbleichen und Zittern bringen könnte.

»Mr. Getty, wir haben da was gefunden. Wir denken, das sollten Sie sich mal ansehen.«

»In Ordnung, ich muss mir nur Schuhe anziehen.« Jason taumelte, als er sich umdrehte, und verschüttete Kaffee auf seine Hose und den Boden. Aber was machte das noch? Das Spiel war aus. *Gott sei Dank! Ich kann das nicht.* Doch, du kannst dich dumm stellen. Du kannst abhauen. *Warum sind sie nach hinten gegangen?* Warum warst du so blöd und hast Gärtner beauftragt, du nichtsnutziger, rückgratloser ... *muss nachdenken – was zur Hölle soll ich bloß erzählen?*

Auf dem Weg vom Garderobenschrank zur Haustür setzten seine Gedanken aus. Er hörte auf, sich zu beschimpfen, und suchte nicht mehr nach vorgefertigten Antworten auf die unausweichlichen Fragen, die ihn im hinteren Garten erwarteten. Er ging einfach hinaus und zog die Tür hinter sich zu. Calvin wartete auf ihn und drehte seine rote Baseballkappe in den schwieligen Händen. Jason nickte ihm zu. Betäubt bis in die Fußsohlen folgte er ihm die Vordertreppe hinunter.

Alle vier versammelten sich vor dem Fund und standen dichter beisammen, als es unter fremden Männern üblich war. So starrten sie in die frisch aufgegrabene, schwere schwarzbraune Erde. Jason konnte bereits auf einige aufgegebene Ambitionen zurückblicken, darunter den Beruf des Arztes. Er hatte damals medizinische Enzyklopädien gewälzt und sich Begriffe eingeprägt, die Mysterium und Macht in ihren verzwickten Silben trugen: Frons, Parietale, Sphenoid, Zygoma. Sie schossen ihm durch den Kopf, während er hinabschaute und benannte, was er sah – was die anderen Männer als Stirn, Scheitel, Schläfe und Wange sahen. Die Augenhöhlen des Schädels waren voller Torf, die Konturen und Furchen ließen jedoch keinen Zweifel zu: Die Gärtner hatten auf Jason Gettys Grundstück einen Menschen oder zumindest einen menschlichen Körperteil ausgegraben.

Auf dem Rasen standen vier Männer – drei voller Entsetzen und Ekel, einer komplett fassungslos. Jason war Calvin gefolgt, als wäre er auf dem Weg zum Galgen. Reuevoll hatte er nebenbei registriert, dass die Wohnzimmerfenster mal wieder geputzt werden müssten. Er war um die Hausecke gebogen und an der geschlossenen Jalousie des Arbeitszimmers vorbeigegangen und hatte ununterbrochen auf das Wäscheschild gestarrt, das aus dem Kragen von Calvins blauem Overall lugte und ihn reizte, es wieder ordentlich hineinzuschieben. Darum hatte er nicht bemerkt, dass Calvin langsamer wurde, und war gegen ihn geprallt. Er hatte nicht erwartet, dass der Gärtner schon stehen bleiben würde; sie waren ja nicht mal bis hinters Haus gelangt.

Calvin und seine Kollegen hatten eine Leiche freigelegt – aber nicht die Leiche, die Jason vor Monaten begraben hatte. Die lag noch unentdeckt im Schatten der Pappeln, so fern wie möglich, aber immer noch so nah, dass Jason Getty Steuern für ihre Ruhestätte zahlte. Der fremde Schädel starrte unheilvoll aus dem Mulchbeet an der Hausseite, direkt unter dem Schlafzimmerfenster, und Jason hatte keine Ahnung, wer das war.

2

Leah Tamblin drückte noch mal auf den Garagentorknopf. Die Lamellen rollten hoch und kamen auf einem Drittel der Höhe zitternd zum Stehen. Ein verlockender Streifen Frühlingsmorgen leuchtete von der Auffahrt herein. Der Motor erlahmte, stockte kurz und schaltete dann um, sodass sich das Tor ratternd wieder schloss. Damit stand endgültig fest, dass Leah zu spät zur Arbeit käme.

»Ach, komm schon!«

Die baumelnde Handbedienung erwies sich bei einem Greifversuch als unerreichbar, doch schließlich schleuderte sie das Tor in seiner Führung aufwärts und setzte den Wagen rückwärts aus der Garage, worauf sich sofort die nächste Schwierigkeit ergab. Leah, die an Tagen mit locker sitzenden Haaren eins vierundfünfzig groß und damit zu klein war, um das Garagentor ohne Trittleiter herunterzuziehen, war nicht gewillt, das Innere der Garage den Elementen zu überlassen, seien es klimatische oder kriminelle.

Sie schloss die Augen und atmete einmal tief durch, was vielleicht Wunder gewirkt hätte, wenn sie dabei das Zähneknirschen unterlassen hätte. Da sie ohnehin zu spät zur Arbeit käme, konnte sie auch gleich die Reparatur anleiern. Aufgebracht ging sie zurück ins Haus, um im Büro anzurufen, und zog das Telefonbuch aus der Schublade im Küchenschrank. Sie klemmte sich das Gerät gerade zwischen Wange und Schulter, als ihr Vorgesetzter den Anruf entgegennahm.

»Hallo Chris, hier ist Leah.« Währenddessen schlug sie das Telefonbuch auf und blätterte im Branchenverzeichnis unter G wie Garagentor-Reparaturdienst. »Ich habe hier ein technisches Problem und werde etwas sp...« Als sie das Buch anders positionierte, damit es ihr nicht herunterfiel, rutschte zwischen den hinteren Seiten ein Flyer heraus. Eine Ecke war zerknittert und brüchig, weil sie mal nass geworden war. Er glitt über die Arbeitsfläche, und Leah hielt ihn mit zaghafter Hand auf, ehe er auf den Boden segeln konnte. Reid lächelte sie an, erstarrt in Partylaune, direkt unter der plakativen Bekanntmachung: VERMISST. Chris räusperte sich laut. Ob aus Notwendigkeit oder Ungeduld, konnte Leah nicht sagen. Eigentlich bekam sie es kaum mit. »Später kommen«, beendete sie flüsternd den Satz.

Reids Gesicht war ringsherum noch vorhanden. Im Wohnzimmer lächelten seine Augen mal mehr, mal weniger entspannt von diversen Schulporträts, die die Varianten seiner damaligen Rockstar-Frisuren dokumentierten. Im ganzen Haus standen gerahmte Bandfotos und einige Schnappschüsse. Am Kühlschrank hing sogar ein Magnet mit einem Foto von ihnen beiden, auf dem sie am Strand fröhlich und windzerzaust Arm in Arm in die Kamera lachten. Doch die Bilder waren festes Inventar, das sie kaum noch wahrnahm. Durch die ständige Präsenz waren sie leichter zu vergessen, als wenn sie sie weggepackt hätte. Denn die Leerstellen würden selbst am Blickfeldrand auf sich aufmerksam machen.

Seine Klamotten hatten im Schrank gehangen, bis der Staub auf den Schultern der dunklen Hemden aufdringlich wie eine Plakatwand von Reids Abwesenheit kündete. Um den Staub loszuwerden, hätte sie die Sachen waschen müssen, und die Vorstellung, einen Haufen Wäsche für einen Mann zu waschen, der sie nie wieder brauchte, war so makaber, dass sie sein Zeug lieber eingestaubt im Schrank hatte hängen lassen. Irgendwann hatte sie die Kleidung in Kartons gepackt und am Ende, als sie es leid gewesen war, darüber zu stolpern, auf den Dachboden gebracht.

Den Kleinkram zusammenzusuchen und einzulagern war das Härteste gewesen. Stöße von Unterlagen und bündelweise Post hatte sie auf dem Küchentresen ausgebreitet und noch lange liegen lassen, als ob sie wichtig werden könnten, als ob die Hinweise und Spuren bloß aus Sturheit keinen Zusammenhang bildeten und darauf warteten, dass ein fähiger Dr. Frankenstein sie zusammensetzte und mit Stromstößen zum Leben erweckte, um Reids Rettung herbeizuführen. Nachdem sie die Polizeiberichte, Zeitungsausschnitte und ihre eigenen Notizbücher mit Listen und Kontaktdaten in einen Karton verbannt und den Deckel geschlossen hatte, war sie ins Bad gerannt, hatte sich vors Klo gekniet und gewürgt, bis sie Sterne sah. Als sie an diesem Morgen nun das verirrte Andenken an jenen Lebensabschnitt in der Hand hielt, konnte sie sich nicht entsinnen, je einen der Flyer in das Telefonbuch gelegt zu haben, und wusste auch nicht, warum sie das überhaupt hätte tun sollen.

Reid war aus dem Haus gegangen, um einiges zu erledigen: kurz zur Arbeit wegen einer Teambesprechung, zum Musikgeschäft, weil er Gitarrensaiten brauchte, dann zum Baumarkt, um ein Verlängerungskabel und Glühbirnen zu kaufen, und auf dem Rückweg zum Diner, um etwas zum Mittagessen mitzubringen. Bei der Teambesprechung und im Musikladen war er gewesen. Vier Tage später identifizierte die Polizei auf einer Schotterstraße sechzig Meilen entfernt das ausgebrannte Wrack seines Autos.

Der Tag, an dem Reid verschwand, zog sich ewig in die Länge. Zuerst ärgerte sie sich nur über seine Unzuverlässigkeit. Dann wurde sie misstrauisch, und ihr Argwohn gipfelte schließlich in einem lauten Streit mit seinem Bruder Dean, weil sie ihm unterstellte, genau zu wissen, wo Reid sei, und ihn nur wieder zu decken, genau wie beim vorigen Mal. Als es Abend wurde und Reids Mailbox voll war, verlangte Dean energisch, die Polizei anzurufen, und das ließ ihr Misstrauen in Angst umschlagen. Denn Dean hatte immer einen oder zwei Joints in der Tasche und war den Behörden wegen seiner geringfügigen Kontakte zum Kreis der üblichen Verdächtigen gut bekannt. Er mied die örtlichen Gesetzeshüter ebenso eifrig, wie diese ihn im Auge behielten, und es musste schon eine Katastrophe passieren, damit er freiwillig die Bullen rief.

Ohne Reid konnte Leah nicht richtig schlafen, jedenfalls nicht in den ersten paar Tagen. Dann entschied irgendjemand, das Licht müsse doch einmal ausgeschaltet werden. Weil alle darauf bestanden, legte Leah sich hin, qualvoll einsam. Ohne ihre Zustimmung koppelte sich ihr Gehirn von der Wahrnehmung ab, und ihr fielen die Augen zu. Aber egal, ob ein Schritt auf der Treppe zu hören war oder ein Telefon klingelte oder das Licht von Autoscheinwerfern über die Schlafzimmerwand huschte – das niederschmetternde, dröhnende Bewusstsein, dass etwas ganz und gar nicht in Ordnung war, riss sie augenblicklich aus dem Nichts zurück.

Tagsüber durchlief sie die immer gleichen, kurzen Perioden, während derer sie sich abwechselnd mit Sorgen quälte und in hektische Betriebsamkeit verfiel. Man müsse doch *etwas tun*, sagte sie sich und wies die Freunde, Verwandten und freiwilligen Helfer an, ebenfalls *etwas zu tun*. Dann folgte die Periode, in der sie entweder an Gott glaubte und ihn liebte und an Gott glaubte und ihn hasste und dann wieder glaubte, dass sie sich selbst etwas vormache und es gar keinen Gott gebe. Und zwischendurch gab es immer wieder Momente, in denen sie vergaß, dass etwas Katastrophales passiert war.

Als sie beispielsweise nach einem Foto für den Flyer suchte, fand sie Reids verloren geglaubte Sonnenbrille in der Schreibtischschublade, nahm sie lachend in die Hand und drehte sich um, um ihn wegen seiner Vergesslichkeit zu necken. Durch das Esszimmer hindurch sah sie Sheila, Reids Mutter, in der Küche stehen und einem Polizisten ernst nickend zuhören. Für drei Sekunden und einen tiefen Atemzug lang war Leah von dem ganzen Geschehen befreit gewesen, bevor die Realität in einer traurigen, langsamen Flut in ihr Bewusstsein zurücksickerte. Tagsüber zerstörte kaltes Grauen solche Momente, während es nachts ein siedend heißes Dringlichkeitsgefühl war. Ihr Gehirn täuschte sie immer wieder, sodass sie für ein paar Augenblicke in schützende Illusion flüchten konnte. Und das passierte umso häufiger, je mehr ihre Erschöpfung zunahm.

Die ersten drei Tage bestanden aus Kämpfen mit selbst ernannten Experten darüber, ob es überhaupt ein echtes Problem gab. Am Abend des ersten Tages waren Reids Familie und seine engsten Freunde überzeugt, dass es einen Unfall gegeben hatte. Dean fuhr die Straßen ab, die Reid genommen haben konnte, und Sheila rief mit zitternden Fingern die nächsten Krankenhäuser an. Leah sprach mit dem Geschäftsführer vom Neptune, dem Club, in dem Reid kellnerte und die meisten seiner Konzertauftritte hatte. Sie rief die Bandmitglieder an, die wie erwartet alles stehen und liegen ließen und zu ihr kamen. Der Ernst der Entscheidung, die Polizei anzurufen und damit eine mögliche Katastrophe einzugestehen, legte sich über die gesamte Gruppe, die schweigend auf den Streifenwagen wartete.

Die Polizisten teilten mit, dass Reid nicht verhaftet worden sei, und nahmen eine vorläufige Anzeige auf, während sie versuchten, ihr Desinteresse als beruhigende Zuversicht zu verkaufen. Reid sei ein junger Mann mit einem Wagen und einem Portemonnaie voller Kreditkarten, sagten sie und ließen die unausgesprochene Andeutung in der Luft hängen. Sie quetschten Leah aus, ob sie sich gestritten hätten, was sie verneinte. Der nächste Morgen dämmerte und kam ihr unwirklich vor, denn es war das erste Mal seit der achten Klasse, dass Leah nicht wusste, wo Reid war.

Natürlich gab es in den sechzehn Jahren ihrer Beziehung viele ungeklärte Stunden, die immer ein Streitpunkt gewesen waren. Reid liebte Leah, daran gab es keinen Zweifel. Und sie liebte ihn. Sie waren ein Paar, seit sie zu Mrs. Doyle in die Klasse gekommen waren. Aber hin und wieder ließ er sich von einer anderen den Kopf verdrehen. Wenn Leah das erfuhr oder vermutete, schäumte und schimpfte sie ein paar Stunden lang, um dann wortlos mit ewigem Schweigen zu drohen. Irgendwann kapitulierte sie vor dem Trommelfeuer ehrlicher Reue, denn Reid tat es gemäß der Größe seiner Liebe jedes Mal ungeheuer leid.

Leah war weder schwach noch dumm, sondern ein praktisch denkender Mensch. Ihrer Ansicht nach musste man in einer Beziehung Kompromisse schließen, und ein Kompromiss war nichts weiter als ein Vertrag. Jeder musste etwas opfern, um etwas zu bekommen, das er dringend haben wollte. Bei der Transaktion mit Reid opferte sie den Wunsch nach permanenter Treue, dafür war er liebevoll, talentiert und überall als Stimmungskanone beliebt. Er hatte seine Fehler, aber das Gute an ihm war echt. Bei der Biologie-Expedition in den Wald hatte er ihre Hand genommen und nicht mehr losgelassen. So wütend sie manchmal auf ihn werden konnte, sie spürte immer seine Wärme auf der Handfläche kribbeln, wie damals, als er sie vor der unkartierten Wildnis schützte, die sie ganz bestimmt bei erster Gelegenheit verschlungen und nie wieder freigegeben hätte.

Allerdings war Reid selbst nicht das Einzige, was bei dem Arrangement für Leah heraussprang, und das Gefühl von Zugehörigkeit war es letztlich, das sie all die Jahre an seiner Seite hielt. Vorstellungen und Ideale waren schön und gut, aber Reid mit seinem Lächeln und seiner schwankenden Hingabe brachte eine Familie mit, auf die Verlass war und von der Leah mehr Liebe bekam als von ihrer eigenen Verwandtschaft: von Dean, einem amüsanten Schnösel von Bruder, und Sheila, einer Mutter, die diesen Begriff im besten Sinne ausfüllte. Die kränkelnde Sheila konnte sich Leahs Liebe und Treue sicherer sein als ihr Sohn.

Und Sheila war es auch, die die beiden mit sanfter Manipulation bis an die Schwelle zur Heirat brachte, um sie beisammenzuhalten. Aber dann verschwand Reid dreizehn Tage vor dem geplanten Jawort, und die Polizisten ritten darauf herum. Kalte Füße machten einen Vermisstenfall sehr einfach. Und tatsächlich spielte ein Paar kalter Füße anschließend eine wichtige Rolle. Sie trugen Leah von Zimmer zu Zimmer, die versuchte, die nervöse Energie von Schuldgefühlen loszuwerden.

Als Kinder hatten sie und Reid sich in einem wirklichen Wald verirrt, als Erwachsene nach und nach in einem anderen: in einem Dickicht aus Bedürfnis und Verpflichtung. Es war ein himmelweiter Unterschied, ob man sich freiwillig in eine Situation begab oder ob man gesetzlich dazu verpflichtet wurde, und Leah kannte den tiefen Fall, den man bei dem Schritt riskierte, sehr gut. Und so war sie an diese Brücke getreten, um zwischen den Bohlen hindurchzuspähen, und hatte gezögert, hinüberzugehen.

Nach Reids Verschwinden lief Leah so lange manisch in den Zimmern umher, dass die Teppiche Trampelpfade und Kreise bekamen – von einer Braut, die um einen Ausweg gebetet hatte und ihre Reue darüber abstreifen wollte. Denn das Haus hatte sie als Tretmühle empfunden, und den vielen aufregenden Ideen, was sie aus ihrem Leben noch machen könnte, war sie nicht entkommen. Nun aber brauchte sie nicht abzuspringen. Sie brauchte Sheila nicht maßlos zu enttäuschen. Sie brauchte Reid nicht das Herz zu brechen. Zwischen Weinkrämpfen und der verzweifelten Sehnsucht, seine Hand in ihrer zu spüren, blitzten diese Gedanken ungebeten auf, und sofort rang sie mit dem Wissen, wie schlecht sie dadurch erschien.

Seine bleiche Mutter machte das zögerliche Engagement der

Polizei in jenen ersten Tagen maßlos wütend. Das Telefon hörte nicht auf zu klingeln, und das Defilee der wortreichen und hilfsbeflissenen Trostspender sorgte lediglich für einen emsigen Lärm, der nichts voranbrachte.

Als die Polizei mit der Neuigkeit von Reids Wagen kam, änderte sich die Stimmung. Die Nachbarn und Bekannten zogen sich unter hohlen Phrasen – »wenn wir irgendetwas für euch tun können« – voller Unbehagen zurück, und die Präsenz der Polizei verdreifachte sich. Tagelang sprach es niemand aus, aber jeder wusste, dass Reid tot war. Die Ermittlung nahm Fahrt auf und kam nach lauter falschen Fährten unter dem Gewicht massiver Ratlosigkeit zum Erliegen.

Die Meilensteine der Entwicklung reihten sich aneinander: Nach einer Woche war das Weinen noch ungezügelt, ebenso der freundliche Zuspruch, nicht die Hoffnung aufzugeben; nach einem Monat klingelte das Telefon schon seltener, und es riefen nur noch Leute an, die von Reids Tod nichts wussten; nach einem Jahr wurde ein Foto von Reid in Sheilas Sarg gelegt und ruhte fortan in einem Grab auf dem Friedhof. Sein lächelndes Konterfei wurde weggepackt, zuerst in die Armbeuge einer Toten und irgendwann dann in die hinteren Seiten des Telefonbuchs, das in die Schublade des Küchenschranks wanderte, während sein Leichnam in ungeweihter Erde lag, die ein Mann, den keiner von ihnen kannte, in einer mondhellen Nacht hastig darübergeschaufelt und festgeklopft hatte.

3

Es heißt, Gott bürdet uns nicht mehr auf, als wir tragen können. Das ist entweder eine unglaubliche Lüge oder eine sehr großzügige Definition von »tragen können«. Jason schaute an sich hinunter und konnte nicht begreifen, dass an ihm noch alles dran war. In seiner Vorstellung hatte er schon ein Dutzend Mal zitternd die Finger von den Händen und diese von den Handgelenken geschüttelt, seit er den Anruf hinauszögerte. Das Telefon lag ungenutzt in seiner Hand. Natürlich rief er dann doch an. Ein paar weitere Minuten anonymen Daseins herauszuschinden war das Lampenfieber nicht wert, das er unter Calvins düsterer Ermutigung, die Polizei einzuschalten, durchlitt. »Rufen Sie die Polizei, Mr. Getty. Die weiß, was zu tun ist.«

Nun saß er allein am Tisch und hielt durch das Esszimmerfenster nach dem Streifenwagen Ausschau, der unweigerlich die Straße entlangkommen und sein Leben ruinieren würde.

Die Fieberröte, die ihm bis in den Kragen gekrochen war, brannte noch immer auf seinen Wangen. Jason hasste es, ständig zu erröten, vor allem hasste er es, weil er sich jedes Mal für einen Moment lang vorkam, als wäre er wieder fünf Jahre alt.

Das erste Erröten hatte er über sich ergehen lassen müssen, als er in einer Bank auf seine Mutter wartete. Er saß in einer Stuhlreihe und schaute durch die Glasscheibe in der Tür gegenüber. Seine Füße baumelten noch ein gutes Stück über dem Boden.

Der steife Rücken seiner Mutter und die Glatze des Geschäftsführers, der nickte, dann den Kopf schüttelte, fesselten ihn. Er starrte so gebannt hin wie bei den Fernsehwestern, die er mit seinem Vater anschaute, aber nicht verstand.

»He, du.« Die hübsche Kassenangestellte mit den größten, strahlendsten blauen Augen, die er je gesehen hatte, ging vor ihm in die Hocke. »Du wartest hier so brav, kleiner Mann, obwohl es so lange dauert. Willst du einen Lutscher?« Sie fächerte einen bunten Strauß Lutscher vor ihm aus. »Welche Farbe möchtest du?«

»Rot.«

»Wie heißt du?« Wenn sie blinzelte, schimmerten ihre Lider perlmuttblau, passend zu ihren Augen.

»Jason Bradford Getty.«

»Na, das ist ja ein richtiger Zungenbrecher. Darf ich JB sagen?« Jason nickte nur sprachlos unter dem Eindruck ihres Pfefferminzatems und des arktischen Schimmers ihrer Augen. »Toll«, sagte sie und pflückte ihm den roten Lolli aus dem Bukett. Die übrigen drückte sie ihm in die andere Hand. »Hey, JB, willst du die vielleicht nach Hause mitnehmen? Du kannst sie mit deinen Brüdern und Schwestern teilen, wenn sie von der Schule kommen.«

»Hab keine.«

»So? Dann geht's dir wie mir. Wir passen zusammen, JB, du und ich. Ich bin auch ein Einzelkind.«

Während er in ihre lächelnden Augen sah, stieg ein Gefühl in seiner Brust auf, das er sein weiteres Leben lang immer wieder erinnerte, ein Gefühl, als ob ein beschwerter Ballon in ihm aufstiege und zugleich hinabsänke. Eine Hoffnung gepaart mit Zweifel. Ein Hinlangen und Zurückschrecken. Ein Ja vermischt mit einem Nein.

»Hmhm.« Seine Augen brannten, weil er sie ohne zu blinzeln anstarrte, und seine Stimme wurde leise. »Sehr einzeln.«

»Sehr einzeln? Du meinst, sehr einsam?«

»Ich —« Ihm war beinahe klar, was er falsch gemacht hatte, und dieses Beinahe ärgerte ihn wie verrückt. Es entflammte Wangen und Nacken. Er barg das Gesicht am Mantel seiner Mutter, der neben ihm über der Stuhllehne hing.

»Ach, du Süßer.« Die Kassiererin lachte leise und verstrubbelte ihm die Haare.

Er spürte sie vor seinem Stuhl, wie sie darauf wartete, dass er sie wieder anblickte, doch er hielt länger durch als sie. »Okay«, flüsterte sie. »Auf Wiedersehen, kleiner Mr. Sehr Einzeln. Mach's gut.«

Jason schob die Lutscher der Kassenangestellten alle unter das Sitzkissen.

Seitdem wurde er rot, wenn er das Wechselgeld vorzählte. Er wurde rot, wenn er sich von Telefonverkäufern loszuwinden versuchte. Er wurde rot, wenn er am Urinal stand, was völlig idiotisch war. Und manchmal wurde er auch nicht rot. Es gab Gelegenheiten, wo er fest mit Erröten rechnete und es dann ausblieb. Zum Beispiel als er Patty zum ersten Mal fragte, ob er sie nach Hause bringen dürfe. Oder als er sich bei einer Polizeikontrolle herausquatschte, nachdem er drei Bier getrunken und mehr auf den mitreißenden Song im Radio als auf die Tachonadel geachtet hatte.

Manchmal fühlte sich diese aufsteigende Ahnung von Verheißung gar nicht schlecht an. Manchmal straffte es ihm die Schultern. In diesen Momenten verstand er beinahe den Mechanismus, wusste beinahe, was nötig wäre, um das Ankertau zu kappen und hoffnungsvoll aufzusteigen.

Und wie immer ärgerte ihn dieses Beinahe wie verrückt.

Die Obrigkeit. Bei aller Scham und Erschütterung glühte in ihm ein Funken Wut über die Anmaßung dieses Begriffs. Was wusste so ein selbstgefälliger Milchbubi von Polizist schon darüber, wie es war, wenn man geschubst und wieder geschubst und dann einmal zu viel geschubst wurde? Gar nichts. Die duckten sich doch alle hinter ihre dünne Blechmarke und Kanone, sowie sie in der Polizeischule vom Fließband liefen. Die schikanierte doch keiner. Denen lauerte keiner auf und verhöhnte sie. Bei denen suchte niemand nach ihrer wundesten Stelle und stocherte darin herum und ...

Da kam er. Der blau-weiße Streifenwagen rollte ins Blickfeld, aber der Lichterwürfel auf dem Dach war inaktiv. Jason war überrascht, dass sie ohne Sirene kamen. Andererseits würde kein noch so dringliches Geheule und Geblinke dem Kerl im Garten etwas nützen. Wer war er überhaupt? Ohne die Ablenkung durch dieses Skelett wäre Jason vor Zittern schon vom Stuhl gekippt und sein Verstand vor Angst erstarrt.

Bei dem Gedanken, dass ein Toter – o Gott, und wenn es nun eine Frau war? – unter seinem Schlafzimmerfenster verweste, überkam ihn immer neues Entsetzen. Er fühlte sich beschmutzt und vergewaltigt. Er war wütend, weil jemand die Dreistigkeit besessen hatte, an solch einer Stelle eine Leiche abzulegen, so nah bei einem Haus, beim Schlafzimmer des Bewohners, um Himmels willen. Er hatte die ganze Zeit über nur drei Schritte von einer Leiche entfernt geschlafen. Aufs Äußerste beleidigt, ließ er seinen Verstand blind um das eigentliche Problem herumjagen. Sich hier an die eigene Nase zu fassen war im Moment ein bisschen zu viel verlangt.

Ihn ärgerte außerdem, dass Calvin seine Einladung, bei ihm im Haus auf die Polizei zu warten, abgelehnt hatte, was ein impliziter Affront war. Jason fühlte sich allein gelassen und auf den Schlips getreten, als die Gärtner hastig ihre Werkzeuge vom Rasen klaubten und zu ihrem Wagen liefen, wo sie dann rauchend beisammen hockten und verstohlene Blicke in seine Richtung warfen. Sie hatten keinen Grund, ihn zu verdächtigen. Sie hatten einen nackten Totenschädel ausgegraben, Herrgott noch mal. Verwesung brauchte Zeit. Viel Zeit. Er wohnte hier erst seit ...

»Seit fast zwei Jahren«, antwortete Jason.

»Ich verstehe.« Der Polizist machte aus der Kofferraumhaube einen Behelfsschreibtisch und notierte dieses Informationshäppchen zusammen mit den anderen nach Schema F erfragten Details. Er richtete sich auf und hakte die Daumen in den Gürtel. Die Finger streiften rechts die Dienstwaffe und links den Taser. Jason nahm an, dass sie diese Pose auf der Polizeischule lernten, um den Blick auf die Symbole ihrer Macht zu lenken. Der Bulle spielte mit der Zunge an seinen Zähnen und nickte. »Ich hab das gerade gemeldet. Wir brauchen jetzt einen Kriminalbeamten und die Spurensicherung, weil das menschliche Überreste sind, die Sie da haben, und ich bin überzeugt, dass das hier«, er ließ den Blick über den Garten und dessen Besitzer schweifen, »kein frischer Tatort ist.«

»Na, das habe ich denen bei meinem Anruf schon gesagt, und daraufhin haben die Sie hergeschickt.« Jason unterdrückte seine Empörung, weil sie ihn erst mal für einen Idioten gehalten hatten.

Der Streifenbeamte lachte gutmütig, aber mit einem leisen Beiklang von Verbitterung. Er deutete zum hinteren Garten, wo Mrs. Truesdells Köter an der Pappelreihe entlangschnupperte. »Was glauben Sie, wie viele solcher Anrufe wir bekommen? Jeder denkt, wir schicken immer gleich eine SWAT-Einheit, sobald ein Hund einen Knochen ausbuddelt.«

Gemeinsam beobachteten sie das Tier, der eine entspannt, der andere ganz und gar nicht. Jasons Beine verdoppelten ihr Gewicht und drohten einzuknicken, während sich seine Eingeweide in einen Bleiklumpen verwandelten. Der Bulle schien von all dem nichts zu bemerken. Er öffnete die Kofferraumhaube und kramte in einer schwarzen Nylontasche. »Ja, letzten Herbst wurde ein kleiner Junge vermisst, und wir bekamen einen Anruf von einem Kerl in North County, der steif und fest behauptete, er hätte seine Leiche gefunden. Dabei sah ich auf den ersten Blick, dass es ein Fuchsschädel war, ganz eindeutig. Ich meine, der Junge war neun Jahre alt, Herrgott noch mal, und erst seit einer Woche verschwunden. Man sollte doch annehmen, dass jeder einen verwesten alten Fuchsschädel von einem … einem … Na egal, es war jedenfalls nichts. Bloß eine Sorgerechtsangelegenheit.« Mit einer Rolle gelbem Absperrband drehte er sich zu Jason um. »Ich werde hier schon mal absperren, solange wir warten, ja?«

»Sicher.« Jasons Kopf wippte auf und nieder. »Klar. Meinetwegen.« Mit ungleichmäßigen Schritten lief er hinter dem Polizisten her und passte jeweils sein Tempo an, um angemessene Distanz zu halten und dennoch nah bei ihm zu bleiben, da er jede abschweifende Neugier sogleich unterbinden wollte.

Am Rand des Mulchbeets blieb der Beamte schlüsselklimpernd und lederknarrend stehen. Jason stoppte ebenfalls, in der quasi intimen Entfernung von zehn Zoll. Er sprang einen Schritt zurück, als er mit hochgezogenen Brauen von oben bis unten gemustert wurde.

»Sie müssen nicht hier draußen warten, wissen Sie«, sagte der Beamte mehr empfehlend als mitfühlend. »Ich würde es verstehen, wenn Ihnen dabei unbehaglich wäre.« Dabei blickte er auf den Totenschädel, von dem nur Nase und Augen unter der Erddecke hervorlugten, so als hätte er Angst im Dunkeln.

Jason folgte dem Blick und schauderte. »Mir ist nicht unbehaglich.« Aus den Augenwinkeln sah er Mrs. Truesdells Hund weitertrotten. Jason wechselte die Position, um dem größeren Mann den Blick zu versperren, und wünschte, er wäre eine Mauer zwischen Cop und hinterem Garten.

Der Polizist machte sich an seine Aufgabe und wand und knotete das grellgelbe Plastikband um das Fallrohr der Regenrinne und den einen oder anderen Zweig. Jason überwachte den Mann, der eine Schlaufe nach der anderen zog, sah aber eigentlich nicht hin. Sein Blick war nach innen gekehrt und verfolgte im Kopfkino die Szenen, die sich noch abspielen würden, bis die verdammten Bullen die Knochen weggeräumt hatten und ihn endlich in Ruhe ließen. Oder ihn in Handschellen abführten, weil er sein stilles Leben mit einer Wahnsinnstat befleckt hatte.

Energisches Bellen riss ihn aus seinen Gedanken und löste einen prickelnden Schweißausbruch aus. Jason zuckte auch beim nächsten Bellen zusammen, obwohl der Hund nur anschlug, weil sich ein Wagen näherte. Das war nicht das begeisterte Kläffen über einen besonderen Fund. Eine Limousine, deren besonderes Merkmal die Reizlosigkeit behördlichen Eigentums war, fuhr an den Rinnstein und stellte sich hinter den Streifenwagen.

Jason maß seinen Gegenspieler, als dieser sich den Gärtnern vorstellte, die mürrisch in ihrem Pick-up hockten. Jovial wie ein Politiker schüttelte er ihnen die Hand, um sie zu beruhigen. Das war der entscheidende Mann. Das war der Kerl, der ihm glauben musste oder ihn besser gar nicht erst verdächtigen durfte. Jason hatte keine Erfahrung damit, sich einem Gegner zu stellen. Aber dafür war er ein Eins-a-Mauerblümchen. Seine Angst machte einen grimmigen Rohling aus dem Mann, der durch den Vorgarten kam, aber die Wirklichkeit präsentierte ihn als kleinen, adretten Burschen in Golfhemd und Khakihosen. Er gab Jason die Hand und ergänzte die Geste mit einem abgezirkelten Lächeln, das professionell, beruhigend und angesichts der Umstände nicht übertrieben freundlich war. Es war das Lächeln eines Mannes, der sich auf gelassene Art seines Zieles, seines Denkens und seiner Befugnisse sicher ist. Jasons Rückgrat erschlaffte und schob sich in den Hohlraum, der sonst für seinen Magen reserviert war. Er fühlte sich geschlagen, noch ehe der Kampf begonnen hatte.

»Mr. Getty, ich bin Tim Bayard.« Bayards Hand war warm und trocken, und Jason tat sein Bestes, den Druck genau so zu dosieren, dass er als unschuldiger Zuschauer überzeugte. Das Schlimmste, das er sich derzeit vorstellen konnte, kleidete der Kriminalbeamte in eine beiläufige höfliche Floskel: »Ist ein aufregender Tag für Sie, hm?«

»Kann man wohl sagen.« Jason unternahm einen ansehnlichen Versuch, artig zu lächeln.

»Nun, ich schlage vor, Sie führen mich einfach herum, und dann sehen wir weiter.«

»Was wissen Sie über die vorigen Eigentümer?«, fragte Bayard, als sie in die Küche zurückkehrten.

»Nichts. Ich habe das Haus von einer Maklerin gekauft. Nach ihrer Auskunft hat es vorher ein Weilchen leer gestanden«, sagte Jason.

»Haben die Leute etwas zurückgelassen? Kartons, Papiere, irgendetwas?« Bayard trank von seinem Glas Eiswasser. Jason schüttelte den Kopf. Der Kriminalbeamte überflog seine Notizen, aber das war vermutlich nur Show, ein Abblenden der Scheinwerfer, bevor Jason vor den Vorhang musste. Bayard atmete einmal tief durch. »Gut. Nun denn. Ich werde ein Kollegenteam herbestellen und die Überreste bergen lassen. Das ist das Erste. Wir müssen wissen, wer sich da draußen hat begraben lassen.« Er trank einen Schluck, und Jason ahnte, dass der Ermittler nur kurz innehielt, um sich danach auf sein Opfer zu stürzen. »Mr. Getty, ich hätte gern Ihre Erlaubnis zur Durchsuchung des Hauses.«

»Hier ist nichts.« Das war zu schnell gekommen und war viel zu pauschal. Jason musste sich seine Reaktion noch einmal vor Augen führen, um den Schaden einzuschätzen.

»Wahrscheinlich haben Sie recht. Und ich bedaure unser Eindringen. Wir werden es so kurz wie irgend möglich machen.«

»Ich meine … Es ist nur … Das ist jetzt *mein* Haus. Es sind *meine* Sachen.«

»Wenn Ihnen dabei wohler ist, besorge ich einen Durchsuchungsbeschluss, und selbstverständlich können Sie jederzeit einen Anwalt hinzuziehen.«

Das war die älteste Szene im Kriminalstück. Die unvermeidliche Frage. Dass sie rechtmäßig und notwendig war, bedeutete für den, der sie beantworten musste, keine Erleichterung. Von den Verweisen auf die Vorschriften einmal abgesehen – wenn ein Anwalt hinzugezogen wurde, schwang unweigerlich die Unterstellung mit, dass man selbst etwas zu verbergen hatte.

Jason zögerte die Entscheidung hinaus. »Die Leute vor mir haben wirklich nichts zurückgelassen. Nur Staub.«

Bayard zuckte die Achseln. »Trotzdem. Ich kann nicht sagen, ich habe das überprüft, wenn ich nichts überprüft habe. Sie wissen schon, Dachboden, Kriechboden, lose Bodendielen. Ich bedaure, dass wir in Ihre Privatsphäre eindringen müssen, aber wir haben es hier sehr wahrscheinlich mit einem Gewaltverbrechen zu tun. Das könnte sich sogar in diesem Haus abgespielt haben.« Bayard setzte sein verständnisvolles Lächeln fort, das eigentlich nur ein Breitziehen der zusammengepressten Lippen war. »Sie haben das Pech, auf einem Tatort zu sitzen. Wir wissen Ihre Kooperation wirklich zu schätzen.«

Kooperation war eigentlich das Letzte, was Jason Getty im Sinn hatte. Der monatelange Abstand zu jener Oktobernacht, die er unter Schweiß und Schmerzen durchgestanden hatte, existierte nicht mehr. Er war wieder in dem Wohnzimmer von damals, betrogen, ein Narr. Sehr einzeln, in der Tat. Ausgehöhlt, vor Wut zitternd und tief gedemütigt angesichts einer Flut von Drohungen und Spott. Die höhnischen Bemerkungen klangen ihm in den Ohren, und Brust und Rücken schmerzten, nachdem ihn eine starke Hand gegen den Türrahmen geschleudert hatte. In seiner Erinnerung gab es einen blinden roten Fleck und ein Geräusch wie von einer in Filz gewickelten Glocke, die dumpf schepperte, ein angestrengtes Ächzen und ein jäh verstummendes Stöhnen, brechendes Plastik und brechende ...

»Mr. Getty?«

Jason seufzte. »Verzeihung.« Er drängte das letzte Bild zurück: seine Fingerknöchel, die zwischen wirren dunklen Haaren in einen nassen roten Spalt einsanken. Er kniff sich in die Nasenwurzel. »Das ist alles ein bisschen viel für einen Sonntagvormittag.«

»Ich weiß. Und es tut mir leid.« Bayard stand auf und sammelte seine Sachen ein. »Ich gehe jetzt zum Wagen und rufe die Leute her, die ich brauche. Darf ich Ihnen denn schon mal eine Einverständniserklärung vorlegen, die Sie mir unterschreiben, oder soll ich einen Durchsuchungsbeschluss anfordern?« Bayard hatte nur darauf gewartet, dass Jason aufblickte, und sah ihm direkt in die Augen. »Wirklich, das ist kein Problem, so oder so.«

Bayard würde seinen Streifzug durchs Haus bekommen, und das Funkeln in seinen verdammten Augen bekräftigte diese Feststellung. Die Situation war ausweglos, so neutral und professionell sie eigentlich war. Als Jason sich darin gefangen sah, krampfte sich sein Herz zusammen, und die flüchtige Hoffnung, an einem Herzinfarkt zu sterben, drängelte sich in der Schlange anstehender dringlicher Probleme nach vorn. »Nein, das geht in Ordnung. Sie können hereinkommen und sich umschauen.«

Bayard lächelte, aber sein Blick blieb fest auf Jasons Augen gerichtet. »Danke. Und der Anwalt? Ich kann Ihnen die Zeit geben, sich einen zu suchen, und warten, bis er hier ist.«

Jason war sich nicht sicher, ob er das durchstehen konnte. Er spielte mit dem Gedanken, auf die Knie zu fallen, alles zu gestehen und Bayards Slipper in eine Flut reuevoller Tränen zu tauchen. Die Reue wäre allerdings gelogen, und er wusste nicht, ob er sie glaubhaft hinbekäme. Denn es tat ihm kein bisschen leid, dass er den Schweinehund umgebracht hatte.

Meistens vermied er es, daran zu denken — wie er ihn getötet hatte und dass es seinetwegen einen Menschen weniger gab. Dass er den Beweis dafür auf seinem Grundstück versteckt hatte, bedauerte er natürlich enorm, besonders jetzt. Doch wenn er sich, was gelegentlich vorkam, einmal nicht mit solchen Gedanken quälte, sondern betrachtete, was unterm Strich dabei herausgekommen war, dann schwelgte er im Triumph. Zwar empfand er Entsetzen und Ekel und eine lähmende Angst, geschnappt zu werden, aber auch Befriedigung. Er hatte es beendet. Er hatte ihm endgültig das niederträchtige Maul gestopft und dieses selbstgefällige Lächeln aus dem widerlichen Gesicht gewischt. Er hatte das Blut dieses Scheißkerls an den eigenen Händen gesehen.

»Wenn Sie sich keinen Staranwalt halten«, Bayard ließ vor und hinter seinem gemütlichen Lachen eine bedeutsame Sekunde verstreichen, »und Ihnen auch kein anderer einfällt, dann finden Sie im Telefonbuch eine ganze Seite hiesiger mit ausgezeichnetem Ruf, die garantiert an jede Kleinigkeit denken werden.«

»Ich sehe nicht, dass ich im Augenblick einen Anwalt bräuchte.« Jason sagte das ohne Zittern, ohne Blinzeln oder Schlucken. Er scharrte nicht mit den Füßen und wich Bayards Blick nicht aus. Er bekam sogar ein ungezwungenes Lächeln hin. Er hätte stolz sein können auf diesen Auftritt. Doch es hatte sich etwas geändert. Vielleicht war die Umgebungstemperatur um einen Grad gefallen, oder eine Wolke hatte sich vor die Sonne geschoben. Jedenfalls hatte sich von einer Minute auf die andere eindeutig etwas geändert.

»Wenn Sie einen engagieren wollen, Mr. Getty, dann besser früher als später, würde ich sagen.«

Wer A sagt, muss auch B sagen. »Dazu besteht kein Grund, Detective Bayard. Ich habe nichts Unrechtes getan.«

4

Der Detective tat, als fiele ihm nicht auf, dass sich der fingerbreite Vorhangspalt jedes Mal schloss, wenn er sich dem Haus zuwandte. Doch Tim Bayard entging nichts. Das machte schon seine siebzehnjährige Tochter ganz verrückt. Der ruckende Vorhang und die unsichtbare Hand, die ihn bewegte, hätten ihn eigentlich nicht stören sollen. Gettys Benehmen war nicht allzu auffällig. Jeder, bei dem ein Skelett im Gartenbeet entdeckt wurde und die Kollegen von der Spurensicherung herumkrochen, würde sich von der Szenerie angezogen fühlen. Mehr steckte vermutlich nicht dahinter. Vermutlich.

Bayard zog den Gerichtsmediziner von Carter County aus dem Blickfeld des Fensters und der rastlosen Vorhänge. »Also, Lyle, was hast du?«

»Was meinst du?« Lyle Mosby war ein Mann unbestimmbaren Alters, insofern als dass er weiße Haare mit gelegentlichen dunklen Einsprengseln hatte, sein Gesicht jedoch so faltenlos war wie bei einem Erstsemesterstudenten. Sein gestärkter Kragen leuchtete aus dem farblich abgestimmten Sakko, und alles zusammen passte mehr zu einer Tour durch die Nachtclubs als zur Begutachtung eines Leichenfundorts. Bayard fragte sich manchmal, welche Ausflüchte Lyle für den Mann in der Reinigung erfand, wenn er seine verdreckten Sachen abgab.

»Ich meine: Was weißt du?« Bayard deutete mit einem

Schulterblick zu dem Betrieb am Blumenbeet. »Was hältst du davon?«

»Das ist ein Scherz, oder?« Mosby sah mürrisch auf die Uhr. »Ich bin gerade mal seit vierundvierzig Minuten hier.«

»Ja, und einundvierzig davon hast du dir Notizen gemacht und die anderen drei den Arm gekratzt.«

Mosby sah Bayard groß an. »Was ist mit dir los? Hast du nichts Besseres zu tun, als herumzustehen und mich anzustarren? Ich habe einen Mückenstich. Der juckt. Schaff dir ein Hobby an, Tim.«

»Ich will nur wissen, was deine ersten Eindrücke sind. Was steht in deinen Notizen?« Bayard verdrehte den Hals, um das Geschriebene lesen zu können.

Mosby drückte sein Klemmbrett an die Brust. »Das ist ein Brief an meine Freundin.«

»Das sage ich deiner Frau.«

Mosby kicherte. »Ich weiß ja, wir haben nicht oft eine Leiche, aber versuch wenigstens, nicht zu sabbern. Das stört.« Detective Bayard wich um keinen Schritt zurück. »Tim, ich weiß noch gar nichts über ihn.«

»Du weißt also, dass es ein Mann ist.«

»Ja, ich nehme es an. Er hat eine sehr männliche Stirn.«

»Männliche Stirn?« Bayard kratzte sich am Hinterkopf und grinste. »Du klangst dabei gerade ein bisschen angetörnt, Sportsfreund. Das weißt du, oder?«

Mosby schob die Zunge in die Wange und nickte einvernehmlich. »Du hast mich erwischt. Es ist ein Brief an meinen Freund. Kann ich jetzt wieder an meine Arbeit gehen?«

Bayard hielt ihn am Ärmel fest, ehe der Gerichtsmediziner in den Sichtbereich des Fensters treten konnte. Der Gedanke, Getty könnte ihnen etwas von den Lippen ablesen, rumorte im misstrauischen Teil von Bayards Fantasie. »Wie lange liegt der Tote schon dort?«

»Herrgott noch mal!«, sagte Mosby. »Ich weiß es nicht! Wir haben nicht mal alle Knochen freigelegt.«

»Weniger als zwei Jahre?«

Mosby zog mit der Sicherheit des Fachmanns die Mundwinkel herab. »Nein, auf keinen Fall.«

»Bist du sicher?«

»Nein. Wie kann ich mir so früh schon sicher sein, wenn ich mit dir quatsche, anstatt zu tun, was ich tun sollte?«

Bayard schaute aufmerksam über den abgesperrten Bereich. »Ich denke nur laut, Lyle.«

»Hoffe, es bringt dir was. Mir nämlich nicht so viel.« Mosbys Augen folgten jedoch dem Blick des Polizisten, und dieser stille Moment der beiden Männer brummte nur so vor Entschlossenheit.

Mosby tauchte als Erster aus seinen Gedanken auf. »Aber wenn er unversehrt hineingelegt wurde, ist das Skelett zu rein. Wir haben noch tonnenweise Arbeit vor uns, und du weißt, wie lange die Analysen brauchen, aber ich würde sagen – bestimmt drei oder vier Jahre.«

Sie rechneten und zogen Schlüsse aus ihren Vermutungen. »Aber das kannst du noch in keinen Bericht schreiben«, fügte Mosby hinzu.

Bayard presste die Lippen zusammen und driftete ins Grübeln ab. »Hmhm.«

Mosby sah ihm amüsiert dabei zu. Er neigte sich zu ihm und raunte: »Wirst du wirklich dafür bezahlt?«

»Hm?«

»Haben die wirklich all die Jahre Bares springen lassen, damit du ein ernstes Gesicht machst und Denkgeräusche von dir gibst?«

»Ich glaube, ich werde dafür sorgen, dass ich in deinem nächsten Beurteilungsausschuss sitze«, sagte Bayard.

Mosby schnaubte und ging zurück an seine Arbeit.

Bayard rief hinter ihm her: »He! Sag mir Bescheid, sobald du etwas findest.«

»Was glaubst du denn? Meine Berichte fangen nicht an mit: Liebes Tagebuch, heute habe ich was schrecklich Interessantes entdeckt. Mensch, mach mal halblang, Bayard.«

Der Straßenrand stand voll mit lauter offiziell aussehenden Fahrzeugen. Bayard trabte zu einem monströsen Pick-up, der sich gerade in die letzte Lücke vor Jasons Haus quetschte. »Du bist schnell!«, rief Bayard.

Der Mann hinter dem Steuer nahm in der Höhe etwa anderthalb mal so viel Platz ein, wie für den Fahrer vorgesehen war. Ein schmalköpfiger Hund auf dem Beifahrersitz erfasste jede Einzelheit der Szene draußen, so schnell sein Kopf sich drehen ließ. Dabei zog er noch mehr Aufmerksamkeit als sonst auf sich, weil er einen spitzen, folienglänzenden Partyhut aufhatte, der bei jeder Bewegung hinter der Windschutzscheibe funkelte.

»Was soll das denn?« Bayard zeigte mit dem Daumen auf den Hund, der sich ihm schwanzwedelnd zuwandte. »Was hat sie angestellt, dass du sie so strafst?«

»Was denn? Sie hat Geburtstag.« Die beiden Männer sahen den Hund an, dem es überhaupt nichts ausmachte, dass ihm die alberne Kopfbedeckung über ein Ohr gerutscht war. »War gerade unterwegs, um Partyzeug zu besorgen, als du anriefst. Ich hoffe, du hast eine gute Ausrede dafür.«

Solch ein Leichenfundort hat einen Reiz, den nur Polizisten zu schätzen wissen, ein geheimes Element, das die Zuschauer von Polizeiserien von denen trennt, die wirklich damit zu tun haben wollen. Dazu gehörten ein schmales Lächeln und ein Spannungsgefühl im Bauchraum. »Hab ich allerdings«, sagte Bayard. »Leiche im Mulchbeet.«

»Hältst du ihn für den Schuldigen?« Der große Mann deutete mit einem unauffälligen Nicken auf die Haustür, wo Jason, die Hände tief in den Hosentaschen vergraben, mit den Füßen scharrte. Seine Stirn bildete einen Satz paralleler Sorgenfalten, seine Lippen einen geraden Strich, sodass er aussah, als wäre er tödlich beleidigt oder müsste mal dringend zur Toilette.

Bayards rascher Blick war genauso unauffällig. »Nee. Außer Lyle liegt gewaltig daneben.«

»Das hab ich noch nicht erlebt.«

»Eben. Aber danke, dass du mich nicht hast warten lassen, Ford.«

Ford Watts stieg aus dem Wagen, der den Kalauer, den er vor fünfzig Jahren in Umlauf gebracht hatte, lebendig erhielt. Mit vierzehn Jahren hatte er sich seinen Führerschein ermogelt, und seitdem setzte er sich hinter kein Steuer von Fahrzeugen, die nicht so hießen wie er. Jedenfalls nur unter lautstarkem Protest. Als die Polizei in den Achtzigern zum Verräter wurde und für eine Zeit lang von Ford auf Chevy umstieg, mussten sich die Kollegen bis rauf zum Chef einiges anhören. Sein neuer Ford war ein dunkelroter, viertüriger Pick-up.

Und wie sehr er seine Wagen liebte! Er wachste und polierte sie hingebungsvoll auf Hochglanz, sodass sie aussahen wie frisch aus dem Autosalon, und hielt immer ein Auge auf den Himmel, ob sich Vögel mit böser Absicht näherten. Der Wagen hopste auf den Stoßdämpfern, als Watts ausstieg, und obwohl schon längere Zeit ein nasskaltes Wetter herrschte, strahlte er genauso wie der Lack der Fahrerkabine. Neben seinem Wagen sahen andere Autos genauso lächerlich aus wie andere Menschen neben ihm. Auf dem Weg zum Haus informierte Bayard ihn über das Wesentliche. Beim Zuschlagen der Fahrertür hatte sich Jason verstohlen ins Haus zurückgezogen. So stand Bayard jetzt mit Watts allein auf der Treppe und machte ihn mit seiner simplen Strategie bekannt. »Ich will Valerie aus Lyles Team mitnehmen und einen ersten Rundgang machen. Du lässt ihn derweil die

Einverständniserklärung unterschreiben und stellst ihm noch mal dieselben Fragen wie ich, damit er mir nicht zwischen den Füßen herumläuft.«

»Du hast mich an einem Sonntag hergeholt, damit ich babysitte?« Watts grantelte aus voller Höhe auf Bayards Haupt herab, ohne jedoch die gewünschte einschüchternde Wirkung zu erzielen.

»Ich hätte auch jemand anderen anrufen können. Ich dachte, es würde dich interessieren.«

»Noch mal: Heute ist Tessas Geburtstag«, sagte Watts.

Bayard machte ein begeistertes Gesicht mit hochgezogenen Brauen und gespitzten Lippen. »Ooooh! Vielleicht solltest du sie herholen und ein bisschen herumführen.«

»Ich muss sie wirklich aus dem Wagen lassen. Sie wird sich sonst einsam fühlen. Und wahrscheinlich muss sie auch mal Pipi machen, wenn ich eine Weile hierbleibe. Aber nichts da, Tessa wird an ihrem Geburtstag nicht arbeiten.«

»Ford, Tessa weiß nicht, dass sie Geburtstag hat, sie ist ein Hund.«

»Ja, aber Maggie weiß es, und sie ist nicht allzu gut auf dich zu sprechen. So sieht's aus. Sie wollte mich gerade losschicken, damit ich Kerzen für den Kuchen kaufe, als du anriefst.«

»Mein Gott, deine Frau hat endgültig den Verstand verloren. Sie hat dem Hund einen Geburtstagskuchen gebacken?«

»Na ja, einen Hackbraten. Für einen Hund ist das wie Kuchen. Tessa liebt Hackbraten.«

Bayard schloss kopfschüttelnd die Augen und kicherte, ebenso wie Watts, der zurück zum Wagen lief, um Tessa zu befreien.

»Und meinst du, sie könnte auf das Hütchen verzichten?«, rief er hinter ihm her. »Es wäre schön, wenn wir hier wenigstens ein bisschen offiziell aussehen würden.«

Watts zeigte ihm hinter dem Rücken den ausgestreckten Mittelfinger, aber so flink, dass Bayard es entgangen wäre, wenn er in dem Moment geblinzelt hätte. Genauso schnell blickte Watts über die Schulter, um zu sehen, ob die Geste angekommen war und ob noch andere sie bemerkt hatten.

Eigentlich war es für niemanden ein Rätsel, warum Ford Watts keine einschüchternde Wirkung hatte. Der Allmächtige hatte dem Hünen das Gesicht eines ewig Zehnjährigen mitgegeben, und so rief Watts durchweg Liebe und Loyalität hervor, angefangen bei seiner Mutter bis hin zu dem Hundewelpen, den er und seine kinderlose Frau vor vier Jahren adoptiert hatten – dem Wunderhund Tessa.

Tessa ersetzte in der Mid-County Division den fehlenden Polizeihund, manchmal aus eigenem Antrieb und manchmal auf Anforderung. Ihr Wert hatte sich jedenfalls schon häufig erwiesen, weil sie zufällig zur rechten Zeit am rechten Ort gewesen war.

Carter County bildete auf der Landkarte einen ausgedehnten, halb ländlichen Fleck zwischen zwei turbulenten Großstädten, aus denen Drogenmissbrauch, Diebstahl und Gewalttaten herüberschwappten, die unvermeidlichen Verbrechen, wenn zu viele Menschen beieinanderleben und der Raum zu knapp bemessen ist. Das betraf hauptsächlich die Randgebiete; dazwischen machten meist nur diese Witzbolde von sich reden, die Autos frisierten, Schlägereien anzettelten und mit dem Baseballschläger Briefkästen vom Pfosten hauten. Mid-County hatte daher nur drei Allzweck-Kriminalbeamte und keine Extras. Doch die Beinfreiheit wurde viel eher begrüßt als beklagt, und die Arbeitsbelastung war gerade so hoch, dass es nur mehr oder weniger gutmütige Beschwerden gab. Und sie hatten Tessa. Ford Watts war hoffnungslos vernarrt in sie und hielt sie für den klügsten Hund im ganzen Land. So arglos Watts war, er irrte sich selten.

Er war außerdem genau der richtige Mann, um Jason Getty gegenüberzusitzen und mehr Details aus ihm herauszukitzeln. Jason redete in einem fort und ließ wegen Watts' bedächtiger

Art hin und wieder gelehrte Bemerkungen über Nerven- und Aufmerksamkeitsprobleme fallen. Offensichtlich schaute Jason zu selten Polizeiserien. Watts ließ alle Beleidigungen an sich abperlen und akzeptierte die Situation, weil sich so vielleicht etwas Wichtiges erfahren ließe.

Während er Jasons Antworten zuhörte, dachte er sich die nächste Frage aus, die einen möglichst großen Spielraum ließ, und beobachtete dabei Tessa. Sie verbrachte die Zeit, wie es träge Hunde gerne zwischen zwei Schläfchen tun, schnupperte in den Ecken herum und richtete die Ohren nach den Geräuschen im Haus, war aber nur mäßig interessiert. Anfangs war sie zufrieden, neben dem Knie ihres Herrchens zu sitzen, nachdem die zwei Männer sich am Küchentisch niedergelassen hatten. Als sie sich jedoch in die Unterhaltung hineinfanden, wurde sie unruhig.

Sie zappelte, als schwankte der Boden unter ihr, und blickte ständig zwischen Ford und Jason hin und her, worauf Ford sich fragte, was ihm wohl gerade entging. Am Ende warf sie ihm über die Schulter einen flehenden Blick zu und kroch die zwei Schritte zu Jason hinüber, um ihm die Hand zu lecken.

Das Durcheinander in Häusern war so groß, dass es dort für Tessa manchmal langweilig war. Das tägliche Einerlei derselben Leute, die Runde um Runde ihre beengten Räume abschritten, erzeugte nur reizlose Pfade, und die anregenden Spuren überlagerten einander so häufig, dass sie nichts mehr hergaben. Schuhe waren manchmal gut, mitunter auch ihre Kleider, wenn sie draußen gewesen waren, und ihre Hände, wenn sie gegessen hatten, aber das viele Putzen und Schrubben verwandelte alles Spannende in eine einzige Parfümsuppe.

Das einzig Interessante in diesem Haus war der Mann. Er verströmte Sorge. Die kribbelte wie ein nahendes Gewitter und schreckte sogar die kleinen hektischen Biester auf, die in den

Ballen ihrer Pfoten lebten und an ihrem Rückgrat auf und ab krabbelten. Aber sie wollte ihn nicht beißen, und er gab keinerlei Anlass zum Knurren. Sie wollte nur, dass er sich keine Sorgen machte.

Ford schien sie nicht zu bemerken, die Angst in dem Mann. Ford lächelte nicht und lehnte sich auch nicht zurück, damit sich alle anderen entspannten. Er sagte nicht zu dem Mann, dass alles gut werden würde. Also gab sie es ihm eben zu verstehen, indem sie ihm den Handrücken leckte. Er tätschelte ihr freundlich den Kopf, wollte sie aber nicht ansehen.

Die Kriminalassistentin Valerie klapperte mit ihren Stiefelabsätzen den Flur entlang und schaute auf der Suche nach Bayard in jedes Zimmer. »Tim? Wo sind Sie?«

»He, Val! Ich bin hier hinten.« *Hier hinten* war die Waschküche, so hatte Jason den Raum bei seiner Führung durchs Haus genannt, aber man müsste sie als Waschkämmerchen bezeichnen, wollte man auch nur annähernd ehrlich sein.

Valerie gelangte an die letzte Tür und lehnte sich an den Rahmen, um ihre Erkenntnisse abzuliefern.

»Ich wette, Sie latschen eine Menge Schuhe durch«, sagte Bayard augenzwinkernd, ehe sie zum Sprechen ansetzte.

»Hm?«

»Sie laufen sich nicht die Hacken schief?«

»Konzentrieren Sie sich auf Ihre Arbeit, Tim.« Sie lachte. »Hören Sie auf, mich zu analysieren.« Sie warf einen schnellen Blick auf ihre Stiefel. »Wie auch immer, ich habe mit der Immobilienmaklerin gesprochen. Sie ist eindrucksvoll, eine ziemliche Wichtigtuerin. Sie weiß alles, bis zum letzten Gerücht, das mal vor Jahren in Umlauf war. Sie hat sich problemlos an dieses Haus erinnert. Demnach hat hier ein junges Paar gelebt.« Valerie schaute in ihre Notizen. »Boyd und Katielynn Montgomery. Die sind ausgezogen, und ein halbes Jahr später hat die Maklerin es an Mr. Getty verkauft.«

»Gut.« Bayard zwängte sich ächzend zwischen die Waschmaschine und den Trockner und leuchtete mit einer Taschenlampe durch das Lamellengitter einer Wandöffnung.

»Sie sagt, sie hat nur mit Mr. Montgomery zu tun gehabt. Recht netter Kerl, sehr korrekt und höflich, sagt ständig Ma'am und –«

»Val.« Bayard bückte sich und spähte in das düstere Loch. »Können Sie mir aus dem Kasten da einen Schraubenzieher reichen, bitte?« Er streckte die Hand aus wie ein Chirurg, der nach dem Skalpell verlangt. Sie gab ihm das Werkzeug, ohne groß hinzusehen. Bayard schraubte das Gitter ab und richtete den Lampenstrahl erneut in das Loch.

»Jedenfalls hat sie gesagt, dass sie sehr gern Kopien von –«

»Val.«

»Ja?«

»Ich brauche ein Paar Handschuhe und einen Plastikbeutel.«

Valerie gab ihm das Gewünschte. Ihr Mitteilungsdrang war versiegt. Der Hohlraum hinter dem Lamellengitter, das sich anderthalb Fuß über dem Boden befand, bot Zugang zu den Rohrleitungen. Für einen größeren Mann wäre die Öffnung das sprichwörtliche Nadelöhr gewesen, doch Bayard schob einen Arm in die Gipswand und zwängte noch die Schulter hinein, langte hinter ein Gewirr von Rohren und bekam eine kleine Tasche zu fassen, die er durch die jahrealte Schicht aus Staub und Waschpulver hervorzog. Die Unterlippe zwischen die Zähne gezogen, betrachtete er seine Beute: eine Damenhandtasche aus Canvas, die dunkle Flecken hatte. Er wischte mit dem Daumen über einen kleinen Fotorahmen, der an einem Schlüsselring hing. Durch das eingetrübte Plastik strahlte ihn eine junge blonde Frau an, die in jedem Arm einen scheckigen, gedrungenen Welpen hatte und sie selig knuddelte.

»Val«, Bayards Ton hatte sich mit der Entdeckung geändert, »Sie müssen Lyle herholen. Sagen Sie ihm, er muss sich etwas ansehen.«

Wie die Kompassnadel nach Norden zeigt, schwenkt die innere Nadel des Polizisten auf den unauslöschlichen Fleck des Vergehens. Polizisten leben für das verborgene Indiz, für das Beweisstück, das die Ermittlung in eine neue Richtung lenkt. Der Nervenkitzel, mit dem sie einer Ahnung folgen, und der Kick, wenn diese sich bestätigt, bedeuten ihnen oft mehr als der Gehaltsscheck. Doch da ist auch immer dieser Moment des Bedauerns, wenn das Gefundene unmissverständlich bezeugt, dass eine schreckliche Tat begangen wurde.

Auf dem Weg, der Jason Gettys Vorgartenrasen teilte, nahmen Mosby und Bayard Angriffspositionen ein.

»Alle sagen immer, dass du so schlau bist«, begann Bayard.

»Tja, wie nett sie alle sind. Erinnere mich daran, dass ich ihnen gelegentlich einen Obstkorb schicke«, erwiderte Mosby.

»Ja, aber diesmal liegst du falsch.«

»Unwahrscheinlich, da ich noch gar nichts geäußert habe.«

Bayard streckte ihm eine Papiertüte entgegen. »Du hast gesagt, es ist ein Mann. Ich bin ziemlich sicher, dass die Leiche Katielynn Montgomery ist. Sie hat hier gewohnt, und ich habe ihre Handtasche gefunden. Es sieht ganz so aus, als wären Blutflecke darauf.« Zur Untermalung schüttelte Bayard seine Tüte.

Mosby streckte ihm seinerseits eine Papiertüte entgegen. »Sag mir eins: Wenn du in meinem Beurteilungsausschuss sitzt und sich zeigt, dass ich deine Arbeit gemacht habe, bekomme ich dann außer meiner auch deine Gehaltserhöhung?«

Bayard musterte beide Papiertüten. »Meine ist größer.«

Mosby verkniff sich ein Lachen. »Es ist ein Er. Und ich weiß, wer *er* ist, es sei denn, *er* trug die Brieftasche und Einkäufe eines anderen bei sich. Verneige dich vor den Göttern des Nylon und Plastik, die Würmern, Käfern und Leichenbrühe trotzen.« Er schüttelte seine Tüte ebenfalls. »Und ich bin auch ziemlich sicher, zu wissen, wann er gestorben ist.«

Bayard dachte an die blutbefleckte Handtasche. »Na gut, aber was zum Teufel ist dann mit Katielynn passiert? Und warum wurde ihre Tasche in dem Wandloch versteckt, wenn seine Sachen mit ihm zusammen verscharrt wurden?«

Der Vorgarten gab in gewisser Weise ein symmetrisches Bild ab. Zwei Männer in Latexhandschuhen, die jeder eine braune Papiertüte festhielten, standen in der Mitte eines Weges, der den Vorgarten in zwei Hälften teilte und schnurgerade von der Straße zur Haustür verlief. Die Tür befand sich genau in der Mitte unter dem Spitzgiebel. Zwei Fenster in der West- und zwei in der Osthälfte. Drei kleine Büsche unter jedem Fensterpaar in identischen Mulchbeeten, die an der jeweiligen Hausecke vorbeiführten. Nur eines brachte die Szene aus dem Gleichgewicht: der Tote in dem westlichen Blumenbeet.

Die gestörte Symmetrie fiel beiden gleichzeitig auf. Bayard kniff die Augen zusammen, während Mosby die Stirn runzelte. Ihre Blicke trafen sich in grausigem Begreifen, und gemeinsam wandten sie sich nach Osten, zu der Gartenseite, wo die Gärtner noch nicht zum Umgraben gekommen waren.

»Lyle.«

»Bin schon dabei.«

5

Manche Tage haben für ihre schiere ästhetische Vollkommenheit einen Trinkspruch verdient. Meistens gibt es sie im Frühling, wenn einem der lange Winter noch in den Knochen sitzt. Leah machte sich einen starken Drink und ließ sich mit einem Roman in der Hängematte nieder. Aber der Schwips war schneller als die Prosa. Sie schaute in die Wirbel, die im unteren Drittel ihres Cocktails tanzten, während dort, wo das Glas auf ihrem Bauch ruhte, Kälte kreisförmig durch ihr Shirt drang. Sie trommelte mit den Fingern am Glasrand entlang und riskierte mutwillig, dass es kippte. Das Sonnenlicht funkelte im Kondenswasser, ein kleines Feuerwerk ohne Feuer. Sie fragte sich, ob es der Alkohol oder das Eis war, was die geisterhaften Schwaden in Schnaps und Saft in Gang setzte. Schnaps und Saft. Und wie kam es *überhaupt* dazu? Sie lächelte die gegensätzlichen Zutaten in ihrem Glas an. Als hieße sie einen tätowierten Muskelmann willkommen, weil er ein kleines Mädchen mit lauter rosa Schleifen an der Hand hielt. Oder in diesem Fall mit lauter cranberryroten Schleifen.

Ihre Gedanken wurden so dünn, dass sie durch die Lücken des Verstandes rutschten, und Leah überließ sich ihrem einschläfernden Strom. Lächelnd stellte sie sich vor, wie Stäubchen und Moleküle ihren stillen Sturm in dem Spätnachmittagscocktail überstanden. Was taten *die*, um nach dem ganzen Wirbeln dessen Wirkung zu lindern?, fragte sie sich.

»Ms. Tamblin?«

Ihre Überraschung brachte den angenehm verschwommenen Tag zurück in scharfen Fokus. Doch nach einem kurzen prüfenden Blick auf ihren Besucher klopfte ihr Herz in ruhigem Takt weiter.

»Hallo, Detective.« Lächelnd kam sie aus der Hängematte hoch. »Wurde sein Fall wieder mal weitergereicht?«

Der Mann sperrte den Mund auf und stammelte: »Äh – also – äh.«

»Wenn Sie kein Bulle sind, habe ich schon zu viel getrunken.« Leah lachte. »Ich hab monatelang nur Cops gesehen und gerochen. Ihr könnt euch nie wieder unerkannt an mich anschleichen.« Sie ging die Stufen hinunter. Auf dem Rasen angelangt, telegrafierten ihre nackten Zehen ans Gehirn, dass es eigentlich noch nicht warm genug war, um barfuß zu laufen. »Normalerweise schicken die mir einen Brief. Was ist los?«

Der Mann war nicht groß, aber Leah, an ungünstige Größenunterschiede gewöhnt, blickte in sein Gesicht auf, als sie seinen freundlich nüchternen Handschlag entgegennahm. Ein Vertreter war er nicht. Sie hatte recht.

»Ms. Tamblin, ich bin Tim Bayard vom Carter County Sheriff's Department draußen in Stillwater.«

Bei der Erwähnung eines anderen Zuständigkeitsbereichs verließ sie alle Selbstsicherheit. »Dann sind Sie nicht wegen Reid hier?«, fragte sie.

»Doch, Ma'am.« Er nickte und sah zu Boden. »Es tut mir leid, das zu sagen: Ich bin hier, weil vor einigen Tagen in Stillwater eine Leiche gefunden wurde. Sie wurde anhand zahnärztlicher Unterlagen identifiziert. Es ist Mr. Reynolds, fürchte ich.«

»Oh.« Leah klemmte die Oberlippe zwischen die Zähne, dann hauchte sie ein weiteres, verwundetes »Oh«.

»Es tut mir sehr leid.«

»Nein, es ist – ich meine –« Die unteren Zähne nagten an

ihrer Lippe. Ihre flatternden Lider stockten und wurden von Tränen überschwemmt. »Ich wusste es, aber ich ...« Sie holte Luft. »Entschuldigen Sie. Ich muss – ich bin gleich wieder da.«

Bayard nickte. »Natürlich.«

Leah Tamblin, die seit drei Jahren mit Reids Verschwinden lebte und die nie verheiratet war, taumelte auf witwenschweren Füßen ins Haus.

Bayards Frau schüttelte oft traurig den Kopf über die Belastung, die es doch bedeuten musste, solche Nachrichten zu überbringen. Die meisten Leute nahmen an, das sei das Schlimmste an dem Beruf. Doch das stimmte nicht, und er sperrte sich nicht gegen diese Pflicht. Es war allerdings immer ein tiefschürfender Moment, schmerzvoll und schwer. Bayard hatte schon erwachsene Männer in Ohnmacht fallen und Teenager auf ihre Schuhe kotzen sehen, wenn ihnen mitgeteilt wurde, dass der Tod eine Lücke in ihren engsten Kreis gerissen hatte. Ihm machte das so wenig Freude wie einem Arzt, der seinem Patienten sagen muss, dass er Krebs hat, und so wenig wie der Arzt der ersten Zelle befiehlt zu wuchern, so wenig löste Bayard die Katastrophe aus, bei der am Ende jemand starb.

Sein Beruf war es, einen Weg zu erschließen, den man weitergehen konnte. Ordnung und Gleichgewicht wiederherzustellen. Gebrochene Seelen und die universelle Bedeutung von Verlust waren Elemente, um die sich Priester und Therapeuten zu kümmern hatten, aber das Gerüst der Gesellschaft waren Ordnung und Gesetz. Schaden an diesen Komponenten erforderte fachmännische Reparatur. Die begann immer mit einer Aufdeckung, einer nüchternen Feststellung der Fakten. Bayard wusste, dass sich sein Gesicht jedem unauslöschlich einprägte, den er mit einer schrecklichen Nachricht aus dem Gleichgewicht brachte. Er respektierte diese Rolle und war entschlossen, sie mit Anstand auszufüllen.

Das war leichter, als Versagen hinzunehmen. Einen völlig fremden Menschen in tiefe Trauer zu stürzen und dann den Fall nicht lösen zu können – *das* war das Schlimmste an dem Beruf. Bei Weitem. Er sah die Fliegengittertür hinter Leah zuschlagen und akzeptierte still nickend das Einzige, was ihn hilflos machte: die drohende Möglichkeit einer Sackgasse. In diesem neuen Fall waren die Zeit und die Elemente gegen ihn. Die Knochen waren trocken, die Beteiligten weit verstreut. Der Zug war abgefahren.

Dieser Fall schien ziemlich klar zu sein, und er hätte sich darüber freuen sollen. Doch aus irgendeinem Grund überzeugte ihn dieses spezielle kleine Prachtstück von logischen Zusammenhängen überhaupt nicht. Stattdessen bemerkte er bei sich den Schauder einer bösen Ahnung.

Er schlenderte um den ordentlichen, weiß getünchten Ziegelbungalow herum. Die Akte, die er von den örtlichen Kollegen bekommen hatte, bestätigte aufgrund zahnärztlicher Röntgenaufnahmen die Identität des Skeletts in Jason Gettys westlichem Gartenbeet. Außerdem enthielt sie dürftige Notizen und aus irgendeinem Grund ein Foto von Reid Reynolds letztem Wohnsitz. Bayard orientierte sich und betrachtete das Haus von derselben Stelle aus, wo der Fotograf gestanden hatte.

Es war ein dünnes Ding, diese Akte. Man soll ja nicht nach Äußerlichkeiten gehen, aber man tut es doch. Kerle mit Sonnenbrille und Kugelschreiberetui sind automatisch intelligenter als alle anderen, schöne Menschen sind glücklich, und eine dünne Akte bedeutet, dass die Ermittlung zu nichts geführt hat. Natürlich ist keine dieser Behauptungen im strengen Sinne wahr, aber tendenziell geht man davon aus, bis sie sich als falsch erweisen.

Die Fakten in der Akte führten zu keiner Lösung. Ein recht beliebter junger Mann mit bescheidenen Schulden und einer bevorstehenden Hochzeit mit seiner Freundin, die er schon seit Kindertagen hatte, war spurlos verschwunden. Zuerst war das Verschwinden als unverdächtig eingestuft worden, und

Ms. Tamblin und die Mutter des Vermissten waren, wie Bayard anhand der Anrufliste sehen konnte, in beinahe unhöflichem Maße ignoriert worden. Die Untersuchung des Wagens, des einzig greifbaren Beweisstücks, das drei Jahre vor der Leiche gefunden wurde, hatte nur ein paar Eimer Asche erbracht. Und nichts von all dem hatte das Geringste mit dem dünnen blassen Mann zu tun, der dort wohnte, wo Reid Reynolds augenscheinlich gestorben war. Trotzdem kehrten Bayards Gedanken immer wieder zu Jason Getty zurück.

»Detective?« Leah hatte sich einen Pullover und Sportschuhe angezogen und sah dadurch noch kleiner aus. »Entschuldigung wegen eben.«

»Sie brauchen sich deswegen nicht zu entschuldigen.«

»Es ist doch dumm. Ich meine, mir war das sofort klar, als man damals den Wagen fand.« Sie blies sich eine Locke aus dem Gesicht. »Nein, das stimmt nicht. Ich wusste es schon in der ersten Nacht, als sich herausstellte, dass er in keinem Krankenhaus gelandet war. Er wäre nicht einfach abgehauen. Das hätte er seiner Mutter nicht angetan.« Sie zuckte schuldbewusst und peinlich berührt zusammen. »Er hätte mir das nicht angetan.«

Bayard ging zu ihr auf die Terrasse. »Sie werden sicher eine Menge Fragen haben. Und natürlich muss ich auch Sie einiges fragen.«

»Natürlich. Gehen wir ins Haus. Kann ich Ihnen eine Tasse Kaffee anbieten?«

»Eigentlich hätte ich gern ein Glas Eiswasser.« Es war immer gut, so ein Angebot anzunehmen. Die Leute brauchten nach einer Katastrophe ein bisschen Bürgerlichkeit und Normalität. Das ebnete den Weg zu einer informativen Befragung, und man tat ihnen einen Gefallen, wenn man ihnen ermöglichte, Haltung zu bewahren. Aber ein empfindlicher Magen und jahrelange Erfahrung hatten ihn gelehrt, den unter Trauer gebrühten Kaffee abzulehnen.

Als Leah ins Bett kroch, kannte sie sich selbst nicht mehr. Jahrelang war sie die Frau gewesen, deren Verlobter verschollen und mutmaßlich tot war. Mutmaßlich tot war tot genug. Mutmaßlich tot bedeutete ein Foto auf einer Staffelei bei der Trauerfeier und Kartons mit Erinnerungsstücken. Mutmaßlich tot bedeutete ein Heft Gutscheine für mitleidige Blicke, die man noch jahrelang einlösen konnte, und einen Geheimvorrat Melancholie, von dem sich zehren ließ, wenn einem ein Tag noch nicht grau genug war.

Strich man das »mutmaßlich«, dann bedeutete es ein Skelett in einem Sack auf einem Seziertisch im Leichenschauhaus. Es bedeutete eine Mordermittlung und eine Checkliste von Fragen und eine bestimmte Vorgehensweise, die die Gerechtigkeit voranbringen wollte. Es bedeutete die Erwartung von Kooperation und ein Eindringen in die Privatsphäre. Es bedeutete, dass die Hinterbliebenen für eine bestimmte Abfolge von Nichtwahrhabenwollen, Ärger, Trauer und all den Quatsch zuständig waren, den Fachleute mit Briefkopf und Diplom an der Wand ausgearbeitet hatten. Es bedeutete eine Reihe von Antworten, nach denen sie sich gesehnt hatte, als der Verlust noch frisch gewesen war, die sie aber nicht mehr brauchte, nachdem drei Jahre Abstand ihren Schmerz gedämpft hatten. Diese Art von tot war eine kräftezehrende Bürde.

Sie zog die Bettdecke bis unters Kinn, aber die Augen blieben offen und verfolgten die Schatten an der Decke. Vor dem Fenster spielte der Wind Fangen mit den Zweigen, die gegen die Scheibe schlugen. Diese Bestätigung fester Formen ringsherum gab ihr Halt, denn wenn sie die Augen zumachte, fühlte sie sich völlig haltlos in einer ohnmächtigen Unvertrautheit.

Eines jedoch erkannte sie deutlich wieder: dieser eine altvertraute Schmerz, die beschämende Brandwunde der Untreue, obwohl sie einen Gehaltsscheck gewettet hätte, dass Reid ihr das nicht noch einmal antun konnte. Es war lächerlich vorhersehbar gewesen, dass Reid nicht allein gestorben war. Als Detective

Bayard das Foto von Katielynn Montgomery hervorgeholt hatte, wäre Leah am liebsten unter den Tisch gekrochen. Katielynn war genau der andere Typ, auf den Reid stand: die langbeinige blonde Schönheit. Alles, was Leah nicht war. Wäre er jetzt da gewesen, hätte sie ihm seinen treulosen Hals umgedreht, weil er sie einmal mehr dem amerikanischen Schönheitsideal gegenüberstellte. Sie hatte ein unbewegtes Gesicht hinbekommen, wie immer unter den prüfenden Blicken, die ihre eigene Weiblichkeit mit jener von Reids Ablenkungen verglichen.

Aber Reid war natürlich nicht da. Er war tot und nicht bloß mutmaßlich. Er war zusammen mit der letzten Barbiepuppe, die seinen Blick auf sich gelenkt hatte, von der Zeit und den Elementen zerkaut worden. Leah schreckte vor der Grausamkeit des Gedankens zurück. Sie versuchte, sein Gesicht zu beschwören, das konzentriert so gut und lebhaft so vertrottelt ausgesehen hatte. *Denk an die guten Dinge, Leah. Erinnere dich, warum du diesen ganzen Scheiß ausgehalten hast.*

Was sie wieder zu der Einsamkeit zurückführte, die ihr so fremd war, zu dem Isolationsgefühl eines Weltraumspaziergängers, das sie um den tröstlichen Schlaf brachte. Wenn sie sich gestritten hatten, war Leah bei seiner Familie immer als die Geschädigte aufgenommen worden. Sie hatten ihren liebenswerten Halunken zugunsten seines schwer leidenden Opfers ausgesperrt.

Im Lauf der Jahre hatte sie stundenlang bei seinem Bruder Dean und dessen Freunden geschmollt. In einem bestimmten Alter bearbeiteten sie sie mit Dr Pepper und endlosen Billardspielen, bis sie bessere Laune bekam, und später dann mit Tequila und Bong-Rauchen. Dutzende Male kochte sie mit seiner Mutter Spaghetti, was immer den ganzen Nachmittag dauerte und literweise dicke rote Sauce hervorbrachte. In Gesellschaft genossen war das der Balsam auf den Wunden des Verrats. Solange sie noch offen waren, ging jeder wie auf Eiern, und der rituelle Schmaus wurde stets in Schweigen abgehalten, in dem Leahs Fluchen und

Weinen noch nachhallte. Danach verlangte Sheila mit einer gebieterischen Kopfbewegung in Richtung Küche, dass Dean, und wer sonst noch da war, ihr beim Spülen half – *Ja, jetzt!* Reid und Leah wurden allein gelassen und zupften verlegen an ihren Servietten, bis einer, gewöhnlich Reid, vorschlug, sie sollten sich den Spätfilm im Kino ansehen oder im West End Lanes bowlen gehen.

Inzwischen war Sheila schon seit zwei Jahren tot, und Dean war an Weihnachten zu seiner Freundin nach Seattle gezogen. Leah hatte ihn noch nicht erreichen können. Sie war allein mit der Neuigkeit und den Erinnerungen. Die erste Nacht in ihrer neuen Rolle als die Frau ohne Mutmaßungen war lang und unruhig.

Jason Getty und Leah Tamblin, Meilen voneinander entfernt, doch mit denselben Sorgen beschäftigt, schliefen fast zur selben Zeit ein. Während Leahs Gedanken fast zwei Jahrzehnte umspannten, waren Jasons mehr auf das unmittelbar Bevorstehende gerichtet, auf etwas Greifbareres, das ihm sozusagen näher war. Die beiden Leichen, die rechts und links des Hauses gelegen hatten, waren weggebracht worden, aber Jason konnte das Grauen nicht abschütteln, nachdem er die ganze Zeit über in einem Bermudadreieck geschwebt war und sich das auch noch selbst eingebrockt hatte. Mit unheimlicher, mathematischer Präzision hatte er sich auf ein keilförmiges Stück Land verborgener Verbrechen manövriert und über anderthalb Jahre lang im Zentrum dieser gottlosen Geometrie geschlafen.

Wenigstens beruhigte ihn ein wenig, was er inzwischen über den Fall wusste. Es sah nach einer schlichten Seifenoper mit einem gehörnten Ehemann aus, der über ein Gewehr und eine gewisse Zielsicherheit verfügt hatte. Sobald die Polizei den Mann, der Vorbesitzer des Hauses gewesen war, aufgespürt hätte, würde der Fall abgeschlossen sein. Jason wäre dann wieder

der Durchschnittsbürger und lediglich durch eine unsichtbare Kette mit der unentdeckten Leiche verbunden, die am hinteren Grundstücksrand vergraben lag. Er hatte sich vor Monaten mit dem Geheimnis arrangiert, es gerade so geschafft. Nach der Festnahme des Ehemanns würde Detective Bayard keinen Grund mehr haben, Jason zu verdächtigen oder überhaupt einen zweiten Gedanken an ihn zu verschwenden.

Doch der Polizist verschwendete durchaus diesen zweiten Gedanken an ihn; Jason wusste das. Und er befürchtete, dass er vielleicht schon beim dritten und vierten Gedanken angelangt war.

In dieser Nacht begann ein Plan B in ihm zu reifen. Jason dämmerte im Halbschlaf, und der Traum von dem Begräbnis – abgenutzt, wie er inzwischen war – spielte sich wieder in seinem Kopf ab. Doch diesmal lief der Film rückwärts. Im Mondlicht flog schwarze Erde, doch nicht ins Grab hinein, sondern aus ihm heraus. Jasons Körper erinnerte sich an das Brennen in den Rückenmuskeln, sodass er laut ins Kissen stöhnte. Das Leuchten des weißen Lakens wurde stärker anstatt zu schwinden, und in seinem Traum packte Jason die vier Zipfel und zog mit einem mächtigen Ruck an ihnen.

6

»Wo zum Teufel bist du gewesen?« Über seine großen Füße hinweg, die er auf einem Papierstapel auf dem Schreibtisch gekreuzt hatte, sah Watts seinen Partner böse an.

»Ich dachte immer, ich wäre gerade noch mal davongekommen, weil ich eine Frau gefunden habe, die nicht nörgelt«, sagte Bayard mit einem zuckenden Mundwinkel. »Aber das Universum hat es so an sich, Dinge ausgleichen zu wollen, oder?«

»Seit drei Stunden versuche ich dich zu erreichen. Ich hab dein Funkgerät in deiner Schreibtischschublade gefunden. Was, ist es dir zu schwer?«

»In der Kleingelddose zu Hause war nicht genug Platz dafür.« Bayard lachte und stieß Watts' Füße vom Schreibtisch, dann kramte er im Treibgut. »Ich habe Hunger.« Er wedelte mit seinem Fund, der abgegriffenen Speisekarte eines Chinesen, die in einer Mappe mit bürointernen Laufzetteln gelegen hatte. »Was denn? Ich hab dir doch gesagt, dass ich heute Vormittag ein paar Dinge zu erledigen hatte. Du hättest – oh, Scheiße.«

»Ja.«

Bayard hatte die freie Stelle an seinem Gürtel ertastet, wo sein Handy hätte stecken sollen. »Wir sind gestern Abend im Kino gewesen. Da habe ich es auf Vibration gestellt. Dann muss ich es im Wagen auf dem Boden liegen gelassen haben und hab's deshalb nicht gehört.«

Watts seufzte. »Du brauchst es nicht zu hören, du sollst es fühlen. Darum tragen normale Leute ihr Handy am Körper.«

»Ich weiß. Der Clip ist abgebrochen. Aber ich kann nicht behaupten, dass ich es vermisse. Es nervt mich.«

»Mich nervt es, wenn ich dich nicht erreichen kann.«

Bayard schob einen Aktenturm beiseite, um auf der Schreibtischecke Platz zu schaffen, und ließ sich mit reumütig hängenden Schultern darauf nieder. »Tut mir leid. Was liegt denn an?«

»Och, nichts«, sagte Watts mit einer wegwerfenden Handbewegung. »Außer einem Gespräch mit diesem Blumenbeetbegräbnistypen, der früher mal dort gewohnt hat, Boyd Montgomery. Schätze, mit dem zu quatschen steht heute nicht ganz oben auf deinem Erledigungszettel.«

Auf Bayards Gesicht malte sich blankes Erstaunen ab. »Heute? Ihr habt ihn schon gefunden?«

»Nö. Ich habe ihn gestern Abend gefunden. Wollte dich aber nicht stören.« Watts' Freude, seinen Partner ärgern zu können, funkelte durch die Maske des Leidgeprüften. »Ich dachte, das hat bis zum Morgen Zeit.« Er nagte wehmütig an der Unterlippe. »Aber da habe ich mich selbst angeschmiert.«

»Wo ist er?«

»Ach, mach dir keine Gedanken. Bestellen wir erst mal das Mittagessen.« Watts schaute summend auf die Speisekarte, ein verschmitztes Funkeln in den Augen. »Huhn nach General Tso, ist das nicht das Zeug, das du so gern isst?«

»Ford.«

»Das ist in Ordnung. Die Jungs drüben in East County können das erledigen.«

Darauf schoss Bayard von seinem Platz hoch und riss die obersten Aktendeckel mit, sodass sie aufklappten und die losen Blätter über den Boden segelten. »Er ist hier? Ich dachte, er sei nach Texas abgehauen. El Paso oder so.«

»Er ist zurückgekommen. Letzte bekannte Adresse …«,

Watts fischte den entscheidenden Zettel schwungvoll aus dem Durcheinander, »... Branson Heights.«
»Unfassbar.«
»Jep.« Watts rückte den Rest seines Ablageturms genau bis an die Schreibtischkante. »Noch Hunger?«

Der Name Branson Heights klatschte eine überaus dekorative Bezeichnung auf eine struppige graue Gegend der Landkarte, wo Vororte in ungepflegtes Gebiet und das ungepflegte Gebiet in den Arsch der Welt übergingen. Von Heights war nichts zu sehen, weder in Höhe noch in Pracht, und das weckte den Verdacht, dass der Namensgeber vorhatte, die Grundstücke in geraumer Zukunft als erstklassig zu etikettieren und teuer zu verkaufen. Das Gesamtbild war voller Unkraut, rostiger Schäbigkeit und gesprenkelt mit den kitschigen Versuchen einiger lustiger Bewohner, es mit Plastiksonnenblumen und knallbunten Gartenzwergen schönzufärben.

Beim Tauziehen mit dem Frühling hatte der Winter noch mal einen kräftigen Ruck unternommen und alle außer den ganz Abgehärteten auf den Dachboden, in den Keller und ans oberste Schrankfach gescheucht, um die so optimistisch weggepackten warmen Klamotten wieder hervorzuholen. Ein dunkelgrauer Himmel und kalte Böen trugen nichts zu der Aussicht durch die Windschutzscheibe des Pick-ups bei. Im Inneren des Wagens sorgte Hundeatem dafür, dass die Atmosphäre auch nicht besser war. Von ihrem maßgefertigten Sitz auf der Rückbank nebelte Tessa die Fahrerkabine ein, indem sie ihr breites Hundelächeln hin und her schwenkte. Doch ihre wachsamen Augen konnten nie alles aufnehmen, was sie interessierte, selbst wenn ihr alle neun Leben ihrer Feinde, der Katzen, beschieden gewesen wären.

»Grundgütiger! Was hast du ihr zu fressen gegeben?«, fragte Bayard.

Watts lachte. »Knoblauch!«

»Du bist verrückt.«

»Das ist gut fürs Fell und die Augen.«

»Na ja, *meine* Augen tränen davon«, sagte Bayard.

Tessa, die genau wusste, dass von ihr die Rede war, wandte sich ihm erwartungsvoll zu und erschlug ihn mit einer gehechelten Dunstwolke. Er drückte ihre Schnauze in eine neutrale Himmelsrichtung. »Komm, Tessa, verschone mich.«

Für Bayard war selbst die längste Fahrt zu einer Vernehmung zu kurz. Er selbst war gründlich vorbereitet, die Verdächtigen hingegen kannten nie ihren Text. Natürlich kam es genau darauf an, aber das war auch eine der gefährlichsten Seiten seines Berufs. Diejenigen, die sich herauszuwinden versuchten, machten ihm Spaß. Die, die von vornherein mauerten, waren ärgerlich und durchschaubar. Aber bei diesem Spiel gab es jede Menge Joker, und da war es nicht gut, wenn man nervös wirkte. Darum meditierte er unterwegs, um alles zum Verschwinden zu bringen, was nicht den Eindruck von Kompetenz und Integrität vermittelte. Um mehrere Ecken seiner Gehirnwindungen hörte er Watts' Stimme, aber nicht die Worte, die sie bildete. »Wie bitte?«

»Was willst du wegen East County unternehmen?«, fragte Watts noch einmal.

Befragungen durchzuführen, so knifflig sie sein konnten, war leichter, als auf innerpolizeilichem Parkett zu manövrieren. Stellvertreterzehen, auf die man ein Mal getreten war, gaben sich für einen unsinnigen Zeitraum geknickt, und niemand kann seinen Groll besser pflegen als ein übergangener Cop.

»Ich sage, wir rufen sie an, sowie wir da sind. Auf diese Weise sind sie einbezogen, aber wir haben ihn erst mal allein für uns.«

Watts' Aufmerksamkeit wechselte zu einem schiefen Straßenschild. »Dann häng dich ans Telefon, sofern du es findest, denn wir sind gleich da.«

Auf dem bröckeligen Asphalt zwischen den farnbewachsenen Randstreifen passten gerade eben zwei Autos aneinander vorbei. Die Straße musste bei jedem Wetter dunkel sein. Selbst bei strahlendem Sonnenschein würde kaum Licht durch die dichten Zweige der Eichen und Hemlocktannen dringen.

Watts lenkte den Wagen neben einen zerbeulten Briefkasten, der am Beginn einer langen Kiesauffahrt in schräger Haltung Posten stand. »Bereit?«

»Unglaublich, dass er hierher zurückgekommen ist«, sagte Bayard, während er angestrengt durch das Kopoubohnendickicht spähte. »Arroganter Sack.«

»Wer weiß? Hören wir uns mal an, was er zu sagen hat.« Watts ließ die Bremse los, und die Räder knirschten über den Kies zur Lichtung vor dem Haus.

Noch ehe er den Motor abgestellt hatte, fing Tessa an zu winseln. Sie drängte sich über die Rückenlehne und schob die Schnauze neben sein Ohr.

»Schon gut. Wir sind gleich wieder da. Pass auf den Wagen auf.« Watts küsste ihre seidige Stirn. »Du hast jetzt die Verantwortung.«

Tessas besorgtes Winseln stieg eine Oktave höher, aber ihr Schwanz zeigte wedelnd ihre Ergebenheit.

Watts kam zur Beifahrerseite herum, wo Bayard sich noch mal in den Wagen beugte und nach Notizbuch und Telefon griff. Plötzlich sahen sie Tessa wild auf dem Ledersitz steppen.

»Was hat sie nur?«, fragte Bayard.

Im selben Moment antwortete sie mit lautem Gebell auf das warnende Knurren des Leithundes, der mit zwei Artgenossen um das Heck des Wagens gerannt kam. Tessa drängte sich zur offenen Tür, doch Watts schlug sie ihr vor der Nase zu.

Die drei Hunde, deren tiefsitzende Köpfe in muskulöse Hälse übergingen, waren keiner Rasse zuzuordnen, aber für eine bestimmte Aufgabe ausgebildet. Zwei bleckten die Zähne, und alle drei legten die Ohren an den gedrungenen Kopf, um Eindruck zu machen.

Bayard drückte sich an die Seitenwand des Wagens. »Scheiße.« Tessa bellte wütend durch die Fensterscheibe, während die anderen Hunde sprungbereit und knurrend dafür sorgten, dass sich Watts und Bayard nicht von der Stelle rührten. Angriffslustig versperrten sie den Weg zum Haus in ganzer Breite. Ihre Konzentration auf die zwei Männer zeigte, wie gut sie ausgebildet waren, dennoch blickten sie instinktiv immer wieder gehetzt zu Tessa, die im Wagen tobte wie eine Furie. Versuchsweise streckte Bayard die Hand zum Türgriff aus, und aus dem Knurren entlud sich ein Höllenlärm, angespornt von dem rasenden, aber nutzlosen Gebell Tessas, die hinter den Männern eingesperrt war. Sie stieß die Schnauze an die Scheibe, zog die Lefzen hoch und beschmierte das Glas mit dem Schaum ihrer Raserei.

»Nicht bewegen«, sagte Watts und hielt sich an den eigenen Rat, indem er kaum die Lippen verzog.

»Am besten, Sie bringen Ihren Hund zum Schweigen!«, rief ein Mann von der splittrigen, durchhängenden Veranda. »Er stachelt meine Meute zu sehr auf.« Er lehnte an einem Stützpfeiler und aß Cornflakes aus einer Schüssel.

Die leuchtend weiße, vom Löffel tropfende Milch würde seine letzte Wahrnehmung sein, schoss es Bayard durch den Kopf, aber das war besser, als den Puls in seinen eigenen Augäpfeln pochen zu sehen. Eine primitive Angst schnürte ihm den Hals auf Stiftlochgröße zusammen, und es war mühsam, einen klaren Gedanken zu fassen, während er schon vor sich sah, wie ihm die gebogenen gelben Zähne das Bein zerfleischten. Er konnte sich nicht entsinnen, wann er schon einmal solche Angst gehabt hatte.

Watts klopfte gegen die Scheibe und zischte einen energischen Befehl. »Tessa! Still!«

Mit einem Ruck des Kopfes verbiss sich Tessa das nächste Bellen. Das Fell an ihrer Kehle wogte, als schluckte sie an etwas

Großem, und sie drehte ihre schreckgeweiteten Augen zu Watts, damit er ihr Bemühen anerkannte. Die fremden Hunde beschränkten sich nun wieder auf die zähnefletschende Bewachung.

»Braves Mädchen.« Watts wandte sich dem Mann auf der Veranda zu. »Rufen Sie sie zurück, Mr. Montgomery.«

Der Mann schob sich seelenruhig einen Löffel voll in den Mund. Er hatte eine weiche näselnde Aussprache mit gedehnten Vokalen. »Das hängt von Ihnen ab. Wir werden sehen. Ich stehe nicht auf Überraschungsbesuche.«

Bayard fand seine Sprache wieder. »Das ist Ford Watts, und ich bin Tim Bayard. Wir kommen vom Carter County Sheriff's Department.« Er behielt die Hunde im Auge, die nur einen Schritt von seinem Knie entfernt standen. »Ein Streifenwagen der East County Division wird gleich hier sein.«

Falls das den Mann auf der Veranda beeindruckte, so ließ er sich das nicht anmerken. »Was wollen Sie?«

»Wir möchten Sie nach Ihrer Frau fragen.«

»Ich hab keine.«

»Darauf will ich wetten«, brummte Watts leise.

Bayard übernahm die Führung des Gesprächs. »Wo ist Katielynn, Mr. Montgomery?«

Der Mann erschrak und stellte die Schüssel auf das verwitterte Geländer. »Ach so, Sie wollen mit Boyd sprechen.« Er stieß einen durchdringenden Pfiff aus, dann rief er die Hunde. »George, Ringo, Yoko! Zurück!«

Beeindruckenderweise nahmen die Tiere das wörtlich. Sie gingen rückwärts, ohne die Besucher aus den Augen zu lassen, bis sie an der Veranda vor den jeansbekleideten Beinen ihres Herrchens angelangt waren.

»Sie haben zwei Beatles zu wenig«, bemerkte Bayard.

Der Mann grinste. »Tja, John ist weggelaufen, und Paul hab ich erschossen, weil er widerspenstig war.«

Da die unmittelbare Gefahr endlich ein paar Schritte weit weg war, konnte sich Bayard den Mann genauer ansehen. Mit Watts zusammen hatte er sich Boyd Montgomerys Gesicht auf einem alten Polizeifoto angesehen und eingeprägt. Es war vor einigen Jahren nach einer Parkplatzsauferei an der Highschool aufgenommen worden, die unschön ausgeartet war. Bayard schaute auf die gleichen strohblonden Haare und das gleiche gekerbte Kinn.

Dem Mann auf der Veranda entging der prüfende Blick nicht. »Sehe genauso aus wie er, hm?« Er ging an ihnen vorbei zu Watts' Pick-up. Tessas Aufregung wuchs mit jedem seiner Schritte, bis sie fast so schäumte wie kurz zuvor. Ohne zu zögern, riss der Fremde die Wagentür auf. Tessa setzte zum Sprung an und schnappte nach ihm. »Ruhig jetzt«, befahl er. Tessa legte den Kopf schräg und setzte sich sofort auf die Hinterläufe, knurrte aber noch.

»Ruhig! Ich meine es ernst.«

Tessa hörte augenblicklich auf zu knurren, blickte an dem Mann vorbei zu Watts und zeigte ihm ihre Unschlüssigkeit.

»Leckerli?«, fragte der Mann.

Tessa schlug mit der Pfote in die Luft und wuffte unsicher. Ihr Schwanz entschied sich früher als ihr Kopf und begann langsam über den Sitz zu fegen. Während der Mann ein Hundeplätzchen aus der Hemdtasche holte, lächelte er die verblüfften Ermittler an.

»Ich mag Hunde.« Er zuckte mit den Achseln. »Und sie mich meistens auch. Bis auf Paul.« Um sein Können zu beweisen, zeigte er auf seine drei. »Ihr geht Hallo sagen.« Von dem Bann befreit, verwandelten sich die drei in freundliche, schwanzwedelnde Köter. Der hellbraune leckte Bayard die Hand.

»Hübsche Nummer«, sagte Bayard. Er hatte es nicht gern, wenn er gleich zu Beginn gedemütigt wurde.

Der Mann seufzte. »Boyd ist mein Bruder. Mein Zwillingsbruder. Er ist seit gut einem Jahr tot. Ich bin Bart Montgomery.« Er klopfte sich auf den Oberschenkel, und Tessa sprang aus dem

Wagen, lief jedoch schnurgerade zum Knie ihres Herrchens, um ihm Treue zu geloben. »Gehen wir ins Haus«, sagte Bart Montgomery. »Ich muss Ihnen wohl einiges erzählen.«

Der Streifenwagen traf ein, als die Befragung schon halb gelaufen war, und kippte die Mehrheitsverhältnisse im Raum. Aber die Polizisten kamen alle zu demselben Schluss: Hinsichtlich der Gewaltverbrechen und ihrer Abfallprodukte war der Fall von Reid Reynolds, Katielynn Montgomery und ihrem Ehemann Boyd praktisch aufgeklärt.

Boyd und, wie jeder angenommen hatte, Katielynn hatten vor drei Jahren ihre Sachen gepackt und waren von Stillwater weggezogen. Da auf Boyd immer nur Verlass war, wenn es um seine eigenen Interessen ging, und er sich nie großartig selbst erklärte, schlug die Tatsache, dass er seine Zelte abgebrochen hatte, in dem kleinen Kreis derer, die es überhaupt bemerkten, keine großen Wellen.

Katielynn hatte damals schon seit über zehn Jahren keinen Kontakt mehr zu dem Gesocks ihrer Sippe , und es war sechs, sieben Jahre her, seit mal einer von denen an Weihnachten nach ihr gefragt hatte.

Ein Jahr später stand Boyd plötzlich heruntergekommen und mürrisch bei seinem Bruder vor der Tür und behauptete, Katielynn sei mit einem anderen Mann durchgebrannt. In gewisser Hinsicht entsprach das der Wahrheit, vorausgesetzt man betrachtete das Jenseits als Ort, wohin ein junges Paar durchbrannte.

Acht Monate vergingen mit langatmigem Gerede in selbst auferlegter Abgeschiedenheit, in der Boyd seine Invalidenrente versoff. Dann eines Tages fand Bart beim Heimkommen einen Abschiedsbrief mit einem Geständnis vor, der auf die Rückseite einer Telefonrechnung geschrieben worden war, und dazu eine gottlose Schweinerei aus verspritzten Fetzen seines Bruders. Bart sah keine Notwendigkeit, Boyds ohnehin geringen Ruf gänzlich zu ruinieren. Es war nun einmal passiert, und zwar gründlich. Es brächte Boyd nicht zurück, wenn ein Haufen amtlicher Gemeinheiten neben seinen Namen gestempelt würde. Darum putzte Bart den Linoleumboden und begrub seinen Bruder im Wald. Er sah auch keinen Grund, den Geldfluss seiner Rente zu stoppen.

Es war ein müheloser Betrug. Da Bart offensichtlich nicht mit einem strengen Gewissen belastet war und als Zwillingsbruder schon Boyds Gesicht hatte, behielt er auch dessen Papiere, denn er verscharrte den Bruder ohne Brieftasche. Die Schecks trafen wie gehabt ein, und das war in seinen Augen Grund genug, sie einzulösen. In weiser Voraussicht bewahrte er aber den Abschiedsbrief auf, damit die Sünde seines Bruders nicht irgendwann ihm angelastet werden konnte.

Bart holte das Schriftstück hervor und präsentierte es den Ermittlern. Die sanfte Mischung aus Selbstmitleid und Reue räumte alle Zweifel aus, wer Reid und Katielynn ermordet hatte und warum, und tat das, gemessen an der Größe des Zettels, mit bewundernswerter Detailliertheit. Auf dem Geständnis befanden sich Blutflecke und Spritzer einer wichtigeren Substanz des Unterzeichners, was Bayard, so hartgesotten er war, einen Schauder über den Rücken jagte. Ein Selbstmord berührte ihn, wo ihn andere Todesfälle kaltließen.

Natürlich musste Bart Montgomery jetzt für seine eigenen Vergehen geradestehen, aber Bayard und Watts hatten von ihm bekommen, was für ihren Fall nötig war. Den Rest überließen sie den Kollegen vom East County, tischten ihnen alles schön angerichtet auf, um zu kaschieren, dass es sich nur um Brosamen handelte. Mit großem Tamtam und kollegialem Schulterklopfen übergaben sie Montgomery den Sheriffs, die aufgekreuzt waren, nachdem das Wesentliche schon abgehandelt war.

Wieder im Pick-up rieb Bayard sich die Nasenwurzel. »Ist es jetzt Mode, das Loch selbst zu buddeln? Wer braucht schon ordentliche Begräbnisse? Wer braucht schon Friedhöfe? Bringt sie einfach irgendwo selbst unter die Erde – ohne weitere Umstände. Meine Güte.«

Watts verkniff sich einen Seufzer. »Nun ja. So einen sauberen, einfachen Fall haben wir noch nicht gehabt.« Er warf Tessa und Bayard einen kurzen Blick zu. »Abgesehen von der Hundeepisode. Hätte beinahe die Boxershorts wechseln müssen.«

Das verschaffte den Männern die Gelegenheit, prustend zu kichern. Der Rest Angst, der ihnen die Gedankengänge verklebt hatte, wich hinter die Komik der Situation zurück. Es folgte ein friedliches Schweigen. Tessa döste auf der Rückbank, und Bayard wälzte im Geiste Fragen hin und her. Die Antworten sprangen ihm sauber und schnell von Bart Montgomerys straffer Geschichte entgegen. Die Lösung war einfach, aber traurig. East County fiel nun die Aufgabe zu, Boyd Montgomery zu exhumieren und Bart für den Betrug und seine Leistung als Totengräber anzuklagen. Für Bayard würde der Fall mit ein paar Todesmitteilungen und einigen Stunden Aktenarbeit abgeschlossen sein, und er könnte sich der nächsten Sache zuwenden.

»Dann können wir jetzt sozusagen unsere Hunde zurückpfeifen«, bemerkte Watts und riss Bayard aus seiner Trance. »Es ist unnötig, dass Lyle mit seinen Leuten Gettys Haus weiter auf den Kopf stellt. Ich denke, wir können den Fall für abgeschlossen erklären.«

»Ja, das nehme ich an.«

Während der nächsten Meilen wechselten sie kein Wort. Nach der Adrenalinschwemme wirkte das Fahrgeräusch wie ein Schlaflied.

»Hörst du das nicht?« Watts klang halb belustigt, halb verärgert.

»Was denn?«

Watts zeigte vorwurfsvoll in den Fußraum auf Bayards Seite. Dort summte sein Handy wie eine wütende Hummel.

»Oh!« Er hob es auf, schaute auf das Display und grinste. »Wenn man vom Teufel spricht – es ist Lyle«, sagte er und nahm das Gespräch an. Blind, aber konzentriert blickte er zum Horizont, während der Gerichtsmediziner ihm ins Ohr schnatterte. Bayards Zwischenbemerkungen und sein Tonfall ließen die friedliche Ruhe nach und nach zerbröckeln. »Wo habt ihr es entdeckt?« – »Und die anderen?« – »Das ist sonderbar.« – »Gut, Lyle. Danke. Ich werde es mir ansehen. Bis gleich.«

Einen Moment lang kaute Bayard auf der Wange. »Ford, wenn du dich vor lauter Schuldgefühlen umbringen willst, weil du deine Frau und ihren Geliebten ermordet hast – wenn du so aufgewühlt bist, dass du es dringend loswerden willst und in allen Einzelheiten auf die Rückseite der Telefonrechnung schreibst, bevor du dir die Kugel in den Kopf jagst – würdest du dann einen auslassen?«

»Einen was?«

»Einen Mord.«

Watts nahm kurz den Blick von der Straße. »Wovon redest du?«

Bayard starrte stirnrunzelnd in die vorbeirauschende Gegend. »Ich weiß nicht. Lyle will mir etwas zeigen. Ich weiß, du musst nach Hause, aber setz mich doch vor Gettys Haus ab, wenn es dir nichts ausmacht.«

7

Jason war eine Abzweigung von zu Hause entfernt, als ihm der rote Pick-up auffiel, der ein Stück weit vor ihm fuhr. Die hüpfenden, überlangen Antennen brachten die volle Erkenntnis. Er ging vom Gas und ließ den Abstand zu den Polizisten größer werden.

Der Tag war schrecklich genug gewesen. Er hatte sein Haus verlassen müssen, damit die Leute von der Spurensicherung stundenlang herumschnüffeln und die Mulchbeete aufgraben konnten. Durch seine Lüge war er gezwungen, sich kooperativ zu verhalten, und darum übergab er lächelnd die Schlüssel und beschwor seine Hände, dabei nicht zu zittern. Sie gehorchten einigermaßen, aber dafür übertrug sich das Zittern auf seine Eingeweide. Ihm war heiß und kalt zugleich, und in seinem Bauch rumorte es, aber der Mann von der Spurensicherung beachtete ihn nicht weiter.

Jason verschanzte sich den ganzen Tag hinter stillem Fleiß. Ihm kribbelten die Zehen, und dann schliefen ihm die Füße ein, weil er kein einziges Mal von seinem Platz aufstand. Er blieb blind über seine Arbeit gebeugt und hielt sich sein heimlich ausgestöpseltes Telefon ans Ohr. Niemand belästigte den emsigen Kollegen, und so hörte Jason nichts weiter als seinen eigenen Puls und die Stimme in seinem Kopf, die seinem Wackelpuddingherzen versprach, dass die Spurensicherer genau wie die Gärtner nur finden würden, was zu suchen sie bezahlt wurden.

Das Verlangen, allein im Wald zu sein, hatte er sowieso schon gehabt, bevor die beiden Bullen vor ihm her zu seinem Haus fuhren. Als sie nun tatsächlich die entsprechende Abzweigung nahmen, war Jason endgültig klar, dass er eine Zeit lang alleine brauchte, um sich für die nächste Begegnung mit Detective Bayard zu wappnen.

Jason war navigatorisch behindert. Schon immer gewesen. Und er fühlte sich dadurch weniger männlich. Sein Widerstreben, anzuhalten und jemanden nach dem Weg zu fragen, entsprach genau dem Klischee. Klischees sind aber oft nur der dicke, hässliche Verputz eines Gerüsts aus Wahrheit. Mitunter musste er eine Strecke ein Dutzend Mal fahren, ehe er sich so gelassen fühlte, dass er es wagte, sich von Radiomusik ablenken zu lassen. Wenn seine Konzentration im falschen Moment nachließ, konnte er die nächste Stunde abschreiben, denn so lange brauchte er, um wieder auf Kurs zu kommen. Und wenn er nur ein Mal irgendwo falsch abbog, dann brannte sich das für die absehbare Zukunft in das Panikzentrum seines Gehirns ein. Sobald er sich der betreffenden Abzweigung wieder näherte, flitzte sein Verstand im Zickzack hin und her, um zu klären, ob er sich an die Stelle erinnerte, weil er dort abbiegen musste oder weil er dort falsch abgebogen war.

Auf diese Weise hatte er seine Oase entdeckt, gut zwei Jahre bevor er, bis dahin unvorstellbar, einen Menschen tötete. Er war zwei Mal falsch abgebogen und auf einer Straße gelandet, die ins Nirgendwo führte.

Als Jason sich damals nach kleinen Häusern mit Garten in einer ruhigen Gegend am Rand von Stillwater erkundigt hatte, war die Maklerin übereifrig geworden. Sie schickte ihn mit einem Stoß von Exposés los, damit er sich die Objekte schon mal von außen ansähe, und auf jedem Blatt war eine kleine Straßenkarte ausgedruckt, die für ihn genauso verwirrend war wie ein wimmelnder Haufen Würmer. Bei beiden Fahrten zu dem Haus, das ihm inzwischen gehörte, fuhr er, ohne es zu merken, über das rote Kreuz, mit dem er die Abzweigung in der Karte markiert hatte, hinaus und bog an der nächsten Ecke ab. Er rollte einen schmalen kurvigen Fahrweg entlang, der, wie er schließlich erkannte, nicht dem Verlauf auf der Karte entsprach.

Beim ersten Mal musste er nach minutenlangem Stirnrunzeln und gedanklichen Orientierungsversuchen einräumen, dass er sich verfahren hatte. Natürlich gab es keine Stelle zum Wenden. Gerade als der nervtötende Harndrang es so weit gebracht hatte, dass Jason ernstlich überlegte, den Graben für einen schnellen Boxenstopp zu benutzen, sah er eine vertrauenerweckende, frisch asphaltierte Schneise auf der rechten Seite, die mehr oder weniger in die Richtung zurückführte, aus der er gekommen war.

Hoffnungsfroh bog er ab, nur um restlos verwirrt in einer Sackgasse zu landen. Nach einem kurzen Stück im Wald hörte der Asphalt so gnadenlos auf wie ein Sprungbrett. Jason wusste nicht mehr weiter und wappnete sich schon für ein Wenden-in-elf-Zügen. Aber die Natur obsiegte, zum einen als grüne Straßensperre voller Zweige und zum andern als Drang im Unterleib. Er stellte den Motor ab und ging weiter als die Schicklichkeit verlangte in den Wald hinein, um sich hinter der dicksten Eiche zu erleichtern. Bei einem weiteren Blick zwischen die Bäume sah er, warum die Straße abrupt endete. Dort klaffte ein Erdloch, das sechzig Fuß breit und vermutlich doppelt so tief war und den Weiterbau gestoppt hatte.

Der nächste Fall von Desorientierung in dieser Gegend brachte Jason wieder zu dem Loch im Wald. Aber da war es für ihn schon nicht mehr so beunruhigend. Wenn man sich zweimal verirrt und an derselben Stelle landet, kommt sie einem schon ein bisschen vertraut vor. Die Erinnerung an das lebhafte Grün und das Gold am Waldboden bewog ihn, den Motor abzustellen und zwischen die Bäume zu schlendern. Er setzte sich auf einen Baumstumpf und betrachtete den Rand des Erdlochs. Wie war das entstanden? Ringsherum bot das Land festen Untergrund für einen Wald und eine Straße und dann, *zack!*, brach es ganz plötzlich weg.

Jetzt trank er dort eine Diätcola, die Lauscher auf die zwitschernde Stille des Waldes gerichtet, und kam zu dem Schluss, dass Chicken Little im Film vor der falschen Sache Angst gehabt hatte. Der Himmel, der einem auf den Kopf fiel, war Fügung und man selber schuldlos. Aber der Boden, der sich unter den Füßen öffnete, war etwas, das man hätte kommen sehen müssen.

Der Begriff der »überraschenden Wendung« beschrieb gänzlich unangemessen, was das gute alte Schicksal arrangiert hatte, damit Jason eines Tages als Witwer ohne Gesichtsverlust dastand. Nachdem seine Frau ihm zweimal kurz hintereinander das Herz gebrochen hatte, einmal mit verletzenden Worten und dann mit ihrem plötzlichen Tod, versackte er, lebte beinahe körperlos, so als ob er das Chaos, das ihm ein neues Leben vor die Füße spülte, von oben beobachtete.

Patty war allem Anschein nach gesund gewesen, als sie ihm ohne jede Träne und bemüht freundlich mitteilte, dass sie ihn nicht mehr liebe und nicht wisse, ob sie ihn je geliebt habe. Er werde hoffentlich begreifen, dass sie nur aus Gewohnheit sieben Jahre lang bei ihm geblieben war und dass das für eine lebenslange Beziehung nicht ausreiche. Was es dann aber tat. Denn keine zweiundsiebzig Stunden nach diesem Paukenschlag und noch bevor sie ihre Siebensachen packen, die gemeinsamen Freunde von ihm abziehen und seinen Namen aus ihren Bankkonten streichen konnte, griff der Tod zum ersten Mal ein, um Jason von einem Problem zu befreien.

Patty war zu Lebzeiten sympathisch, hübsch und mehr als ein bisschen verwöhnt und verfügte über eine einzigartige Entschlossenheit, ihren Willen durchzusetzen. Doch ihre Vorstellung, wie die Dinge zu sein hatten, wurde von Trägheit und einem Mangel an Biss untergraben. Als sie eine frühe Unterrichtsstunde der »Einführung in die Einkommensbesteuerung« versäumt hatte, brachte Jason ihr ungebeten seine Mitschrift vorbei, was einen gewissen Rhythmus in Gang setzte. Sie konnte dadurch glänzen, und er war ihr automatisch ebenbürtig. Ihm war immer klar, dass sie sich mit ihm zusammengetan hatte, weil sie einander in ihren Schwächen sehr ähnlich waren. Aber in seinen Augen war es das beste Mittel gegen Einsamkeit, das er sich vorstellen konnte.

Sein Schwiegervater verabscheute ihn auf den ersten Blick, und seine Schwiegermutter sah ihn nie richtig an, erst an dem Tag, wo sie zu einer steifen Pflichtumarmung vor dem Sarg gezwungen waren. Jason war sich fast sicher, hinter ihrem Tränenschleier ein höhnisches Lächeln zu sehen. Aber die dicke Puderschicht und der besänftigende Gindunst machten Feinheiten schwer erkennbar.

Es wird häufig behauptet, dass Tote aussehen, als ob sie schlafen. Jason stellte fest, dass das nicht stimmte. Pattys Gesicht, umgeben vom Glanz des weißen Seidenkissens, hatte nichts von der Entspanntheit einer Schlafenden. Die Leichenbestatter hatten ihre Züge gerichtet und geschminkt und dabei meisterhafte Arbeit geleistet. Ihn überkam sogar die Angst, sie könnte es nur vortäuschen und jeden Augenblick aus dem Sarg springen, um ihn als den Schwindler hinzustellen, da er gerade als der geliebte Ehemann gepriesen wurde. Sie hatte die Katze mehr geliebt als ihn, und die nahmen nun ihre Eltern mit.

Seine zartere Seite wusste, dass Patty dort nicht hingehörte. So ungern man im Zahnarztstuhl sitzt, so wenig erwartet man doch, darin den Tod zu finden. Das war doch keine Art zu sterben. Aber Patty hatte in dieser Woche mehr als ein Geheimnis enthüllt. Der Mangel an echter Zuneigung für ihn war das eine, die Unverträglichkeit von Versed und Fentanyl das andere.

Irgendwann im Laufe seines Lebens, vielleicht durch ein Kindheitstrauma oder durch Schikanen auf dem Schulhof, war Jason die Courage unwiederbringlich abhandengekommen. Er überstand die ungehaltene Analyse seines Schwiegervaters während der Abwicklung von Pattys nicht geringfügigem Vermögen. Der gab ihm wortlos, aber unmissverständlich zu verstehen, dass er sehr wohl von der Trennungsabsicht seiner Tochter gewusst habe. Takt und Anstand waren ihm jedoch so wichtig, dass es zu keiner hässlichen Szene kam. Jason begegnete dem Schweigen mit einer Passivität, die unteilbar zu ihm gehörte und für ihn noch hinderlicher war als für den Schwiegervater dessen Panzer aus Stolz. Jason unterließ es dadurch, sich der Herausforderung dieses ruhigen feindseligen Blickes zu stellen und etwa zu erwidern, dass er bei der geringsten Chance für seine Ehe gekämpft hätte. Wenn er nachts wach lag, glaubte er sogar, dass er das wirklich getan hätte. Im Dunkeln moderierte er Zwiegespräche mit seiner toten Frau und überzeugte sie auf der Bühne seiner Einbildung, dass sie gut zusammenpassten, dass sie bei ihm bleiben sollte. Aber am Ende war ein schamrotes Gesicht im Spiegel alles, was ihm seine Ein-Mann-Show einbrachte, und so nahm er das Geld und floh – aus dem Regen in die Traufe, wie immer in seinem Leben.

Er nahm die zufällige Fahrt zu dem Erdloch als gutes Omen und auch als Läuterungsritual. Er kam häufig wieder her, besonders nachdem der Ärger mit Harris begonnen hatte, und gab sich große Mühe, damit der selbstgefällige, neugierige Scheißkerl nicht auch noch hinter dieses Geheimnis kam. Ab und zu wurde er enttäuscht und fand seinen Platz von Kids besetzt, die die Schule schwänzten oder auf der Lichtung bei einem Lagerfeuer Séancen abhielten. Das kam jedoch nicht so oft vor, dass er sich von seinen Besuchen abhalten ließ.

Eines Nachmittags, kurz nachdem er nach Stillwater gezogen war, stahl er sich wieder einmal aus der alltäglichen Anspannung, lehnte sich an einen Baum und beobachtete, wie Licht und Schatten kaleidoskopische Muster auf seine geschlossenen Lider warfen. Er war so sehr in diese Wonne vertieft, dass er bei dem autoritären und nicht ganz freundlichen »Tach auch!« erschrocken zusammenfuhr.

Ein Countysheriff, mit Wäschestärke und Lederpolitur herausgeputzt, stand vor ihm wie aus dem Nichts erschienen. Jason hatte nicht das Geringste gehört.

»Oh. Hallo.« Jason sprang auf und wünschte augenblicklich, er hätte sich gelassener gegeben.

»Kann ich mal Ihren Führerschein sehen, Sir?«

Jason zog sein Portemonnaie aus der hinteren Hosentasche. »Natürlich, Officer. Gibt es ein Problem? Ich meine, es ist doch in Ordnung, dass ich hier sitze, oder? Mir gefällt der Platz einfach.« Jason schaute über die Schulter zu dem Erdloch. Es war randvoll mit dem goldenen Licht, das durch die Lücke im Wald hineinschien. »Es ist still hier.«

»Oh, das ist es, nicht wahr? Die Straßenbaubehörde hat nicht viel dafür übrig, aber es ist wirklich kein Problem, wenn Sie hier sitzen wollen. Das ist kein Privatgrund, nur gefährlich. Sie werden sicher auf sich achtgeben. Aber hier lungern ab und zu Jugendliche herum, die eigentlich in der Schule sein sollten. Die machen hier Feuer und den üblichen Quatsch.«

»Tja«, Jason lachte unbeholfen, »ich bin kein Jugendlicher.«

Der Sheriff nickte über Jasons Führerschein. »Das sehe ich, Mr., äh, Getty. Sie haben nicht getrunken, oder?«

»Oh, nein, Sir. Ich trinke nicht viel«, stammelte Jason und zuckte zusammen, weil ihm die Dose einfiel. »Na ja, ich hatte etwas zu trinken mitgebracht, aber nur eine Diätcola, Sir.« Er deutete mit der Hand auf den Baumstumpf, auf dem die Dose stand. »Äh, und ich nehme meinen Abfall immer mit.«

»Das ist gut.« Der Polizist schob die Zungenspitze in den feixenden Mundwinkel, spähte an Jason vorbei zwischen die Bäume und unterzog ihn noch einer raschen Musterung. »Na dann, schönen Tag noch.«

»Danke«, sagte Jason, obwohl er das nicht mehr für wahrscheinlich hielt. Der glänzende Abschluss des schönen Tages war jetzt erkennungsdienstlich getrübt. »Äh, Ihnen auch.« Doch der Cop hatte sich schon umgedreht, und Jason meinte es sowieso nicht ernst.

Abgesehen von dieser Begegnung war es für ihn immer ein friedlicher Platz gewesen. Ein Zufluchtsort. Dort in dem raschelnden grünen Kokon erlaubte er sich, die ständige Gesellschaft von Schuld und Verlegenheit abzuweisen. Wenn er dort allein war, wurde er nicht nervös von Spiegeln angelinst, die ihn mit dem nächstbesten Kerl verglichen. Das war der einzige Platz, wo er mal mit seinen wehrlosen Gedanken Frieden schloss.

Im Wald wachsen Farne und Bäume; er bringt Pilze und Sporen hervor; er nährt seine Geschöpfe vom Aufkeimen bis zu ihrem faulen Ende. Und für Jason wurden die Samen von Mut und Anspruch in jenem fruchtbaren Loch genährt, das dem zivilisierten Fortschritt ein Stück Boden entrissen hatte. Der Wald insistierte. Er machte Gegendruck. Mit einem plötzlich aufwallenden »Jetzt reicht's« weigerte er sich entschieden, sich von einschüchternden Maschinen überrollen zu lassen, nur weil jemand den Plan hatte, etwas zu ändern. Jason nahm sich die Lehre unbewusst zu Herzen, und in gewisser Weise war der Wald mit seinem beruhigenden Gesäusel und den nickenden Zweigen genauso schuld an Jasons unübertrefflicher Zwangslage wie alles andere auch.

Als Jason, fast zwei Stunden nachdem er die Ermittler mit dem Pick-up gesehen hatte, in seine Auffahrt einbog, war er nicht besonders überrascht, aber auch nicht erfreut, Bayard noch anzutreffen. Der ging mit dem Handy am Ohr vor der Haustür auf und ab.

»Mr. Getty.« Bayard klappte das Handy zu und sprang so geschmeidig und federnd die kleine Veranda herunter, dass er in Jason Neid und Ärger weckte. »Ich bin froh, dass ich Sie nicht verpasst habe.«

Für eine Gelegenheit, Sie skeptisch zu beäugen, wäre ich bis nächste Woche hier sitzen geblieben, hörte Jason heraus, rang sich aber ein verbindliches Lächeln ab. »Wie läuft es denn, Detective? Gibt es neue Erkenntnisse?«

»Und ob!«

Nachdem Jason den ganzen Tag versucht hatte, nicht vor Angst zu sterben, lagen seine Nerven nun blank, und bei dem raubtierhaften Interesse des Polizisten spürte er ein beißendes Prickeln im Nacken.

Bayard fuhr fort. »Und die gute Nachricht ist, dass Mr. Mosby und sein Team die ordentlichsten Spurensicherer sind, die ich kenne. Wenn es also schlimm aussieht, sollen Sie wissen, dass es viel schlimmer hätte kommen können.« Er trat zur Seite, um Jason durch dessen eigene Haustür zu lassen.

Hätte Jason sich ihre Gründlichkeit vorher ausmalen können, hätte er seine pantomimische Arbeitsnummer nie und nimmer durchgehalten. Wo Rouleaus und Vorhänge nicht genügt hatten, waren die Fenster mit dunklem Papier abgedeckt, und eine flache, fremdartige Dunkelheit nahm den Zimmern jede Heimeligkeit. In dem Zwielicht konnte Jason Spuren von schwarzem Pulver in den Ritzen der Türrahmen erkennen, und ein schwacher chemischer Geruch hing in der Luft, aber insgesamt sah alles recht ordentlich aus.

»Ich muss Ihnen etwas zeigen«, sagte Bayard. »Sofern Sie sich das zutrauen.«

Ein hörbares Schlucken war Jasons Antwort.

Bayard nickte zu der unausgesprochenen Befürchtung. »Normalerweise würde ich das nicht tun. Ich dachte eigentlich, wir wären hier fertig.« Er schwieg eine bedeutungsvolle Sekunde lang. »Aber jetzt bin ich mir da nicht mehr so sicher.«

Jason fühlte die Luft zu Sirup werden, und Bayard, der viel zu nahe stand, beanspruchte sie allein für sich. Aber die Dunkelheit half. Zum ersten Mal in seinem Leben war das Atmen für Jason ein zweitrangiges Anliegen. In diesem Fall war das Wichtigste, die Fassung zu bewahren. »Natürlich.« Er brachte das Wort kaum heraus.

»Boyd Montgomery hat die beiden Morde gestanden.«

Jasons Erleichterung zerstach die Blase seines angehaltenen Atems, und ein dankbarer Seufzer zischte aus ihm heraus. Den hätte er nicht einmal wahrgenommen, wäre er nicht Bayards prüfendem Blick begegnet, der sein zufriedenes Luftablassen abrupt stoppte. Bayard starrte ein paar weitere Sekunden in Jasons Gesicht. »Ich zeige Ihnen jetzt mal, was wir entdeckt haben.«

Jason, der Traum eines jeden Psychologen, hatte den kleineren der beiden Räume zum Schlafen genommen, und Bayard ging auf den zu, den jeder andere als Schlafzimmer gewählt hätte. Mit einer Schwarzlichtlampe und einer Sprühflasche in der Hand ging er voraus. Jason gab sich alle Mühe, nicht zu schlurfen oder zu laut zu atmen oder sonst was zu tun, das Bayard zu einem Blick über die Schulter bewegen oder, Gott bewahre, ihn veranlassen könnte, das Deckenlicht einzuschalten. Denn dann sähe er Jasons pochende Halsschlagader. Jasons Ohren waren so heiß, dass er betete, sie würden nicht leuchten.

Bayard blieb in der Tür stehen und schwenkte die Sprühflasche. »Wir haben den Raum mit Luminol eingesprüht. Wenn ich diese Lampe einschalte«, er deutete auf das Gerät in seiner Hand, »werden die Stellen, wo Blut gewesen ist, sichtbar.«

Jason kam es so vor, als ob sich die Wände in dem dämmrigen engen Flur nach innen neigten und zu kippen drohten. »Muss das sein?«

»Nein.« Bayard liebte seine dramatischen Pausen. »Aber das wird Ihnen sehr helfen zu begreifen, was als Nächstes kommt. Ich weiß, es ist schrecklich, aber Sie müssen bedenken, dass es in diesem Raum nichts gibt, womit Sie nicht die ganze Zeit über gelebt haben. Angenehm ist es nicht, aber das ändert nichts. Dadurch wird es lediglich begreifbar.«

Das hatte eine gewisse Logik, die jenem Teil von Jasons Verstand, der dringend durch die Finger spähen wollte, die Erlaubnis dazu gab. »Okay.«

Bayard trat durch die Tür und besprühte den Boden in breiten Bögen. Die Pumpe gab ein trocknes Plastikröcheln von sich und verstummte. Bayard schaltete die Handlampe ein.

Jason stöhnte.

»Ja«, pflichtete Bayard leise bei.

Bei natürlichem Licht war der Raum kahl. Es standen nur einige unausgepackte Kartons darin, außerdem der Krempel, der im Haus sonst keinen Platz gefunden hatte. Der braune Teppich war von einer grauen Staubschicht überzogen. Da Jason für ein Gästezimmer keine Verwendung hatte, benutzte er es als Abstellkammer. Als Durchgangsraum zu dem abgedunkelten Flur war es ein schwarzes Loch der Vorahnung gewesen. Aber in dem schmerzenden Schwarzlicht betrachtet, war es eine schreiende Katastrophe. Die schimmernde Spur vergossenen Blutes zeigte sich in zwei großen Flecken, aber es waren die Tropfen und Spritzer und Wischer, die von Kampf und Panik erzählten. Und an einer freien Stelle zwischen den großen Flecken leuchtete ein einzelner Handabdruck.

Jason rollte die Augen im inneren Kampf zwischen Hinsehen und Wegsehen. In seinen Ohren setzte Meeresrauschen ein und gab der Landkarte des Verderbens, die am Boden ausgebreitet war, eine hohle Stimme. Er schwankte und musste sich mit einer Hand an der Wand abstützen.

Bayard legte es auf etwas Bestimmtes an, aber offenbar nicht darauf, dass Jason sich in dem Gästezimmer übergab. Er nahm ihn beim Arm und lenkte ihn in den Flur. Beim Hinausgehen schaltete er die Lampe aus. Er redete hastig, während Jason heftig atmete. »Ich weiß. Montgomery hat sich keine große Mühe mit dem Saubermachen gegeben, wie man jetzt sieht. Mr. Mosby hat Blutproben von der Sockelleiste genommen. Es waren sogar Spritzer an der Fensterscheibe, die keiner bemerkt hätte.« Bayard klopfte Jason aufmunternd auf die Schultern. »Wir sind fast fertig.«

Nach ein paar weiteren Sprühstößen aus der Flasche schaltete Bayard die Schwarzlichtlampe wieder ein und zeigte mit ausgestrecktem Arm den Flur entlang. Jason brummte entsetzt. Zwei Schleifspuren verliefen in Schlangenlinie über den Teppich zur Haustür.

»Ja, es ist ziemlich offensichtlich, was passiert ist«, sagte Bayard und schaltete die Lampe wieder aus. Das Nachbild brannte Jason in den Augen. Er taumelte unter der schockierenden Erkenntnis, dass diese geisterhaften Spuren die ganze Zeit über unter seinen Füßen in seinen vier Wänden gewesen waren, seit jenem Tag, als er eingezogen war. In diesem Flur hatte er gestanden, als er beschloss, das Haus zu kaufen. Auf dem Blut dieser beiden hatte er gestanden. Dass Bayard ihm Dunkelheit und Stille gewährte, empfand er als Gnade.

Jasons eigene Sorge war, von seiner Bestürzung abgedrängt, im finsteren Hintergrund der grellen Szene verschwunden. Seine mentale Bildfläche zeigte nur die schreienden blaugrünen Schmierspuren und Flecke, während er angestrengt ignorierte, dass sie einmal rot und nass gewesen waren. Ihm klingelten die Ohren, aber ihm und seiner Schubkarre voll Sorgen wurde eine kurze Entspannung gewährt. Die egoistische Angst, die ihn seit Tagen ständig durchfuhr, verrann in Dankbarkeit, sowie das grausame Licht verloschen war. Er stellte fest, dass er wieder atmen konnte, als der Vorhang der Dunkelheit fiel und die Indizien verbarg, die nach Rekonstruktion riefen und beharrlich und bildreich zu dem Augenblick zurückführten, in dem das heimliche Liebespaar erwischt worden war.

In der vorderen Diele waren sie stehen geblieben, und Bayard resümierte ungerührt. »Mr. Mosby hat erklärt, dass die Größe und Ausprägung der Flecke im Schlafzimmer einen, wie er sich ausdrückte, ernsten Blutverlust anzeigen. Darum war er ein bisschen überrascht, als er das hier entdeckte.«

Der Knacklaut des Knopfes an der Lampe wirkte in Jasons Ohren wie ein Paukenschlag, zumal ihm im selben Moment bewusst wurde, dass Bayard an ihm vorbeigetreten war, Luminol ins Wohnzimmer gesprüht und das Zischen mit seinen ruhigen Worten übertönt hatte. Der Couchtisch war beiseitegerückt worden, und das dunkle Feld des freien Bodens leuchtete auf wie unter dem Blitz einer Gewitterfront.

»Keiner der beiden sollte noch lange genug gelebt haben, um solch einen Fleck zu hinterlassen.« Bayard richtete die Lampe zum hinteren Teil des Zimmers, wo schwach leuchtende Spuren zur Küche und dann, wie Jason sehr wohl wusste, zur Hintertür verliefen. »Und ohnehin geht das in eine ganz andere Richtung.« Bayard ließ die Lampe an ihrem Trageband baumeln, sodass die schonungslosen Schatten hin- und herschwangen. Jason blickte in die hüpfende, kippende Dunkelheit und hörte ihn reden. »Dieser Tatort ist auch ganz anders, viel sauberer. Mr. Mosby dachte, er würde noch den Teppichboden abziehen müssen. Aber er ist gründlich.« Leichtfüßig sprang Bayard auf den Couchtisch und richtete die Lampe am ausgestreckten Arm nach oben. Drei kurze Streifen leuchteten an einem Flügel des Ventilators.

Unbegreiflicherweise knickten Jasons Knie nicht ein. Seine Muskeln verwandelten sich in Granit, seine Knochen in Stahl. Seine Lungen pumpten, obwohl sein Gehirn befahl, ihnen den Stecker rauszuziehen, und sogar sein Herz klopfte gedämpft durch den massiven Stein, den der Medusenbann aus ihm gemacht hatte. Er war vollkommen starr, und seine Augen verließen den Ventilatorflügel nur, um am Kaminsims und der Sammlung der schweren antiken Telefone entlangzuschauen, deren gedrehte Schnüre über die Kante herabhingen.

Niemand außer Jason wusste, dass in der Reihe eines fehlte. Es lag in eine alte Zeitung gewickelt in einer zugebundenen Supermarktplastiktüte sorgfältig von Haushaltsabfällen umgeben in der exakten Mitte eines großen Müllsacks unter einer Jahresschicht von Säcken auf der Müllkippe. Es war sicher entsorgt und hatte trotzdem das letzte Wort.

Während er reglos dastand, war sein Geist durchaus beweglich. Wie ein reißender Fluss strömten und wirbelten seine Gedanken durch die Erinnerungen. Er sah Harris mit dem Gesicht nach unten auf dem Teppich bluten. Er sah sich selbst aus dem Reitersitz von dessen Rücken hochkommen, blind vor Triumph und Entsetzen, in der Hand das demolierte Telefon. Dessen Einzelteile baumelten hinderlich an Drähten herum, als er mühsam aufstand, und mit der Klarheit später Einsicht sah er sich die Teile vom Boden hochreißen und fühlte beinahe die Luft an seiner Wange vorbeizischen, als vor seinem geistigen Auge die federnde Schnur zur Decke hochschnellte und den Ventilatorflügel streifte. Damals hatte er es kaum registriert und seitdem kein einziges Mal daran gedacht.

Während des Putzens hatte Jason mit dem Gedanken gespielt, das Haus niederzubrennen. Als er jetzt neben Tim Bayard im Wohnzimmer stand und bewunderte, wie die weißen Streifen seines hübschen Golfhemds im Schwarzlicht leuchteten, wünschte er sich so verzweifelt wie kein Mensch jemals zuvor eine Zeitmaschine und ein Streichholz.

8

Jedes Ereignis hat ein Gerüst aus Fakten, die quasi die Wahrheit darstellen. Sie geben an, was wann wo und wie getan wurde. Beim Warum beginnt der Spielraum des Lügners. An diesem Punkt lancieren wir die Rechtfertigungen für alles, was wir tun und was wir mit uns machen lassen. Allein unser Abstand zur nackten Wahrheit und unsere Schubrichtung – ob darauf zu oder davon weg – sind das Maß unserer Tugend.

Gary Harris wurde von Jason Getty in dessen Wohnzimmer auf dem Teppich durch wiederholte Schläge mit einem antiken Telefon auf den Kopf getötet. Das ist schon die ganze Geschichte.

Die nackte Realität dieses Falles ist, dass ein Mann einem anderen Mann das Leben genommen hat, und wir alle wissen unabhängig von unserem Glauben, dass man nicht töten soll. Bei einem Gerichtsprozess wäre Jason aufgrund der ungeschönten Wahrheit für schuldig befunden und verurteilt worden. Doch sogar das Recht residiert auf der schiefen Ebene zwischen Wahrheit und Lüge. Es strebt heldenhaft nach Gerechtigkeit, dem edelsten Gedankengebilde jenes Spielraums, indem es den Affekt berücksichtigt. Das Recht differenziert auch in Grauabstufungen zwischen Beweggründen und Ausflüchten. Jason hätte wahrscheinlich eine kleine Strafmilderung bekommen, weil er in jener Nacht drangsaliert und in den Wochen davor verhöhnt und eingeschüchtert worden war. Vielleicht wäre Totschlag das richtige Urteil für das gewesen, was er getan hatte – und warum er es getan hatte.

Auf jeden Fall aber ist festzustellen, dass wir unsere Erinnerungen im Spielraum des Lügners speichern, um unser Gewissen weich zu polstern und unsere Selbstachtung zu wahren. Jason war seiner Erinnerung nach drangsaliert worden, weit über den Punkt hinaus, an dem selbst das Plädoyer auf Totschlag und das entsprechende Strafmaß noch in irgendeiner Weise gerecht erscheinen. Er fühlte sich im Recht, und hätte er jene Nacht aus seinem Leben streichen können, er hätte es nicht getan. Wäre ihm eine derartige Säuberungsaktion erlaubt worden, hätte sie ganz am Anfang einsetzen müssen. Sie hätte einen Sommernachmittag um drei Minuten umgestalten müssen.

Jason war an jenem Tag nicht restlos glücklich, aber so gut wie. Das Wetter war perfekt: warmer Sonnenschein und ein lauer Wind, der ihm durch die Haare wehte und sein Hemd zum Flattern brachte, sodass es angenehm an Brust und Armen kitzelte. Es war einer dieser Tage, an denen man vergisst, dass einem jemals kalt gewesen ist, und der den Winter zu einer bloßen Abstraktion macht, zu einer Idee, über die man mal etwas gelesen hat. Er war so schön, dass Jason, als er an der Zapfsäule stand, sein permanentes Grinsen dämpfen musste, um nicht wie ein Einfaltspinsel auszusehen, der Gott und die Welt anlächelt.

Es hatte Monate gedauert, aber schließlich war er in seinem neuen Wohnort Stillwater zu einer gewissen Zufriedenheit gelangt. Das war eine Meisterleistung, denn nachdem ihm gesagt worden war, er habe nicht genug Schwung in sich, nicht genug Anziehungskraft, um seine Frau zu befriedigen, hatte er erst einmal in siedend heißer Scham geschmort. Er hatte Patty geliebt, ebenso den reibungslosen Alltag mit ihr und die Wärme eines anderen Körpers nachts im Bett neben ihm. Zumindest hatte es sich wie Liebe angefühlt. Sie hatten selten gestritten, häufig miteinander gelacht, und in Gesellschaft waren ihre Gespräche mit Insiderwitzen gespickt gewesen. Sie hatten immer zusammen gefrühstückt, jeder hinter seinem Buch, und für ihn war das Schweigen kameradschaftlich gewesen, nicht trübsinnig. Doch sie war kurz davor gewesen, ihn als Zeitvergeudung abzuschreiben, sodass er vor allen beschämt dagestanden hätte.

Durch ihren Tod und den damit verbundenen Trostpreis, um eine Riesendemütigung herumgekommen zu sein, rang Jason mit einem neuen Konflikt. Auf die unerwartete Tragödie musste er reinste Trauer zur Schau tragen. Das war das einzig Angemessene. Das erwartete man von ihm. Er fühlte die Blicke, die einen Auftritt des Leidens sehen wollten. Sie drängten in seine Nähe, um sich Tränenarien anzuhören. Sie beobachteten ihn, und er beobachtete sie, wie sie eine der Trauerkarten mitnahmen, als Andenken an Patty und als Talisman gegen eigene Schicksalsschläge.

All die Aufmerksamkeit war ihm peinlich. Insgeheim wusste er, dass sich in seine Gefühle ein bisschen zu viel Erleichterung mischte, und der Gedanke, das könnte man ihm ansehen, war ihm unerträglich. Er hatte keine Freude an dem Geld. Nicht, dass es noch übermäßig viel war, nachdem der Staat seinen Anteil abgezwackt hatte, doch er konnte die Unbekümmertheit, die immer wieder in ihm aufstieg, nicht ganz abwehren. Denn jetzt stand es ihm frei, es einzusacken und sein Leben unter dem Mitgefühl, das er vielleicht gar nicht verdiente, hervorzuzwängen. Es kam ihm vor wie ein Sieg, dass er es sich jetzt leisten konnte, zu kündigen und von der angeheirateten Missbilligung wegzuziehen.

Doch niemand sollte auf diese Weise siegen. Das nahm etwas von seiner Seele weg und machte ihn gewissermaßen zu einem Amputierten, der allein dastand. Am wohlsten fühlte er sich, wenn er seine Deformierung vor anderen versteckte, da er wusste, dass normale Leute niemals so empfänden wie er.

Es hatte keine richtige Konfrontation gegeben, nur eine unerträgliche Episode am großen Esstisch seines Schwiegervaters zwei Wochen nach der Beerdigung. Pattys Vater saß natürlich am Kopf und der Anwalt der Familie zu seiner Rechten. Als Jason hereinkam, stellte die Haushälterin sein Glas Eistee an den zweiten Platz zur Linken, worauf Jason unschlüssig war, ob er sich dorthin setzen sollte, wo er nicht mehr ganz dazugehörte, oder ob er das Glas neben seinen Schwiegervater schieben sollte. Ihm drängte sich der Eindruck auf, dass der Platz mit Bedacht freigelassen worden war, und wenn er ihn nähme, säße er beim Geist seiner Frau auf dem Schoß.

»Was meinst du, wie sie das Geld verwendet wissen wollte?«, fragte ihr Vater mit einem durchdringenden Blick, der unter glatt gekämmten grau melierten Brauen funkelte.

»Wie soll ich das verstehen?« Jason erkaufte sich mit der sinnlosen Frage ein paar Augenblicke Zeit. Doch anstatt sie zu schöpferischem Nachdenken zu nutzen, lotete er nur die Tiefe seines Unbehagens aus.

»Da gibt es die Klinikstiftung, die sie hier in der Stadt unterstützt hat, und eventuell die Tierschutzorganisation. Sie hatte ein Herz für Tiere. Sie hat immer gesagt«, er schluckte an einem schwierigen Gefühl, bei dem ihm die Wangen brannten und die Augen feucht wurden, »sie möchte mal eines Tages an einer Mission des Friedenskorps teilnehmen. Vielleicht könntest du in ihrem Namen eine Spende veranlassen. Das hätte sie so gewollt.«

Jason bezweifelte, dass auch nur einer dieser Vorschläge wirklich etwas mit seiner Frau zu tun hatte, zweifelte aber keine Sekunde daran, dass sie diese Dinge erwähnt hatte, um sich die Gunst ihres gemeinwohlbewussten Vaters zu erhalten. Sie war nicht knausrig gewesen, nur ein williges Opfer der Trägheit. In Wirklichkeit war Patty, genau wie Jason, stets mit der bloßen Absicht zufrieden gewesen. Dass sie ihre Ehe sieben Jahre lang hatte treiben lassen, bevor sie mit ihrem Mann ein offenes Wort redete, war ein beredtes Beispiel dafür.

»Wir haben uns gegenseitig als Erben eingesetzt«, entgegnete Jason.

»Das weiß ich. Ich habe mich nur gefragt, ob du vielleicht berücksichtigen möchtest, was sie unter diesen Umständen gewollt hätte.« Er sprach nicht aus, welche Umstände er meinte. Und das war auch nicht nötig.

Das aggressive Schweigen, das beide Männer am Tisch auf ihn abschossen, ging nach hinten los, denn ihre harten Blicke und zuckenden Kiefermuskeln machten ihn so starr, dass er nicht angemessen antworten konnte. Wären sie nicht so einschüchternd gewesen, hätte Jason sich wahrscheinlich zum Narren gemacht und ein lahmes Argument hervorgestottert, das ihr an Drohungen geschärfter Juristenjargon in der Luft zerrissen hätte. Stattdessen saß er verkrampft da und war froh, dass das Tischtuch seine schlotternden Knie verdeckte.

»Aber ich bin ihr Mann«, stieß er hervor.

Die beiden Männer hielten die knappe Antwort für ein Zeichen großer Entschlossenheit, und da ihnen klar war, dass sie rechtlich in der schwächeren Position waren, stellten sie Jason seine Schecks aus, schlossen ihn aus ihren Reihen aus und schoben ihn quasi zur Tür hinaus. Blinzelnd stand er auf der Matte und wunderte sich, wie einfach es dann doch gewesen war.

Und so kam er nach Stillwater. Verglichen mit seinem bisherigen Wohnort war das ein rückständiges Nest ohne jeden Glanz, und gerade deshalb fühlte er sich sicher, denn seiner versnobten Schwiegerfamilie würde er da garantiert nicht über den Weg laufen. Die Sorge hätte er sich jedoch sparen können. Seinem Schwiegervater wäre es nicht im Traum eingefallen, noch einmal an ihn heranzutreten, und tatsächlich scheute er keine Mühe, um Jason Getty überall aus seinem Leben zu tilgen, wo das Andenken an seine Tochter es erlaubte.

Letztlich wäre es für Jason besser gewesen, die Schürzenbänder zu seiner Heimatstadt durchzuschneiden, statt sie nur zu verlängern. Zu dem Haus, in dem er aufgewachsen war, der Kirche, in der er geheiratet hatte, und dem erhabenen Tudorbau seiner Schwiegerfamilie, der Jasons Armseligkeit immer unterstrichen hatte, fuhr man nur eine Stunde.

Zum ersten Mal seit zehn Jahren war er auf sich allein gestellt, und er durchlebte Zyklen der Benommenheit und Einsamkeit, durchsetzt mit manischem Fleiß und schwindelerregendem Freiheitsgefühl, bis er einen Job annahm, um seine Zeit aufzuteilen. Der Arbeitsalltag beruhigte die Nerven, und berechenbarer, menschlicher Kontakt verlegte die Einsamkeit in die dunklen Stunden der Nacht, wenn die interessanten Fernsehsendungen und Knabbereien alle konsumiert waren. So kam er auf die Idee, sich einen Hund anzuschaffen.

Mit dieser Überlegung war er beschäftigt, als er an jenem Tag an der Zapfsäule stand: Welche Rasse würde zu ihm passen? Er dachte den schönen Tag ins Unendliche fort und sah sich körperlich fit und braun gebrannt, weil er stundenlang auf dem Rasen oder im Park herumtollte. Also einen großen Hund vielleicht, der neben ihm hertrabte. Oder einen kleinen temperamentvollen, der ihn mitriss. Auf jeden Fall einen, der abends in der tristen Phase vor dem Einschlafen schnuppernd an seinen Füßen lag. Einen Hund, für den Jason immer genug wäre.

Zuerst achtete er kaum auf das Motorrad, das an der Zapfsäule gegenüber hielt, doch das herzhafte »Scheiße!« von dem absteigenden Fahrer war nicht zu überhören. Jason spähte aus dem äußersten Augenwinkel, um nicht als Gaffer zu erscheinen, und beobachtete, wie der Fahrer einen wütenden Kreis um das Motorrad zog. Der Mann riss die Schnallen der Taschen auf und wühlte sich bis zum Grund.

Dann holte er ein Handy aus der Hosentasche, wählte und schrie hinein: »So eine verdammte Scheiße! Mir muss bei Heather das Portemonnaie rausgefallen sein ... Sie ist jetzt arbeiten ... Nein, keine Ahnung ... Und ich hab gerade mal siebzehn Cent! ...

Ich bin schon am Ende des Reservestrichs, Mann. Das schaffe ich nie ... Komm mir jetzt nicht mit solchem Scheiß! Das hat mir gerade noch gefehlt ... Nein, verkauf's nicht ohne mich ... Nein ... Ich mein's verdammt ernst, Mann ... Ich reiß dir den Arsch auf ... Okay ... na schön ... Ja, ich frag mal nach ...« Dann lachte er wie die Sonne, wenn sie plötzlich hinter Wolken hervorkommt, hinter schwarzen Sturmwolken. »Halt's Maul, Alter ... Ich komm so schnell ich kann ...« Noch ein Lachen. »Du bist'n Arschloch.«

Er klappte den Deckel über das Tastenfeld und fuhr sich laut seufzend durch die dunkle Hollywood-Mähne. Nur einem ganz besonderen Haartyp kann ein Motorradhelm nichts anhaben. Glatte Haare bekommen eine Delle. Lockige nehmen alberne Formen an. Und Männer, die sich auf klebrige Produkte verlassen, um potent zu wirken, werden als Betrüger entlarvt, wenn sie den Schweißtopf herunternehmen. Die Haare dieses Fahrers waren genau richtig zerzaust, und es brauchte mehr, als Jason in sich hatte, um sie nicht zu bewundern. Ohne es zu merken, strich er sich durch sein eigenes feines Haar, während er die missliche Lage des Fremden abschätzte.

Jason war in guter Stimmung, die sich gerade zu *restlos glücklich* steigerte, da er in diesem Augenblick beschlossen hatte, dass ein Hund den letzten seiner Dämonen verjagen würde. Und Jason hatte im Lauf des Tages eine E-Mail bekommen, einen dieser dämlichen Kettenbriefe, die einem traurige Zeiten vorhersagen, wenn man dessen virale Fröhlichkeit nicht in den nächsten fünf Minuten an fünf Leute weiterleitet. Bei zehn Leuten wurde orgastisches Glück versprochen und bei fünfzehn würde der Kopf zu einem Golddukatenregen zerspringen und man bekäme einen frischen Geist und ein schöneres Gesicht, als man je gehabt hatte. Obendrein wahrscheinlich solche Haare wie dieser Kerl. Der Hauptteil der Nachricht pries Freundlichkeiten aller Art als Heilmittel für die Übel der Welt. Dazu gab es ein paar platte Gedichte und kitschig leuchtende Fotos, die vor Heiterkeit quietschten.

Jason hatte keine fünf, geschweige denn fünfzehn Leute, mit denen er eng genug befreundet war, um diese Liebe an sie zu verteilen, aber das war okay. Er glaubte nicht an Glück. Oder an Pech. Vielleicht aber glaubte er nur mal ausnahmsweise, als er an der Zapfsäule stand, was in der E-Mail gepredigt wurde.

»Entschuldigen Sie!«, rief Jason zu dem Mann hinüber, der sich wieder über die Motorradtasche beugte.

»Ja?« Er schaute über die Schulter und musterte Jason mit neutral abschätzendem Blick vom Scheitel bis zur Sohle und umgekehrt.

»Ich kam nicht umhin, Ihr Telefongespräch mit anzuhören.« Der Mann richtete sich auf und drehte sich zu Jason um. »Tut mir leid, Mann. Seien Sie nicht so streng mit mir. War nicht meine Absicht, Ihnen den Tag zu versauen.«

Jason wurde heiß. Er hatte es falsch angefasst und erntete Konfrontation, wo er nur Freundlichkeit hatte säen wollen. »Nein, nein, schon gut, das meinte ich nicht. Ich wollte nur sagen, dass ich Ihnen gern eine Tankfüllung bezahlen würde.«

»Ohne Scheiß? Wirklich?«

»Ja.« Jason lächelte. Er fühlte sich jetzt schon ganz nobel.

»Sie müssen mir keine ganze Tankfüllung bezahlen. Braucht nur ein Schluck zu sein. Damit komme ich schon hin.«

»Nein, ist in Ordnung. Wer weiß, so eine kleine Gefälligkeit stockt mein Meilenguthaben vielleicht auch auf, oder?«

Das sorglose Lächeln und die lockeren Schultern des jüngeren Mannes weckten in Jason Kühnheit. Es war auch ein bisschen Neid dabei, und der Typ wusste das, war sogar daran gewöhnt. Doch er hatte solch einen Überschuss an Selbstbewusstsein, dass er es sich leisten konnte, daraus einen magischen Spiegel zu machen. Man sah ihm ins Gesicht, und er gab einem davon etwas ab. Für einen Moment fühlte man sich in seiner Haut wohl; man lächelte und zeigte große weiße Zähne, die aber auch sichtlich dazu taugten, den anderen zu fressen; die Haare lockten sich an kräftigen Spitzen, und die Augenbrauen hoben sich und brachten Humor in die Sache. Und wenn der junge Mann wegsah, war es, als wäre eine Lampe ausgeschaltet worden, und plötzlich war man wieder so klein wie vorher, man kehrte in seinen Konturen geschrumpft auf den alten Platz in der Nahrungskette zurück.

Jason streckte die Hand aus. »Jason Getty.«

Der grinsende Mann nahm das Angebot mit kräftigem Händedruck und noch herzlicherem Lächeln an. »Jason Getty, du hast mir das Leben gerettet. Ich revanchiere mich dafür, Mann. Ich bin Gary Harris.«

Harris überredete Jason, ihm seine Adresse zu geben, und bestand darauf, ihm das Benzin zurückzuzahlen, wenn er das nächste Mal in der Gegend wäre. Die Kameradschaftlichkeit glühte noch Stunden nach. Der Stolz, einmal der nette Kerl gewesen zu sein, gab Jason eine Woche lang Auftrieb. Als die Tage nach der Begegnung ins Zweistellige übergingen, stellte sich eine leise Verärgerung über Harris ein, weil er nicht wie versprochen vorbeikam, und wurde zum Haar in der Suppe, zu einem stacheligen Haar in der Suppe. Aber es war okay. Jason hatte ehrlich keine Rückzahlung gewollt.

Hätte er es sich nur eingestanden – er wollte zu gern wieder in den Spiegel schauen, in das Gesicht, bei dem er so sicher war, es vollständig nachahmen zu können, alles *haben* zu können mit diesem Zwinkern und dem großspurigen Gang.

Der Samstag, den Jason reserviert hatte, um sich tatsächlich einen Hund zu kaufen, wurde durch ein Gewitter mit Regen, der an die Scheiben klatschte, in triefnasse graue Fetzen gerissen. Jason beugte sich über die Zeitung, kreiste Kleinanzeigen ein, in denen Hunde zum Verkauf angeboten wurden, und informierte sich im Internet über Hunderassen. Im Stadtplan markierte er mit einem Leuchtstift Adressen. Sofort nach dem Blitz krachten Donnerschläge, sodass er jedes Mal zusammenfuhr, und starke Windböen peitschten den Regen gegen die Fenster.

Einmal donnerte es weiter, nachdem es über ihm schon aufgehört hatte, und es dauerte einen Moment, bis Jason auffiel, dass diese Donnerschläge schneller hintereinander ertönten und seiner Haustür galten. Als er öffnete, stand Gary Harris draußen. Er hielt sich einen aufgeweichten Pizzakarton über den Kopf, und das Wasser tropfte ihm von der Nasenspitze.

»Mann, es schüttet wie aus Eimern. Willst du mich den ganzen Tag hier draußen stehen lassen?« Er kam herein, sowie Jason zur Seite trat.

Jason machte die Einladung mit einer Armbewegung offiziell. »Wow! Nein. Tut mir leid, ich hab bei dem Donner das Klopfen nicht gleich gehört.« Aber am Ende des Satzes redete er schon zu Harris' Rücken, der den Flur entlangging und dabei in alle Räume spähte.

»Huuh, na da schau mal an«, sagte Harris im Schnulzton und bewunderte den großen Plasmafernseher im Wohnzimmer. »Nette Bude.« Er musterte Jason von oben bis unten. »Wer hätte das gedacht?«

Jason lächelte, zufrieden über die eigene Freude.

Harris schlug ihm auf die Schulter. »Haste mal 'n Bier?«

9

Anfangs nannte Jason ihn Gary. Jemanden mit dem Nachnamen anzureden war Sache von Schlägertypen, hassenswerten Sportlehrern und den Ausbildungsoffizieren, die Jason aus Filmen kannte. Er selbst hatte sich, wenn ihn einer beim Nachnamen nannte, immer gefühlt, als hätte er mit der zusammengerollten Zeitung eins übergezogen bekommen. Und er neigte nicht zu kämpferischem Auftreten. Bei Gary neigte er zu gar keinem Auftreten. Er vergaß sich fast vollständig. Keine Verlegenheit, keine Nervosität, keine Unsicherheit, kein Kontakt zu sich selbst. Während dieser Stunden war er lediglich Garys Gesichtsausdruck. Er erzählte aus seinem Leben und bekam dafür Interesse, Heiterkeit, Zustimmung und Empörung, die sich in Garys lebhaften Reaktionen zeigten. Es tat gut, sich zu verlieren. Es fühlte sich an wie Freiheit.

Gary war alles, was Jason nicht war. Er sah gut aus, hatte breite Schultern und schmale Hüften, was ärgerlicherweise von guten Genen kam, nicht von endlosen Stunden im Fitnessstudio. Jason sah nicht schlecht aus, er war nur blass und weich, und das vor allem auch im Innern. Gary hatte große Zähne und trug seine Kleidung unbekümmert. Jasons Hemden rutschten immer aus der Hose, und sein Lächeln flackerte unsicher im unteren Wattbereich.

Seit dem ersten Besuch hatte Jason immer Bier auf Lager, nachdem er errötend gestehen musste, keinen Tropfen Alkohol im Haus zu haben. Gary war wie eine Party auf zwei Beinen oder auf zwei Rädern und hatte es gern feuchtfröhlich. Da Bier den magischen Spiegel festhielt, kaufte Jason reichlich davon .

Am ersten Nachmittag unterhielten sie sich. Harris fuhr mit Jason zum Laden. Es war das erste Mal, dass Jason für zu Hause einen ganzen Karton Bier kaufte. Und dann saßen sie am Küchentisch und quatschten einfach, was Jason seit dem College nicht mehr getan hatte. Von »Wo bist du aufgewachsen?« gelangten sie mühelos zu persönlicheren Dingen. Während sich die leeren Dosen stapelten, erzählten sie sich Geschichten aus ihrem Leben – Jason zumindest. Im Nachhinein erinnerte er sich, dass Gary nur ständig nickte und lächelte.

Der Abend war für Jason viel zu schnell vorbei, obwohl Stunden vergangen waren. Zwischendurch hörte es auf zu gewittern, was ihm aber nicht auffiel. Am Ende war er erschöpft und hatte sich glücklich leer gequatscht. Ihm brummte der Schädel, da er ungewohnt viel getrunken hatte. Gary hatte der Marathon nicht halb so mitgenommen, und er meinte, das müssten sie »bald mal wiederholen«. Jason glaubte keine Sekunde daran.

Doch zu seiner Freude kam Gary wieder vorbei. Und kreuzte dann häufiger auf. Die Abstände variierten, und Gary wollte sich nicht festlegen lassen. Aber er kam immer wieder.

Er fuhr Jason an, als der einmal nach seiner Telefonnummer fragte. »Du bist nicht meine Freundin.«

»So meinte ich das nicht«, erwiderte Jason schmollend.

»Sei nicht beleidigt. Es gibt nur vier Leute auf der ganzen Welt, die meine Nummer haben. Das ist nichts Persönliches.«

»Wie können die Leute dann mit dir Kontakt aufnehmen?«

»Gar nicht. Bleibt es unverbindlich, bleibt es angenehm. Keiner soll denken, er braucht nur ein paar Tasten zu drücken und kriegt was von mir.«

»Aber jeder bekommt Anrufe. Das ist normal«, sagte Jason darauf. »Ich weiß nie, wann du eigentlich kommst.«

Garys Augen verengten sich zu verärgerten Schlitzen. »Ich sag dir was. Wenn ich zu oft klingle und du machst nicht auf, werde ich das schon verkraften.« Er hätte noch mehr sagen können. Jasons sah etwas Gehässiges und, schlimmer noch, etwas möglicherweise Wahres, das gegen Garys zusammengekniffene Lippen drückte. Doch die Beleidigung blieb dahinter, wurde von einer primitiven Diplomatie um des Sieges willen zurückgehalten. Garys Geduld war nicht mehr als ein Gesichtsausdruck, den er ab und zu aufsetzte, um zu gewinnen.

Jason trat einen Schritt zurück, dann zwei. »Gut, in Ordnung, war nur eine Frage. Vergessen wir das.«

Gary schüttelte die Verstimmung ab und damit auch den Maulkorb. »Mach dir deswegen keine Gedanken. Im Ernst. Wie gesagt, das ist nichts Persönliches. Ich hab eben gelernt, Stress zu vermeiden. Und glaub mir, jeder kann stressig werden, jederzeit. Ich geb meine Nummer nicht raus und meinen Terminplan auch nicht. Außerdem haben meine Ex und ihre Familie mich auf dem Kieker. Wenn ich keine Anrufe kriege, dann auch keine von denen.«

»Pffff. Das kenne ich.« Während Jason hoffte, sie wieder in angenehmes Fahrwasser zu steuern, schluckte er unbemerkt einen Köder. Das Gespräch setzte sich fort mit Beschwerden über die Schwiegerfamilie, und nach Garys Gesicht zu urteilen war Jason noch nie so faszinierend gewesen.

Es kam so weit, dass Jason seine Besorgungen schon auf dem Heimweg von der Arbeit erledigte, um dann den ganzen Abend Däumchen zu drehen und mürrisch zu Bett zu gehen. Und dabei konnte er sich nicht mal über eine geplatzte Verabredung aufregen, da es keine gegeben hatte.

Darum lächelte er mehr als sonst, als Gary eines Tages Bier mitbrachte, und nicht nur das: Er hatte ein ungepflegtes Mädchen namens Bella bei sich. Ihre taillenlangen, zerzausten Haare begannen sich langsam in Dreadlocks zu verwandeln und hatten die Farbe eines Rostflecks in einer schmutzigen Spüle. Mit fünfzehn Pfund mehr auf den Rippen hätte sie gesund ausgesehen. Ihr Gesicht war ein makelloses Porzellanherz mit glänzenden blauen Augen und einem grellrosa Mündchen. Das Lachen glitt ihr so leicht die Kehle herauf wie der Alkohol hinunter. Es war der reinste Feenstaub und senkte Jasons Aufmerksamkeit hinsichtlich der Anzahl seiner Drinks. Er war fast sicher, dass er Nummer sieben mehr als ein Mal ausgetrunken hatte. Als Gary überlegte zu gehen, viel früher als sonst, war Bella zu benebelt, um nicht hinter ihm vom Motorrad zu fallen, und Jason war zu betrunken, um sie in seinem Wagen nach Hause zu bringen.

Gary zog ihn zur Seite, als Jasons hibbeliges Unbehagen selbst bei der quirligen Bella Zweifel auslöste, ob sie willkommen war. »Lass sie einfach hier pennen, Mann. Wo ist das Problem?«

Jason zögerte, war aber in dieser Sache so leicht durchschaubar, dass Gary nur über ihn lachte. »Mann, du bist echt'n Freak. Da muss ein süßes Mädchen – ein süßes, *verdorbenes* Mädchen – mal auf deinem Sofa pennen, und du scheißt dir fast in die Hosen.« Er nahm Jason bei den Schultern und gab ihm einen ermunternden Ruck. »Du darfst ihr bloß nichts mehr zu trinken geben, sonst kotzt sie dir auf den Teppich. Morgen früh bringst du sie nach Hause. Alles ganz entspannt.«

»Na gut.«

»Tu nichts, was ich nicht auch tun würde, Großer.« Damit ging er und nickte ihm noch mal zwinkernd zu wie Santa Claus.

Sie tranken nichts mehr, aber Bella schlief auch nicht auf dem Sofa. Als Jason am nächsten Morgen wach wurde, sah er als Erstes, dass sie ihn anstarrte. Der weiche Glanz ihrer Augen stellte sich als natürlicher Vorzug heraus, nicht als Ergebnis zu vieler Drinks. Sie lächelte ihn an, ganz selbstbewusst in ihrer Nacktheit. Das zerwühlte Bettlaken, das kaum heller war als ihre milchweiße

Hüfte, entblößte alles Wichtige. Ihre Ausstrahlung hatte nichts von der Widerspenstigkeit ihrer Haare und wirkte auf Jasons bereits brennende Augen wie ein Hitzeschwall. Er blinzelte, und sie tränten, während er Bella angaffte und versuchte, es nicht allzu offensichtlich zu tun. Ihm dröhnte der Kopf, aber zwischen den wummernden Schlägen tief hinter seinen Augen stahlen sich ein paar halbwegs klare Gedanken hindurch. Jedes Wummern war ein bisschen heftiger als das vorige, als ob die Hälften seines weich geklopften Gehirns in der Mitte zusammenstießen, um ein böses Mal der Spaltung zu erzeugen.

Er hatte sie zum Lachen gebracht, das wusste er noch. Sie hatte ihn ehrlich angestrahlt und ihm Mut verliehen. Er fegte seine Benommenheit beiseite und erinnerte sich, dass er sich sogar charmant vorgekommen war. Sie hatte ihn süß genannt, und er sie schön.

Es dauerte ein paar Augenblicke, bis ihm bewusst wurde, dass er unter der Bettdecke nackt war. Nicht mal Socken hatte er an. Laken und Haut und ein nacktes Mädchen. Bella. Richtig. Und er musste mal pinkeln. Dringend.

»Ich, äh, muss aus dem Bett und, äh, muss, du weißt schon, da mal hin.« Jason zeigte auf den Flur.

»Dann geh doch«, gurrte sie.

Jason ließ den Zeigefinger kreisen, um eine Bitte anzudeuten, kurbelte damit aber auch sein Erröten an. »Würdest du dich bitte mal umdrehen?«

Sie tat es. Das Bettzeug raschelte, und Jason merkte erst jetzt, dass ihm das Geräusch gefehlt hatte. Seit Patty sich das letzte Mal neben ihm umgedreht hatte, war es in seinem Bett still gewesen. Das Rascheln und Knittern von Laken, das Geräusch einer Frau, die sich von ihm wegdreht, löste eine schmerzhafte Erinnerung aus – an die Fassungslosigkeit über das Zurückgestoßenwerden. Zugleich war es die Hintergrundmusik der Zweisamkeit. Er wünschte, er hätte damals schon gewusst, dass das Geräusch seiner Frau eines Tages weg sein würde. Er wünschte, er hätte daran gedacht, es festzuhalten.

In dem Moment hätte er fast nach Bella gegriffen, weil er ernsthaft wissen wollte, wie sich ihre Haut anfühlte, doch er tat es nicht. Bellas helles Lachen, als sie zur Wand schaute, war ihm peinlicher, als wenn sie seinen nackten Hintern hätte hinaushasten sehen.

Eine Woche später holte Gary ihn zum ersten Mal ab, um mit ihm auszugehen.

»Ausgehen, wohin?«

»Keine Ahnung. Ist 'ne Party. Wir hängen ab und trinken zur Abwechslung mal das Bier von 'nem anderen. Glaub mir, du musst mal raus.«

Jason nahm an, dass er zum Fahrer bestimmt war, doch Gary deutete auf sein Motorrad.

»Lass den Wagen stehen. Wir nehmen meine Maschine.«

Sie kamen in einen lärmenden, qualmenden Haufen Leute, die zu alt wirkten, um auf eine Hausparty zu gehen, und zu derb und einschüchternd, um in der Öffentlichkeit kein Ärgernis darzustellen. Gary schien in dem Gewühl niemanden zu kennen. Er ließ Jason ständig allein, ging weg und vergaß ihn wie ein Gepäckstück. Jason stand sich selbst im Weg und allen anderen nicht minder. Garys Abwesenheit wurde zum Akt auf dem Drahtseil, auf dem er vorwärts- und rückwärtstänzelte, um sich dem Strom von Leder, Bartstoppeln und zu eng anliegenden Trägerhemden anzupassen, der an seinem Rücken vorbeistrich oder gegen seine Brust stieß. Gary rief ein paar Leute an, wie er sagte, um sich umzuhören, wo eine bessere Party lief, aber es kam nichts dabei heraus. Darum zogen sie in dem schmuddeligen Haus ihre

Runden, indem sie sich durchrempelten, und wurden bei dem Stimmenlärm und den lauten Bässen allmählich taub.

»Lass uns abhauen«, sagte Gary nach einer langen Stunde, die Jasons Hoffnung auf einen netten Abend überdauert hatte.

Zu Hause auf dem Treppenabsatz vor der Haustür angekommen, brauchte er eindeutig keinen Schlüssel. Sie stand einen Spaltbreit offen. Er stieß sie weiter auf, sah aber Gary fragend an, bevor er hineinging. »Ich weiß, dass sie abgeschlossen war. Ich gehe nie, ohne abzuschließen.«

»Nee. Du ganz bestimmt nicht, was?«

»Sollen wir reingehen oder direkt die Polizei rufen?«

Gary verkniff sich ein Grinsen und schaute die Straße rauf und runter. »Gehen wir einfach rein.«

Drinnen sah es aus wie immer, aber die Wände flüsterten von verstohlenen Einbrechern. Der Strich des Teppichflors war ein bisschen anders, und alles wirkte, als hätte es jemand befingert und beäugt. Dann sah Jason die blanke Stelle im Staub auf der Anrichte, einen schreienden leeren Fleck zwischen den Regalen mit seiner Musik- und Filmsammlung. Sein Fernseher war weg.

»Los, schnell! Wir müssen hier raus«, rief Jason.

»Nur die Ruhe«, sagte Gary. »Hier ist doch niemand.«

»Woher willst du das wissen?«

»Na ja, wenn sie noch hier sind, sind sie sehr leise.« Gary schlenderte den Flur entlang, ganz unbesorgt, Jason zog hinter ihm her. An jeder Tür duckte sich Gary, um dann mit lautem »Buh!« in den Raum zu springen, und sah Jason mit wackelnden Augenbrauen an, wenn sich herausstellte, dass außer ihnen beiden keiner dort war.

Im Schlafzimmer schlug Gary die Bettdecke zurück und rief spöttisch: »Kommt raus, zeigt euch, wo immer ihr seid!« Währenddessen bemerkte Jason, dass in der Kramschale auf der Kommode seine Sonntagsuhr mit Gravur fehlte, die ihm Patty geschenkt hatte.

»O mein Gott. Ich glaub es nicht. Du hast recht, sie sind längst weg. Aber fass nichts an. Ich muss die Polizei anrufen.« Jason rannte zum Telefon, Gary holte ihn rasch ein.

»Warte mal, warte mal.« Garys sanfter Druck auf den Arm hätte Jason nicht abgehalten, den Hörer ans Ohr zu heben, das Lächeln aber umso mehr.

»Was ist los?«

»Du kannst nicht die Polizei rufen«, sagte Gary.

»Was soll das heißen?«

»Jetzt bleib mal locker. Du kannst den Fernseher ersetzen. Und so eine Uhr? Pfff!«

»Was? Ich muss doch Anzeige erstatten.«

Jetzt lachte Gary. »Nein, ehrlich, musst du nicht.« Er hielt Jasons Arm fester.

»Was redest du da? Warum denn nicht?«

»Darum nicht. Hör zu, wir machen uns ein Bier auf, und ich erklär's dir ganz in Ruhe. Wahrscheinlich wirst du angepisst sein, aber wenn du es aus einem bestimmten Blickwinkel betrachtest, dann ist es rasend komisch. Und ich versprech dir, am Ende fehlt dir gar nichts. Da könnte sogar das Karma am Werk sein, Mann. Da fühlst du dich wie die Katze, die den Kanarienvogel des Schwiegervaters gefressen hat.«

So saß Jason an seinem eigenen Küchentisch und sah Gary das Bier kippen, das er eigens für dessen Besuche auf Vorrat hielt, während der Betrug vor ihm dargelegt wurde.

Ein Chirurg braucht ruhige Hände. Ein Lehrer braucht Geduld. Ein Müllmann braucht einen starken Magen und schöne Gedanken, die ihn von der Schinderei wegtragen. Und auch ein Betrüger braucht bestimmte Fähigkeiten. Gary Harris war ein Ass, was das Aufschnappen relevanter Fakten anging. Namen, Daten, Orte, Gewohnheiten und Gelüste, alles sammelte sich in Spalten und Reihen geordnet in einer Ecke seines Kopfes, bis sich eine Gleichung präsentierte. Zu deren Lösung gehörte gewöhnlich Diebstahl, und heraus kam immer ein Reingewinn.

Bevor er in den Genuss von Garys Aufmerksamkeit kam, hatte Jason sich nie erlaubt, Abneigung gegen seinen Schwiegervater zu äußern. Solche Männer waren zu beneiden – erfolgreich und unerschrocken bis zu den Diamantmanschettenknöpfen –, wohingegen Jason immer nur den Dreck besessen hatte, der den Sanftmütigen in der Bibel versprochen wird. Die Wunschdenker umschrieben es immer so, als hätte Jesus gesagt, sie bekämen die gesamte Erde, aber Mutter Erde und Muttererde werden durch Stärke verteilt, nicht durch Milde, wie jeder Milde weiß.

Jasons Schwiegervater war rechtschaffen: großzügig, gebildet, elegant, fit und ein zu starker Gegner für Jason. Jason hatte auch seinen Stolz, aber seine schlagfertigen Erwiderungen waren auf den Badezimmerspiegel beschränkt geblieben.

Sein eigenes Zuhause beschied ihm damals auch keine Erleichterung. Er konnte sich ja schlecht bei Patty über ihren lieben Daddy beschweren. Sie war immer das missratene Lieblingskind und das unproduktive schwarze Schaf gewesen und dabei klug genug, sich seine Gunst nicht ganz zu verscherzen. Wenn Jason es doch einmal tat, ließ sie ihn ohne Skrupel die unangenehmen Seiten ihres Naturells spüren. Und er war nicht der ungezwungene Typ, der im Büro am Wasserspender Privates ausplauderte. Darum schluckte er die Herabsetzungen, würgte sie herunter, bis er gelb wurde, und kuschte.

Gary nahm das dann als Erster wichtig. Er wollte hören, was Jason zu ertragen gehabt hatte, fragte sogar nach, wie Jason sich mit seiner hochgestochenen Verwandtschaft gefühlt habe, so verlassen auf der windigen Seite ihrer kalten Schultern, und wollte genau wissen, was Jason dagegen getan hatte. Gary wurde um Jasons willen wütend, als die Geschichten über die gleichgültig abweisende Art der Schwiegereltern herauskamen. Kleinigkeiten wuchsen zu empörender Größe an, und dabei wurden die Adresse, der Besitz und die Gewohnheiten der Coates ausgebreitet, häufig auf Garys Drängen. Er wollte immer, dass Jason die Szenen genau schilderte – natürlich nur, damit er sie sich besser vorstellen konnte.

Die Masche war simpel. Das sind die besten immer.

Das war das größte Ding, das Gary je gedreht hatte. Bisher waren es nur magere Geschäfte gewesen wie der Klau von Lebensmittelmarken aus Trailerpark-Briefkästen. Aber die Gelegenheit, eine Villa auszurauben, war mal richtig herausfordernd und lohnend.

Und Gary machte seine Sache immer gut, auch wenn es nur um Kleinkram ging. Er arrangierte und leitete alles von Weitem, wo er buchstäblich nicht greifbar war. Seine Verbindungen zu den beteiligten Dieben blieben zu jedermanns Beruhigung schwach. Es war ganz ernst gemeint gewesen, als er zu Jason sagte, nur vier Leute auf der Welt wüssten, wie sie ihn ans Telefon bekämen, nämlich durch eine wechselnde Reihe von vertraglosen Prepaid-Nummern, die nie auf seinen Namen liefen. Eine von ihnen war seine Mutter, die kaum belästigt werden konnte. Die anderen hatten jedes Interesse, größtmögliche Funkstille zu wahren.

Für Gary war es besser, allein zu sein. Er schlief wie ein Toter, aber nur wenn er tagelang niemanden gesehen hatte. Manchmal deprimierte es ihn, dass er es nicht genießen konnte, ein Schwätzchen zu halten oder sich mit Bekannten zu treffen. Aber ganz egal bei welcher Gelegenheit, im Hinterkopf suchte er immer nach dem vorteilhaftesten Blickwinkel und der schwächsten Stelle im Zaun. Er konnte gar nicht anders. Es laugte ihn aus, und es ließ sich nicht abschalten. Jason Getty zuliebe hatte er es tatsächlich ein bisschen versucht.

»Das ist der größte Fang, den wir je gemacht haben. Dein Schwiegervater weiß nicht, ob er jubeln oder kotzen soll«, gackerte Gary. »Wir haben einen Mercedes, Mann, einen Scheißmercedes!«

»Ihr habt seinen Wagen gestohlen?« Jason war kreidebleich bis in die Lippen. Das Blut war ihm aus dem Kopf gewichen, sowie er die Sache erfasste.

»Wir haben alles, Alter. Ich hab's noch nicht gesehen, aber der Fang war gigantisch. Scheiße, Mann, das Arschloch hat's verdient. Das weißt du. Außerdem bezahlt das alles die Versicherung.«

»Genau wie meine«, sagte Jason mit hängendem Kopf.

Gary lehnte sich glucksend zurück. »Äh, nicht doch. Dein Fall liegt ein bisschen anders. Sei nicht sauer auf mich, Mann. Deine Glotze und die Uhr und der ganze Kram –«

»Kram? Was für Kram? Fehlt noch mehr?«

»Nur ein paar Kleinigkeiten. Stell dich bloß nicht an. Dein Zeug ist meine Versicherung. Und deine auch, eigentlich. Wenn wir mit Dritten zusammenarbeiten, werden die ebenfalls angezapft. Dein Zeug wird mit den anderen Sachen gelagert und irgendwann verkauft. Wenn die Bullen uns kriegen, kriegen sie auch dich.«

»Das ist Quatsch.« Jason rutschte das ohne nachzudenken heraus, aber als er sich hörte, wurde er kühn. »Ich sag ihnen einfach, dass ihr uns beide ausgeraubt habt.«

Gary zog nur leicht amüsiert die Brauen hoch. »Tja, damit wirst du die dreieinhalb Mille nicht erklären können, die du gestern Abend in den Nachtschalter der Bank eingeworfen hast.«

»Was? Ich hab nichts eingeworfen«, stotterte Jason. »Und wenn du denkst, das tue ich noch, dann hast du dich geschnitten.«

»Ich würde dich auch nicht darum bitten.« Gary hatte Jasons neuen Ton in Sekunden dicke. »Du würdest es wahrscheinlich sowieso vermasseln.« Gary saugte an den Zähnen. »Aber sieh mal an, jetzt kriegst du plötzlich Eier. Na egal. Es ist jedenfalls dein Wagen auf dem Überwachungsvideo. Deine Jacke, deine Baseballkappe. Dein Einzahlungsschein aus deinem Scheckheft in der Schreibtischschublade nebenan. Wir haben einen Typen bezahlt, der etwa deine Größe hat, damit er den Kopf gesenkt hält und den Umschlag in den Schlitz wirft. Er hat es für zwanzig Mäuse getan.« Gary lachte. Es war eine lustige Warnung, eine letzte Einladung, es leichtzunehmen. »Klar, wir mussten einen Vierzehnjährigen finden, der fahren kann. Aber was ich damit sagen will: Die Kamera hat dich gesehen.«

Jason lachte nicht.

»Mensch, Alter, sei doch nicht so geizig. Das Geld deckt alles ab, was du verloren hast. Das ist doch kein Problem! Ich hab dich geschützt. Du machst überhaupt keinen Verlust. Dafür hab ich gesorgt. Ich versuch hier, ein Freund zu sein. So läuft das. Meine Jungs arbeiten mit mir, ohne Fragen zu stellen. Keine Schereien, keine Gefahr für dich. Sie wissen nämlich, dass ich vorgesorgt hab, damit sich keiner Probleme einfängt. Auf diese Weise kann ich dir vertrauen, und du kannst mir vertrauen. He! Ich bin ehrlich mit dir, oder nicht? Und jetzt bin ich auf der sicheren Seite. Jeder kriegt sein Geld, und dein Arschloch von Schwiegervater hat den Schock seines Lebens hinter sich und ein paar Tage Arbeit, um seine Hütte wieder auf Vordermann zu bringen. Na und? Mann, krieg dich wieder ein.«

Jason nahm sich den Moment und befragte vorsichtig sein Gewissen, ob er mit dem Schwiegervater wegen der Unannehmlichkeiten Mitleid hatte. Es war nicht viel und ging vor allem in der brennenden Scham unter, die er jetzt empfand. Von Pattys Vater war er dagegen nie derartig beschämt worden. Jason entwickelte seine Wut schichtweise. Im Kern gab es einen verschwommenen kalten Fleck, der sich im Kreis drehte und nicht näher zu bestimmen war. Sein Magen brannte und wurde schwer, zog eine schwere Hitze nach innen und beugte ihm die Wirbelsäule. Darüber knisterten seine Muskeln vor Spannung und reizten ihn zu schnellen Entladungen. Ganz oben drauf stach ihn die Demütigung. Sie brannte in den Wangen, den Handflächen, im Nacken, an den Rückseiten der Beine, die zitternd an den Stuhl gedrückt waren, vor allem aber brannte sie in den Augen.

»Heulst du etwa?«, fragte Gary. »Sag mir bloß, dass du nicht heulst. Mann, was für 'n Weichei.« Er hatte die Bemerkung zwar lachend begonnen, aber nach ein paar Worten kam die instinktive Blutgier des Alphatiers durch. »Hör zu, Jason, die Sache ist gelaufen. Ich kann sie nicht rückgängig machen. Und nur weil mir das egal ist, heißt das nicht, dass wir keine Freunde sein können. Aber wenn du hier rumheulst, geht mir das mächtig auf die Nerven. Ich bin nicht deine Tussi.«

»Raus. Raus aus meinem Haus.« Jason sprach leise, um das Zittern zu unterdrücken, das ihn gerade durchlief.

»Oho! So ist das also?«

»Ich meine es ernst, Harris.« Jason presste die Worte hervor und schaffte es, streng statt niedergeschmettert zu klingen.

Gary richtete sich kerzengerade auf. »Harris? Hast du mich gerade Harris genannt?«

Der Kampfgeist, der anfangs schwach ausgeprägt da gewesen war, zischte aus Jason heraus. »Ich – ich – es tut mir leid, Gary. Ich bin bloß aufgebracht –«

»Nein. Halt. Du glaubst, du bist Manns genug, mich beim Nachnamen zu nennen und rauszuschmeißen? Ja?« Gary schlug mit der flachen Hand auf den Tisch und schoss vom Stuhl hoch. »Dann nennst du mich von jetzt an so. Immer. Von jetzt an. Scheiß drauf. Ich hab versucht, eine Lösung dafür zu finden, dir zu zeigen, dass es für uns alle keine schlechte Sache war, außer für das reiche Arschloch, das es verdient hat. Ich hab mir deinetwegen viel Mühe gegeben. Denkst du, ich rechtfertige mich vor irgendeinem anderen Scheißer? Denkst du das? Du kannst mich mal. Wenn du mich noch einmal Gary nennst, als wären wir Freunde, dann schlag ich dir die Zähne ein.«

Jason fing an zu stottern, weil Schmerz und Panik zwischen seinen Ohren hin- und hersausten und alles, was er sagen wollte, durcheinanderbrachten. Er folgte Harris zur Tür. »Hör doch, geh nicht so. Wir biegen das wieder hin. Du hast sowieso getrunken und –«

Harris legte einen Finger an die Lippen. »Schsch! Sag: Gute Nacht, Harris.«

Die Wut in Jason verachtete das jämmerliche Flehen, das aus ihm rausquiekte. »Gar-«

Harris holte mit der Faust aus, so schnell, dass Jason nur zusammenzucken und das Wimmern gerade noch unterdrücken konnte. Harris stoppte einen Fingerbreit vor Jasons Jochbein.

»Sag: Gute Nacht, Harris.«

»Gute Nacht, Harris.«

Ein höhnisches Grinsen machte aus Harris' gut aussehendem Gesicht die Fratze eines Wasserspeiers. Sein Atem roch sauer und hefig. Jason versuchte, Harris' Blick zu begegnen, doch seine Augen hielten nicht still genug, um die Veränderung zu erfassen, die über seinen einstigen Freund, den magischen Spiegel, gekommen war. Und dann kam das Sonderbarste: Gary Harris nahm Jasons Gesicht zwischen beide Hände.

»Wir seh'n uns, Jase.«

Er neigte sich heran und gab Jason einen Kuss auf die Wange. Es war ein warmes, verweilendes, äußerst beängstigendes Gefühl. Jason spürte ganz genau, wie sich Harris' weiche Lippen kitzelnd anhoben. Harris ließ ihn los, und ehe er einmal geblinzelt hatte, schlug er Jason mit der flachen Hand auf dieselbe Stelle. Das machte mehr Lärm als Schmerz, und Jason konnte die Tränen zurückhalten, bis er den Riegel mit zitternden Fingern vorgelegt hatte und von der Tür wegwankte. Darauf folgte die erste von vielen schlaflosen Nächten.

10

Nach dem Einbruch ließ Jason jede Nacht im Wohnzimmer das Licht brennen. Es brannte wie ein Signalfeuer, als Einladung zum Verhandeln, falls Harris zufällig vorbeifuhr. Diese edle Haltung nahm er jedenfalls ein, wenn er sich vormachte, dass er die Lampe nicht bloß anließ, um nicht allein im Dunkeln überrascht zu werden. Freilich waren Flur, Toilette und Bad ebenfalls erleuchtet wie der Las Vegas Strip.

Den Lampenschalter jeden Abend bis zu dem kleinen erschreckenden Klick zu drehen diente auch als Ritual. Es war, als entzündete er jedes Mal eine Gedenkkerze für eine verpasste Gelegenheit, als hakte er eine Buße ab für den einen Moment, in dem er sich entschieden hatte, seine Wut zu zeigen und die Hörner gegen Harris zu richten, für den einen Moment, den er gern rückgängig gemacht hätte. Jeden Nachmittag bog er mit unverminderter Anspannung in seine Einfahrt ein. Und wenn er den angehaltenen Atem ausstieß, weil er sein Haus ohne Einbruchspuren vorfand, war das nicht so entspannend, wie es hätte sein können. Denn natürlich gab es immer ein Morgen. Jason vergeudete seine zu stillen Abende mit dem Wunsch, er könnte die Entscheidung jener Nacht rückgängig machen, sodass Harris' dunkle Seite noch nicht zum Vorschein gekommen wäre.

Jason spulte das ganze Ereignis und sein Nachspiel immer wieder mit anderem Ausgang ab: wie er milde gelten ließ, was

Harris getan hatte, das Verlorene ersetzte und das Türschloss ohne Aufhebens auswechselte, wie Harris' Interesse erwartungsgemäß nach wenigen Wochen oder Monaten austrocknete. Er wollte, dass die ganze Angelegenheit zu einem Tagebucheintrag verblasste, den irgendjemand irgendwann, wenn sie nichts mehr bedeutete, beim Zusammenpacken von Jasons Habseligkeiten läse. In diesen Tagträumen hatte Jason sein Leben wieder in der Hand. Zwar war er ein gebranntes Kind, auch in diesen Fantasien, aber alles war halb so schlimm – genau wie von Harris vorhergesagt. Jason hasste ihn vor allem, weil Harris damit recht gehabt hatte. Es saß ihm wie ein Stachel im Fleisch. Da spielte Jason ein Mal nicht mit, wollte ein Mal nicht als Zielscheibe eines Scherzes herhalten und löste damit einen Einschüchterungskampf aus, bei dem er am Ende im eigenen Haus ununterbrochen Angst haben musste.

Als Harris dann tatsächlich an einem Abend im Spätsommer wieder aufkreuzte, kam er mit einem Sixpack. Er stand unter der Vordachlampe, die in einer Wolke von Motten flackerte, und es war schwer zu sagen, ob das Grinsen und die hochgezogenen Brauen Provokation oder Spaß bedeuteten. Jason stockte das Blut in den Adern, und alle Sätze, die er sich für diesen Fall zurechtgelegt hatte, ließen ihn im Stich.

»Lässt du mich rein?« Aber es war eine rein rhetorische Frage. Harris übertrat die Schwelle, als wäre es seine eigene, und schloss die Tür hinter sich. »Wäre nicht schön, ungebetene Gäste zu haben, oder?« Er lachte über Jasons Schreck. »Entspann dich. Ich meinte die Motten.«

Jasons Kopf war leer, brummte nur einen hohlen Alarm. Das Einzige, was herauskam, war ein furchtsames »Alles klar?«.

»Lass uns ein Bier trinken«, war die Antwort.

Harris' Art der Manipulation bestand darin, dass er fast alles in neutralem Ton sagte. Das war keine Verstellung. Er brauchte seine Absichten nicht zu verbergen, weil er meistens keine hatte. Die Gespräche unter Menschen werden meistens von dem Wunsch belastet, an andere menschliche Wesen Anschluss zu finden. Um das zu erreichen, stellen sie ihre Ansichten und Wünsche mit den passendsten Worten und dem wahrsten Tonfall dar, zu dem sie fähig sind. Harris bemühte sich von Natur aus nicht darum, verstanden zu werden. Er suchte nur nach einer Masche. Fast alles, was er sagte, konnte als Scherz, Drohung oder, was höchst enervierend war, als Gleichgültigkeit verstanden werden. Seine Gesprächspartner gaben erst durch ihre Reaktion darauf zu erkennen, ob sie geeignete Opfer waren oder nicht.

Zu seinem großen Unbehagen konnte Jason die eigene Mitschuld in allen Wortwechseln nachvollziehen. Er hatte sich immer wieder etwas vorgemacht, indem er aus dem bisschen, was Harris von sich gab, nur heraushörte, was er hören wollte. Allerdings hatte Harris' Wut bei ihrer letzten Konfrontation nur als Drohung verstanden werden können und schuf einen umso schärferen Kontrast zu seinen übrigen Äußerungen.

Sein »Wie läuft's denn so?« wurde von dem fröhlichen Zischen begleitet, mit dem die Luft beim Öffnen der Bierflasche entwich. Der Verstand stufte es als »freundlich« ein, aber eigentlich waren das nur vier Worte und ein bisschen Kohlensäure.

»Es geht mir gut«, sagte Jason.

»Noch sauer auf mich?«

Ja. »Nein!« Jasons Stolz splitterte ab und verweigerte die Mithilfe, außer dass er sich im Hinterkopf beklagte. »Es war einfach ein Schock, weißt du, der ganze Abend. Ich hab nicht damit gerechnet. Ich meine, damit rechnet man doch nicht, oder? Du warst sehr, wie soll man sagen, cool und alles. Ich hatte keine Ahnung. Bei mir war eingebrochen worden. Ich hab kaum gehört, was du gesagt hast. Ich wollte dich nicht verärgern.« *Er hat dich verärgert und du entschuldigst dich. Großartig.*

»Ich sehe, du hast dir noch keinen neuen Fernseher gekauft«, sagte Harris und gab Jason ein Bier.

»Na ja, ich hab den kleinen im Schlafzimmer. Und«, Jason nahm einen schmerzhaften Schluck, »ich wusste nicht, ob du das Geld wiederhaben willst.«

Harris lachte über den Flaschenhals hinweg und sah Jason unentwegt an, während er mit den Lippen den verdickten Glasrand berührte. Jason spannte die Schultern an, um das Schaudern zu unterdrücken, das ihn bei der unliebsamen Erinnerung an das Gefühl dieser Lippen befiel. »Jase, du bist ein Prachtkerl.« Harris warf sich auf seinen üblichen Stuhl am Tisch. »Aber zufällig brauche ich wirklich ein bisschen Geld.«

Jasons Angebot, einen Scheck zu schreiben, wurde aus praktischen Gründen abgelehnt. Also fuhr er, unter einer Schimpfkanonade seines angeschossenen Selbstwertgefühls, zu einem Geldautomaten. Es waren nur dreihundert Dollar. Harris war gnädig. *Harris ist gar nichts. Sein Besuch ist ein Ölbaumzweig, eine Drohung, eine Masche, ein ehrliches Bedürfnis – sieh der Tatsache ins Auge, er ist alles, was dein windelweiches Rückgrat daraus macht.* Jason ließ die Erwiderung in seinem Schädel abprallen und bekam davon Kopfschmerzen. Aber er redete mit Harris nur belangloses Zeug und lachte, wann immer er einen Scherz zu hören glaubte.

Sie standen im Flur in derselben Position wie bei ihrem vorigen Showdown. Jason fühlte sich klamm vor Unsicherheit. Obwohl er wusste, dass er so gut er konnte mitgespielt hatte, hoffte er nur sehr verhalten, dass er die Büchse der Pandora damit behutsam geschlossen hatte. Das war keine Hoffnung, die sich eines festen Fundamentes rühmen kann.

»Also, Jase, du hast was für mich getan.« Harris klopfte ihm auf die Schulter. »Wie ich gedacht habe. Guter Mann.«

»Hör zu, Gary, wegen neulich, da wollte ich dich nicht –«

Die Ohrfeige schleuderte ihn nach rechts und brannte an der Wange wie heißer Asphalt.

»Du denkst, alles ist in Ordnung? Irrtum, *Getty*. Dass du dir in die Hosen pisst und mir den ganzen Abend den Hintern küsst, macht uns nicht wieder zu guten Kumpels. Ich hab versucht, dir ein Freund zu sein, und hab für die ganze Scheißmühe ein *Harris* gekriegt. Also bleibt es bei Harris. Und wenn ich es dir noch mal sagen muss, wachst du auf dem gottverdammten Fußboden auf.«

»Warum bist du deswegen so sauer?« Jason hielt sich zur Kühlung die Hand an die Wange, aber Schmerzen, Scham und Wut trieben ihm Tränen in die Augen.

»Weil du undankbar bist. Und du musst es mir einfach mal glauben: Bei mir gibt's keine zweite Chance.«

Danach kam Harris regelmäßig. Zumindest insofern, als selten mehr als drei oder vier Tage vergingen, bis er wieder vor der Tür stand. Manchmal hing er bei Jason in der Küche herum, als wäre alles in Ordnung, trank Bier, riss Witze und beschwerte sich über banalen Kram, während Jason ihm mit steifem Rücken gegenübersaß. Andere Besuche waren kurze, quälende Zwischenspiele, wo er vor Morgengrauen klingelte, um Jason zu wecken und um Geld anzuhauen oder mit ihm zu quatschen. Offenbar gab es ihm einen Kick, Jason zu sagen, er sähe wie gequirlte Scheiße aus, sodass er ständig für dessen Übermüdung sorgte. Aber Harris gab das Geld immer zurück. Beim nächsten Besuch zählte er die Summe ausnahmslos auf den Tisch.

Harris fing an, Dinge mitzubringen, damit Jason sie für kurze Zeit aufbewahrte: Schachteln mit Schmuck, Computer, eine Kiste mit neuen Handys und einmal einen Acura mit eingeschlagener Beifahrerscheibe.

»Was ist, wenn der einen dieser Verfolgungsdinger eingebaut hat?« Jason versuchte, seinen Schmollton zu zügeln, weil der in Harris immer den Schläger weckte.

»Na dann«, begann er und musste sich für einen spöttischen Kicheranfall unterbrechen, »sagst du denen einfach, dass du ihn für deinen guten Freund Gary Harris aufbewahrst. Guck mal, wie du damit klarkommst.«

Jason fiel sein Zufluchtsort im Wald ein. Zuerst ging er nur an sonnigen Tagen hin, schwitzte im Sommerschatten der niedrigen Äste und las manchmal. Aber immer verkürzte er damit die Zeit, in der Harris aufkreuzen konnte. Die Vorhersage von schlechtem Wetter machte ihn mutlos, nahm ihm seine Möglichkeiten, bis er erkannte, dass ein Regenschirm im Wald genauso nützte wie auf dem Bürgersteig. Wie sich dann irgendwann herausstellte, war Regen auf der Haut auch nicht so schlimm. Er lernte, seinen Kopf zu leeren und nichts zu fühlen außer den Tropfen, die kitzelnd durch das Gewirr seiner Haare drangen, sich zu Rinnsalen vereinigten und über seine Wangen flossen, um am Kinn herabzustürzen. Er fühlte, wie seine Kleidung sich vollsaugte und schwer wurde, ihm anfangs die Haut kühlte, dann aber den Kampf gegen seine ausstrahlende Hitze verlor und schließlich muffig und warm wurde. Die Regenmeditation ersetzte ihm den ungestörten Schlaf, erfrischte ihn und schuf ein wenig Abstand zu seinen Problemen.

An einem stürmischen Nachmittag empfing ihn Harris vor der Tür, wo er gewartet hatte, und sah Jason von oben bis unten höhnisch an. »Was ist denn mit dir passiert?«

»Es regnet«, antwortete Jason. Er war tropfnass, aber tief entspannt und einen Moment lang imstande, Harris' Blick mit unbekümmertem Selbstvertrauen zu begegnen.

»Noch nie was von 'nem Schirm gehört?«

Jason lächelte nur und schnitt sich eine Scheibe von Harris' Befriedigung ab. Dem schien es bei seiner Stichelei zur Abwechslung mal unbehaglich zu sein. Er blieb nicht lange.

Am nächsten Abend brachte er ihm vier verschlossene Kartons zum »Aufbewahren«. Und er brachte Bella mit. Bella hatte ihr Lachen offenbar zu Hause gelassen. Sie hielt die Augen niedergeschlagen und errötete, wenn Harris ihr in Jasons Beisein den Nacken beschnüffelte und am Ohrläppchen leckte.

»Okay, Har-, Harris.« Jason verwünschte jedes Mal den Tag, wenn er bei dem Namen stolperte. »Ich hab's kapiert.« Er flüsterte mit Harris im Flur, um Bella nicht in Verlegenheit zu bringen, und schaute immer wieder über die Schulter in die Küche, wo sie über ein Glas gebeugt am Tisch saß. »Du bringst sie zum Weinen.«

»Wie bitte?«, zischte Harris. »Du denkst, du musst ihretwegen den Helden spielen? Du hältst sie für deine Freundin?«

»Nein. Aber du solltest das lassen. Sie hat doch nichts getan.«

»Sie schläft mit jedem. Das ist dir klar, oder? Für ein bisschen Koks oder Gras oder ein paar Drinks. Es spielt für sie keine Rolle. Was denn, hast du etwa geglaubt, du wärst die Ausnahme? Pfff. Ich hab dir 'ne Nummer besorgt.«

»Das weiß ich.«

Harris musterte Jason aus aggressiver Nähe und schüttelte den Kopf. »So undankbar.«

Harris ließ ihn vier Abende lang in Ruhe, und Jason hatte gerade in einigermaßen friedlichen Schlaf zurückgefunden, als das lästige dreifache Klingeln Harris' Rückkehr bekannt gab. Jason schlug auf die Bettdecke und biss die Zähne zusammen, stand aber nicht auf. Es klingelte erneut, und Jason warf sich auf die andere Seite und drückte sich das Kissen aufs Ohr. Es läutete die ganze Nacht in gewissen Abständen. Jedes Mal begann sein Herz zu rasen, aber er stand nicht auf. In den Ruhepausen, die bis zu einer Stunde dauerten, döste er. Nur ein Mal schlug Harris mit den Fäusten gegen die Tür und trat dagegen. Jason bekam kaum Luft, weil ihm noch vor Augen stand, wie Harris im Zorn sein konnte, und er malte sich aus, welche Form dessen Wut annehmen könnte, um seinem unverhohlenen Trotz zu begegnen. Jasons Magen braute aus dem Abendessen etwas Ätzendes und ließ es die ganze Nacht in seinen Därmen brodeln.

Trotzdem machte er die Tür nicht auf.

Am Morgen ging er vor dem Duschen auf Zehenspitzen an die Fenster und spähte die Straße entlang, ob ein Mann oder ein Motorrad zu sehen war. Nach dem Anziehen sah er noch mal hinaus und dann noch mal vor dem Frühstück. Als er hinter dem Steuer seines Wagens saß, wagte er, einen Hauch Befriedigung zu empfinden, wenn nicht gar Beschwingtheit. Doch als er den Rückwärtsgang einlegte, landete Harris' flache Hand auf der Windschutzscheibe, und sein Oberkörper sperrte das goldgrüne Licht aus, das durch die Bäume schien.

Ein Schlüsselbund fiel klappernd auf die Motorhaube.

Harris deutete mit dem Kopf darauf und bückte sich mit dem Gesicht vor die Seitenscheibe.

»Die gehören deinem Boss«, brüllte er. »Mehr hab ich nicht mitgenommen, aber ich hab ihm die Karre von vorn bis hinten zerkratzt. Wenn du noch mal so eine Nummer abziehst wie heute Nacht, wird jemand verletzt.« Harris schlug noch mal vor Jasons Gesicht gegen die Scheibe und verschwand.

All das hielt Jason aus. Er flüchtete sich zu dem Erdloch im Wald, wann immer es ging. Wenn es sein musste, knapste er die Zeit von der Arbeit ab. Überall trat er leise auf und versuchte, sich unsichtbar zu machen. Er rechnete damit, den längeren Atem zu haben und Harris irgendwann zu langweilen, sodass der zu einem neuen Zeitvertreib abzöge. Jason hielt sich nicht für interessant genug, um lebenslang schikaniert zu werden, nur weil er ein Mal in einem Moment der Aufregung den Nachnamen benutzt hatte.

Im Nachhinein war es lächerlich, dass er erwartete, Harris werde sich ändern, während er selbst für seine eigenen Handicaps keinen Gedanken erübrigte. Ihm kam überhaupt nicht in den Sinn, sich zu fragen, was für ein Mensch aus seiner morschen Selbstbeherrschung hervorbrechen könnte, wenn der Kleister mal nicht mehr hielt.

Harris brachte ihm einen Affen zur Aufbewahrung. Damit hätte Jason im Leben nicht gerechnet, so wenig wie mit einem Vulkan oder der Asche von Albert Einstein.
»Einen Schimpansen, genauer gesagt. Hilf mir, ihn reinzutragen. Das kleine Mistvieh ist schwer. Pass auf deine Finger auf. Er beißt.«
»Du kannst ihn nicht hierlassen«, schnaufte Jason, während sie den Käfig ins Haus wuchteten.
»Doch, kann ich. Ich muss es.«
»Was soll ich denn damit?«
»Füttern. Und versteckt halten. Du darfst keinem davon erzählen.«
»Womit denn füttern?«, jammerte Jason. »Und wem könnte ich schon davon erzählen?«
»Eben.« Harris schmunzelte.
Er versprach, innerhalb von drei Tagen wiederzukommen. Am fünften Tag war Jason so außer sich wie der eingesperrte Affe. Das Tier kreischte und rüttelte mit beängstigender Kraft am Maschendraht seines Käfigs. Jason schloss nachts die Schlafzimmertür ab und lauschte, ob der Käfig unter der Wut des Schimpansen nachgäbe. Wenn er Futter durch den Schlitz schob, fauchte der Affe ihn an, bleckte die Zähne und war angriffsbereit für den Fall, dass Jason die Futterschale mit seinen zitternden Fingern nicht schnell genug in die Schublade setzte. Bei anderen Gelegenheiten winkte der Affe mit den Fingern, die er durch die Maschen schob, und wimmerte wie ein Kind, bis Jason unwillkürlich Mitleidstöne von sich gab.

Er schloss im ganzen Haus die Fenster und zog die Gardinen zu, was an seiner Befürchtung, der Lärm könnte nach draußen dringen, aber nichts änderte. Er verschaffte sich ein paar ruhige Stunden, indem er den kleinen Fernseher aus dem Schlafzimmer in die Küche verfrachtete. Der Affe schien Zeichentrickfilme und Werbeclips zu mögen, aber bei einigen wahllosen Bildern kreischte er und rüttelte am Käfig, bis Jason fest damit rechnete, das Ding werde umkippen und das arme Tier müsse bis Harris' Rückkehr in Seitenlage zubringen.

Falls Harris zurückkäme. Jason malte sich oft aus, wie Harris über den Lenker seines Motorrads flog und mit dem Kopf voran gegen etwas Hartes prallte. Vorzugsweise eine Mauer. Bevor Patty starb, hatte Jason den Tod eines anderen noch nie als Rettungsluke angesehen. Nie war ihm in den Sinn gekommen, eine Tragödie könnte auch eine gute Seite haben, und er sah es als den schwärzesten Gedanken an, den sein Verstand je ausgegoren hatte. Er war erleichtert gewesen, weil niemand gewusst hatte, dass sie ihn verlassen wollte, und hatte sich dafür geschämt, gar gemeint, er könne kein anständiger Mensch sein, wenn er an ihrem vorzeitigen Tod etwas fand, das er für sich als Glück ansah. Doch nun, da er sich einmal darin geübt hatte, konnte er gar nicht anders, als sich die Freiheit vorzustellen, die er empfände, wenn Harris verunglückte.

Bisher hatte er das nicht sehr gut durchdacht. Er hatte sich die Freiheit ausgemalt und wie er sie insgeheim feiern würde. Er würde in eine Bar gehen und jedem Trottel an der Theke einen Drink ausgeben, um mit rätselhaftem Lächeln zu verschwinden. Er würde auf der Lichtung bei dem Erdloch einen Baum pflanzen und dessen Wachstum auf Fotos festhalten. Er würde sich endlich den Hund kaufen.

Jedoch vergaß er bei dem Szenario den Umstand, dass er von Harris' Tod nicht erfahren würde. Wenn Harris in einen Brunnen fiele oder von einem Bären gefressen würde, wäre Jason nicht viel besser dran als vorher. Sein erstes Problem bestünde darin, einen unglücklichen und höchstwahrscheinlich illegalen Primaten am Hals zu haben. Davon abgesehen würde er wer weiß wie lange in Angst leben, ehe er es wagte, ein wenig aufzuatmen. Noch Jahre würde er ständig über die Schulter blicken und erwarten, dieses gemeine Grinsen zu sehen. Vielleicht sogar sein Leben lang. Er wusste über Gary Harris rein gar nichts – nicht, wo er wohnte oder was er machte, wenn er mal niemanden quälte oder bestahl. Er wusste nicht, wie Bella mit Nachnamen hieß oder ob sie Harris näher kannte. Er wusste nicht mal das Fabrikat des Motorrads, dem er eine tückische Funktionsstörung wünschte.

Doch Harris kam zurück – nach neun Tagen, den längsten, die Jason je durchgestanden hatte. Er war erschöpft. Er war eine Woche lang nicht zur Arbeit gegangen. Das Haus stank wie ein Zoo. An Boden und Wänden klebte der Unrat, den der Schimpanse dagegenwarf, um sich zu unterhalten, oder wenn er einen seiner häufigen Wutanfälle bekam.

»Ach du Scheiße.« Harris sah Jason an, als wäre er ein Teil der verdreckten Umgebung. »Du musst mal die Fenster aufmachen.«

Jason war benommen vor Erschöpfung, seine Augen ausdruckslos und seine Stimme monoton. »Würde ich tun, wenn ich keinen kreischenden Affen in der Küche hätte.«

Harris wischte sich die sauberen Hände an der Jeans ab. »Hör zu, ich bin dir dankbar. Es tut mir leid, dass ich so lange gebraucht hab. Die Sache war diesmal kompliziert.« Zur Abwechslung klang er, als meinte er es ernst.

»Verschwinde.«

»Ich sag doch, ich bin dir dankbar. Was hast du für ein Problem, Mann?«

»Nimm den Käfig und hau ab.«

»Fick dich, Mann. Du suchst dir immer den blödesten Moment aus, um mutig zu werden. Ich würde dir die Lichter ausblasen, wenn du 'n bisschen besser riechen würdest als der Scheißaffe.«

Jason ignorierte ihn und umfasste die Tragestange des Käfigs. Der Schimpanse sah Jason mit nassen Augen an. Darin brannten Anschuldigungen, Hass, Verzweiflung und ein herzzerreißendes Wissen um seine Misere. Jason kniff die Lippen gegen den Schluchzer zusammen, der heftig gegen seinen Gaumen drückte. Er hielt den Kopf gesenkt und das Gesicht abgewandt, solange sie unter der Anstrengung ächzten und den mit einer Decke zugehängten Käfig in den Lieferwagen luden, den Harris sich dafür geliehen hatte. Dann stampfte Jason wortlos ins Haus, knallte die Tür zu und rammte den Riegel davor.

Am nächsten Tag klingelte es immer wieder an der Tür, aber nicht so nachdrücklich wie in jener Nacht. Es liefen zig Anrufe mit unterdrückter Rufnummer auf, die Jason alle nicht entgegennahm. Von seinem Schreibtisch aus meinte er ein paar Mal Harris' Motorrad durch die trübe Fensterscheibe zu erkennen, doch das beschleunigte nicht mal seinen Puls. Harris wollte nicht riskieren, gesehen zu werden. Jason wusste das.

Seit seiner ersten Begegnung mit Harris hatte sich das schöne Wetter über den Sommer hinaus gehalten und verlängerte ihn zu einem goldenen September und einem messinggelben Oktober. Tagsüber war es warm, morgens und abends erfrischend kühl. Für seine Fahrten in den Wald ließ Jason eine Jacke im Auto. Er empfand nichts. Er hätte es als Ruhe bezeichnet, wäre das in Erwartung des nachfolgenden Sturms nicht zu klischeehaft gewesen. In ihm herrschte völlige Leere. Er kaufte einen neuen Fernseher, nur um etwas zu tun. Dabei hätte er nichts dagegen gehabt, in seinem Sessel zu sitzen und die nackte Wand anzustarren.

Unausweichlich kam der Abend, wo es nicht beim Klingeln an der Tür blieb. Jason hörte einen Schlüssel im Schloss kratzen.

Harris stieß die Tür auf, und sie blickten einander über die Schwelle hinweg an.

»Was denn? Hast du gedacht, ich könnte keinen Schlüssel kriegen?« Harris ging an ihm vorbei, so dicht, dass er ihn an der Schulter anrempelte. »Mir ist egal, wie sauer du auf mich wirst, kleiner Bruder. Dieser Bullshit ist keine Option. Mach die Tür zu.«

Jason tat es.

Harris lachte. »Mann, du bist ein leichterer Gegner als meine Großmutter.«

Jason hörte gar nicht richtig hin, sodass die Beleidigung an ihm abglitt. Harris in der Tür zu sehen zog ihn zurück in einen Traum, den er am Nachmittag gehabt hatte. Er hätte wohl nie wieder an die Einzelheiten gedacht, wenn er nicht durch das bemerkenswerte Grinsen, das nur Harris draufhatte, daran erinnert worden wäre.

Jason war, nachdem er das enge Tal bei dem Erdloch gesäubert hatte, draußen eingeschlafen. Als der selbst ernannte Hüter der Waldkapelle hatte er es sich zur Gewohnheit gemacht, eine Schachtel mit Abfalltüten im Wagen zu haben. Die anderen Gemeindemitglieder hielten ab und zu noch eine Messe mit billigen Zigaretten, noch billigerem Bier und einem Lagerfeuer ab. Der häufige Besuch vonseiten der Bullen konnte die Pietätlosigkeit entmutigen, aber offenbar nicht beenden.

Angewidert balancierte Jason mit einem Stöckchen ein benutztes Kondom in die Tüte und verscheuchte das Bild, indem er eine dicke Matte frischer Blätter über die Lichtung kickte. Zufrieden und außer Atem ließ er sich am Stamm seines Lieblingsbaums hinabsinken, der drei Schritte vom Rand des Abhangs stand. Es war die letzte große Eiche, die ihre Zehen in das Erdreich gebohrt hatte und geblieben war. Sonst standen in dieser Nähe nur Krüppelkiefern und dünne, junge Ulmen. Einmal hatte Jason sich über den Rand des Lochs gebeugt und den Wurzelkorb seiner Eiche gesehen, der aus der Erdwand ragte. Es war fraglich, ob sie in ihrem gefährlichen Trotz überdauern würde. Das Loch wollte sie. So viel war klar.

Doch vorerst war an ihrer gekerbten Rinde der perfekte Platz, um den Rücken daran zu lehnen und ein Nickerchen zu halten. In seinem Traum steckte Jason in einem engen Käfig aus Zweigen und Ranken. Das war nicht bequem, es war sogar klaustrophobisch, aber wenigstens hielt er ihn außer Harris' Reichweite. Der stand am Fuß der Eiche und schleuderte ihm eine Tirade entgegen. Der Wind schaukelte Jason hin und her, und obgleich Jason wusste, dass er sicher war, durchfuhr ihn siedend heiße Angst, sobald er weit genug schwang und Harris sehen konnte, der höhnisch grinsend wartete.

Wie es in Träumen so ist, wandelte sich plötzlich die Szene, und Jason war nicht mehr im Baum, obwohl er noch eine Version seiner selbst dort sehen konnte, sondern er lehnte mit dem Rücken an einem Netz von Zweigen. Er war am Boden, gegenüber von Harris, der grinste und mit den Zähnen nach ihm schnappte. Jason schaute nach oben und sehnte sich danach, mit dem Teil seiner selbst, der dort sicher gefangen im Würgegriff des Baumes hin- und herschwang, vereinigt zu werden. Doch jedes Mal, wenn er den Kopf wieder zu seinem augenblicklichen Gegenüber senkte, war Harris ein Stück näher gekommen, und der Baum stand dichter an seinem Rücken und drückte ihn vorwärts.

Harris, Jason und die Eiche wurden Zoll für Zoll an den Rand des Erdlochs geschoben, bis sie quasi denselben Platz einnahmen. Jason hatte den kalten Stamm im Rücken und Harris' heißen Atem im Gesicht. Mit einem Brausen öffnete sich die Eiche und saugte sie in sich hinein. Zermalmt und aneinandergepresst jammerten sie in dem Stamm. Das Wogen und Rumpeln übertrug sich bis in die Wiege der Zweige, die den anderen Jason festhielt, während der Baum sein Harris-Jason-Mahl zerkaute.

Jason schreckte aus dem Traum auf. Ein kühler Nieselregen verwässerte den Schweiß auf seiner Haut. Über ihm donnerte ein Düsenflugzeug hinweg, ein blasses Echo des Lärms in seinem Traum. Dessen Einzelheiten waren schon vergessen, bevor der Kondensstreifen sich verzogen hatte. Er nahm die Mülltüte mit und schnalzte wegen der Gedankenlosigkeit der anderen Waldbesucher missbilligend mit der Zunge, empfand aber nur wenig Abneigung gegen sie.

Nun, da er rückwärts durch den Flur wich, schwitzte Jason erneut, stolperte über die eigenen Füße, um von Harris wegzukommen, und duckte sich vor dessen Wut. Er war in die Erinnerung an den Traum versunken gewesen und hatte kein Wort von dem gehört, was Harris von sich gab.

»Hörst du mir überhaupt zu, du Schwuchtel? Ich rede mit dir. Nein, weißt du was? Ich hab dich in der Hand. Ich würde dir in den Arsch treten, ich weiß nur nicht, ob ich mich davon abhalten könnte, dich totzutreten.« Harris stieß Jason hart vor das Brustbein und schleuderte ihn damit gegen den Rahmen der Wohnzimmertür.

»Schubs mich nicht«, sagte Jason, klang aber schon leicht gereizt.

»Warum nicht, Jason? Hm?« Harris schlug ihn wieder vor die Brust, noch härter. Die Holzkante biss Jason in den Rücken. »Warum nicht? Du treibst mich dazu – machst mir nicht auf, gehst nicht ans Telefon, ziehst ein Gesicht, wenn ich dich um einen kleinen Gefallen bitte.« Harris kam so dicht an ihn heran, dass sie Nase an Nase da standen. »Ich hab dich geschont. Du weißt gar nicht, wie sehr. Aber du bist so undankbar.«

Harris' Wut schlug ihm immer stärker entgegen, bis es schien, als hätte der Raum selbst einen donnernden Herzschlag. Doch bei einer kitzelnden, kalten Woge spürte er eine Gegenkraft die Wirbel seines Rückgrats hochsteigen. Seine Rückenmuskeln spannten sich gegen den Türrahmen. »Zurück, Harris.«

»Ach, sieh mal an. Endlich hast du dich damit angefreundet.« Harris hielt ihn an der Wand fest, presste ihn mit Schultern und Becken dagegen, um ihn in die Unterwerfung zu zwingen. »Sag's noch mal«, schnurrte er durch die Zähne. »Nenn mich Harris mit voller Überzeugung.«

Der Druck von Harris' Körper brachte Jason zur Revolte. Die Dominanz, die ihn kleinmachen, zum inneren Rückzug zwingen, zum Opfer machen wollte, setzte das letzte Stück Zündschnur in Jason in Brand. Er ging leicht in die Knie, und Harris entspannte sich ein wenig, weil er Jasons Willen gebrochen glaubte. Doch Jason holte nur Schwung. Er trieb seine ganze Kraft in die Beine und verschränkte die Arme um Harris' Brust.

Die zwei Männer stolperten, rangen und schwenkten einander durch das kleine Wohnzimmer, stießen sich die Schienbeine am Sofatisch und rissen die Stehlampe um. Jason hielt Harris umklammert, stützte sich dabei mit den Füßen an allem ab, was Halt bot, während er mit den Händen auf schweißnasser Haut und lockerer Kleidung abrutschte. Harris war stärker, schneller und erfahrener, konnte Jason aber nicht auf so großen Abstand bringen, um Hebelkraft zu gewinnen oder um mal richtig auszuholen.

In der Nähe des Kamins hatte Harris sich gedreht, sodass Jason sich von hinten an ihn klammerte und ihn mit einem Arm im Würgegriff hielt.

»... mach dich kalt ... bring dich um ...«, quetschte Harris immer wieder hervor und warf sich hin und her, um seinen Reiter abzuschütteln. Er fuhr herum und verlor den Halt, weil er gegen die Kante des Kaminsockels stieß. Er schlug der Länge nach hin. Was ihm dabei noch an Luft verblieb, wurde ihm ausgetrieben, als Jason auf seinen Rücken krachte.

Beim Sturz hatte Jason einen Arm zum Abfangen ausgestreckt und dabei die herabhängende Schnur eines der antiken Telefone auf dem Kaminsims mitgerissen. Es traf Jasons Knöchel, als es polternd auf dem Teppich landete.

Alles war zu nachgiebig, als dass er es gut zu packen bekommen hätte: Harris' glatter Rücken, der sich unter ihm wand und buckelte, und der kurze Flor des Teppichs, auf dem seine Fäuste wegglitten, wenn er sich abstützen wollte. Doch dann stieß er mit den Fingern gegen die feste, kantige Masse des Telefons. Er packte es und holte damit aus, gerade als Harris den Kopf drehte, sodass der es auf sich niedersausen sah.

11

Wie lange würde es dauern, ihn auszugraben?

Jason stand an der offenen Schuppentür und wunderte sich, wieso sein Verstand denselben Tonfall erzeugte wie bei der Frage: Wie viele Anwälte braucht man, um eine Glühbirne einzuschrauben? Bayard hatte gesagt, es brauche ein paar Tage, bis sein Antrag auf Leichenspürhunde und Bodenradar genehmigt werde, und Jason hatte nichts Näheres fragen können, weil auf seine Stimme kein Verlass gewesen war.

Doch jetzt befasste er sich damit.

Der Prä-Harris-Jason wäre nicht mal durch die Terrassentür, über den Rasen und in den Schuppen gelangt, um prüfend über seine Werkzeuge zu blicken. Es war verrückt.

Er staunte, dass sein Widerwille, den Spaten in die Hand zu nehmen, zum größten Teil rein körperliche Gründe hatte. Nachdem er Harris unter die Erde gebracht hatte, hatte er tagelang Muskelkater gehabt, bei jeder Bewegung, als hätte er glühende Stacheln im Fleisch, an Stellen, von denen er nie geglaubt hatte, dort Schmerzen empfinden zu können. Und aus Gründen, über die er sich keine Rechenschaft geben wollte, hatte er sich die Erleichterung durch eine Aspirin oder eine Stunde auf dem Heizkissen versagt. Nach vierzehn Tagen hatte ihm endlich nichts mehr wehgetan, doch die Erinnerung daran war noch so präsent, dass er den körperlichen Schmerz in seinem Plan berücksichtigen wollte.

Sein Plan. Wie lange würde es dauern? Wie lange hatte es damals gedauert? Die Zeitachse jener Nacht hatte er bestenfalls verschwommen in Erinnerung. Er war sich einigermaßen sicher, dass Harris gegen neun gestorben war *(Harris ist nicht gestorben, du hast ihn umgebracht)*. Das wusste er noch, weil er danach immer wieder auf die Uhr gesehen hatte. Aber dann war die Zeit durch die Klatsch- und Schleifgeräusche und die glänzenden Rot-, Grau- und Elfenbeintöne nicht mehr zu seinem Verstand durchgedrungen. Er wusste nur, dass er sich gerade unter der Bettdecke ausgestreckt hatte, ein kaum atmendes Stück Kälte und Schmerz, als die Dämmerung in winzigen Blauabstufungen durch die Vorhänge sickerte.

Eigentlich hatte er Harris zu dem Erdloch bringen und hineinwerfen wollen, ohne ein zweites Mal hinzusehen. Das warf damals jedoch mindestens zwei Probleme auf. Jason war im Wald bereits einem Gesetzeshüter aufgefallen, und sollte Harris gefunden werden, würde ihm diese Begegnung zum Fallstrick werden. Das andere Problem war der Wagen. Wie Jason sich kannte, würde der mit Sicherheit zur Belastung werden. Sein Heim war bereits beschmutzt, das Wohnzimmer dazu verdammt, langsam unter Staub und Spinnweben zu verschwinden, doch daran war nichts mehr zu ändern. Wenn er jedoch nie wieder Lebensmittel in den Kofferraum laden oder Dave von der Buchhaltung zum Lunch fahren konnte, weil unweigerlich der Geist der Kriminaltechnik im Wagen mitfuhr, dann bräuchte er eine neue Karre. Und in der Zwischenzeit, wo er darauf wartete, dass buchstäblich Gras über die Sache wuchs, würde er ganz bestimmt, von dem Horror abgelenkt, gegen einen Baum fahren.

Doch viel mehr als irgendein logistisches Problem störte ihn letztlich, seinen Ruheplatz im Wald zu verlieren. Die Leiche gerade dort abzuladen, wo Jason am glücklichsten war, hieße, den einzigen kleinen Sieg aufzugeben, den er während der ganzen Tortur errungen hatte. Dazu war er nicht bereit. Schließlich hatte er einen Spaten, und das keilförmige Grundstück war groß genug. Er ging sowieso selten in den Garten. Und wenn er die Angelegenheit ordentlich auf eigenem Boden erledigte, behielte er wenigstens die Kontrolle darüber.

Dass er einem veritablen Friedhof ein weiteres Grab hinzugefügt hatte, war eine Pointe, die seinem inneren Komiker gar nicht in den Sinn kam.

Gewisse Elemente jener Nacht standen ihm noch unerklärlich lebhaft vor Augen. Er erinnerte sich daran, dass er ein Sandwich essen wollte, auf das er sich schon gefreut hatte und das er hintanstellen musste, weil Harris kam. Jedes Mal, wenn er später durch die Küche hastete, um Handtücher, Tüten, Sprühreiniger und Handschuhe zu holen, sah er das Sandwich vor seinem geistigen Auge langsam austrocknen. Als er es schließlich in den Abfalleimer warf, bevor er die letzte Arbeit verrichtete, standen ihm blödsinnige Tränen in den Augen. Und als er im Schuppen den Spaten hinter einem Spinnennetz hervorholte, zuckte eine fette braune Spinne zusammen und richtete die Vorderbeine auf. Seitdem musste er immer daran denken, wenn er eine Spinne sah.

Nachdem dann alles – mit einer Ausnahme – wieder an seinem rechten Platz war und er unter dem spritzenden Duschkopf stand, fühlte er sich nackter als sonst. Gebannt sah er zu, wie der Schmutz sich von der spärlichen Haarlinie an seinem Bauch löste, am Bein hinunterfloss, durch das Porzellanbecken wirbelte und im Abfluss verschwand, der sein Geheimnis schluckte. Er duschte, bis nur noch kaltes Wasser kam und ihn ein Schauder nach dem anderen überlief.

Während er den Schlafanzug überstreifte, verspottete ihn sein Spiegelbild und versagte ihm die Verwandlung, die sich hätte zeigen müssen. Er sah aus wie immer. Übermüdet zwar und ein bisschen gestresst, aber käsig und vertraut und ganz wie der alte Jason.

Er kam sich lächerlich vor, wie er in dem karierten Flanell

steckte, war fast angewidert, und in einem Anfall manischer Lebhaftigkeit riss er sich den verschlissenen Stoff vom Leib, dass die Knöpfe gegen den Kommodenspiegel sprangen. Das Reißen des Stoffs füllte die Stille zwischen seinen Schluchzern. Und mit einer Sehnsucht, die in dem Zusammenhang pervers erschien, erinnerte sich Jason allzu klar, wie erregend kühl sich die Bettlaken auf seiner Haut angefühlt hatten, als er sich in jener Nacht damals schlafen legte; auf seiner Haut, die exzessiv gewaschen und darum nackter war als durch das bloße Fehlen von Kleidung.

Während er dort lag, wirbelten keine rot-blauen Lichter in sein Fenster, kein kriegerisches Klopfen kam von der Haustür, und es waren auch keine knatternden Rotorblätter eines Hubschraubers zu hören, von dem sich ein SWAT-Team abseilte. Niemand kam wegen Harris, und es würde auch keiner je kommen.

Wo er sich erleichtert hätte fühlen sollen, stichelten zwei Gedanken. Erstens hatte er Harris wahrscheinlich besser gekannt als jeder andere. Niemand hatte gewusst, wohin er ging und mit wem er sich traf. Harris hatte seine Spur immer sofort gekappt, weil ihm klar gewesen war, dass es für ihn nicht anders ging. Mit dieser Erkenntnis wurde Jason auch klar, dass Harris bei ihm einen schwachen Versuch unternommen hatte, Anschluss zu finden, und ihm darum seine Einzelgängergewohnheiten verraten hatte. Er hatte sich rechtfertigen wollen, und was diese blasse Freigebigkeit bedeutet hatte, würde Jason nie erfahren.

Der andere Gedanke zog einen fetten, brennenden Strich unter Jasons mangelhafte soziale Stellung: Durch dieses unglaubliche Geheimnis war er einsamer denn je.

Er erschrak immer, wenn er den Radiowecker hörte, doch an jenem Morgen, als er an die weiße Zimmerdecke starrte, um seine Gedanken zu beruhigen, entriss ihm der plötzliche Tonschwall einer Band jaulender Kastraten einen wahren Schreckensschrei. Er zog sich hastig an und unterdrückte dabei den Gedanken, dass der Mann, den er bekleidete, nicht derselbe war, den er vor einer Weile erst anfallartig entkleidet hatte.

Während er nun den zeitlichen Aufwand kalkulierte, schätzte er das Ausgraben und Einpflanzen auf sieben bis acht Stunden. Er hatte sich überlegt, ein paar junge Nadelbäumchen zu kaufen und in das Loch zu setzen, aus dem er Harris ausgraben würde. Ein paar weitere rechts und links davon würden hoffentlich zur Glaubwürdigkeit beitragen. Er würde anführen, dass es die richtige Jahreszeit zum Pflanzen sei, und wenn die Bäumchen erst einmal gewachsen wären, hätte er auch im Winter einen Ausblick ins Grüne. Das war sogar wahr. Es hatte ihn tatsächlich gestört, dass er von November bis April durch die kahlen Bäume genau auf einen Strommast blickte. Mrs. Truesdell hatte an ihrer Grundstücksgrenze ebenfalls schnell wachsende Zypressen gesetzt und schien damit recht zufrieden zu sein.

Der Erfolg der ganzen Sache hing vom Ergebnis der Gartenarbeit eines Tages (oder einer Nacht) ab, und er war durchaus skeptisch, ob das überhaupt funktionieren würde. Und was dann? Wenn es nicht gut genug aussähe oder er in seiner Entschlossenheit wankte, wenn der Moment kam, wo er Bayard mit einer Reihe neuer Lügen entgegenzutreten hatte, was käme dann? Wenn er den Spaten erst einmal in die Erde stäche, würde er es durchziehen müssen. Andernfalls blieb nur die Flucht.

Es wäre am einfachsten, nach Mexiko zu gehen. Doch die Vorstellung seiner selbst südlich der Grenze zwischen Kakteen – ein Mann, bei dem sich die Haut rot färbte, wenn er bei Sonne nur mal aus dem Fenster sah – brachte ihn zum Lachen, obwohl er in der übelsten Klemme steckte, die er sich vorstellen konnte. Aber Mexiko war wenigstens mit dem Wagen erreichbar. Er überlegte, ob er schneller am Flughafen wäre, als Bayard seine Schlüsse zog, und ein neutrales europäisches Land mit einem milderen Klima erreichen könnte. Doch sein Pass stellte ein echtes Hindernis dar. Bayard würde genau wissen, wohin er zu reisen hätte, und seine

Lässigkeit und die Golfhemden ließen darauf schließen, dass er eine kleine Reisetasche packen und ihn suchen würde. In Mexiko dagegen oder noch südlicher konnte man untertauchen, besonders mit einem Vorsprung. Wenn er also fliehen musste, dann nach Süden.

Unabhängig davon durfte er nicht trödeln. Seine Introvertiertheit war ein Geburtsfehler, mit dem er aber gelernt hatte zu leben wie andere mit angeborener Blindheit. Dass er den umgehen konnte, hatte er bereits bewiesen. Seinen Mut sparte er am besten für das Wiedersehen mit Harris auf – oder mit dem, was von ihm übrig war – und für den Moment, wo er Bayard in die Augen sehen und ein weiteres Loch in seinem Rasen als das Natürlichste der Welt verkaufen musste.

Leah konnte nicht verhindern, dass ihr Blick immer wieder ins Leere schweifte. Nach all den gemeinsamen Jahren gehörte Reid zum Grundrauschen ihres Denkens, so sehr, dass es ihr gar nicht mehr auffiel. Das war nicht das Problem. Er war präsent an jeder Ecke und jeder Toreinfahrt. Es schien, als hätten sie jedes Fleckchen der Stadt mit einem Kuss oder einem Streit, einer Reifenspur oder einem Fußabdruck markiert. Während der gemeinsamen Jahre hatten sie sicher in jedem Kinosessel und an jedem Restauranttisch schon einmal gesessen, mit Ausnahme des Tuscany Terrace, das in ihrem Budget nicht drin gewesen war, außer mal zu einer Geburtstags- oder Jubiläums- oder zu der unvermeidlichen und irgendwie deprimierenden Verlobungsfeier.

Die ganze Nacht über hatte sie damals einen trockenen Mund gehabt, obwohl sie literweise Wasser und Wein in sich reingekippt hatte, denn Reid hatte nie ein Geheimnis für sich behalten können. Sein Bruder hatte Bescheid gewusst. Als sie ins Zimmer kam und die beiden vergnügt und mit rotem Kopf auseinanderfuhren, war das Beweis genug gewesen. Und man konnte es kaum als subtil ansehen, dass Reid sich die Haare zu einem halbwegs respektablen Pferdeschwanz zusammenband und sie zappelig aufforderte, sich etwas Hübsches anzuziehen. Die Umwege, die er durch die Stadt fuhr, sollten die Überraschung vergrößern, zogen aber Leahs Angst nur in die Länge.

Die Belohnung für das Ja war eine strahlende Sheila und eine liebende Familie, der sie dann rechtmäßig angehörte; dafür zahlte sie mit einer geschrumpften Selbstachtung und einem wuchernden Groll, der ihr die Luft abschnürte. Das war ihr klar gewesen, bevor sie ihre Bestürzung hinter einem schmallippigen Lächeln verbarg. Das Gefühl dabei merkte sie sich gut, da sie wusste, sie würde es wahrscheinlich wieder brauchen, und sprach das Wort trotzdem aus.

Ein Geheimnis – sein letztes – hatte Reid dann doch für sich behalten, und zwar über drei Jahre lang. Nichts zu wissen hatte sie nervös gemacht. Und dabei war es geblieben, und es hatte sie permanent abgelenkt. Zuvor hatte sie die Wahrheit immer erfahren, entweder weil er es ihr gestand oder weil sie selbst dahinterkam, und nur dadurch hatte sie bei Reid die Oberhand behalten. Sie war ein Schnüffler, ein Spürhund, ein neugieriger Reporter und bei dem Rennen um die Überlegenheit unermüdlich. Die unleugbaren Tatsachen waren ihr Podest, von dem herab sie wohlwollend herrschte. Sie nahm die Haltung einer leidgeprüften Königin an, um seine Bitten um Vergebung anzuhören. So zwanghaft, wie man an einem angerissenen Fingernagel spielt und sich über den seltsam befriedigenden Schmerz wundert, holte sie die Einzelheiten aus ihm heraus.

Diesmal jedoch nicht. Sie wusste nicht, wie oft Reid heimlich zu dem Haus hingefahren war, das fast eine Stunde entfernt lag, oder ob er die lange Hin- und Rückfahrt nach der Hochzeit noch auf sich genommen hätte. Jedenfalls hatte er sich dort in einem Bett gerekelt. Und das wurde dann seine letzte Pose, mit der er in ein Bett aus Erde hinüberwechselte, dafür hatte jemand gesorgt. Leah würde nie einen bitteren Tropfen Genugtuung aus dieser Geschichte quetschen können. Sie hatte nicht mal ein Bild vom Ort des Geschehens im Kopf, und der Punkt auf der Landkarte, der Stillwater hieß, war ein bisschen klein, um als Anker ihrer Fixierung zu dienen.

Der Detective hatte sich bei ihrem letzten Anruf zurückhaltend gegeben und sehr geschickt drum herumgeredet, wodurch ihr erst nach dem Auflegen klar geworden war, dass er nichts Wichtiges verraten hatte. Sie hatte Einzelheiten wissen wollen, war aber mit freundlichen, professionellen Floskeln von wegen »laufende Ermittlung«, »Privatgrundstück«, »Vorschriften« und »Wir melden uns, wenn es etwas Neues gibt« abgespeist worden. Und das brachte es einfach nicht. Sie konnte sich nicht konzentrieren, und obwohl es nichts ändern würde, so wenig wie bisher, waren die Einzelheiten für sie der Deckel, um die Sache abzuschließen. Auf jeden unangenehmen Vorfall in ihrem Leben schraubte sie ihre Version einer Geschichte, mitsamt Namen, Daten und Bildern, und stellte sie fest verschlossen auf das Erinnerungsbord in der Vorratskammer vergifteter Konserven.

Sie schob sich von ihrem Schreibtisch weg und ließ die Tränen kommen. Wie weit lagen »traurig«, »frustriert« und »haltlos« auseinander, und konnte jemand den Unterschied ausmachen? Sie war froh, dass die Tränen jeweils gleich nass waren und für die Kollegen, die schon über den Fund von Reids Skelett tratschten, den gleichen Wert hatten. Denn sie musste sich damit dringend einen freien Tag erkaufen.

»Chris?« Leah beugte sich über die Schwelle seines Büros.

Ihr Vorgesetzter hob den struppigen grauen Kopf. »Hallo, Kindchen.« Augenblicklich beugte er sich wieder über seine Arbeit, die Nase nur ein paar Fingerbreit vom Bildschirm entfernt. Leah wartete, bis sein Gehirn den Anblick ihrer geröteten Nase und feuchten Augen verarbeitet hatte. Er schoss aus seinem

Sessel hoch und blickte sie näher an. »He! Komm rein, komm rein. Mach die Tür zu.«

»Tut mir leid, dass ich deswegen komme«, sagte Leah, als die Tür ins Schloss fiel. »Es ist nur so, dass ich nach allem, was passiert ist, überhaupt nicht mehr klar denken kann.«

»Was brauchst du?«

»Einen oder zwei Tage frei. Ich dachte, das wäre vielleicht okay.« Der frische Strom heißer Tränen kam selbst für sie überraschend.

»He.« Chris stieß seinen Stuhl nach hinten weg, sodass er gegen die Wand prallte, und schob seine Wampe durch die enge Lücke neben dem Schreibtisch. »Du weißt, du brauchst nicht zu fragen. Mach das, wie du es brauchst.« Als er vor ihr stand, schien er nicht weiterzuwissen und klopfte ihr unbeholfen auf die Schulter. »Nimm deine Sachen und lass vor Montag nicht von dir hören, okay? Außer, du brauchst etwas.«

Leah wischte sich mit dem Handrücken die Tränen ab. »Danke, Chris. Du bist der Beste.«

»Also ab nach Hause.« Er lächelte und ermunterte sie mit hochgezogenen Brauen zu gehen.

Leah folgte der Aufforderung mit einem neuen Tränenschleier und machte sich daran, auf die letzte Geschichte, die Reid erzählen würde, einen Deckel zu schrauben.

Wahrscheinlich würde Reids Geschichte skizzenhaft bleiben. Jeder, der etwas aus erster Hand gewusst hatte, war tot, was angesichts drei so junger Menschen befremdlich war. Es wirkte, als wären sie einer Naturkatastrophe oder zumindest einem schweren Autounfall zum Opfer gefallen. Was passiert war, war schmutzig und theatralisch, und ohne die Details konnte Leah das gar nicht angemessen verarbeiten. Diese befanden sich in der Polizeiakte und den Mutmaßungen Bayards. Er war der Einzige, der ihr helfen konnte, sich ein Bild zu machen, um es anschließend wegzulegen. Diese Erklärung sprach sie ihm auf die Mailbox, während sie zu seinem Büro fuhr, wo sie ihn mit Fragen bedrängen wollte.

Wenigstens ein kleines Rätsel des Universums wurde an diesem Nachmittag gelöst. Leah wusste hinterher, wie man einem Raum, der mit Aktenschränken, Computern und billigen Büromöbeln vollgestopft ist, das Aussehen einer schlammigen Einöde gibt: Man streicht ihn einfach hellbraun. Wer auch immer die Farbe gemischt hatte, war bei dem neutralen Ton übers Ziel hinausgeschossen und hatte eine pastöse Hommage an den Brechreiz erschaffen. Wenn man dann noch ein paar flimmernde Neonröhren unter die Decke schraubt, braucht man sich nicht zu wundern, wenn die Schreibtische, in diesem Fall drei, leer bleiben. Beim Anblick des Büros verzog sie den Mund wie nach einem Löffel Lebertran.

»Kann ich etwas für Sie tun?«

Leah fuhr herum und blickte auf die mittleren Knöpfe eines gestärkten Oxfordhemds, hob langsam den Kopf und wich ein paar Schritte zurück.

Der Hüne lächelte auf sie hinunter. »Verzeihung. Ich wollte Sie nicht erschrecken.«

»Schon gut. Ich möchte zu Detective Bayard. Ich habe unterwegs hierher ein paar Mal versucht, ihn anzurufen.«

»Sie waren das, hm? Ich hörte sein Handy in der Schublade klingeln.« Er zeigte auf den ordentlichen Schreibtisch zur Linken.

»Die an der Zentrale haben mir gesagt, dass er da ist, sonst wäre ich gar nicht gekommen.«

»Und die hätten auch recht gehabt, wäre er nicht vor einer Weile durch die Hintertür verschwunden.« Der Hüne ging an ihr vorbei und stellte eine Dose Orangenlimonade auf den Schreibtisch, der in die hintere Fensterecke gequetscht war. Leah blieb an der Tür stehen. Um einen Mann dieser Größe im Ganzen sehen zu können, brauchte man ein bisschen Abstand.

»Ich bin Ford Watts. Ich arbeite schon eine ganze Weile mit Tim zusammen. Kann ich Ihnen vielleicht weiterhelfen?«

Leah hatte ihre Rede nur für Bayard geprobt. Da das Skript nun im Papierkorb landete, büßte sie auch ihr vorfabriziertes Selbstbewusstsein ein und wurde rot. »Ich heiße Leah Tamblin. Er hat meinen Verlobten, ich meine, seine, Sie wissen schon, gefunden. Am Sonntag. Er war in jemandes Blumenbeet begraben. Ich wollte nur ...«

»Ach so. Bitte.« Watts deutete auf den freien Stuhl vor seinem Schreibtisch, und Leah setzte sich. »Kann ich Ihnen etwas anbieten? Kaffee? Wasser?« Er hielt ihr seine ungeöffnete Limodose hin.

»Nein, danke.«

»Was kann ich also für Sie tun, Ms. Tamblin?«

Die Aussicht war wie für das Büro gemacht. Man blickte auf einen Parkplatz mit einem Müllcontainer. Windschutzscheiben blinkten in der Sonne, dass man Kopfschmerzen bekam, und Leah kam sich plötzlich dumm vor und wurde gleich darauf wütend, weil sie überhaupt hergekommen war. »Ich möchte nur wissen, was passiert ist. Drei Jahre lang wusste ich nur, dass jemand seinen Wagen verbrannt hat und Reid verschwunden ist.«

»Mr. Bayard hat Ihnen von Boyd Montgomery erzählt, stimmt's? Sein Geständnis im Abschiedsbrief –«

»Das meine ich nicht. Das hat er mir alles schon gesagt.« Leah fegte den offiziellen Ton beiseite. »Entschuldigung. Das war unhöflich. Ich will Ihnen gar keine Umstände machen, ich möchte nur Klarheit haben, es verstehen.«

»Ms. Tamblin, der Tag wird kommen, wo wir Ihnen vollständige Auskunft geben können, doch in einigen Aspekten wird noch ermittelt. Bevor alles restlos aufgeklärt ist, dürfen wir nichts sagen. Die Beweise sind ziemlich dünn und erfordern sorgsamen

Umgang. Seine persönlichen Dinge werden Ihnen noch ausgehändigt –«

Leah fasste sich mit zitternden Fingern an die Schläfen. »Ich will nur klarsehen. Können Sie das nicht verstehen?«

Watts seufzte in die Stille, die sich zwischen ihnen breitgemacht hatte. Leah drängte mit aller Macht die aufsteigenden Tränen zurück. »Hören Sie«, sagte er. »Lyle Mosby ist unser Gerichtsmediziner. Zu seinem Büro sind es von hier aus etwa vierzig Minuten. Er ist ein netter Mensch. Ich kann ihn anrufen und bitten, Sie in die Leichenhalle zu lassen. Er wird das verstehen. Er wird Sie sicher einen Moment mit ihm allein lassen.«

»Allein lassen?« Leahs Widerwille war offensichtlich. »Ich soll mir Reid ansehen?« Bevor sie den Eindruck abwägen konnte, den die Entrüstung in ihrer schlimmsten Form hervorrief, wallte ihre ganze Frustration auf, und Ford Watts bekam sie ungemildert ab. »Ich will ihn nicht sehen! Ich will wissen, was passiert ist! Reid ist mir völlig egal!« Sie riss die Augen auf, nicht wegen der Erkenntnis, sondern weil sie sie ausgesprochen hatte. Und noch dazu sehr laut.

Die Selbstbeherrschung ist ein gerissenes Biest, das manchmal, wenn keine leibliche Gefahr droht, ohne ausdrückliche Erlaubnis ein Comeback versucht. Unwillkürlich setzte sich Leah gerade auf und faltete die Hände im Schoß. Die Röte zog sich an die angemessenen Stellen im Gesicht zurück, und ihre Lider senkten sich verschleiernd über ihre Wut. »Ich meine, natürlich ist mir Reid nicht egal. Es ist nur so, dass es mir darum gar nicht geht. So meinte ich das gar nicht. Es klang sicher schrecklich.«

Watts schaute auf die Papiere auf seinem Schreibtisch und gab ihr damit einen Augenblick, um sich zu sammeln. »Es klang wahr.« Mit einem eiligen Quietschen setzte sie zum Widerspruch an, doch er neigte sich auf die Ellbogen gestützt lächelnd nach vorn und kam ihr zuvor. »Das ist in Ordnung. Ich habe mir seit Langem abgewöhnt, über das Gefühlsleben der Menschen

Mutmaßungen anzustellen. Wenn man sich ein paar hundert Mal geirrt hat, lässt man es bleiben. Jeder hat seine Gründe. Ich weiß, Sie haben Ihre, und die gehen mich nichts an.«

Er lehnte sich zurück und brachte damit seinen Sessel zum Ächzen. »Also, wollen wir noch mal von vorn anfangen, was meinen Sie? Was kann ich für Sie tun, Ms. Tamblin?«

Sie blickte auf ihre gefalteten Hände. »Er starb mit der Frau eines anderen Mannes. Er starb in ihrem Haus. Er wurde dort begraben. Ich will es nur sehen. Ich will nur wissen, wie es aussieht.«

»Darf ich fragen, warum?«

»Wenn ich es gesehen habe, hab ich's gesehen. Dann muss ich nicht mehr versuchen, es mir vorzustellen.«

Watts nahm einen Stoß Papiere und klopfte die Kanten auf der Schreibtischplatte gerade. Er richtete bei einem Stapel Akten die Ecken aus. »Detective Bayard hat sicherlich erwähnt, dass da jetzt jemand anders wohnt. Jemand, der nichts damit zu tun hat, was Ihrem – was Mr. Reynolds zugestoßen ist.«

»Ja. Das hat er mir gesagt.«

»Hat er Ihnen auch gesagt, dass auf dem Grundstück noch ermittelt wird?«

»Ja, aber –«

Watts unterbrach sie mit ausgestreckter Hand. »In einem Fall wie diesem würden wir unbefugtes Betreten, Belästigung und sogar die Kontamination des Tatorts riskieren. Das geht nicht. Das würde mich und andere in Teufels Küche bringen.«

»Aber ich würde nicht –«

»Ich kann nicht billigen, dass Sie Jason Getty behelligen. Er ist ein recht netter Bursche, aber wenn er Beschwerde einreichen würde ...«

»Aber –«

»Natürlich könnte ich Sie nicht davon abhalten, mal in der Old Green Valley Road vorbeizufahren, wenn niemand von uns dort arbeitet. Ich vertraue darauf, dass Sie meine Haltung in dieser Sache verstehen.«

Leah machte den Mund zu und schaute erstaunt ob der Information, die zwischen ihnen in der Luft hing. »Wo ist die Old Green Valley Road?«

Watts stand auf und gab ihr die Hand, um sie zu verabschieden, aber nicht ohne ein freundliches Lächeln und Augenzwinkern. »Das wüssten Sie gern, nicht wahr? Guten Tag, Ms. Tamblin.«

»Das wird dir gefallen«, sagte Bayard und hängte die Jackettschultern über die Rückenlehne seines Schreibtischstuhls. »Kyle vom East County ist unten. Er hat vorhin versucht, mich anzurufen, aber –«

»Tja, da ist er nicht der Einzige«, sagte Watts. »Du hattest einen Besucher.«

»Moment, Moment, du musst dir das anhören.« Bayard ließ sich auf seinen Stuhl fallen und rollte zurück, um die Füße auf die unterste Schublade zu legen, die er als Fußstütze herausgezogen hatte. »Kyle will einiges bei Gericht abgeben, hat aber trotzdem versucht, mich zu erreichen. Scheint, als wäre auf dem Montgomery-Grundstück die Hölle los gewesen, nachdem wir weg waren.«

»Was ist passiert?«

»Tja, er wusste nicht genau, wie es dazu kam. Oder er wollte es mir nicht so genau auf die Nase binden, um seine Kollegen nicht als Deppen hinzustellen. Augenscheinlich hatte der gute Mr. Montgomery nicht kapiert, wie tief er sich in die Scheiße geritten hat, weil er die Schecks seines Bruders kassierte. Als die Kollegen mit den Handschellen klimperten, flippte er aus. Diese verdammten Hunde gehorchen wohl auch auf Handzeichen, wie sich herausstellte. Jedenfalls waren am Ende drei Hunde beschlagnahmt, mindestens einem East-County-Kollegen fehlt ein

Stück vom Hintern, und Bart Montgomery ist durch die Hintertür verschwunden und wurde nicht mehr gesehen. Bisher jedenfalls.«

»Donnerwetter. Er ist abgehauen?«

»Jep.«

»Die Sache wird noch ganz schön lästig werden. Das hatte ich dir sagen wollen —«

»Detective Watts?«, tönte es aus der Gegensprechanlage auf dem Schreibtisch. »Ihr Vier-Uhr-Termin ist da. Er wartet im Besprechungsraum eins auf Sie.«

In der Schreibtischschublade klingelte Bayards Handy. Er erwischte es, bevor sich die Mailbox einschaltete. »Hallo, Schatz.«

Und wie bei so vielen Gesprächen zwischen Watts und Bayard lenkte die Arbeit sie in entgegengesetzte Richtungen. Der Arbeitstag endete, ohne dass sie über Leah Tamblins Beharrlichkeit gesprochen hatten.

12

Es war schon später Nachmittag gewesen, als sie sich aufgemacht hatte, um das Haus zu suchen. Der große Detective hatte nur einen Namen und eine Straße genannt und ihr eindringlich geraten, nicht aufzufallen. Im Telefonbuch hatte sie keinen Getty gefunden, und bei der Auskunft hatte sie erfahren, dass es einen J. Getty in Stillwater gebe, die Nummer und Adresse aber auf Wunsch nicht eingetragen seien. Der Stadtplan wies die Old Green Valley Road als kurvige, drei Viertelmeilen lange Querverbindung zwischen zwei Landstraßen aus.

Als sie das erste Mal die Straße entlangfuhr, war der Himmel korallenrosa gewesen, und die Dämmerung hatte alles, was es unterhalb der Bäume zu sehen gab, in einen weichen, graublauen Dunst gehüllt. Leah hatte nach links geschaut anstatt nach rechts und dadurch das Haus verpasst. Auf dem Rückweg hätte sie es auch wieder übersehen, wenn ihr nicht das gelbe Absperrband der Polizei im Rückspiegel aufgefallen wäre. Sie zog ein unvernünftiges Gummi-U auf dem Asphalt, um umzukehren und die Sache hinter sich zu bringen. Gegenüber dem Haus, in dem Reid gestorben war, stellte sie mit zitternden Händen den Hebel auf Parken.

Das schlichte, kleine Haus stand ein gutes Stück von der Straße entfernt unter einem Halbkreis von Bäumen, sodass die Dämmerung alle Details verwischte. Sie musste die Augen anstrengen, da der nun rosaviolette Himmel für sein Finale alles Licht an sich zog.

Die Wut, mit der sie Reid manches Mal in Gedanken herabgesetzt hatte, verrauchte, als sie seinen letzten Aufenthaltsort vor Augen hatte. Plötzlich sah sie nur das Beste an ihm. Sie stand vor Jason Gettys Haus, sah aber nur Reid lächeln, mit seinen Grübchen und der Unbekümmertheit und den zu langen Haaren. Sie sah ihn mit dreizehn, wie er im dunklen Wald ihre zitternde Hand nahm. Sie hörte sein schleppendes Summen und die gezupften Akkorde, wenn er auf ihrem durchgesessenen Sofa ein Lied komponierte. Sie dachte daran, wie viele dieser Lieder er für sie geschrieben hatte: Liebeslieder, Klagen, Versprechen. Sie bekam einen Kloß im Hals, als sie sich erinnerte, dass sie so viele Jahre lang beim Einschlafen seine warmen Arme und seine Küsse im Haar gespürt hatte.

Voller Grauen fragte sie sich, ob er Angst gehabt, ob er Schmerzen gelitten und um sein Leben gekämpft hatte. Ohne Eifersucht schätzte sie Reids Ritterlichkeit ab und wusste genau, dass er bei der geringsten Chance versucht hätte, die andere Frau vor dem Zorn ihres Ehemanns zu retten. Ob er diese Chance gehabt hatte, würde sie wohl nie erfahren.

Erst als sie die Straße überquert hatte, wurde ihr bewusst, dass sie im Begriff war, genau das zu tun, wovon der Detective ihr abgeraten hatte, nämlich in das Grundstück eines Fremden einzudringen und den Tatort zu zerstören. Sie wollte die Erde in den Händen halten. Es drängte sie, bis zum Handgelenk hineinzugreifen und die Erde vor die Augen zu halten, um zu sehen, dass es wahr war, und um zu verzeihen. Und was immer von Reid dort noch nachhallen mochte, es sollte ihre Reue sehen. Denn Leah bereute ebenfalls. Es tat ihr so leid, dass sie je gedacht hatte, er hätte es verdient, und es tat ihr leid, dass sie so ein Feigling gewesen war und in der Märtyrerrolle Trost gesucht hatte. Der Rasen schimmerte durch ihre Tränen, als sie auf das Haus zuging, doch zwei Dinge stoppten sie. Im letzten Licht des Tages sah sie rechts und links des Hauses zwei mit gelbem Band abgeriegelte Beete. Darüber hatte sie gar nicht nachgedacht. Es war unmöglich zu sagen, in welchem Reid gelegen hatte. Während dieses Rätsel den Fluss der Trauer zugunsten analytischer Denkfähigkeit hemmte, hörte sie von der Rückseite des Hauses eine Fliegengittertür knarrend aufgehen und zufallen.

Ihr Herz machte einen Satz und jagte ihr einen wild hüpfenden Puls in Hals und Augen. Ihre Füße machten von allein kehrt, ohne ihr Gehirn zu fragen, sodass Leah sich bei dem Kampf um die Befehlsgewalt gegen die Knöchel trat und nur stolpernd zum Wagen gelangte. Sie drehte den Zündschlüssel und trat aufs Gas, um mit quietschenden Reifen anzufahren. Den Blick auf den Rückspiegel geheftet, floh sie außer Sichtweite. Erleichterung durchströmte sie und ging in heiße Verlegenheit über. Niemand war in den Vorgarten gekommen. Sie war nicht gesehen worden.

Leah zog sich jedoch nur vorläufig zurück. Sie setzte sich in ein hell erleuchtetes Delikatessengeschäft und ließ eine Tasse Kaffee zwischen den Händen kalt werden. Auch nachdem sie sich beruhigt hatte, wusste sie, dass sie ihren Moment bei dem Haus an der Old Green Valley Road bekommen musste. So war sie nun mal. Der Szene dort würde sie so viele Details wie möglich abringen, um sich ein Bild zu machen, und dann wäre sie mit Stillwater fertig. Welche Rolle spielte es, welches sein Grab gewesen war? Sie würde Erde von beiden durch die Finger gleiten lassen und um ihn *und* um sie weinen, und um sich selbst auch. Doch das würde sie später tun, und sie würde es friedlich tun. Und der arme Mann, der jetzt dort wohnte, würde nichts davon bemerken.

Darum kaufte Leah sich in der Buchhandlung neben dem Deli einen Liebesroman. Sie wollte ihre Mailbox abhören, um zu sehen, ob einer der Ermittler angerufen hatte, weil er sie vielleicht noch von ihrem Vorhaben abbringen wollte, doch der Akku war leer.

Sie fragte sich, ob sie womöglich wollte, dass ihr das jemand ausredete. Die Zeremonie würde ein fauler Ersatz für die Kenntnis der Wahrheit werden. Doch anstatt sich bitter zu beklagen, fand sie den ersten grünen Trieb einer Billigung und musste lächeln. Vielleicht war sie nach den paar Jahren des Alleinseins endlich ein bisschen reifer geworden. Könnte sein.

Jetzt würde sie jedenfalls erst mal diese Sache erledigen und sich damit Frieden verschaffen. Sie saß in ihrem Wagen im Park am Marktplatz und sah zu, wie die Skateboarder die letzten Pärchen aufschreckten, die unter den Laternen entlangschlenderten. Nachdem sie alle dem Ruf ihres Herzens gefolgt waren, die einen zu Heim und Herd, die anderen zu kleinen Vandalenakten, las Leah bei der Innenbeleuchtung ihres Wagens, bis ihr die Lider schwer wurden und sich nicht mehr überreden ließen, offen zu bleiben. Dann schaltete sie die Lampe aus.

»Daddy, Telefon. Schnell.« Bayards Tochter warf das Gerät über das Buch hinweg, das er auf den Oberschenkeln balancierte. Seine Reflexe waren schneller, und er fing es ab, kurz bevor es männlichen Schmerz verursachen konnte. Er blickte sie empört an, und sie streckte ihm die Zunge heraus.

»Mr. Mosby. Was kann ich zu dieser schönen, verkehrsschwachen Stunde für Sie tun?«, fragte er nach einem Blick aufs Display und winkte die Tochter hinaus.

»Hey, tut mir leid«, sagte Mosby. »Morgen bin ich wahrscheinlich den ganzen Tag bei Gericht und dachte, du hättest vielleicht gern ein bisschen mehr Zeit, um auf diesem Stück Seltsamkeit herumzukauen.«

»Wer hätte nicht gern ein Stück Seltsamkeit vor dem Einschlafen?«

»Bitte, lass uns unser Sexualleben da raushalten, ja?« Mosby wartete auf den verdienten Lacher, bevor er sich räusperte und zur Sache kam. »Es geht um den Abschiedsbrief, den du ins Labor geschickt hast.«

»Seltsamkeit und Selbstmord. Charmant. Dir auch schöne Träume, Lyle. Was hast du entdeckt?«

»Brauchte ihn nicht mal unters Mikroskop zu legen, um es zu erkennen. Es ist die Tinte. Sie befindet sich *auf* dem Blut. Man sieht es schon unter einem Vergrößerungsglas und einer starken Lampe.«

»Ich hab kein Vergrößerungsglas in der Tasche, Lyle. Ich bin nicht Sherlock Holmes«, sagte Bayard.

»Das merke ich. Das merke ich. Na jedenfalls, sofern du nicht behaupten willst, der Kerl hätte sich erst erschossen und danach den rührseligen Brief geschrieben, ist an deiner Geschichte etwas schräg.«

»Es ist nicht meine Geschichte, sondern die seines Bruders.«

»Bleib mal kurz dran. Ich muss dem Kollegen hier noch was geben, bevor er Feierabend macht.« Mosby legte den Hörer hin, und die Hintergrundgeräusche verschwammen mit einem Gespräch, das Bayard nicht verstehen konnte.

Er sah seine Tochter anmutig in ihre Jacke schlüpfen und nach der Handtasche greifen, die an einem Haken an der Haustür hing. In bestimmten Körperhaltungen und Lichtverhältnissen sah sie ihrer Mutter so ähnlich, dass er sich manchmal vorkam wie in einer Zeitmaschine. Auch in anderer Hinsicht waren sie sich ähnlich und hatten ein enges Verhältnis, auf das er, was er ungern zugab, neidisch war. Megan bat ihn nie um seinen Wagen, sondern lieh sich nur den ihrer Mutter. Sie tauschten untereinander Kleider, iPods, Schuhe und Haarbürsten aus. Sie gingen getrennt shoppen und kamen mit einer halben Wagenladung der gleichen Dinge nach Hause. Er machte sich jetzt schon Sorgen, was aus seiner Frau würde, wenn ihr Mädchen das Haus verließ, um aufs College zu gehen.

»Das ist die Tasche deiner Mutter«, rief er.

»Nein. Das ist – oh, Moment mal. Doch. Woran hast du -? Sie sehen genau gleich aus.« Megan sah ihn böse an und lächelte dann verblüfft und anerkennend.

»He, ich bin dein Vater!« Er klemmte sich den Hörer an die Wange und breitete grinsend die Arme aus.

Sie schob einen Wollmantel beiseite, unter dem eine identische Tasche hing, und hängte die mütterliche wieder an den Haken. »Ja, und eine Laune der Natur. Bin bald wieder da.« An der Tür machte sie noch einmal kehrt und kam, um ihn auf den Kopf zu küssen. Dann war sie aus dem Haus.

Bayard kniff sich in die Unterlippe und wandte sich den undeutlichen Geräuschen zu, die aus dem Hörer kamen. Christines Handtasche war prall gefüllt mit einer Ersatzbrille, Taschentücherpäckchen, einem Taschenbuch, einer Getränkedose und einer Zwischenmahlzeit für später, während Megans nur mit dem Allernötigsten beschwert wurde und immer viel Platz für ihre Spontankäufe bot. Was die beiden Taschen enthielten, verriet diskret einen ganzen Katalog von Unterschieden, die andere Leute nie entdecken würden.

Es hatte ihn immer fasziniert, was man aus dem Inhalt einer Handtasche über ihre Besitzerin erfahren konnte, auch aus ihrer Art, sie zu tragen oder abzulegen, aus der Größe und dem Material, der Ordnung oder Unordnung im Innern und aus den kleinen Anhängern, die junge Frauen an die Seiten klippten ... Die Handtasche von Katielynn Montgomery fiel ihm ein und wodurch sie ruiniert worden war.

Und wie viele Leute in einer Familie oder auch im gesamten Carter County hatten Lust darauf, ihre blutigen Toten eigenhändig zu begraben? Höchstwahrscheinlich ein geringerer Prozentsatz als in diesem Epos.

Ein Scharren und Klappern kündigte Mosbys Rückkehr an. »Tut mir leid, dass du warten musstest.«

»Hast du Fingerabdrücke überprüft?«, fragte Bayard.

»Fingerabdrücke?« Lautes Papierrascheln am anderen Ende der Leitung. »Nö. Bart Montgomery wurde nicht festgenommen. Er ist vorher abgehauen, oder? Es gibt keine Akte über ihn.«

»Kannst du irgendwo welche herholen?«

»Klar. Wonach suchen wir denn? Was soll ich überprüfen?«

»Das ist egal. Nimm etwas aus dem Haus, was er kürzlich angefasst haben muss, du weißt schon – Wasserhähne, Türklinken und dergleichen. Dann lass die Fingerabdrücke durch den Computer laufen und sieh, ob es eine Übereinstimmung gibt«, sagte Bayard.

»Ich dachte, der Kerl hat keine Vorgeschichte.«

»Hat er auch nicht.«

Mosby wartete kurz auf eine Erklärung, und als keine kam, fragte er: »Also macht es dir einfach nur Spaß, mich mit sinnlosen Aufgaben zu überhäufen?«

»Ja, das auch. Aber Fingerabdrücke haben wir schneller als die Leiche da draußen bei Montgomery. *Bart* Montgomery sollte nicht im Computer auftauchen. Bis er den Verstand verlor und anfing Leichen zu vergraben und Schecks einzulösen, die nicht für ihn bestimmt waren, war er ein Engel. Ebenso wenig sollte *Boyd* Montgomery an den Türklinken auftauchen, streng genommen, da er nach sämtlichen Aussagen schon seit einer ganzen Weile tot ist. Aber irgendwie schwant mir, dass er's doch tut.«

13

Wenn man den Moment abpassen will, in dem ein sanfter Mann durchdreht, darf man auf keinen Fall im falschen Moment blinzeln. Mit Ausnahme einer denkwürdigen Rauferei in seinem Wohnzimmer gab es nicht viel zu sehen, wenn Jason Getty seinem Alltag nachging. Begeisterung und Ärger spielten sich selten auf seinem Äußeren ab, und auf seinem Hochzeitsfoto sah er nicht wesentlich anders aus als auf dem Führerscheinkonterfei. Jasons Gesten waren im Allgemeinen sanft, seine Stimme dementsprechend hell und sein Konfliktverhalten fast immer rücksichtsvoll. Der wahre Knacks in seiner Psyche trat nicht durch einen Angstschrei zutage und raste auch nicht in einem Verzweiflungsschrei zum Himmel. Er humpelte mit einem Wimmern zwischen wächsernen Lippen hervor, in einem verschwitzten, mit Graberde verschmierten Gesicht. Er setzte Jason in einer inneren Leere aus, wo die Vernunft nicht hinreichte, und das zu einem Zeitpunkt, wo die Vernunft höchstwahrscheinlich seine einzige Hoffnung war.

Bis zehn Uhr hatte er gewartet, ehe er anfing, und ein fetter, schräg hängender Mond ersparte ihm das Risiko einer ganzen Rabatte von Campinglampen. Er kam mit zweien aus, und das war vermutlich ganz gut so, denn manche Dinge bleiben besser im Halbdunkel.

Nachdem Harris einmal den Schritt von »ein bisschen fies«

zu »raffiniert grausam« vollzogen und sich zur Angewohnheit gemacht hatte, aufzukreuzen, wann immer es ihm Spaß machte, entstand in Jason der Wunsch, Harris wäre tot. Es machte ihm Gewissensbisse, und er fühlte sich schuldig, aber der wahre Kampf mit dem Teufel auf der Schulter kam erst, als er sich Harris' Tod auszumalen begann. In seiner Vorstellung kam es zu einfachen Verkehrsunfällen mit nur einem Fahrzeug, zu Blitzschlägen und Aneurysmen, die außer Harris niemandem schadeten. Doch dann entwickelten sich in seiner Fantasie ausgefeilte Szenarien: erschossen von einem bösartigen Nachbarn, der sein Recht demonstrierte, eine Waffe zu tragen; erschlagen bei einer Kneipenschlägerei von einem Hardliner mit der Statur und dem Gemüt eines B-Movie-Zyklopen in Jeans und Flanellhemd; überfahren auf dem Bürgersteig, wo er sorglos entlangschlenderte, als gehörte ihm die ganze verdammte Straße. Das beunruhigende Detail in diesen Tagträumen war, dass Jason die Hände an der Schrotflinte, die zuschlagenden Fäuste, die Finger am Lenkrad sehen konnte, und er musste den Impuls unterdrücken, sie mit seinen zu vergleichen.

Sobald es passiert, die Gewalttat ausgeführt und der Strom an Beschimpfungen gestoppt war, konnte Jason sich Harris nicht schnell genug aus den Augen schaffen. Zwei Lagen extra starker Abfallsäcke und ein alter Bettbezug waren erforderlich, um Harris' schlaffe Glieder und seinen zertrümmerten Kopf verschwinden zu lassen. Das Verlangen, ihn aus dem Vordergrund zu tilgen, hatte in Jasons Gliedern eine ungeheure Vitalität entfacht. Der Spaten lag gewichtslos in seinen Händen, die Erde teilte sich wie das Rote Meer vor Moses.

Die Spürhunde, die Detective Bayard nun mitzubringen drohte, waren viel greifbarer als die Dämonen, die ihn in der Unglücksnacht zu der Tat getrieben hatten, aber darum noch nicht realer. Damals hatte die nackte Tatsache der Leiche eine Schar von kleinen schwarzen Teufeln hervorgebracht, die Jason in die Nieren traten und in seinem Kopf heulten, bis er den Beweis unter einer Tonne Erde verschwinden ließ.

Er wollte Harris absolut nicht ausgraben. Doch da stand er.

Er hatte die alte Laubschicht weggeharkt und erschrocken auf ein deutlich erkennbares, nachlässig ausgeführtes Rechteck geblickt. Seit er zuletzt unter das Laub gelinst hatte, war das Grab einen ganzen Zoll eingesunken. Genau die Auffälligkeit, nach der Bayard suchte. Hätte sich Jason nicht entschlossen, die Leiche wegzuschaffen, hätte er sich nicht den Schubs gegeben und Harke, Spaten und Plane in die Hand genommen, wäre sein Schicksal besiegelt gewesen. Es gab keine Garantie, ob er den Tanz auf dem Minenfeld überstand, aber jetzt war klar, dass er es versuchen musste.

Jede Bewegung wäre zehnmal so leicht, wenn er den Mut gehabt hätte, den Rasen zu mähen. Und dass er den Anruf bei Dearborn's Landscaping nicht rückgängig machen konnte – wofür er sogar seine Seele verkaufen würde –, brachte ihn an den schlottrigen Rand der Verzweiflung. Entschlossener denn je holte er das Nötige aus dem Schuppen, aber ihm graute zutiefst. Er hatte nicht mal angefangen, da tat ihm schon der Nacken weh, weil er ständig ängstlich über die Schulter blickte, und sein Herz hüpfte im engen Brustkorb wie ein Fisch, der vergeblich versucht, ins rettende Wasser zu gelangen. Seine Augen tränten, weil er sich kaum zu blinzeln traute und bei jedem Knacken und Säuseln in den Bäumen angestrengt ins Dunkel starrte.

Das monotone Graben lenkte ihn für eine Weile von seiner Angst ab. Die rhythmischen Spatenstiche und Wurfbewegungen hatten etwas Hypnotisches, und er kam dabei stetig voran. Drei Stunden lang arbeitete er, von gelegentlichem Schnaufen abgesehen, still vor sich hin, dann übermittelte der Spaten das Gefühl von dichterem Material als Mutterboden. Jason riss ihn zurück und schwankte würgend am Rand der Grube.

Danach grub er in enger werdenden Ovalen, bis sich nicht

mehr leugnen ließ, dass die noch verbliebene Erdschicht zu dünn war, um mit dem Spaten beseitigt zu werden. Es war Zeit, sich die Hände schmutzig zu machen – sozusagen. Es ist höchst albern, sich ein Paar gelbe Putzhandschuhe anzuziehen, um eine halb verweste Leiche aus ihrem schmierigen Erdbett zu lösen. Jason tat es trotzdem und dichtete sie außerdem mit breiten Gummibändern oberhalb der Handgelenke ab. Augenblicklich wurden ihm die Hände heiß und schwer. Er beseitigte das Kribbeln mit Fingerbewegungen und machte weiter. In seinem Grabräuberaufzug kochte er im Schweiß der Angst und der Anstrengung. Das Wasser lief ihm in kitzelnden Rinnsalen die Seiten hinab. Die Radlershorts und die Jeans bildeten eine doppelte Barriere gegen die feuchte Erde. Die Hosenbeine hatte er sich in die Socken gesteckt und darüber Stiefel angezogen, damit er keine Erde an die Füße bekam. Hätte er eine zur Hand gehabt, wäre er sogar in eine Rüstung gestiegen, Scheppern hin oder her. Jason war jede Schutzschicht voll bewusst, als er an dem Packen zog.

Der Bettbezug war verrottet, die Abfallsäcke glitschig und nachgiebig, und seine Anstrengung taugte mehr dazu, Harris zu entblößen, als ihn zu bewegen. In dem innigen Bestreben, verhüllt zu lassen, was er am allerwenigsten und schon gar nicht bei Mondschein sehen wollte, kniete sich Jason in die Grube und schlang die Arme um den Mann, den er gehasst hatte wie kein anderes atmendes Wesen.

Er spannte den Rücken gegen den sturen Widerstand des Bündels, das ihm wie angeklebt und festgetackert vorkam, und hievte es bis an seine Brust. Der Lehm saugte am Plastik und wollte es nicht freigeben. Mit jedem Zoll gewonnener Höhe wurde die schlaffe Last schwerer. Restlos konzentriert ignorierte er die Schwerkraft so lange, bis der kritische Punkt erreicht war. Er bemerkte ihn mit schreckgeweiteten Augen und eine Sekunde zu spät. Auch mit hektischem Nachfassen ließ sich die Situation nicht mehr retten. Er taumelte nach vorn und stieß einen

Arm vor, um sich abzufangen, pflügte aber nur mit dem wegrutschenden Handballen eine Furche in den Lehm. Trotz allen Bemühens landete er hart auf der Leiche und drückte sie wieder in ihr scheußliches Bett. Da lag er in Missionarsstellung und hatte Harris' eingetüteten Kopf nur ein paar Fingerbreit vor dem Gesicht. Unwillkürlich wölbte sich seine Zunge gegen den hinteren Gaumen. Er kletterte hastig aus dem Grab und warf sich bäuchlings ins Gras, um in großen Zügen frische Luft zu atmen. Auf allen vieren würgte er sich die Übelkeit aus dem Leib, bis sein verschwitztes Gesicht abgekühlt war.

Angespornt von Mrs. Truesdells Hund, der auf dem Nachbargrundstück plötzlich ein Solo anstimmte, krabbelte Jason mit schlotternden Gliedern in die Grube zurück. Er spreizte die Knie, atmete über die Schulter hinweg tief ein und schob die Hände unter die Leiche. Und zog. Ihm glühte der Kopf, weil er sich weigerte, den Gestank einzuatmen.

Die Leiche bewegte sich, wo sie nicht feststeckte, eine Marionette der Physik, und schien sich dennoch der Zwangsräumung widersetzen zu wollen. Jason beschwerte sich winselnd bei Harris, bei Gott, bei sich selbst über die grässliche Unannehmlichkeit und gelobte inbrünstig, nie, nie wieder etwas Unrechtes zu tun, wenn es ihm nur vergönnt wäre, diese Leiche aus der Grube und auf die wartende Plane zu befördern. Die Kraftanstrengung bescherte ihm flitzende Glühwürmchen am Blickfeldrand, während er auf dem nachgiebigen Boden um jeden Zoll kämpfte und mit seinem toten Erzfeind gegen alle Wahrscheinlichkeit ein zweites Mal rang.

Jasons Lunge verlangte nach Luft. Er schwankte noch, ob er eine Ohnmacht riskieren oder loslassen sollte, als das Hindernis plötzlich nachgab und ihm die Leiche in die Arme schnellte. Ein langes Seil glänzenden, zähflüssigen Harriszeugs schleuderte aus der gerissenen Verpackung und schlang sich um Jasons nackten Hals, klatschte ihm gegen die Wange und rutschte langsam daran hinab auf sein Hemd, das sich hier als nutzloser Schutz erwies. Seine Eingeweide verkrampften sich zu einem tiefen, glitschigen Knoten, und das Blut wich ihm schlagartig aus dem Kopf. Ein Schauder nach dem andern jagte ihm den Rücken hinunter, fort von der Stelle der Schmach – dem fauligen, nassen Streifen, den er auf der Haut spürte wie ein Brandmal.

Das Geräusch, welches das Ende seiner Kräfte anzeigte, klang für Jason wie das scharfe Knacken, wenn dickes Glas einen Sprung bekommt. Für Harris, hätte er denn hören können, und für die Geschöpfe des Waldes, die das nicht kümmerte, war es nur ein kraftloses Ächzen. Jason verlor die Gewalt über seine Arme und ließ Harris zurück in den Morast gleiten.

Das scharfe Knacken hatte in seinem inneren Dialog einen deplatzierten Punkt gesetzt. Der permanente Erzähler in seinem Kopf war seit dem klangvollen Geräusch verstummt. Doch die Stille verschaffte ihm keinen Frieden. Jason war genauso blind und fast so kraftlos wie Harris, doch einer seiner Sinne hatte die Macht der anderen vier an sich gerissen und lenkte das gesamte Bewusstsein auf die nasskalte Spur, die Harris über die weiche Kurve von Jasons Kiefer gezogen hatte. Jasons Kopf war leer, abgesehen von einer schmerzlich scharfen Wahrnehmung – der juckenden Schleimspur, die im Nachtwind zu trocknen begann.

Der Selbsterhaltungstrieb stirbt zuletzt. Er braucht von den übrigen Teilen des Organismus keine Anfeuerungsrufe. Er legt auf die Gesellschaft von Anstand keinen Wert und bittet auch ganz bestimmt nicht die Vernunft um Erlaubnis. Er gestattete Jason einen Moment des Abschaltens und ließ seinen Radar still im Hintergrund kreisen. Dort, ganz tief im Hinterkopf, registrierte er, dass jemand eine Wagentür schloss und bemüht war, es leise zu tun. Kurz zuvor war das Motorgeräusch gegenüber seiner Einfahrt verstummt.

Jene Kraft also, die bis zuletzt kämpft, der elementare Wunsch weiterzuleben, zog Jason auf die Beine und bewegte diese verstohlen in die tiefe Dunkelheit unter den Bäumen. Und sie erinnerte ihn daran, den Spaten mitzunehmen.

Ein Schnuppergeräusch am Fenster verband Leah wieder mit der Realität, und als es neben ihr hechelte, riss sie die Augen auf. Für sie war Schlaf, insbesondere das ungewollte Nickerchen, weniger Ausruhen als vielmehr eine Art des Untergangs. In diesem aufrecht sitzenden Koma existierte sie schlichtweg nicht. Es gab darin keine Träume und kein Muskelzucken. Sie kam ohne schläfrige Übergangsphase zu sich. Die Welt stand scharf und in frischen Farben vor ihr, als hätte sie gerade ihre Erschaffung erlebt. Nach ein paar Augenblicken ehrfürchtigen Staunens am Rand der Schöpfung verlor sich die Klarheit.

Ein gelbbrauner Hund schnüffelte am Fensterspalt entlang, den Leah offen gelassen hatte, damit frische Luft hereinkam.

»Tessa! Gütiger Himmel!« Eine Frau zog am Hundehalsband. »Entschuldigen Sie bitte. Sie ist sehr zutraulich.« Die Frau schob den Hundekopf vom Fenster weg. Ihre Haare waren zu einem dicken Zopf geflochten, der ihr bis zur Taille reichte und bei ihren Versuchen, Tessa wegzudrängen, hin- und herschwang. »Und sehr neugierig.«

»Das macht nichts«, sagte Leah.

»Ist alles in Ordnung, Schätzchen? Es ist schrecklich spät.« Die Frau strich ein paar lockere Strähnen ihres grauen Zopfes glatt. Er war so dick wie Leahs Handgelenk. Der Hund hatte inzwischen das Interesse an Leah verloren. Er wollte die Schnauze unbedingt in eine weggeworfene Fastfood-Tüte schieben und zerrte an der Leine, bis sein Frauchen ihn kaum noch halten konnte. Die Tüte lag vier Fuß neben dem überfüllten Papierkorb am Parkeingang, ein beredtes Zeugnis für die allgemeine Instandhaltung.

»Ich wollte nur für einen Moment die Augen zumachen.« Sie

klemmte den Kassenzettel des Taschenbuchs, das aufgeschlagen in ihrem Schoß lag, als Lesezeichen hinein und legte es auf den Beifahrersitz.

Die Frau zog den Reißverschluss ihres Troyers zu und schaute auf die Uhr. »Es ist schon Viertel vor eins, Schätzchen. Tessa und ich leiden an Schlaflosigkeit, aber ohne sie würde ich mich hier um diese Zeit nicht aufhalten wollen. Es ist traurig, aber da es nun mal so ist, dachte ich, ich warne Sie lieber, damit Sie nicht versehentlich im Park einschlafen.«

»Richtig.« Leah lächelte und reckte sich gegen die Sitzlehne, um die Taubheit aus den Gliedern zu vertreiben. Sie wünschte, sie hätte sich einen Pullover mitgenommen. »Danke. Ich wollte nur ein bisschen Zeit totschlagen.«

Der Hund ruckte an der Leine und blickte die Frau beschwörend an. Der verlassene Park lockte, und wenn man einen Mantel oder ein Fell anhatte, war das eine schöne Nacht.

»Sind Sie sicher, dass alles in Ordnung ist?« Sowohl die Frau als auch ihr Hund wollten, dass Leah ihnen den Gefallen tat und wegfuhr.

Sie nickte. »Danke fürs Wecken. Und für Ihre Sorge.«

Die Frau lächelte über die Schulter, als der Hund mit ihr im Schlepptau wegtrabte. »Wenn es nur immer so einfach wäre«, rief sie ihr zu.

Leah sah ihnen nach, bis die Dunkelheit unter den Bäumen die beiden verschluckt hatte. Der Mond leuchtete großzügig und machte die Schatten umso schwärzer. In solchen Nächten sah man entweder genau, wo man war, oder man sah die Hand vor Augen nicht. Leah ließ den Motor an und vergewisserte sich zweimal, wie sie zur Old Green Valley Road zurückgelangte.

In der sternklaren Nacht bekam die Rückfahrt zu Gettys Haus etwas Rituelles. Leah hatte ihren inneren Frieden an die

Zeremonie gekoppelt, die sie sich ausgedacht hatte. Sie wollte sich hinknien und weinen. Sie wollte vergeben und ihrerseits Vergebung erlangen. An der letzten Biegung vor dem Haus hielt sie den Atem an und schaltete die Scheinwerfer aus, ging vom Gas, solange sich ihre Augen an die Dunkelheit gewöhnten, und stellte fest, dass das Mondlicht bei dem gemächlichen Tempo ausreichte. Sie rollte an den Rinnstein gegenüber Gettys Einfahrt und drehte langsam den Zündschlüssel herum, als ob sie schon durch das Klimpern des Schlüsselrings entdeckt werden könnte. Sie drückte die Tür leise zu.

Das Haus lag dunkel da, wie sie gehofft hatte. Leah schloss die Augen und versuchte – obwohl sie keine Sekunde daran glaubte –, etwas von Reid zu spüren, um zu entscheiden, welchem der beiden traurigen, gelb abgesperrten Gräber sie sich zuerst nähern sollte. Es zog sie zu dem rechten, vielleicht durch eine Eingebung oder weil sie Rechtshänderin war. Jedenfalls schlug sie einen weiten Bogen um die Westseite des Hauses und hielt den Blick auf die Fenster geheftet, ob sich dort Licht oder eine Bewegung zeigte. Und ohne einmal innezuhalten und auch nur einen flüchtigen Blick auf ihr eigentliches Ziel zu werfen, ging sie an den Bäumen entlang zum hinteren Garten, magisch angezogen von einem Lichtschimmer am fernen Rand des Rasens.

Der Mensch ist das einzige Lebewesen, das seinen Instinkt absichtlich unterdrückt. Zugegeben, in dem haarlosen, dünnhäutigen Affen, der durch Klimaanlagen und in Flaschen abgefülltes Wasser verweichlicht ist und sich beim Einkaufen von Musik berieseln lässt, um sich nicht einsam zu fühlen, ist von dem einstigen Tier nicht mehr viel übrig. Und darum wird, wenn er sich in verlockende fremde Angelegenheiten einmischen möchte, die angeborene Vorsicht jederzeit von Vorwänden übertrumpft.

Leah ging ein Kribbeln über Kopfhaut und Arme, als sich ihr die Haare aufrichteten. Ein namenloses Vorgefühl schwamm in ihrer Magengrube und schwenkte eine Warnflagge, und das unheilkündende Banner wellte sich in heißen und kalten Wogen, doch sie hielt Kurs. Der Mond stand hoch am Himmel und leuchtete weiß, nur neben den Bäumen am Scheitelpunkt des gekrümmten Waldrands stieg der goldene Schein zweier Campinglampen vom Boden auf. Die Neugier erstickte die wimmernde Gewissheit, dass an dieser Szene etwas ganz und gar nicht in Ordnung war – es war mitten in der Nacht, und ein klaffendes Loch im Boden wurde von zwei Batterielampen beleuchtet. Ab und zu wehte ihr ein Gestank unter die Nase, bei dem sie augenblicklich die Luft anhielt. Neben dem Loch war eine Plane ausgebreitet.

Leah bewegte sich an der Schattengrenze unter den Bäumen entlang und setzte auf dem Laub- und Nadelteppich jeden Fuß mit Bedacht und so leise wie möglich. Sie hielt den Atem an und spürte die drückende Stille, die unnatürlich wirkte, obwohl der Wind in den Bäumen säuselte und die Zweige knackten. Angst gab ihr das Gefühl, beobachtet zu werden, doch sie schüttelte es ab. Zwei Mal hatte sie hinter sich in den Wald gespäht und nur Baumstämme und Äste und deren Schatten entdeckt. Sie konzentrierte sich halb auf die dunkle Fassade des Hauses und halb auf die Campinglampen.

So gelangte sie auf die Höhe der Grube. Das Licht beschien die Ränder und zeigte, dass die Erde noch feucht war, die Grube aber so tief, dass sie den Grund nicht sehen konnte. Nach einem ängstlichen Blick über den Rasen wagte sie sich ein paar Schritte aus der Dunkelheit, um in die Grube zu spähen. Ihren Schrei konnte sie gerade noch mit dem Handrücken dämpfen. Ihr Herz, das schon hämmerte, seit sie an Reids eventuellem Grab vorbeigelaufen war, kam aus dem Takt und jagte ihr den Schrecken in sämtliche Glieder. Die Lampen zeigten ihr, was sie längst erwartet und was zur Vollständigkeit des makabren Tableaus noch gefehlt hatte.

Doch der Lampenschein bewirkte auch die Verengung ihrer Pupillen, sodass sie, als sie bei einem lauten Rascheln herumfuhr, nur schwarze Dunkelheit sah. Sie hörte das matte Klirren, als Eisen gegen Knochen prallte, sank aber bewusstlos zu Boden, bevor sie den Schlag spürte.

14

Die Dunkelheit war nicht so hinderlich wie das Unterholz. Der Wind in den Baumkronen brachte das Mondlicht zum Flimmern und erzeugte eine düstere alte Wochenschauszene. Ihm genügte dieses Licht. Die Ranken der Bodendecker jedoch brachten ihn ins Stolpern, sowie er zuversichtlich ausschreiten wollte. Wenn es in diesem Kriechtempo weiterginge, würden sie ihn schnappen, todsicher. Er hatte nicht die ganze Nacht Zeit, um zu erledigen, was getan werden musste, und wenn er sonst auch nicht fluchte, diesmal hätte er es angesichts der grünen Fallstricke fast getan.

Er hatte nichts auszusetzen an der Unterscheidung zwischen Recht und Unrecht. Er schätzte sie mehr als die meisten anderen, das stand fest. In der sechsten Klasse hatte er Greg Plumb den Rotz rausgeprügelt, weil er geflucht und schmutzige Dinge über Miss Averys Brust gesagt hatte. Meistens sah er sich am Sonntagmorgen die Prediger im Fernsehen an, um den Sonntag zu heiligen. Er hielt alten Leuten und schwangeren Damen immer die Tür auf, und er hatte noch nie ein Tier gequält, das nicht nach einer guten, kräftigen Fliegenklatsche verlangte. Was ihn allerdings auf die Palme brachte, war die schiere Dummheit der Leute, die nicht zugeben wollten, dass es ab und zu Umstände gab, wo ein Mann gar nicht anders konnte.

Zeigen Sie Boyd Montgomery einen Mann, der behauptet,

er könne ruhig bleiben, nachdem er gesehen hat, wie seine Frau unter dem Hosenstall eines anderen mit den Hüften wackelt, dann würde er Sie einen Lügner nennen. Zuerst glaubte er damals, es läge eine Frau auf Katielynn, die sie küsste und unter dem T-Shirt kitzelte, um sie zum Kichern zu bringen. Die weichen braunen Locken waren lang genug, um beide Gesichter zu verdecken. Sie vermischten sich mit Kates strohgeradem, strohblondem Haar auf der Bettdecke. Boyd rang einen Moment lang mit konfusen Urteilen, denn auch wenn er keine Untreue vonseiten seiner Frau tolerierte, hatte er doch oft die Leserbriefe vorne in den Nacktmagazinen gelesen, von Männern, die angeblich genau in so etwas reingeplatzt waren. So unnatürlich das war, er konnte nicht abstreiten, dass er bei diesen Geschichten immer ein bisschen vornübergebeugt von dem Zeitschriftenständer wegging, um die Wölbung unterhalb der Gürtelschnalle zu verbergen. Das Tittenheft ließ er dann in dem Autoblatt liegen, mit dem er es getarnt hatte. Diese ausführlichen Beschreibungen der Überraschung und genüsslichen Sünde verlockten ihn sehr, ein paar dieser Blättchen zu kaufen, aber Pornografie finanziell zu unterstützen war unmoralisch, und er hatte immer widerstanden.

Sowie die kitzelnde Hand unter Kates T-Shirt zum Vorschein kam, erkannte Boyd seinen Irrtum. Die Armbanduhr war die eines Mannes. Boyds Scham verwandelte sich mit dem steigenden Druck in seinen Boxershorts in regelrechte Schmach. Er hatte die festen Schultern nicht sofort als solche erkannt und nicht bemerkt, wie sehr sich der Oberkörper zu den Hüften verjüngte, die genau zwischen die seiner Frau passten. Dass er bei dem Anblick hart geworden war, ekelte ihn an.

Er zog sich erst mal hinter den Türrahmen zurück, um sich von dem Schreck zu erholen, während sein Ständer schrumpfte. Dann tat sich sein Abscheu mit der Wut zusammen, die langsam, aber unnachgiebig in ihm hochkam. Im Nachttisch lag eine geladene .357, aber er wollte nicht riskieren, dass ihm dieser Typ mit der Schwulenfrisur zuvorkam.

Er schlich den Flur entlang, ganz darauf konzentriert, beim Auftreten von der Ferse bis zu den Zehen abzurollen, und darum haute es ihn fast um, als er seinen Bruder sah. Bart stand im Wohnzimmer, wie immer traurig und verloren. Als das geisterhafte Bild nicht deutlicher wurde, erkannte er sein eigenes Spiegelbild im Glas des Waffenschranks. Es passierte ihm ab und zu, dass er nicht sich selbst sah, sondern eine Sekunde lang verwundert war, weil er zufällig und völlig überraschend seinem Zwillingsbruder begegnete.

Der Schreck hatte sein Blut mit Säure gewürzt, und jetzt musste er erst mal mit dem Zittern fertig werden, obwohl er vor einer Sekunde noch ruhig gewesen war, trotz seiner mächtigen Wut. Boyds Gefühle hinkten immer hinterher wie ein Drilling oder ein zweiter Schatten, quasi einen Schritt schräg hinter ihm. Er war ein entschieden kopfgesteuerter Mann, der immer wusste, was er dachte, der aber nie ganz mitbekam, was er fühlte. Es reichte nicht mal zu der Ahnung, dass sein konstanter Doppelbelichtungszustand nicht ganz normal sein könnte. Bestürzung und Überraschung und das schnulzige Mitleid bei traurigen Geschichten über Tiere schienen das Einzige zu sein, was bei ihm eine kurzzeitige Brücke vom Herzen zum Kopf schlagen konnte, und so bemerkte er bei sich den Wunsch, sein Bruder möge tatsächlich bei ihm sein und auf ihn einreden, damit er die Sache sein ließ. Barts langsamer Verstand und sein unbefangenes Lächeln besänftigten jede Heftigkeit, mit der die beiden Jungen je konfrontiert worden waren. In Barts sanfter Gesellschaft hatte selten jemand Ärger bekommen.

Sich Barts Einfluss vorzustellen war fast so gut, wie ihn tatsächlich bei sich zu haben, und Boyd überlegte, die andere Wange hinzuhalten. Schließlich war er ein guter Mensch, trank nur freitags und samstags und am 4. Juli, egal, auf welchen Tag der fiel. Er hatte Katielynn ganz ehrlich nur ein Mal geschlagen, und selbst sie hätte zugegeben, dass sie das verdient hatte. Er wusste, was er tun *sollte*. Er stellte sich vor, wie leid es Kate täte, wie hübsch sie aussah, wenn sie sich richtig ausgeheult hatte ...

Katielynns helles Lachen kappte den Einfluss seines Gewissens, und seine Wut kam doppelt so heiß wieder hoch. Das Gewehr lag schussbereit in seinen Händen, bevor das Lachen ganz verklungen war. Mit dem Überdenken war es endgültig vorbei, als ihm der nackte Hintern des anderen Mannes entgegenschien, der mit heruntergelassenen Hosen neben dem Bett stand, *neben Boyds Bett*. Das Hemd hatte er verführerisch hinter sich geworfen. Es lag dort, wo Boyd jetzt stand. Katielynn sah die Bewegung in der Tür und fuhr von ihrem Ausflug zum Unterleib des Hurensohnes hoch, und ehe Boyd wusste, was er tat, drückte er ab.

Die Kugel traf beide. Sie durchschlug den jungen Mann, machte ein sauberes, rot überquellendes Loch in seine Mitte, als er über seine jeansgefesselten Füße fiel, und erwischte Katielynn unterhalb des Schlüsselbeins. Sie riss die Augen auf und fasste sich an den wachsenden, warmen Fleck an ihrer Brust.

»Boyd!«, kreischte sie. »Boyd! Was soll die Scheiße?«

Die Respektlosigkeit traf ihn tief. So würde sie niemals mit ihm gesprochen haben. Sie hätte sich gehütet. Der Junge musste ein nichtsnutziger, kiffender Scheißkerl sein, dass er ihr solche Reden beibrachte. Sie wusste genau, was ihr Mann von ordinären Schlampen hielt.

»Reid! O mein Gott! Reid!« Sie langte nach dem Jungen – er sah so jung aus –, und sein Name hallte durch das Zimmer, *Boyds Schlafzimmer*, während sie um ihn jammerte. Darum schoss Boyd noch mal auf ihn. Mehr zufällig als absichtlich traf die Kugel die erste Schusswunde, doch der Kerl erstarrte unter dem Ruck und brach, die Arme flehend zu Katielynn ausgestreckt, zusammen.

»Boyd, nein! Oh Scheiße! Was hast du getan! Reid! O Gott! Boyd, hilf mir, du Scheißkerl!« Sie kroch auf allen vieren weg, während sie ihn um Hilfe anbettelte, aber ihre lahme linke Seite zog sie in einen kleinen Kreis, sodass er schließlich direkt vor ihr stand.

»Du bist wahnsinnig. Du bist wahnsinnig«, keuchte sie. Sie war bleich geworden, und sie starrten einander nieder, während am Blickfeldrand ihr nacktärschiger Casanova am Teppich zerrte und nach Luft schnappte wie ein gestrandeter Barsch.

Angeblich sieht man sein Leben noch einmal in Lichtgeschwindigkeit an sich vorbeiziehen, wenn man stirbt. Ob das nun zutrifft oder nicht, Boyd machte jedenfalls die Erfahrung, dass sich vor einem das gemeinsame Leben abspult, wenn derjenige, mit dem man es geteilt hat, von seiner Hand stirbt. Alles, was Katielynn versprochen und zu dem sie einfältig gelächelt hatte, blitzte bildhaft in ihm auf. Und es war alles eine große Lüge gewesen. In ihrem gemeinsamen Bett hatte sie die Schwüre beider lächerlich gemacht. Egal, was jemand anders dazu hätte sagen können oder wollen, er hatte sie wirklich geliebt, wenn auch mit Eifersucht. Aber Eifersucht ist wohl kaum ein Verbrechen. Seine Ansichten in dem Punkt hatte sie gekannt und sich trotzdem nicht entsprechend verhalten, was wohl kaum seine Schuld war. Sie litt schrecklich da unten auf dem Teppich, mit Feuer in den Augen und blutdurchnässt bis zum Bund des weißen Slips.

»Leck mich doch am Arsch, Boyd!«, waren ihre letzten Worte. Er setzte den Gewehrlauf an ihre Brust und drückte noch ein Mal ab. Im Zwinger bellten die Hunde wie verrückt, bis Boyd nach draußen rannte und ihnen befahl, still zu sein. Dann streichelte er ihnen die Ohren, während er angestrengt lauschte, ob in der Nachbarschaft Unruhe ausgebrochen war. Alles war ruhig. Es war Sonntag. Wer in der Nähe wohnte und sich wegen der Schüsse hätte sorgen können, saß sicherlich im Gottesdienst, und überhaupt hörte man am Wochenende oft genug Schüsse aus dem Wald, weil jemand Schießübungen veranstaltete. Darum störte sich niemand daran, solange man nicht zu früh damit anfing oder zu spät damit aufhörte.

Er war nicht stolz auf die ganze Sache, aber er bereute sie auch nicht. Niemand konnte erwarten, dass sich ein Mann anspucken ließ und es nicht wegwischte. Gesetze und Gebote waren eine gute Sache, und Kriminelle, die sie missachteten, waren schlimmer als tollwütige Tiere. Aber wenn es einer nicht geplant hatte und meistens anständig gewesen war und schändlich beleidigt wurde, während seine Frau in ihrer Unterwäsche dasaß und ihn beschimpfte, weil er einen Eindringling erschossen hatte, dann war das wohl kaum dasselbe, nicht wahr? Von treulosen Frauen und selbstsüchtigen hübschen Jüngelchen würde er sich verflucht noch mal – jawohl, verflucht noch mal – nicht demütigen lassen.

Boyd wälzte sich in seiner selbstgerechten Empörung, während er die Schweinerei beseitigte und die Dreckskarre von diesem Nichtsnutz versteckte. Seine Selbstentlastungslogik trieb ihm die Tränen in die Augen wie Kirchenchoräle und die Nationalhymne. Er hatte es nicht mit Vorsatz getan. Hätte geschworen, er sei nicht der Typ, bis es tatsächlich passierte. Und er war nicht gewillt, sich für den Rest seiner Tage mit Dieben und Gewalttätern einsperren zu lassen.

Es hatte lange nicht geregnet, und so waren die unkrautbewachsenen Blumenbeete vor dem Haus der einzige halbwegs weiche Boden, der sich aufgraben ließ. Boyd hatte nachts schon immer verblüffend gut sehen können. Der Halbmond gab reichlich Licht, und zwar mehr, als ihm lieb war, aber die Hunde patrouillierten am Grundstücksrand entlang, sodass er es frühzeitig erfahren würde, wenn sich jemand näherte. Die Nachbarn kamen sowieso nie herüber. Es schien, als wohnten an der ganzen Straße nur Leute, die er nie zu Gesicht bekam. Er sah nur ab und zu im Vorbeifahren ihre bunten Silhouetten, wenn sie gerade die Haustür zumachten oder den Rasen mähten.

Sie begrub er zuerst. Er schluchzte dabei und bettete ihren Kopf auf ein kleines Häkelkissen vom Sofa, ihr altes Babykissen, das ihre Oma gemacht und das Kate bei traurigen Filmen oder nach einem Streit in den Händen gerungen hatte. Der Kerl musste notgedrungen in das andere Beet. Boyd warf ihn hastig hinein mitsamt den Einkäufen, die er bei sich gehabt hatte. Hinterher streute er frischen Mulch obendrauf und sprach ein kurzes Gebet für Katielynn, aber auf diesen Reid und seine Erddecke spuckte er noch mal kräftig drauf. Dann gab er seine Enthaltsamkeit auf und war vier Tage lang sturzbetrunken. Wenn die Rührseligkeit am größten war, verstaute er Katielynns Sachen, bei denen er es nicht übers Herz brachte, sie wegzuwerfen, in diversen Verstecken im Haus in der Absicht, sie von Zeit zu Zeit zum Andenken an sie hervorholen zu können. Alles andere packte er in einen Koffer und den in den Kofferraum der Dreckskarre dieses Kerls, und als er wieder einigermaßen nüchtern war, fuhr er zu einem selten benutzten Kiesweg am Waldrand und verbrannte sie mit so viel Petroleum, dass es auch für die Polkappen gereicht hätte.

Boyd kam mit der Leere im Haus nicht besonders gut zurecht. Seltsamerweise konnte er im Schlafzimmer, wo alles passiert war, gut schlafen. Der graubraune Teppich war mit Seifenlauge und einem Nasssauger wieder gut sauber geworden, und das Bett hatte wie durch ein Wunder keinen Spritzer Blut abbekommen. Die vorspielbesudelte Tagesdecke hatte er in dem Wagen zusammen mit allem anderen, das ihn an die Szene erinnerte, verbrannt. Es gab noch genug andere Decken im Haus, sodass er die eine nicht vermisste.

Im Wohnzimmer jedoch fand er keine Ruhe mehr – das Zimmer strahlte eine Kälte aus, die nicht wetterbedingt war. Und nach jenem Tag schien der Waffenschrank neben dem Kamin sich nicht mehr richtig schließen zu lassen. Doch es war nicht Angst, was in ihm brodelte. Vielmehr ballte er unwillkürlich die Fäuste, sobald er in das Zimmer ging, und atmete angestrengt, als ob er die Luft durch einen Strohhalm saugte. Das war durchaus begreiflich. Im Wohnzimmer konnte er sie noch lachen hören, so klar wie an dem Tag, wo er dort stand und versuchte, sich von einer Gewalttat zurückzuhalten.

Und er wurde das Gefühl nicht los, dass das Wohnzimmer bei seiner Tat etwas von ihm aufgesaugt hatte und wieder über ihm ausgoss, sobald er sich dort ein paar Minuten aufhielt.

Während einer Depression, umnebelt von Alkohol, Pfefferminzkaugummi und kleinen hellgelben Oxycodon-Tabletten, die er bei Phil von nebenan bekam, trieb es ihn dazu, das Haus zu verkaufen. Phil, der Pharmazeut, führte ein recht harmloses Doppelleben, indem er Rezepte entgegennahm und ignorierte, dass es fotokopierte waren, solange man ein paar Scheine mehr über den Ladentisch schob. Er war im Grunde ungefährlich und kümmerte sich um seine Patienten, wie er sie nannte, indem er Valium oder Xanax oder Schmerztabletten in wohlwollenden, kleinen Mengen an sie abgab, womit er die Leute seiner Ansicht nach von der Straße und den harten Sachen fernhielt.

Phil hielt sehr viel davon, es jemandem, der eine harte Zeit durchmachte oder ein paar schlechte Tage hatte, ein bisschen leichter zu machen, ohne den ganzen bürokratischen Aufwand. Er selbst schluckte nichts, und da ihm die Leute nicht egal waren, hielt er ein wachsames Auge darauf, ob jemand seine Mildtätigkeit gefährlich oft in Anspruch nahm. Dazu ließ er seine Kunden bei allem, was ihnen heilig war, schwören, es seine Frau nicht merken zu lassen. Er liebte sie und ihre pausbäckige Kinderschar, und das auf eine so kitschige Art, dass Boyd ihm meistens eine reinhauen wollte.

Phils Sentimentalität inspirierte ihn allerdings zu der rührseligen Geschichte, Katielynn habe ihn wegen eines anderen verlassen. Diese Lüge (und sein Alibi) war das Kind einer Einschlafpille und eines Sixpacks Bier, das er sich ganz dreist an einem Donnerstagabend genehmigte. Sie reifte zu voller Größe auf Phils Veranda, kurz bevor Boyd sie dort ablud, als er mit den Hunden, dem Zwinger und allen Eheandenken, an die er sich noch erinnern konnte, aus der Stadt wegzog.

Irgendwann zog es ihn nach Stillwater zurück, wo es sich leichter lebte. Nachdem er quer durchs Land vor seiner Tat geflohen war, stellte er fest, dass es ihm in El Paso zu heiß war und es dort zu viele Latinos gab. Und obwohl er sich nicht für einen Mann hielt, der vor harter Arbeit zurückschreckte, fand er auch nichts dabei, wenn man sich mit etwas weniger Anstrengung durchs Leben schlug, vor allem, da er nur auf diese Weise für sich allein bleiben konnte.

Solange er um eine Mietzahlung herumkam, hatte er durch einen zehn Jahre alten Anspruch aus einer Arbeitsunfähigkeitsversicherung genügend Geld, um sich und seine Hunde zu ernähren, und es blieb noch so viel übrig, dass er seinen Kummer dämpfen konnte, da er sich inzwischen mit einem Whiskey-Rausch zurechtgefunden hatte und an dem damit verbundenen Trost hing. Sein Bruder Bart hatte dafür gesorgt, dass sein altes Kinderzimmer im einstigen Elternhaus immer für ihn hergerichtet war, und nahm ihn auf und die Hunde ebenfalls. Dann ging es mit Boyd bergab, bis er nur noch ein Schatten seiner selbst war. Die Freitage und Samstage verlor er aus den Augen, sodass er trank, bis ihm jeder Tag gleich vorkam.

Barts Tod war ein Schlag für ihn, aber auch ein Segen. Boyd hatte nie darüber nachgedacht, dass sein Bruder vielleicht ebenfalls ein Leben voller Hoffnungen, Sorgen und Enttäuschungen führte. Bart war schon eine ganze Weile schwermütig gewesen und hatte sich hängen lassen, war über die tägliche Schufterei verbittert, hatte auch nie Glück in der Liebe gehabt und sich darüber viel beklagt. Für Boyd war das alles nichts Besonderes gewesen, nicht wert, deswegen eine Träne zu vergießen, und das hatte er Bart oft genug gesagt. Als Boyd den Gewehrschuss hörte und losrannte, dachte er als Erstes, wie verdammt unangenehm das werden würde.

Doch nachdem er gründlich nachgedacht hatte, kam er zu dem Schluss, dass die einfachste Lösung manchmal die klügste war. Wenn er die Dinge so beibehielte und sich lediglich in Bart verwandelte und dessen Job kündigte, dann hätte er sich einen doppelten Puffer verschafft. In nüchternen Momenten hatte es an ihm genagt, dass er die Leichen nicht tiefer eingegraben hatte als einen Rosenbusch und dass das Haus an Gott weiß wen verkauft worden war. Bart konnte nichts mehr dagegen haben, also verbrannte Boyd den Abschiedsbrief und schrieb einen neuen auf seiner blutbespritzten Telefonrechnung, um ihn für alle Fälle in der Hinterhand zu haben. Er war traurig, weil es jetzt so still im Haus war, aber recht zufrieden mit seiner raffinierten Lösung.

Als Kinder hatten Boyd und Bart die umliegenden Wälder kartographiert. Auf die Idee kamen sie in der siebten Klasse nach einer Erdkundeaufgabe. Bis zu ihrem Schulabschluss hatten sie die Wälder rings um Stillwater maßstabsgerecht gezeichnet und in vier Dreiringordnern abgeheftet; für jede Himmelsrichtung gab es einen. Dadurch gelangten die Montgomery-Brüder schneller durch Unterholz und Gebüsch in die Stadt als ihre Mutter mit ihrem Honda, wenn an der Kreuzung Ledbetter-Route 10 die Ampel rot war.

Als Boyd nun die zweite Nacht bei Vollmond durch den Wald stapfte, regte er sich in einem fort darüber auf, dass ein Mann, der nie einen Cent Sozialhilfe in Anspruch genommen hatte, dafür bestraft werden sollte, dass er Geld ausgab, das der Staat höchst bereitwillig ausgezahlt hatte. Er hatte immer erwartet, man werde ihm im Falle der Entlarvung sagen, es würden nun keine Schecks mehr kommen. Aber ein Schwerverbrechen? Mit Gefängnis? Schöne Bescherung!

Dass er die Hunde verloren hatte, war wirklich ein Jammer. Da er nach Barts Tod viel Zeit gehabt hatte und Bart nicht mehr alle fünf Sekunden wegen ihres ungestümen Wesens zusammenschreckte, hatte er sie ausgebildet und in ihnen bessere Gefährten gehabt als in jedem zweibeinigen Wesen. Sie hatten ihm den Weg zur Hintertür gedeckt, und er war über eine halbe Meile weit gekommen, ehe einer der Bullen es riskiert hatte, zur Waffe zu greifen. Boyd hatte den Schuss gehört, aber kein Jaulen. Allerdings war er da zu weit weg gewesen, um sicher sein zu können.

Bei allem, was er inzwischen verloren hatte, war Boyd Montgomery nicht bereit, aufzugeben. Seit über vierundzwanzig Stunden hatte er nichts mehr gegessen, und seine Pisse war schon am Nachmittag dunkel und spärlich gewesen, doch sein schwächster Moment bislang lag Jahre zurück, nämlich als er sich im Wohnzimmer vor seinem Spiegelbild im Glas des Waffenschranks erschreckt hatte. Hätte er damals auf sein Gewissen gehört und nur gebrüllt oder geprügelt anstatt zu schießen, lägen die Dinge jetzt vielleicht anders. Aber das war lange her und ließ sich nicht mehr ändern.

Ihm hatten nicht mal die Hände gezittert, als er den beiden Polizisten, die plötzlich bei ihm aufkreuzten, einen Haufen Quatsch erzählte. Das verschaffte ihm etwas Zeit, bis sie Bart finden und erraten würden, wo Boyd war. Er würde Stillwater verlassen und woanders hingehen. Aber zuerst musste er durch Gestrüpp und Brombeeren, wie schon viele Male, und heute Nacht war es sogar heller als nötig. Nach einem Besuch bei seinem alten Nachbarn Phil würde er sich aus dem Staub machen.

Phil sammelte Autos. Er kaufte klapprige alte Modelle und brachte sie wieder zum Laufen, mitunter sogar zum Glänzen. Da würde er ihm sicher eins abgeben können, quasi zum Ausgleich für Boyds jahrelanges Schweigen. Boyd würde nett fragen, aber wenn das nichts brachte, dann wusste er auch, wo Phil das Schlüsselkästchen verwahrte. Der war ihm nun mal einen Gefallen schuldig, denn es war nicht richtig, was er in seiner Apotheke trieb. Und Boyd hatte schließlich nur eine Handvoll Pillen genommen.

15

Jason kam nach und nach zur Besinnung. Die traurige Tatsache war, dass auf dem Höhepunkt des Aufschwungs ein Funken Verstand wiederaufgeglommen hatte. Auf Urinstinkt geschaltet, hatte er nur »Eindringling!« registriert, und der Schwung des Spatens hatte mehr Kraft bewiesen als der Einfluss des Vielleicht-sollte-ich-besser-nicht. Es war ein blinder Impuls, die Wucht nicht abgemessen, aber der Sekundenbruchteil Überlegung, was er da im Begriff war zu tun, schwächte seine Hingabe beim Durchschwung. Der Schlag wurde nicht so hart, wie er hätte werden können, aber noch hart genug.

Seine Seele rastete in seinem Körper wieder ein, sowie die junge Frau ihren ungraziösen Aufprall auf dem Rasen vollendet hatte, doch währenddessen hatte sich sein Verstand unerlaubt entfernt. Seine Verankerung in der Zeit lockerte sich, und das Ausweichen seines Verstandes sah ein kleines bisschen nach Absicht aus. An dem gegenwärtigen Augenblick war einiges sonderbar und mit seinen Gedanken nicht übereinzubringen.

Jason lächelte liebevoll auf sie hinab. Er wusste, sie war müde gewesen. Er hatte sie immer wieder gefragt, ob alles in Ordnung sei, und sie hatte immer wieder mit Ja geantwortet. Sie sei nur müde, hatte sie gesagt, aber er verstand nicht, wieso seine Frau auf dem Rasen schlief. Und wieso sie einen Rock anhatte – bei ihrer Hochzeit und bei der ihrer Schwester hatte sie widerstrebend ein Kleid getragen, sonst immer nur Hosen. Und ihre Haare – sein Blick schweifte ab, denn die Haare waren ganz entschieden anders.

»Patty, steh auf, Dummerchen.« Es klang schrill und für seinen Geschmack ein bisschen zu sehr nach Bitten. Er räusperte sich. »Komm, Liebling. Es ist spät.« *(Was treibt sie dazu, auf dem Rasen zu schlafen?)* Seine Augen bewegten sich hin und her und wollten gar nicht hinsehen, denn wenn sie das taten, machte sein Magen vor Entsetzen einen Satz. Sein Blick konnte beliebig hin und her schnellen, aber seine Hände waren bleischwer und rührten sich nicht. Der Spaten rief sich immer wieder in Erinnerung, ein plumper Rettungsanker, der ihm zu entgleiten drohte. Er wollte nicht, dass er ihm aus der Hand fiel und Patty versehentlich traf, darum umklammerte er den Stiel, bis seine Knöchel weiß hervortraten.

Er hörte eine Stimme, seine eigene – aber ob er sie nur im Kopf oder mit den Ohren hörte, wusste er nicht. »Das war aus Versehen. Das zählt nicht.« Sosehr er es vermeiden wollte, sein Blick schweifte immer wieder zu ihren Haaren zurück und forderte quengelnd eine Erklärung. Patty hatte sie sich stets kastanienbraun gefärbt, aber hier hatte sie ein rotes Dreieck darin, das so sehr leuchtete, dass selbst das Gras rote Glanzlichter bekam. Und an ihrer Wange glänzten dünne Ausläufer davon. *Fast wie das Zeug von Harris an ...* Jason schüttelte sich, und das Grauen durchlief ihn zusammen mit der Erkenntnis, dass er eine blutige Wunde in den langen, honigbraunen Haaren sah – und dass die junge Frau vor seinen Füßen nicht die geringste Ähnlichkeit mit Patty hatte.

»O Gott.« Er stieß den Spaten in den Boden und beugte sich auf die Knie gestützt vornüber, versuchte an der Panik vorbeizuatmen, die ihm wie ein nasser Ziegel im Hals steckte. Er fuhr sich mit der – in Schmutz und sonnengelben Gummi gehüllten – Hand übers Gesicht. »Nein, nein, nein, nein. Das habe ich nicht mit Absicht getan. Das war ein Versehen.«

Er richtete sich auf und legte den Kopf in den Nacken, um den Himmel zu betrachten, ein Meer aus Saphir- und Kobaltblau und weißen Sternen, die in der Nähe des strahlenden Mondes verblassten. Er ließ kraftlos die Arme hängen. Die weinerliche Erkenntnis, was er verlieren könnte, schmerzte bis in die Knochen. Es war zwar nicht viel, aber eindeutig alles. Ein Zittern durchlief ihn und dazu der Gedanke, dass sich manche Ereignisse immer wieder von Neuem störend auswirkten. Das war nicht fair. Dieses Schmollen über die ungerechte Behandlung genügte, um eine erneute Zurückweisung der Fakten anzustoßen und die Logik hinter einem schützenden Schleier verschwinden zu lassen.

Da er ständig vergaß zu atmen oder fürchtete, ihm sei Atmen eingedenk der Umstände nicht mehr gestattet, machte der Schwindel seine Rationalisierungen erneut undeutlich. Jason neigte den schwindelnden Kopf mit ausdruckslosem Gesicht über die zusammengesackte Gestalt zu seinen Füßen. Er sah Weiß und Rot und Goldbraun, ein vages Oval, einen gemusterten Stoff, etwas Leder, ein bisschen Metall. Aber die Gleichung ging nicht auf. Er hatte Watte im Kopf und fühlte einen dämpfenden Druck auf den Ohren, als wären Tassen darübergestülpt. Sein Blickfeld war verschwommen, seine Lippen zitterten.

Aus diesem Zustand löste ihn eine plötzliche, zänkische Ermahnung, die ihm mit einem Ruck seine Absicht zu Bewusstsein brachte. Eine unangenehme Aufgabe war noch zu erledigen, und das zu tun war besser, als zusammenzuklappen – mal wieder. Was im Großen und Ganzen vorging, war ihm nicht klar, er wusste nur, er musste noch etwas zu Ende bringen. Bei der anderen Sache würde er improvisieren müssen. Das war nicht fair. Das zählte nicht.

Diesmal ließ sich Harris ganz leicht hochhieven, locker und schwer zwar, aber so kooperativ wie es sich von einem Kerl in seinem Zustand erwarten ließ. Jason schlug die Plane über ihrer nun zweifachen Beladung zusammen und schenkte dem Ganzen nur die nötigste Beachtung, um sich zu vergewissern, dass keine Anhängsel hervorlugten, die sich an irgendetwas verfangen konnten. Er packte die Enden mit den Fäusten und stellte fest, dass ihn die Küchenhandschuhe zwar nicht vor Ekel bewahrt hatten, aber die Plastikplane sich damit wenigstens gut greifen ließ. Gebückt spannte er die Arme an und stemmte sich nach hinten, wobei seine Füße Mühe hatten, unter ihm zu bleiben. Er hatte sich das nicht so schwer vorgestellt, aber nichts war so, wie er es sich vorgestellt hatte, und außerdem war er erschöpft, körperlich und seelisch. Der Schwung kam allein aus seinen Schultern, und jeder ruckhafte Stolperschritt zog seine Arme aus den Kugelgelenken und sandte Schmerzen in die Ellbogen. Als ihm mehrere stolperfreie Schritte gelangen, rutschte die Last leichter über den Boden. Das hohe Gras legte sich flach und bot eine Gleitfläche bis zum gemauerten Carport, in dem der Wagen stand. Er hatte den Kofferraum mit einer zweiten wasserdichten Plane und zusätzlich mit einer dicken Schicht alter Handtücher ausgelegt. Da würde gerade mal Harris mit Müh und Not hineinpassen, mehr nicht; wenn er seine Last überhaupt bis dahin schleppen konnte.

Er hatte den Rechen und Spaten weggestellt und die Lampen gelöscht, und da der Mond nicht mehr im optimalen Winkel schien, fühlte sich Jason in der Dunkelheit noch einsamer als vorher. Auch vertrautes Terrain kann im Halbdunkel trügerisch werden. Wenn man also bedenkt, dass es Jason ein Jahr lang meistens vermieden hatte, in den hinteren Garten zu schauen, und schon gar nicht bezüglich Höckern und Senken des Bodens auf dem Laufenden war, überrascht es nicht, dass er nach zwei Dritteln des Weges zum Carport von einer kleinen Bodenwelle umgerissen wurde. Er knallte aufs Steißbein, und seine Zähne schlugen mit der Zunge dazwischen aufeinander. Er jaulte mit zusammengekniffenen Lippen, und die Tränen liefen ihm aus den Augenwinkeln, aber er sprang auf, packte den Rand der Plane, und seine überbeanspruchte linke Hand gab ihm mit einem heftigen Krampf den Rest. Sachte löste er die einzelnen Finger mit der anderen Hand, trotzdem fuhr ihm der Schmerz durch die Knöchel.

Jason schluchzte in die Armbeuge. Seine Zunge schmerzte bis hinunter in den Rachen, und als der Schmerz nachließ, wurde Jason klar im Kopf und musste eine üble Erkenntnis schlucken: Wenn er sein Blut schmeckte, spürte, wie sich die heißen Muskeln im Handteller entkrampften, wenn er die Beine spreizen und die Knie durchdrücken konnte, um nicht hinzusinken, dann war das alles Wirklichkeit. Die Plane verdeckte nicht einen Haufen abstrakter Dinge, und der Gestank kam nicht aus einem besonders plastischen Albtraum. Seit seiner ersten Begegnung mit Harris hatte Jason sich in einen Anti-Midas verwandelt – was er anfasste, wurde zu Scheiße. Er musste schreien. Wie Lava stieg es aus der Lunge auf und drückte gegen seinen Kehlkopf, und solange er die Hoffnung, als freier Mann aus dieser Tortur herauszukommen, nicht aufgeben wollte, durfte er den Schrei nicht mitten in der Nacht in seinem Garten rauslassen.

Dann gab es da noch dieses andere Problem. Wut, Verzweiflung und Angst hatten schon den ganzen Abend in seinen Eingeweiden ein nasses, schweres Rumpeln erzeugt, das nun während der Pause drängender wurde. Jason biss bei einem neuen Bauchkrampf die Zähne zusammen. Sein Gesicht glühte in einsamer Demütigung. Der Krampf ging vorbei, hinterließ aber einen leisen Schmerz, den Vorboten eines Showdowns, den Jason mit Sicherheit verlieren würde. Damit würde er die Plane nicht mehr bis zum Wagen ziehen können, und schon gar nicht könnte er so lange einhalten, bis der Kofferraum beladen war. Jason riss sich die Handschuhe von den Fingern, schleuderte sie auf die Plane und stampfte ins Haus zu einem lächerlichen, die Realität zurückholenden Gang zur Toilette, nach welchem er das Gesicht in ein Kissen drückte und heulte wie Mrs. Truesdells Hund im Fangeisen.

»Ford Watts!«

Watts schnappte erschrocken nach Luft und inhalierte seine hereingeschmuggelten, zerkauten Chips, sodass er mit tränenden Augen hustete und spuckte. »Großer Gott, Margaret! Du hast mich zu Tode erschreckt.«

Tessa schnüffelte an der Küchenzeile entlang, um die Chipskrümel aufzuspüren, die er vor Schreck verstreut hatte.

»Sei froh, dass ich es bin und nicht der Doktor, der dich – womit erwischt?« Maggie sah mit hochgezogenen Brauen auf die Tüte. »Sour Cream and Onion? Also wirklich, Ford.«

»Ich hatte Hunger!«

»Dann iss Kichererbsenmus mit Möhrensticks. Oder einen Apfel. Oder das Vollkorn... Woher hast du die?« Sie knisterte mit der Folie der Chipstüte. Dann ließ sie die Schultern hängen. »Letztes Jahr wurde deine Tablettendosis zweimal erhöht...«

»Ich weiß. Ich weiß. Es tut mir leid.« Er legte ihr eine Hand auf die Schulter und zog mit der anderen den Zopf nach vorn. »Ich tu das nicht oft, ich schwöre.«

Sie drückte die Wange an seine Hand und machte einen hübschen, kecken Schmollmund, mit dem die Jahre von ihr abfielen. »Nein, nur, sobald ich das Haus verlassen habe.«

»Wie war denn der Mondscheinspaziergang der beiden Damen?«

Spöttisch schmunzelnd schüttelte sie seine Hände ab. »Nettes Ablenkungsmanöver.« Sie fegte Chipskrümel in die Hand und warf sie ins Spülbecken. »Du hättest mitgehen sollen. Es ist ein schöner Abend. Aber Tessa hat eine junge Frau zu Tode erschreckt, die im Park eingeschlafen war.«

»Im Park? Doch nicht etwa schon wieder die Tochter der Sifferts?«

»Nein, nein. Sie saß in ihrem Wagen. Ich kannte sie nicht.« Maggie räumte ganz nebenbei die Arbeitsplatte auf und wischte sie ab. Watts sah ihrem hin- und herschwingenden Zopf zu, der ihren Fleiß wie ein Metronom begleitete. Der Zauber der Ordnung, den seine Frau wirkte, legte einen alles mildernden Frieden über ihn. Schon immer, und er beruhigte besser als jedes Herzmedikament. Maggie schien nicht zu merken, dass sie herumwirtschaftete oder beobachtet wurde. »Es war ein kleines, zierliches Ding. Erst hielt ich sie für ein Kind, bis sie wach wurde.«

Das riss Watts aus seiner Verträumtheit. »Was für einen Wagen fuhr sie?«

»Einen kleinen blauen Spritsparer. Keine Ahnung. Mit einem Smiley an der Antenne. Wieso?«

»Hat sie was gesagt? Ging es ihr gut?«

Maggie zuckte die Achseln. »Ich hab ihr nur gesagt, dass sie dort nicht sicher ist. Sie sah ganz normal aus. Sie war freundlich. Sie wolle Zeit totschlagen, hat sie gesagt.«

»Wirklich? Und das ist nicht lange her?«

»Nein. Warum?«

»Ich habe heute mit einer kleinen Zierlichen gesprochen, die einen blauen Wagen fährt. Mit Smiley an der Antenne. Das war am frühen Nachmittag. Ich hätte erwartet, dass sie längst weg ist.« Er fuhr mit der Zunge an den Zähnen entlang. »Bleibst du noch auf, oder gehst du schlafen?«

»Ich treffe mich morgen früh mit Cyndi und helfe ihr beim Aufbau der Gartenschau. Also gehe ich schlafen.«

Watts knabberte am Daumennagel. »Ich muss noch mal ganz kurz weg.«

»Ford, es ist so spät.«

»Ich weiß, aber morgen habe ich frei. Da kann ich lange schlafen. Ich will nur mal kurz wo vorbeifahren.«

»Die Nachbarn werden denken, wir halten es nicht im selben Haus zusammen aus. Ich komme rein, und du gehst raus.«

Er zog sie an sich. »Die schlafen doch schon alle. Dein Ruf ist nicht gefährdet, Miss Margaret.« Er beugte sich hinunter, um sie zu küssen.

Sie gewährte ihm ein spitzes Küsschen. »Küss mich nicht. Du riechst nach Zwiebeln.« Sie schob ihn zur Tür. »Also beeil dich, damit du schnell wieder hier bist.«

Als Leah zu sich kam, fühlte sie sich wie tot. Die Stille rauschte in ihren Ohren, und in den Augenhöhlen schien sie Stacheln zu haben. Die linke Kopfseite fehlte anscheinend, fühlte sich an, als wäre sie rot und schwarz, und der Schmerz tropfte bis runter in den Kiefer, während die rechte Kopfhälfte leise davon widerhallte. Ihre Brust verlangte mehr Luft, als diese stechenden Japser einbrachten, und das war der erste Hinweis, dass sie vielleicht doch nicht das Zeitliche gesegnet hatte.

Sie drehte sich von der Seite auf den Rücken, und ein heftiger Stich durchfuhr die breiige Stelle am Kopf. Ihr wurde schlecht, und eine jähe Angst hämmerte in ihrer Brust, als sich eine Plane über ihr Gesicht legte und Mund und Nase blockierte. Dann drang der Gestank zu ihr und löste einen Nebel der Verwirrung aus. In einem Sommer hatte sich die Katze unbemerkt in die Garage begeben, um zu sterben. Später haftete der Gestank an jedem Stück Stoff und Plastik, das sich darin befand. Verwesung und Würmer und stinkender Glibber konnten nur Tod bedeuten. Doch wenn sie das denken konnte, konnte sie dann tot sein?

Sie schob die erstickende Plane beiseite und hielt sie vom Gesicht weg, um etwas zu sehen. Sie war blind. Sie sah nur Schwärze mit flimmernden violetten und gelben Lichtadern, die verblassten, wenn sie sie scharf stellen wollte. Erschrocken griff sie sich an die Augen, fürchtete plötzlich, sie könnten nicht mehr da sein, sie könnte nur die schleimigen Augenhöhlen vorfinden. Doch die Lider waren glatt und gewölbt, wie sie zu sein hatten. Und geschlossen. Sie schob sie auf und fragte sich trotzdem, ob sie nicht doch blind war.

Schwindel brachte die Welt ins Schwanken, und Leah warf

einen Arm zur Seite, um sich dagegen abzustützen. Ihr kam ein Überlebenstipp in den Sinn, den sie mal in einem Artikel übers Höhlenwandern gelesen hatte: Wenn man fiel und nicht mehr wusste, wo oben und unten war, sollte man spucken. Sie tat es und bekam einen Speichelregen auf die Wangen. Da kam sie sich blöd vor und wusste endlich genau, dass sie nicht tot war. Sie war ziemlich sicher, dass sie nicht in einer Höhle lag, aber das war auch schon alles.

Mit einer Hand hielt sie die Plane vom Gesicht weg, mit der anderen betastete sie sich, um sich zu vergewissern, wo es wehtat und dass sie nicht tot war, und befühlte dann die nähere Umgebung. Wo kam bloß dieser Gestank her? Ein ferner Ruf – *Nein, nicht!* – kam von einer verbannten Erinnerung, dass sie es besser wissen sollte, aber eine Sekunde zu spät.

Ihre Hand schloss sich um einen unregelmäßigen Zylinder mit einem feuchten Zeug darum, das sich zwischen ihren Fingern schmatzend bewegte. Dabei fiel ihr ein, wie sie mal mit zwölf Jahren ihre Cousine am nassen, kalten Unterarm aus dem Pool ziehen wollte und die kleine Göre sie packte und ins Wasser riss. Sie wäre fast ertrunken, und plötzlich fühlte sie sich wie damals, ruderte mit den Armen und versuchte, sich an ihrer Cousine festzuhalten *(Das ist nicht Allison, Leah, hör auf!)*.

Leah trat die Plane weg, und ein Schwall frischer Nachtluft holte sie in die Gegenwart. Mit weit aufgerissenen Augen atmete sie hastig durch. Das grelle Flimmern der Sterne schmerzte, und die Kälte stach ihr in die Schläfen. Sie machte die Augen zu und drehte sich weg von dem Schmerz an der linken Kopfseite und stieß gegen – ein Bild blitzte auf, wie sie am Rand einer Grube gestanden hatte, in der eine Leiche in erdiger Kleidung und glitschigem Plastik im Morast lag.

In der Hand hatte sie noch den *Stock – es ist ein Stock oder ein Knüppel oder der Hals von Reids Gitarre oder, o Gott, Leah, was ist es? ...* Sie hielt die Lider fest geschlossen und wünschte sich in den Todestraum zurück. Die psychedelischen Lichter flimmerten wieder in der Schwärze. Sie kniff die Augen fest zu, um sie nicht unwillkürlich aufzureißen, und verweigerte sich dem rasenden Drang, nachzusehen, was sie in der Hand hielt. Ein Windhauch wehte herüber und brachte einen stinkenden Dunst mit sich. Leah machte die Augen und dann den Mund auf und schrie.

16

»Wille und Weg, Boydie. Wille und Weg. Hast du das eine, hast du das andere. Wie bei Volltreffern und Butterblumen.« Boyds Mutter sagte das früher immer mit solch einem leuchtenden Blick, dass er nie richtig darüber nachdachte, wieso dieser Spruch eigentlich keinen Sinn ergab. Dass er von seinem bärbeißigen, ewig ironischen Großvater stammte, hätte ihm was sagen müssen. PapPap hatte von seiner mittleren Tochter nie viel gehalten, und auch nicht von ihren zwei identischen Hosenscheißern, vor allem nicht von dem sturen, mürrischen. Aber Shelley, Bart und Boyd deuteten alles um, so wie niedlich ursprünglich mal schielend und o-beinig bedeutet hatte. Und durch den ständigen falschen Gebrauch der Wörter wurden die Dinge zu etwas anderem. In diesem Fall war ein kleiner Unsinn zu ihrer persönlichen Leitlinie gediehen, zu einem Schlachtruf gegen die rauen Seiten des Lebens. Und Boyd besaß zweifellos genug von dem Volltreffer-Willen, um sich durch alles einen Weg zu bahnen, wie bisher auch.

Er war parallel zur Old Green Valley Road gelaufen und hatte das silberne Band mondbeschienenen Asphalts in einiger Entfernung schimmern sehen. Ab und zu hatte er zwischen den Bäumen hindurch nach Orientierungspunkten gespäht und war sich ganz sicher gewesen. Trotzdem kam er aus dem Wald und war verwirrt und hätte sich beinahe komplett vertan. Er sah sich noch mal ganz genau um und erkannte die Rückseite von Phils Haus, aber der große Hof, in dem immer mindestens vier Wagen gestanden hatten, war leer. Boyd schaute die Fenster entlang, die irgendwie verlassen wirkten, und überlegte, was er davon halten sollte. Der Rasen war gemäht, die Fensterläden glänzten frisch gestrichen im Mondschein, die … Boyds Blick glitt zu den Fenstern zurück. Hinter den einzelnen Spiegelungen lag einheitliche Finsternis, die sich ins Haus hinein fortsetzte. Er sah direkt hindurch bis zu der grauen Silhouette der Verandapfosten auf der Vorderseite des Hauses. Weder Vorhang noch Rouleau schützten vor fremden Einblicken. Das Haus stand leer.

Mit hastigen Blicken von Fenster zu Fenster bestätigte er seinen Eindruck, während sich seine Gedanken im Kreis drehten. Er hatte es schon beim ersten Fenster begriffen, aber sein grandioser Plan wimmerte noch um sein Leben. Alles, was er wollte, brauchte, *verdiente*, war ein Auto und vielleicht ein bisschen Bargeld und auf jeden Fall ein paar Stunden Vorsprung. Phil hatte genügend Autos und wahrscheinlich auch etwas Pillengeld. Darauf hatte Boyd gebaut. Er betete um eine Chance und verscheuchte das plötzliche Gefühl von Unredlichkeit, das in ihm stichelte, er möge sich mal ernsthaft überlegen, worum er da bat und warum er es vielleicht nicht verdient haben könnte.

An der Vorderseite des Hauses ergaben sich auch keine neuen Optionen. Dafür fand er ein Verkaufsschild im Rasen an der Straße, das es unnötig machte, noch weiter in die Fenster zu spähen. Auf einen Schlag war Boyd ratlos. Zwar kannte er die Wälder wie seine Westentasche, aber das brächte ihn nicht schnell genug aus der Stadt heraus, und er hatte schon zu viel kostbare Zeit auf seine grandiose Idee vergeudet, um sich jetzt noch etwas völlig Neues auszudenken.

Eine ganze Horde Schimpfwörter bäumte sich in seiner Kehle auf und zertrampelte ihm die Courage. Es flimmerte ihm vor den Augen vor lauter Panik, und er schnaufte wie eine beschleunigende Dampflok. Er hörte sich überlaut atmen und fühlte sich leicht im Kopf, als bekäme er Helium statt Sauerstoff.

Ich will nach Hause. Das Gejammer, das da verwirrenderweise in ihm aufstieg, hatte eine gewisse Ähnlichkeit mit einem Laut, den er gerade in der Nähe gehört hatte, einem leisen Laut, von dem er sich zunächst noch nicht ablenken ließ.

Über die Notwendigkeit, sich einen fahrbaren Untersatz zu besorgen, und den bequemen Umstand, dass Phil ihm einen Riesengefallen schuldete, hatte er nicht hinausgedacht. Er hatte sich nicht auf das Tauschgeschäft gefreut, aber Drogenschieber mussten mit Scherereien rechnen, und die hatte Phil sich gefälligst selbst zuzuschreiben. Doch jetzt, wo er sah, dass alles fehlgeschlagen war, schwenkte seine Aufmerksamkeit plötzlich zu den Bäumen zwischen den Grundstücken und dem Haus dahinter, das mal seins gewesen war. Dort könnte vielleicht ein Wagen für ihn stehen, oder wenigstens etwas anderes, das ihm die zündende Idee brächte. *Ich will nach Hause.* Bei dem Wort Zuhause hatte er immer an sein Elternhaus in Branson Heights gedacht. Was immer sich sonst noch darüber sagen ließe, dort war er zu dem geworden, der er war. Nur jetzt gerade wollte er nicht dorthin.

Den Verlust des Hauses in der Old Green Valley Road hatte er nur aus praktischen Gründen bedauert. Katielynn war so stolz auf ihr Heim gewesen, hatte ständig gestrichen und neue Vorhänge genäht und einen Wirbel darum gemacht, aber Boyd hatte, wenn er den Rasen mähte oder an den Rohrleitungen klempnerte, immer an ganz andere Dinge gedacht. Ein Dach über dem Kopf und einen Platz, an den er jederzeit zurückkehren konnte, mehr verlangte er nicht von einem Heim.

Doch jetzt sah er plötzlich Mamas Quilt anheimelnd auf dem brandneuen Sofa liegen, und Katielynns süßes Maisbrot – er konnte es riechen. Die Erinnerungen überschwemmten ihn förmlich: wie er sich mit den Welpen auf dem Teppich wälzte, mit Katielynn schlief, Gräber schaufelte. Er besann sich genüsslich auf seinen Mumm und sogar auf die süße Reue über das, was sie ihm angetan, was sie ihnen allen angetan hatte. Es reizte ihn, noch einmal an denselben Stellen zu stehen und Kraft aus seinem alten Leben (und ihrem Sterben) zu ziehen, aus dem Boden, der die Tatsachen – die ganze Wahrheit, nicht die rechtsrelevante Wahrheit – bezeugen konnte. Sie glomm auf und sprühte dann wie eine Zündschnur, wand sich durch die Dunkelheit auf das Haus zu und zog ihn mit. Nur mal kurz gucken. Nur noch ein Mal diese Stelle sehen.

Er schlich zurück zwischen die Bäume und hinüber zu dem dicht bewachsenen hinteren Rand seines alten Gartens.

Nur ein Mal hatte er sich dem Haus aus dieser Richtung genähert, durch das dichte Farngestrüpp und die hohen alten Bäume. Das war in der Nacht gewesen, als er von dem einsamen Kiesweg zurückkam, wo er die Karre von dieser dreckigen Schwuchtel mit Katielynns Sachen darin verbrannt hatte (und wie das Ding gebrannt hatte, gütiger Himmel, es hatte gar nicht aufhören wollen zu brennen).

Er war aus dem Haus gerannt, weg von dem Albtraum eines tiefen Nachmittagsschlafs. Sein Elan war schlichtweg Panik, aber er war sich nicht ganz sicher, ob er nicht an dem Kater sterben würde, mit dem er aufgewacht war. Sein Herz bebte jedes Mal, wenn er tief durchatmen wollte, und seine geschwollene Zunge schmeckte nach Moder. Seine Leber oder irgendwas anderes da unten pochte, aber gegen den Takt seines wummernden Schädels, in dem das Hirn bei jedem Herzschlag gegen die Schädeldecke hüpfte. Wahrscheinlich hatte er noch reichlich Restalkohol, aber sein plötzlich wiederkehrender Selbsterhaltungstrieb spornte ihn trotzdem an zu handeln.

Er nahm also drei Aspirin und trank eine Flasche Gatorade, aber in kleinen Schlucken, denn das Wasser, das er sich wie ein Verdurstender in den Rachen gekippt hatte, war ihm wieder hochgekommen.

Nachdem er wieder halbwegs nüchtern war, wurde er auf Katielynn noch mal richtig wütend. Er donnerte durchs Haus, schleuderte Fotorahmen, ihre T-Shirts und Unterhosen und ihre dämliche Snoopy-Zahnbürste in ihre geblümte Reisetasche und stopfte ihre übrigen Sachen in zwei Kopfkissenbezüge. Dann lud er Petroleum ins Auto. Eine Riesenmenge. Jeden Tropfen, den er auf Vorrat hatte. Es gab noch reichlich zu kaufen, und in den nächsten Monaten würde es bestimmt nicht kalt werden, also zum Teufel – jawohl, zum Teufel damit.

Auf dem Rückweg von dem Feuer fühlte er sich krank, weil er zu viel getrunken und zu wenig gegessen hatte, und beim Gedanken an sein leeres Haus fühlte er sich abwechselnd angezogen und abgestoßen.

Jetzt, über drei Jahre später, kämpfte er mit denselben Anziehungs- und Abstoßungskräften, wollte gleichzeitig zu Hause sein und nicht zu Hause sein. Die Anlage des Grundstücks rief in Boyd Erinnerungen wach, etwa wie bei anderen ein Geruch der Vergangenheit. Genau wie damals war er hungrig und durstig und aufgewühlt, und jeder Schritt vorwärts war wie ein Zeitsprung rückwärts. Mit seinem leicht schlurfenden Gang wühlte er die alten Laubschichten auf, die sich seit damals gebildet hatten. Er drehte sie frisch um und stellte sich vor, es wären die Blätter und Zweige von dem Sonntag damals, die er wieder unter den Sohlen hätte – *mein Gott, es sind dieselben Stiefel* –, sodass er, als er nah an die nun lichter werdenden Baumreihen gelangte, nicht genau hätte sagen können, wie lange es her war, seit er Katielynn erschossen hatte.

Ein schwacher Geruch wehte heran, und sofort schlug ihm das Herz bis in den Hals. Nur wenige Menschen haben das Glück, erwachsen zu werden, ohne den Geruch von verwesendem Fleisch kennenzulernen. Wenn er aus dem Kühlschrank kommt und an eine vergessene Stromrechnung erinnert, ist er bloß widerlich. Aber Boyd stand im Freien und wusste sofort, dass ganz in der Nähe ein Toter lag.

In dieser Nacht reichte der Gestank des Todes, damit Boyd kehrtmachte und wegrannte, ohne sich um das Risiko zu scheren. Doch der Laut, bei dem er in Phils Hof aufgemerkt hatte, wiederholte sich, diesmal deutlicher und unmissverständlich – da wimmerte jemand, eindeutig eine Frau. Es kam von einer dunklen, länglichen Erhebung auf dem Rasen, ein kleines Stück vor ihm auf halbem Weg zum Haus und direkt zwischen ihm und dem Mulchbeet, in dem er Katielynn begraben hatte.

Was er an geistiger Klarheit besessen hatte, ging flöten, und ein namenloses Grauen bemächtigte sich seiner. Es trieb ihn voran, während verzweifelte Überlegungen einen Wust an Erklärungen hervorbrachten, warum das Wimmern einer Verletzten zusammen mit Grabgestank in der Luft hing, und das nur ein paar Schritte von der Stelle entfernt, wo er seine ermordete Frau begraben hatte. Seine schöne Frau. Seine junge, süße, lachende, treulose Frau.

Boyd warf sich seitwärts in eine schmale Lücke zwischen zwei Sträuchern an der hinteren Schuppenwand. Eine Salve von Wenns und Abers prasselte gegen die hundertprozentige Gewissheit, dass Katielynn tot war, so tot wie nur was. Ob da vorn jemand stöhnte oder nicht – wozu sie ihn getrieben hatte, war ein für alle Mal geschehen, das ließ sich nicht mehr ändern, egal, wie sehr er sich das Gegenteil wünschte, wenn er in sein leeres Whiskeyglas starrte. Dass die Bullen bei ihm herumgestochert hatten, war Beweis genug. Sie war kalt und stumm, genau wie diese Drecksau von Liebhaber. Und außerdem war ihr Tod schon Jahre her. An dieser Tatsache hielt er eisern fest, während die Gewissheit, dass Katielynn unmöglich diese Laute von sich geben konnte, erneut mit einem Haufen Wenns torpediert wurde.

Boyd duckte sich zwischen die Büsche. Die kleineren Zweige knickten, die dickeren ziepten ihm an den Haaren, kratzten ihm über die Haut und rächten sich damit für die zerstörten Frühlingsknospen. Boyd hielt den Atem an und bewegte keinen

Muskel. Nur die heftig pochende Ader an der Schläfe drückte die Haut gegen einen abgeknickten Zweig. Während er weiterhorchte, ging er seine Möglichkeiten durch. Er konnte wegbleiben oder hinrennen. Die beiden Sträucher umschlossen ihn, verdichteten die Dunkelheit und machten die Luft stickig.

Es gab nur zwei Dinge, die Boyd Montgomery hilflos machen konnten. Ein tiefer Abgrund und Enge. Er stemmte sich gegen den Drang, ins Freie zu brechen. Sein Körper vibrierte von dem plötzlichen, dummen Verlangen, sich aufzurichten, aus dem Grün zu springen und in der Freiheit Purzelbäume zu schlagen. Seine Vernunft argumentierte ohne Zögern für das genaue Gegenteil – an Ort und Stelle abzuwarten, bis sich von selbst zeigte, was da auf dem Rasen lag, und keinen Mucks von sich zu geben, selbst wenn es bis Sonnenaufgang dauerte. Bei der Debatte wurde ihm schwindlig. Ein Blatt oder ein Krabbeltier kitzelte Boyd am Ohr und reizte ihn, es wegzuschlagen und anzuschreien. Seine Selbstbeherrschung wurde ihm zur Zwangsjacke.

Vielleicht hatte es da jemand auf ihn abgesehen. Die Bullen hatten womöglich geahnt, dass er käme, und ihm eine Falle gestellt. Boyd schob sich zwischen den Büschen hervor. Die Zweige kämmten ihm ziepend die Haare, dass es ihm die Tränen in die Augen trieb. Er drückte sich gegen die Schuppenwand und wagte einen Blick um die Ecke. Von der Erhebung auf dem Rasen drang ein spitzer, gedämpfter Schrei zu ihm herüber, der an den tobenden Gegner seiner Vernunft appellierte. Boyd drückte sich wieder flach gegen die Holzwand und kniff die Augen zusammen, um sich gegen das Albtraumbild abzuschotten. Das mussten die Bullen sein. Bitte, lieber Gott, das war die einzig mögliche Erklärung. Oder es war eine Ausgeburt der Hölle, der die Gründe seiner Tat egal waren. Die gekommen war, um ihn abzufangen, hier, wo es passiert war, und auf ihn wartete, um sich auf seine Seele zu stürzen.

Er beugte sich vor, um einen zweiten Blick zu riskieren, aber ein Stück zu weit diesmal, sodass er aus der Deckung stolperte. Er griff nach einem Halt, erwischte die lose Schließe des offenen Schuppenriegels, die aber natürlich nicht taugte, um sich daran abzufangen. Polternd und scheppernd kippte ihm der Stiel eines Spatens auf die Zehen. Der Lärm machte der Heimlichkeit ein Ende und öffnete zugleich die Käfigtür seiner Rücksichtslosigkeit. Er schwenkte den Spaten über die Schulter und ging damit zu dem murmelnden Bündel.

Das drehte sich und buckelte, während er sich näherte. Zehn Schritte davor sah er, dass sich da etwas unter einer alten Zeltplane bewegte, etwas so Gewöhnliches, so Diesseitiges, dass er wieder klarer denken konnte. Seine Füße allerdings machten von diesem Vorteil keinen Gebrauch und trieben ihn einfach weiter voran.

Nach acht der zehn verbliebenen Schritte verpufften seine Überlegungen mit dem letzten Atemstoß, zu dem seine Lunge fähig war. Die Plane raschelte und flog am hinteren Ende auseinander.

Augenblicklich dachte er, dass er es lieber mit der Polizei aufnehmen würde; er war überzeugt, *dieses* Szenario habe eine Pforte geöffnet und er blicke tatsächlich auf einen Höllenschrecken, der mit allem spielte, was ihn ekelte. Zwei Gestalten kamen mit dem Hauch der Verwesung zum Vorschein – die eine dunkel und still, ein Mann, dessen Gesicht noch in seiner zerrissenen Verpackung steckte, und eine bleiche Frau, die von Boyd abgewandt lag und an ihren grausigen Geliebten heranrückte. Ein sonderbares Glucksen kam aus ihrer Kehle und vereinigte sich in seinem Kopf mit dem unanständigen Kichern Katielynns.

17

Die meisten Albträume bleiben aufgrund ihrer Unwahrscheinlichkeit im eigenen Reich eingesperrt. Der Schläfer quält sich durch Treibsand in einem Gruselkabinett voller Unsinn und Horrorkrempel. Doch alles ist gleich besser, sobald die Nachttischlampe brennt, denn die Wirklichkeit, und sei sie noch so schlimm, ist leicht vom nächtlichen Grauen zu unterscheiden. Außer bei dem Traum, in dem man vergeblich zu schreien versucht. Da ist beides haargenau gleich.

Leahs Stimmbänder strengten sich an, doch der Schrei blieb in zäher Angst stecken und erstickte. Sie brachte ein Zischen zustande, dann ein Wimmern. Und wie in jenem Traum war dieser Laut noch unheimlicher als das, was ihn auslöste. Das Ding neben ihr war nichts weiter als eine Biologielektion.

Das Betttuch war zur Seite gerutscht, die Plastikfolie aufgerissen. Bleiche Rippen lugten durch eine matschige Lücke, und ein Stück Schlüsselbein ihres Planengenossen verriet die Rückenlage, aber der Kopf war zum Glück in der Umhüllung geblieben. Leah hielt noch immer den Unterarm in seinem dunklen Schlick fest, der sich inzwischen warm anfühlte. Sie riss die Hand weg und spreizte die Finger, um das Zeug nicht noch mehr fühlen zu müssen.

Sie drehte sich auf Hände und Knie, und der rasche Perspektivwechsel wirkte sich verheerend aus: In ihrer Kopfwunde pochte es doppelt so schnell, und ein Blick nach vorn kurbelte den

Schwindel erst richtig an – zu einem einzigen Wirbel aus Haus, Wald, Leiche, Mond, Sternen, Wipfeln. Sie wischte die schleimige Hand im Gras ab und hielt sie flach am Boden, um nicht zu kippen, während sie sich auf die Unterschenkel kauerte. Mit der anderen Hand hielt sie ihren Kopf zusammen und winselte, als der Puls in der Beule, die sie berührte, lauter wurde. Ihr Herz schwirrte, und ihr wurde grau vor Augen, aber sie brachte sich wackelnd auf die Füße, wenn auch nur für drei Sekunden. Ein zitternder Schritt, und ihre Beine zeigten ihre geleeartige Beschaffenheit. Leah sank ins Gras. Wimmernd schlug sie auf den Boden und biss die Zähne zusammen. Sie schaukelte auf allen vieren, und ohne abzuwarten, bis das Karussell abbremste, startete sie einen Versuch, der nicht nur in den Anfängen stecken blieb, sondern sie auch noch auf den Rücken warf. Mit den Schultern stieß sie gegen ein matschiges Etwas, und ihr Kopf schmiegte sich in einen behaglichen Winkel. Plastikfolie raschelte an ihren Ohren. Sie verdrehte die Augen, um zu sehen, was sie bereits wusste: Die restliche Umhüllung war beiseitegerutscht, und sie lag Wange an Wange mit dem bleich grinsenden Horror.

Jason nahm das Handtuch vom Gesicht und horchte angestrengt. Er dachte, er hätte sich inzwischen daran gewöhnt, sein Herz im Rachen zu schmecken, denn da war es wieder: metallisch, warm und Übelkeit erregend. Frische Schweißperlen bildeten sich zwischen den Stoppeln über der Oberlippe. Und wieder hörte er durch das gekippte Fenster das tiefe, anhaltende Stöhnen. Diesmal war es lauter und klang noch grausiger. Es war jedoch die lethargische Pause vor dem nächsten Stöhnen, die von Neuem wässrige Wärme in seinen Eingeweiden auslöste. Vor seinem geistigen Auge sah er nur den stöhnenden Harris, wie er mit der Plastikfolie über dem Kopf, das Leichentuch hinter sich herziehend, durch die Terrassentür hereintaumelte.

Er überlegte, sich in der Toilette einzuschließen und bis zehntausend zu zählen, aber was noch grausiger war als der Gedanke, sehen zu müssen, was im Garten stöhnte, war die verstohlene Stille, wenn dieses Etwas da draußen schwieg.

Jason schlich zurück an das schmale Fenster über der Kommode. Zuvor hatte er sich fast den Hals verrenkt, weil er über seinem Porzellansitz bleiben und gleichzeitig die planenbedeckte Erhebung auf dem Rasen beobachten wollte. Er war nur kurz vom Fenster weggegangen, um sich die Hände zu waschen und kaltes Wasser ins Gesicht zu klatschen. Jetzt schob er den Vorhang mit einem Finger beiseite, um mit einem Auge durch den Spalt zu spähen, und sein Herz, das die ganze Nacht wie verrückt gehämmert hatte, blieb stehen.

Das Schuldgefühl trägt Laufschuhe. Egal ob beim Sprint, Marathon oder Querfeldeinlauf. Es ermüdet nie und holt einen immer ein, und es trägt einen Vorschlaghammer. Vom Garten bis zu Jasons Badezimmer war es für den fürchterlichen Reflex nur ein Sprung, und dass Jason nicht mal auf den Gedanken gekommen war, die junge Frau könnte noch am Leben sein, machte den Schlag umso heftiger. Die Erleichterung, nicht auch noch einen wildfremden Menschen getötet zu haben, wurde von neuer Angst überschattet: Wie sollte er das alles einem lebenden Menschen erklären?

Doch ein neues Ereignis belebte die Szene im Garten und verwies das soeben aufgetauchte Problem auf den zweiten Platz auf dem Podest der preisgekrönten Katastrophen. Jason blinzelte und hielt den Atem an. Das war schlichtweg unmöglich.

Ihm war mal als Teenager der Wagen vor der Bibliothek gestohlen worden. Er ging damals zu der Stelle am Bordstein, wo er ihn abgestellt hatte, und starrte wie vor den Kopf geschlagen auf den schwarzen Asphalt. Sein Gehirn legte immer wieder die

Karte mit dem kleinen roten Viertürer vor ihm ab und versuchte sie mit dem Bild des leeren Parkplatzes in Übereinstimmung zu bringen, aber ein geisterhafter Game-Show-Buzzer erklärte den Spielzug beharrlich für fehlgeschlagen. Und jetzt war es wieder genauso: Seine Sinne stellten lauter unerfreuliche Dinge fest, aber sein Gehirn bot statt einer Erklärung nur leere weiße Spruchbänder. Die Dringlichkeit der Sache flößte ihm flüsternd eine kalte Klarheit ein; diesmal konnte er nicht bloß dastehen und sich ärgern.

Schwer atmend und mit rudernden Armen kämpfte sie sich vom Boden hoch und strahlte ein solches Entsetzen aus, dass er es körperlich spürte. Aber viel, viel schlimmer als das war der Neuling auf der Bühne. Hinter ihr stand ein Mann. Es war nicht Harris, Gott sei Dank. Das wäre als Einziges noch schrecklicher gewesen. Dieser Mann war zum Glück groß, blond und trocken. Und von irgendwoher kam er ihm bekannt vor. Der Mann trug Jasons Spaten über der Schulter und stand genau in der richtigen Zwei-Schritt-Anlauf-Position, um der Frau den Schädel einzuschlagen.

Gleich würde er sie umbringen, oder sie würde ihn bemerken und herumfahren. So oder so standen die Chancen gut, dass sie mit einem Mordsschrei die Nachbarn weckte oder, Gott bewahre, die Toten. Ihre Angst und Schutzlosigkeit durchdrangen die Hauswand und Jasons Zögerlichkeit, und er war zur Tür hinaus, bevor er einen Plan hatte, der auf einen guten Ausgang hoffen ließ.

Boyd konnte sich nicht rühren, abgesehen von dem Zittern in seinen erhobenen Armen und den Händen, die den Spaten hielten. Die junge Frau war erst rückwärts, dann vorwärts über die Zeltplane gestolpert, ohne auch nur einen Blick in seine Richtung zu werfen. Was sie da tat, war nicht zu seinem Nutzen, aber glücklicherweise auch nicht zu seinem Verderben. Bevor er jedoch zu einer Vermutung kam, was eigentlich vor sich ging, drehte sie den Kopf und fing seinen Blick auf. Sie war umhergetorkelt, als wäre der Boden mit öligen Murmeln bedeckt, und am Ende hingefallen, sodass sie Wange an Wange mit dem nass glänzenden Totenkopf lag, der bei dem ganzen Gewühl aus der Plastikfolie zum Vorschein gekommen war.

Als sie Boyd schließlich ansah, wurde er durch das nackte Entsetzen in ihrem Blick an seine bedrohliche Pose erinnert, und im selben Moment kam von rechts ein barsches »He! Nicht!«. Ehe Boyd sich entscheiden konnte, wie er sich verhalten sollte, stieß ihn jemand im vollen Lauf zu Boden. Im Fallen traf ihn der Spaten mindestens drei Mal am Kopf, wobei ihm die scharfe Kante am Ende der Augenbraue eine Kerbe schlug. Der harte Quergriff bohrte sich in seine Hüfte, als er den Spaten unter sich begrub.

Der Fremde landete halb auf Boyd, sodass er den Quergriff ein zweites Mal zu spüren bekam, und der Schmerz traf die Entscheidung – Boyd hatte die Schnauze voll. Die ersten Leute, mit denen er zu tun bekam, seit die Bullen in seine Küche gekommen waren, machten ihm genau solche Scherereien wie diese, wenn nicht schlimmere. Kein Geist, keine Dämonen trieben Scherze mit seiner Schuld. Nur zwei hinderliche, lärmende, herumstolpernde Idioten, die eigentlich im Bett liegen sollten. Ein Faden Blut rann ihm um die äußersten Wimpern herum ins Auge, worauf das andere aus Mitgefühl auch nass wurde. Er hob die Hand, um Blut und Tränen wegzuwischen, doch der Mann auf ihm schlug ihm den Arm nieder und drückte ihn an den Boden.

»Weg! Weg!«, rief er der jungen Frau zu, die wie angewurzelt auf der Plane bei der Leiche stand.

Ihre bleiche Haut leuchtete durch Schmutz und Blut. »O Gott, ist das Reid?«

Der Name brachte Boyds Verstand zum Schwirren, und er vergaß, sich zu wehren. »Was sagen Sie da?«

»Ist er's?« Sie fuhr sich mit dem Handrücken an den Mund und schüttelte von der anderen Hand etwas ab. Ihr zittriger Atemstoß drohte in einen Zusammenbruch zu münden. »Ist das Reid? Wieso ist er noch hier? Ich dachte, sie hätten ihn weggebracht. Sie haben ihn hier draußen liegen lassen? Auf dem Rasen, um Himmels willen?«

Boyd fühlte die alte schwelende Scham aus der Schulzeit in sich brennen. Fast immer hatte er die richtige Antwort irgendwo im Kopf gehabt, war aber nie darauf gekommen und hatte nie die Hand heben können, sodass sich ein anderes Kind den goldenen Stern, den Platz im Team, das Lächeln des gescheiten Mädchens in der Klasse verdiente.

»Was für eine Schweinerei ist das hier?«, brummte er durch die zusammengebissenen Zähne. »Ist Katielynn auch hier? Was haben die gemacht? Wo ist sie?«

Mit angehaltenem Atem verfolgte Jason, wie die Frau hinter ihm und der drahtige Mann unter ihm das Bild in sich aufnahmen, das ihn zu paranoider Einsamkeit getrieben hatte. Wie immer die beiden es interpretierten, Harris lebte nur in Jasons Kopf, seit sich der Scheißkerl an ihm vorbei ins Haus gedrängt und es schlaff im Leichentuch hinten raus verlassen hatte. Aber die Welt drehte sich weiter. Der Boden tat sich nicht rumpelnd auf und verschluckte Jason. Und diese Erkenntnis durchfuhr ihn siedend heiß – er war noch da. Und zur Abwechslung war er mal nicht der Einzige, der nichts begriff.

»Ihr habt sie ja nicht mehr alle, Leute.« Der blonde Mann stieß Jason mit der Kraft der Empörung von sich runter. »Ihr könnt diesen *Reid*, dieses nichtsnutzige Stück Scheiße, rumliegen lassen, wo ihr wollt. Aber ihr dürft nicht Katielynn im Freien lassen, wo Gott weiß was an sie rankann. Wo ist sie?«

Bei einem Keuchlaut der Frau hielten sie allesamt inne. »O mein Gott! Ich habe Sie gesehen! Auf dem Foto. Er ist es. Sie haben mir gesagt, er ist tot. Aber er ist es.«

»Wer?«, fragte Jason.

»Hauen Sie ab!«, rief sie aus. »Er hat sie umgebracht. Er hat sie beide umgebracht!«

Die Worte »abhauen« und »umbringen« und ein hysterischer Ton drangen in Hi-Fi-Qualität in Jasons Ohren, als hätte das nicht schon den ganzen Abend auf dem Programm gestanden und wäre kein fester Bestandteil der Woche gewesen. Auf ihren Zuruf krabbelte er hastig auf sie zu, und dabei dämmerte es ihm. Er klaubte die Schüsselwörter aus dem Strom des allenthalben strapazierten Bewusstseins. Die Stichworte *junge Frau* und *blonder Kerl* bekamen die richtigen Namensschilder – die Verlobte, Leah Tamblin, und der verfluchte Boyd Montgomery. Das war es, wo er ihn schon mal gesehen hatte: auf dem Foto aus Bayards Ermittlungsakte.

»Moment!« Montgomery krallte einen Arm um Jason. »Ich will Ihnen nichts tun. Ich will nur Ihre Wagenschlüssel, das ist alles.«

Jason hatte nie sonderlich an seinem Wagen gehangen, aber bei dem Gedanken, ohne ihn dazustehen und Harris nicht wegschaffen oder aus der Stadt abhauen zu können, was mit jedem Augenblick notwendiger zu werden schien, leistete er einen stillen Eid: Er würde lieber sterbend die Schlüssel von Montgomerys Fingern baumeln sehen, als sie ihm kampflos zu überlassen. Er machte einen ganz beachtlichen Aufwärtssprung, der aber nicht ganz reichte, sodass Montgomery hochfuhr und sich auf ihn stürzte, bevor Jason zwei Schritte weit gekommen war.

Sie rangen auf einem kleinen Fleck, traten Soden aus dem Gras und trampelten einander die Füße blau, bis sie über einen glitschigen Zipfel der Plane stolperten. Jason erlebte einen kurzen Triumph, als Montgomery das Gleichgewicht verlor. Die Schadenfreude verging aber nach einer halben Sekunde, als er erkannte, was den Fall verursacht hatte, und zusammen mit Montgomery stürzte. Da war nicht genügend feste Masse, um *auf*

Harris zu landen, und darum war das Finale eher ein spritzender Sprung in ihn hinein.

Zum ersten Mal in dieser Nacht schien der Vorteil auf Jasons Seite zu sein. Denn er war mit dem Geräusch, dem Gestank und der Glitschigkeit schon vertraut. Obwohl also die Leichenbrühe in seine Kleider drang, war der Horror daran größtenteils verschwendet. Boyd jedoch krümmte sich und würgte und stieß kleine abgehackte Japser aus bei seiner nassen Rutschpartie durch die Mitte. Harris' Knochen brachen unter ihm, und was aufgeweicht gewesen war, wurde bei dem anschließenden Gerangel zu einheitlichem Brei vermanscht.

Jason kletterte über seinen Gegner und gelangte beinahe außer Reichweite, doch eine wild um sich schlagende Hand verhakte sich mit einem Fingerglied in Jasons Gürtelschlaufe und hielt ihn unerbittlich fest. Boyd zog Jason zu sich herunter, aber der war ihm um einen Schrecken voraus und darum stärker. Er stieß den Ellbogen gegen Boyds Kehlkopf, wand sich frei und rannte auf das Haus zu, so schnell ihn seine Gummibeine trugen, fasste Leah, die versteinert zugesehen hatte, und zog sie mit sich.

Boyd hatte es von anderen gehört und auch selbst schon mal gesagt, dass einem die Haare zu Berge stehen, aber jetzt war klar, dass er eigentlich nicht gewusst hatte, wovon er da sprach. Er hatte Spritzer des Hirns seines Zwillingsbruders mit dem Küchenmesser vom Ventilator gekratzt, und es hatte ihn nicht so gegraust wie jetzt in seinem alten Garten. Er hatte eine kalte stinkende Brühe in den Haaren, und sein Kragen war davon nass und strich ihm ebenso kalt über die Nackenhaut.

Nach dem Schlag an die Kehle lernte er ganz neue Schmerzen kennen, als er bei jedem Brechreiz trocken würgte und gleichzeitig nach Atem rang. Was sich unter seinem Brustbein abspielte, sollte reichen, um es zu brechen, doch er musste Schmerzen und

Befremden beiseiteschieben und einen Sprint hinlegen, notfalls ohne Atemluft. Jetzt war keine Zeit, um sich zu pflegen. Er musste rennen, um abhauen zu können.

Er hatte seinen Marsch durch den Wald nicht als Rückzug betrachtet. Selbst als er seinen Hunden Zeichen gegeben hatte, damit sie die Bullen aufhielten, hatte er lediglich an »weiterziehen« gedacht. In wenigen Augenblicken würden diese beiden Idioten, die gerade ins Haus getorkelt waren, seine Chance, von hier wegzukommen, ehe die Bullen seinen Trick durchschauten, endgültig zunichtemachen.

Boyd trachtete nicht danach, anderen zu schaden, obgleich er das gewiss getan hatte. Egal, was hier passiert war, oder eigentlich auch woanders, niemand konnte behaupten, dass er mal jemandem in die Quere gekommen war, der sich ihm nicht in den Weg gestellt hatte. Insofern war er keiner, mit dem man sich anlegte. Was immer diese beiden Schwachköpfe mitten in der Nacht draußen zu suchen hatten, und das ausgerechnet in der Nacht, wo er sich hier was besorgen musste, er konnte nichts dafür. Man konnte ihm nicht anlasten, was er nicht beabsichtigt hatte.

Einer der beiden musste ein fahrtüchtiges Auto haben, und er wollte hinterm Steuer sitzen, bevor er in eine ausweglose Situation mit den Gesetzeshütern käme und dann auf seine Liste von Gründen angewiesen wäre. So schön und wahr diese Gründe waren, sie reichten vielleicht nicht, um am Leben zu bleiben.

Im Laufen schnappte er sich den Spaten und zertrümmerte mit einem kräftigen Schlag den Verteilerkasten an der Hausseite. Ein kurzer Funkenregen und eine schmerzhafte Erschütterung in den Handknochen, und das Haus war von der Elektrizität abgeschnitten. Die stille Nacht würde still bleiben.

18

Der Drang, abzuhauen, wurde stärker und machte Jason kribbelig. Es juckte ihn unter den Fußsohlen, und das beste Mittel dagegen war der Tritt auf harten Asphalt oder besser noch der Tritt aufs Gaspedal. Wenn er geradewegs weiterliefe, könnte er es bis zur Vordertür schaffen. Er wünschte sich eine Wand von Bäumen neben dem Außenspiegel. Er wollte nichts weiter hören als das Säuseln des Fahrtwinds auf der Windschutzscheibe und sicher sein, dass er sich mit jeder Drehung der Räder weiter von der Katastrophe entfernte. Doch so weit war er noch nicht.

Leah hing an seinem Arm und zerrte plötzlich daran, sodass er stehen bleiben musste, noch ehe sie aus der Küche heraus waren.

»Wo ist Ihr Telefon?«, fragte sie flehend. »Wir müssen Hilfe holen. Er wollte mich da draußen erschlagen.«

Die Erkenntnis, die während des Gerangels um den Spaten aufgeblitzt war, fiel ihm jetzt wieder ein. Die Frau, der er eins übergezogen hatte, hatte nicht vor *ihm* Angst, und Harris in seiner stinkenden Pracht war noch nicht als neues Problem erkannt. Noch wusste es keiner. Jasons Chancen sanken zwar gerade rapide, es war aber noch kein völliger Einbruch. Die Polizei zu rufen kam jedenfalls nicht infrage.

»Macht nichts. Einfach weiterlaufen.« Da das der Selbstberuhigung gedient hatte, war ihm nicht bewusst, dass er laut gesprochen hatte, doch sie antwortete.

»Wie bitte? Was meinen Sie? Haben Sie die Polizei schon gerufen?«

Jason zuckte zusammen. Sein Moment des Begreifens hatte der Frau natürlich nichts genützt. Sie bohrte fordernd die Finger in seinen Arm. Er griff sich eine Reihe wahrer Worte heraus, ohne sie zu meinen, und füllte damit die Stille. »Sie heißen Leah, nicht wahr? Ich bin Jason. Es ist okay. Die Polizei ist hier gewesen und wird wiederkommen.«

Ein Schlag an der Hauswand schaltete das Küchenlicht aus. Es war so still, als hätte man die Stecker gezogen. Das elektrische Hintergrundsummen verstummte. Der Lüfter des Computers blieb stehen, der Kühlschrank setzte aus, das Gebläse der Klimaanlage hielt den Atem an, und die Schwärze des Raumes legte sich bleischwer über Jason und Leah.

Während Jason einfiel, dass er den Riegel vorgelegt hatte, und Leah ein »O Gott!« verschluckte, verging das bisschen nutzbare Zeit zwischen dem Schlag gegen die Hauswand und dem ersten Schlag gegen die Küchentür. Der Messingriegel selbst war stabil, riss aber beim zweiten Tritt mit den Schrauben aus dem Türrahmen. Die Tür sprang auf, prallte von dem Gummistopper zurück und haute Boyd Montgomery, der nach drinnen stürmen wollte, gegen das zersplitterte Holz des Rahmens.

Jason hatte sich viele Male einen Feigling genannt und manchmal sogar heftig. Er wusste gar nicht mehr, wie oft er es schon bedauert und immer wieder abgehakt hatte, was ihn seine Schissigkeit im Lauf der Jahre gekostet hatte. In diesem Fall jedoch konnte er nichts dafür. Er hätte sie nicht mit Absicht im Stich gelassen, um sich einen Vorsprung zu verschaffen, hätte sie nicht als Bremsschwelle dagelassen, um Boyd Montgomery aufzuhalten. Jason hatte selbstverständlich geglaubt, sie werde angesichts eines wütenden, blutbeschmierten Einbrechers – der ihren Verlobten ermordet und ihr, wie sie glaubte, den Spaten über den Schädel gezogen hatte – mit ihm mitrennen.

Die Überraschung bannte Leah und Boyd an ihren jeweiligen Platz. Sie hatte gespürt, dass neben ihr plötzlich keiner mehr war, weil es da ein bisschen kühler wurde. Jason hatte sie im Stich gelassen. Sie prallte an dem Gedanken ab wie an einem gesperrten Drehkreuz. Er hatte sie zurückgelassen, allein und als Hindernis für einen Mann, der bereits bewiesen hatte, dass er fähig war, ihr den Kopf einzuschlagen. Sie starrte den Kerl nieder, mit ihren torpedierenden Gedanken als einziger Waffe. Der Bann brach bei beiden gleichzeitig, und sie tanzten den Supermarktgang-Twostep: beide gleichzeitig zur einen Seite, stopp, ein Sprung zur anderen Seite, stopp. So traten sie einander ständig in den Weg.

»Jetzt mal halt«, sagte er, anstatt den nächsten Tanzschritt nach rechts zu machen. Das war Leahs Gelegenheit, das synchrone Hin und Her endgültig zu beenden. Sie huschte an ihm vorbei und brachte den Küchentisch zwischen sie.

»Ich will nur ein Auto«, sagte er. »Das ist alles. Ich schwöre.«

Ein flackerndes Grau trübte ihren Blickfeldrand, und Leah presste die Lippen zusammen, um nicht zu schluchzen. Das Geschützfeuer in ihrer Brust war bis unter die Schädeldecke zu spüren, und ihre Beine zitterten, als wäre es wirklich das Beste für sie, sich mal zu setzen, doch stattdessen hielt sie sich nur an der Rückenlehne des Stuhls fest.

Sie konnte sich ums Verrecken, und das schien ihr kurz bevorzustehen, nicht an den Moment erinnern, als sie zuletzt im Wagen gesessen hatte, und es war ihr unerklärlich, wie es dazu kam, dass sie verzweifelt um einen völlig fremden Küchentisch herumrannte. Ihr schlotterten die Knie, und alles stank nach Verwesung und lenkte sie ab, während sie im Geiste versuchte, sich auf sich selbst zu besinnen, auf ihren Namen, ihre Adresse, ihre Arbeitsstelle, ihren Tagesablauf. Sie erinnerte sich an den Besuch bei dem großen Kriminalbeamten und an die erste Fahrt zu dem Haus an der Old Green Valley Road. Dann war sie noch mal hingefahren, um Reid nachträglich die letzte Ehre zu erweisen. Reid. Die Welt und der ganze traurige Zustand ihres Lebens rückten mit alter Schärfe in den Blickpunkt. Unwillkürlich schlug sie sich die Hand so vor den Mund, dass sie die Zähne schmerzhaft an den Lippen spürte.

Boyd Montgomery sah ihr verzweifeltes Gesicht und streckte die Hand nach ihr aus. »Aber nicht doch! Ich will Ihnen doch nichts tun.«

Leah zapfte eine letzte Kraftreserve an und wich blitzschnell aus, aber nach nur zwei Schritten rückwärts stieß sie mit den Waden gegen einen Stuhl, noch dazu auf engem Raum. Sie ruderte vergeblich mit den Armen, als die Beine unter ihr nachgaben, kippte mitsamt dem Stuhl um und brach eines der dünnen Holzbeine ab.

Montgomery hastete um den Tisch herum. Leah packte das Stuhlbein, schwang es gegen ihn und ritzte ihn mit dem gesplitterten Ende an der Wange. »Zurück!«

Er stolperte rückwärts und fing sich.

Sie kam wieder auf die Beine, stützte sich gegen den Fensterrahmen und drohte mit dem stachligen Holz. »Ich mein's ernst. Kommen Sie nicht näher!«

»Geben Sie mir einfach Ihre Wagenschlüssel, dann verschwinde ich. Ich will Ihnen gar nichts tun. Ehrlich.«

Sie klopfte ihre leeren Taschen nach dem Schlüssel ab und suchte in nebliger Vergangenheit nach einem Anhaltspunkt, wo sie ihn verloren haben könnte. »Sie haben mir schon was getan, Sie gottverdammter Scheißkerl«, erwiderte sie aggressiv, aber ihr Waffenarm zitterte.

»Komm mir nicht mit Schimpfworten, du kleines ...« Er lief nach rechts, um sie hinter dem Tisch hervorzutreiben, aber sie war schneller und lief durch die Esszimmertür, ehe er sie erwischen konnte.

Diese Flitzerei konnte sie immer nur für ein paar Schritte

durchhalten. Der Schmerz an der Seite ihres Kopfs gab ihr ein bisschen Schlagseite, und nur weil der Mond durch die Vorderfenster schien, wurde die Dunkelheit im Haus zu einem navigierbaren Grau. Sie hielt das Stuhlbein fest und nah am Körper.

Ihr Blick fiel durchs Esszimmerfenster und beschleunigte ihren Puls. Ihr Wagen. Er stand vor dem Haus, unbeschädigt und, wie ihr jetzt einfiel, mit dem Schlüssel im Zündschloss. Sie überlegte und verwarf den Gedanken, aus dem Fenster zu springen, wo sie wahrscheinlich halb drinnen, halb draußen hängen bliebe und dem Kerl dann hilflos ausgeliefert wäre. Stattdessen schob sie sich langsam auf den Durchgang zum Flur zu und spürte ihren hämmernden Puls in jeder Zelle.

Sie schaute nach links in den Flur. Jason war nirgends zu sehen. Die Hintertür lockte. Die war näher als gedacht, aber solange sie nicht wusste, wo Montgomery war, traute sie sich nicht, hinzurennen. Gegenüber lag ein weiteres Zimmer in tiefer Dunkelheit. Und zur Rechten, gerade mal vier Schritte entfernt, war die Vordertür, an der die Kette vorgelegt war. Wenn sie die Zeit hätte, die zu lösen ...

»Ich will nur von hier weg.« Montgomery kam aus dem Halbdunkel im Durchgang zwischen Küche und Esszimmer. »Also seien Sie ein braves Mädchen, legen Sie das Stuhlbein weg und helfen Sie mir dabei.« Das war die Wortwahl milder Vernunft und der Ton zähneknirschender Frustration. Seine Körperhaltung dagegen war die eines Linebackers: die Arme angewinkelt zum Fangen, die Beine auf dem Sprung, loszurennen. Leah glaubte keine Sekunde, er wäre nicht wütend genug, um zu vollenden, was er mit dem Spaten begonnen hatte. Endlich fand sie die Stimme wieder und schrie aus vollem Hals. Dann sauste sie über den Flur. Drei Schritte später stieß sie sich die Schienbeine an einem niedrigen Tisch und stürzte auf den Teppich. Das Stuhlbein fiel ihr aus der Hand.

Ein Schatten am Blickfeldrand löste sich aus dem Dunkeln,

stürmte auf sie zu, und ehe sie aufschreien konnte, legte sich eine warme Hand über ihren Mund.

»Schsch«, machte Jason. »Wo ist er?«

Boyd stellten sich die Nackenhaare auf angesichts dieser Beleidigung. In seinem eigenen Haus behindert und beschimpft zu werden – wieder mal – das war zu viel.

»Hören Sie mir doch mal zu!« Mit jedem Wort wurde er lauter, während er den Flur im Lauf nahm. Zum Wohnzimmer hin wurde er langsamer. Der Raum hielt seinen kalten Atem an, wie an dem Tag, als er im Zorn nach dem Gewehr griff.

»Herrgott noch mal!«, brüllte er. »Es wird Ihnen nicht gefallen, wenn ich Sie über den Haufen rennen muss, um mir die Schlüssel selbst zu holen.« Boyd zählte im Stillen bis drei. Dann holte er Luft und stampfte mit geballten Fäusten in den Raum.

Jason kauerte in der dunklen Ecke neben dem Sofa und tastete den Teppich nach der verlorenen Waffe ab. Leah blieb dicht bei ihm und hielt sich an seinem freien Arm fest, als drohte vor ihr ein Abgrund.

»Und nicht, dass ich euch nicht sehen könnte, ihr Dummerchen.«

Jason schoss hinter seiner Couch hervor. Es war unglaublich, aber er fühlte heiße Verlegenheit in sich aufsteigen, als er das stachlige Stuhlbein, das ihm jetzt schon unzureichend vorkam, abwehrend vor sich hielt. Er zog Leah am Ärmel hoch und schob sie auf das Arbeitszimmer zu, das er im Rücken hatte. »Los! Da rein!«

Inzwischen hatte sie sich mehr an das Halbdunkel gewöhnt. Sie schlich durch eine offene Glastür in ein kleines Zimmer und wollte Jason mitziehen.

Boyds Zurückhaltung löste sich auf der Schwelle in Luft auf. Mit stampfenden Schritten ging er zur hinteren Ecke des Zimmers und schlug mit seinen langen Armen nach der abgebrochenen Lanze. Er erwischte die stechende Hand und quetschte Jasons Finger an dem Holz, ehe er es ihm abnahm. Mit der anderen Hand packte er ihn vorn am Hemd und riss die Faust bis zum Kinn hoch.

»Die Schlüssel!«

»Jason, geben Sie sie ihm einfach«, flehte Leah.

»Geben Sie ihm doch Ihre!«, erwiderte Jason gequetscht.

»Meine stecken im Wagen!«, jammerte sie.

Boyd stieß Jason weg und rannte zur Haustür. Er war gerade erst im Flur und fragte sich, ob das Wohnzimmer vielleicht doch nicht durch seine Stimmung, sondern selbst bösartig war, als im perfidesten Moment genau das passierte, was ihm noch gefehlt hatte.

Boyd war um die Ecke gebogen und lief ihm genau in den Weg. *So schnell? Wie kann er so schnell da hingekommen sein?* Der große Mann kam von der anderen Seite um die Ecke, die Arme ausgestreckt, um ihn zu schnappen. Boyd bremste und wollte kehrtmachen, hatte aber zu viel Schwung dafür. Er wollte dem Mann ganz ehrlich nichts tun, war aber auch nicht bereit, sich schnappen zu lassen. Abwehrend stieß er die Arme nach vorn mitsamt der hölzernen Verlängerung.

Es gab einen kurzen Widerstand, dann drang das stachlige Ende in den weichen Bauch. Nach kurzer Reibung in der anderen Richtung kam das Stuhlbein frei. Die zwei Männer taumelten auseinander. Die Hände des Mannes landeten schwer auf Boyds Schultern, und rangelnd taumelten sie aus dem dunklen Türdurchgang. Er war so viel größer, als Boyd gedacht hatte, und so schwer, als er an Boyds Armen zog, um sein Gleichgewicht wiederzufinden. Dabei gaben seine Beine nach, und er brachte sie beide auf die Knie. Selbst jetzt noch war er größer als Boyd, und Boyd hob den Kopf, um dem Mann ins Gesicht zu sehen. Sie kippten durch einen Streifen Mondlicht zu Boden. Das Stuhlbein fiel Boyd aus den tauben Fingern.

»O mein Gott, was haben Sie getan?« Jason lief aus dem Arbeitszimmer.

Am Rand des schwachen Lichts, das durch die Fenster fiel, lag Ford Watts auf dem Rücken im Flur von Jason Gettys Haus – das einmal Boyd Montgomery gehört hatte –, und sein Blut mischte sich mit den Blutspuren der drei, die vor ihm dort gestorben waren.

19

Mit den Unterschieden ist es wie mit Splittern: die kleinsten sind oft die schärfsten. Jason hatte einen Mord begangen, aber da er in dem Augenblick durch Harris geblendet war, hatte er die Tötung eines Menschen noch nicht richtig erlebt. Jetzt aber sah er aus der Mitte der vordersten Reihe und in 3-D den großen Detective fallen.

Montgomery, der noch auf Knien war, drehte sich hastig von Watts weg. Das stachlige Ende des Stuhlbeins glänzte lediglich dunkel, aber Jasons Gehirn schrie »rot«. Jason erinnerte sich, wie er in den ersten Sekunden nach seiner Tat den Himmel angefleht hatte, es ungeschehen zu machen. Jetzt beobachtete er Montgomerys Gesicht, um zu sehen, wie so eine Gefühlsregung aussah. Doch was sich da erkennen ließ, konnte Entsetzen oder Reue oder einfach nur zurückgehaltene Wut sein. Das war schwer zu sagen, was wiederum keine gute Nachricht war. Darum beschloss er, sich lieber zu entfernen, doch seine Füße spielten dabei nicht mit.

Dann fragte er sich mit rein sachlicher Neugier, wie viele Leute wohl ums Leben kamen, weil sie sich nicht bewegen konnten, obwohl sie es besser täten. Seine Gedanken kamen nicht weiter als seine Füße, und die gingen von selber nirgendwohin. Man sollte meinen, dass dieser innere Konflikt in ihm kreischte wie ein ausverkauftes Theater, in dem es brennt, doch er blieb stumpfsinnig wie jemand, der langweiliges Essen in sich reinschaufelt, obwohl er schon satt ist.

Ein elektronisches Surren und die blechernen, aber unheildrohenden ersten Takte von Beethovens Fünfter ertönten im Flur. Jason schrie auf. Montgomery fuhr zusammen und kippte aus der Hocke, während Leah kreischte und Jasons Arm packte, um ihn wegzuziehen. Sie hatten fast die Küche erreicht, als Jason endlich begriff, dass da ein Handy klingelte.

Das löste eine Assoziationskette aus: klingelndes Telefon, Telefonanruf, Hilfe rufen, helfen – der jungen Frau ins Krankenhaus helfen, Detective Bayard beim Lösen des Falles helfen, Jason Getty in einen orangefarbenen Overall und dann in eine Gefängniszelle helfen.

Die Hintertür lockte. Sein Wagen stand fahrbereit im Carport. Es war Zeit zu fliehen.

Boyd kam taumelnd vom Boden hoch und rannte hinterher. Die Unterzuckerung machte sich durch ein blendendes Feuerwerk vor den Augen bemerkbar, und der Boden schwankte bei jedem Schritt. Die Vernunft forderte lauthals Zeit zum Nachdenken, und es kribbelte ihm in den Fäusten vor Wut, aber eine flimmernde Schwärze verengte bereits sein Blickfeld.

»Fall jetzt bloß nicht in Ohnmacht«, murmelte er zu sich selbst, als er in die Küche kam. Ihm fiel das baumelnde Vorhängeschloss am offenen Riegel des Schuppens ein, und er sah die Chance, die beiden Arschgeigen – *oh ja, so weit haben sie mich schon gebracht, dass ich solche Wörter benutze* – hineinzuscheuchen und einzuschließen, damit sie ihm nicht noch mal in die Quere kämen. Auf der Türschwelle kam sein Wille wieder zu Kräften, und Boyd startete durch.

Jason rannte schneller und trittsicherer als Leah mit ihrer Gehirnerschütterung. Auf dem Weg nach draußen musste er sie zweimal am Ellbogen abfangen. Zuerst war sie neben ihm, dann einen Schritt hinter ihm – hätte er schwören können –, doch als er Montgomerys polternde Schritte auf den Verandadielen hörte, merkte er, dass er sie wieder verloren hatte.

Jason blickte über die Schulter und sah sie näher bei Montgomery als bei sich. Wie war das passiert? Er rannte zurück, um sie zu holen, vermaß die beiden Entfernungen bei jedem Schritt neu und hoffte, die Mathematik stünde auf ihrer Seite. Aber vergebens.

Montgomery hielt ihr den Mund zu und hob sie vom Boden hoch. »Keinen Mucks!«, drohte er Jason mit gesenkter Stimme. »Sonst tue ich ihr weh. Ich will es nicht, aber bei Gott, ich tu's.« Leah war so klein, dass er sie mit einem Arm hochhalten und dabei die freie Hand heben konnte, vermutlich zu Gott. »Und ich tu ihr noch mehr an, wenn Sie jetzt nicht sofort zum Schuppen gehen und sich hineinbegeben.« Damit entlockte er Leah ein ersticktes Quieken, hob sie aber noch höher, um Jason zu zeigen, wie leicht das für ihn war. »Sofort, hab ich gesagt«, fauchte Montgomery.

Als Jason an Splatter-Harris vorbei war, drehte er sich um und hob beschwichtigend die Hände. Er konnte sie nicht einfach bei Montgomery lassen und in den Schuppen gehen wie ein gescholtener Hund in seinen Zwinger. Irgendwann würde er befreit werden, wahrscheinlich von den Bullen, und direkt in eine Zelle marschieren.

»Okay, warten Sie mal kurz«, sagte Jason.

»Bleiben Sie ja nicht stehen«, drohte Montgomery.

Erschrocken stellte Jason fest, dass er ganz gewandt lügen konnte, sobald er einmal damit angefangen hatte. Wenn das Risiko hoch genug war, reizte das offenbar den tief verborgenen Spieler in ihm. Er blickte eindringlich in Leahs angstgeweitete

Augen und nickte ihr unauffällig, aber ermutigend zu. Dann senkte er die Stimme, damit sein Gesprächspartner das auch tat.

»Ist das wirklich Ihre Frau da hinten? Mir wurde gesagt, sie ist es«, flüsterte er, den Blick fest auf Montgomery geheftet, um zu sehen, wie er reagieren würde. »Haben Sie es wirklich so gemacht, wie behauptet wird?«

»Nein. Das ist nicht sie.«

»Ja? Ich meine, wer tut so was? Seine Frau erschießen, im eigenen Haus?«

»Schnauze! Ich hab gesagt, das ist sie nicht. Sie wissen gar nichts über mich. Und guck mal da, da drüben ist ein Loch, das ich nicht mal kenne. Aber egal, ich werde Sie beide in den Schuppen einschließen, und ich schwöre auf die Bibel, dass ich Ihnen nichts tue. Ich muss nur von hier weg.«

»Na, ich weiß ja nicht«, sagte Jason kopfschüttelnd und sah ihm direkt in die Augen. »Haben sie Katielynn auch einen Deal angeboten? Hatte sie eine Chance? Hat sie Ihnen geglaubt und getan, was Sie verlangt haben? Oder haben Sie gleich drauflosgeballert? Sind Sie darum noch mal hergekommen?«

Montgomery brüllte auf und holte aus, mit mehr Wut als Vorsicht.

Die Vibration des Aufschreis kitzelte Leah im Rücken. Sie hämmerte mit den Absätzen gegen seine Schienbeine und wand sich los.

»Oh nein, kommt nicht infrage«, sagte Montgomery, und das war an beide gerichtet. Er stellte Leah ein Bein und stoppte Jasons Angriff mit der Faust. Der Hieb saß. Jason taumelte stumm glotzend rückwärts und versuchte, trotz des paralysierten Solarplexus Luft zu bekommen.

Montgomery griff um Leahs Rippen, um sie besser packen zu können, und riss sie zurück, aber diesmal wehrte sie sich fauchend und zappelnd, anstatt sich benommen zu fügen.

»Arschloch! Schweinehund!« Leah schlug mit ihren Fingernägeln nach seinem Gesicht, doch er hielt sie von sich weg. Sie griff zu kurz und verpasste ihm lediglich einen kurzen Kratzer am Hals, dann erwischte sie hauptsächlich dreckigen Kragen, dann Hemd, dann Knöpfe, dann Luft. »Reid!«, schluchzte sie.

Montgomery griff ihr über dem Nacken in die Haare. »Worüber jaulen Sie? Er war mit *meiner Frau* zusammen!« Er riss sie näher an sich heran und knurrte an ihrem Gesicht: »Er war nicht mal die Kugeln wert, mit denen ich ihn umgelegt habe.«

Leahs Augen blitzten auf und entfachten in Montgomery grausame Belustigung. Er schüttelte ihren Kopf, dass ihr die Zähne aufeinanderschlugen. »Ha! Und vor allem – Sie wissen es. Ja, garantiert, stimmt's nicht, Kleine?« Er gab ihrem Kopf einen neuen Ruck.

In einem Moment der Erkenntnis trafen sich die Blicke von Leah und Reids Mörder. In Leahs Augen flimmerten ein Teil Hass, drei Teile Trauer und eine Prise Schmach, während die kleine, schäbige Wahrheit brennende Tränen hervortrieb.

»Zum Teufel mit Ihnen.« Sie war in keiner idealen Kampfposition, trat aber trotzdem zu.

Montgomery, der sich einfach nicht merken konnte, wie viele dieser »Kleinen« er schon unterschätzt hatte, bekam einen Tritt in die Weichteile, einen Streifschuss mit der Absatzseite, bei dem er hart in die Knie ging und Leah losließ.

Jason, der in dem Moment wieder Luft in die Lunge bekam, stolperte hinter ihr her. »Nein, warten Sie! Moment«, keuchte er.

Sie verschwand im Haus. Jason stürmte Sekunden nach ihr hinein. Er drückte die Tür in den ramponierten Rahmen und schob oben den Sicherheitsriegel vor. Nach Thriller-Maßstäben hätte der ihm jetzt mindestens drei Mal aus den zitternden Fingern gleiten müssen, tat er aber nicht. Jason holte Leah im Flur ein.

»Sie müssen zu Ihrem Wagen rennen«, sagte er.

»Nein, Jason, bitte. Bitte lassen Sie mich nicht allein. Er ist da draußen. Er hat Reid umgebracht. Er hat Detective Watts umgebracht. Ich schaffe das nicht. Er wird mich kriegen.«

»Doch, Sie schaffen das. Er ist allein, und wir sind zu zweit, falls er überhaupt noch draußen ist. Wenn alles frei ist, rennen Sie zum Auto und schließen sich darin ein. Ich bleibe vor dem Haus und halte ihn auf. Fahren Sie langsam. Sie werden es schaffen.«

»O Gott.«

»Los, gehen wir.«

Leah hätte als Erste eingeräumt, dass sie unter Verlassensängsten litt, aber die allgemein menschliche Furcht, den Freund oder die Zustimmung der Eltern oder den Arbeitsplatz oder den gesellschaftlichen Status zu verlieren, ist nichts im Vergleich zu dem fundamentalen Schrecken, den jemand durchmacht, wenn der letzte Mensch, der einen vor dem eigenen Mörder schützen kann, sich außer Reichweite begibt. Doch sie widersprach nicht. Sie nickte nur und lief neben Jason her in der Absicht, ihn auf keinen Fall weiter als eine Armlänge von sich wegzulassen.

Sie kann es schaffen. Natürlich kann sie es schaffen. Jasons Erleichterung über Leahs Irrtum, was den Verursacher ihrer Kopfwunde betraf, hatte sich inzwischen in Luft aufgelöst. Wenn er sie ansah, kam er sich jedes Mal schlechter vor. Ihre Haare waren blutig und verklebt. Im linken Augenwinkel waren die Äderchen geplatzt, und die Tränen hatten auf den schmutzigen Wangen glänzende Spuren hinterlassen. Jason war harmlos, trotz aller scheußlichen Beweise des Gegenteils. Er verhielt sich gegen seinen Nächsten zutiefst gewaltlos.

Und jetzt hatte er vor, sie im Stich zu lassen. Eine leise Scham stieg in ihm auf. Aber in ihrem Wagen steckte der Zündschlüssel. Sie würde es schaffen. Sie verließ sich darauf, dass er Hilfe holte, weil das für anständige Leute selbstverständlich war. Er hingegen würde auch ihre Anständigkeit ausnutzen müssen, um sich Spielraum zu verschaffen.

»Es tut mir leid«, sagte er.

»Was?«, flüsterte sie.

»Alles.«

»Wir werden doch durchkommen, ja?«

»Für Sie wird alles gut.« Er glaubte daran. Dabei war Glauben nicht erforderlich. Denn er war sich dessen sicher, als wäre es irgendwo in einem parallelen Zeitstrang schon passiert. Um Leah zu schützen und sich zu erlauben, was er vorhatte, versetzte er sie in sein zukünftiges Gedächtnis, wo ihm ihr Gesicht hin und wieder in den Sinn käme. *Ich frage mich, wie es ihr geht, ob sie Albträume hat, ob sie mal an mich denkt ...* Sie würde wegfahren, sich eine Packung Eis an den Kopf halten und allen ihren Lieben eine haarsträubende Geschichte zu erzählen haben. Erforderlich war einzig und allein das Wissen, wo er seinen Wagen geparkt hatte.

Hand in Hand schlichen sie durch den vorderen Flur. Jason legte das Ohr an die Haustür und hörte Holz, sonst nichts. Er löste den Riegel und führte Leah auf die Treppe. In alter Gewohnheit zog er die Tür hinter sich zu, und als sie ins Schloss fiel, spielte das Handysymphonieorchester Beethovens Töne des Untergangs im Flur.

Er drehte sich auf der obersten Stufe und sah seinen Wagen am gewohnten Platz stehen. Was jedoch davorstand, machte auch aus seinem neuen Plan einen Griff ins Klo.

Der große Detective hatte sich mit seinem Wagen genau davorgestellt. Stabile Backsteinpfeiler bildeten die Einfahrt des Carports und ließen keinen Platz, um den Stuntman zu spielen und seitlich durchzubrechen. Jason war zugeparkt. Hoffnung kam in Gestalt eines Abgashauchs von dem Pick-up, bei dem offenbar der Motor lief. Doch ehe Jason den nächsten Gedanken fassen konnte, humpelte Montgomery aus dem Carport. Damit war der Wagen sein.

Jason blieb nur die sehr dumme Alternative, entweder mit Leah zu fahren oder wie ein Verrückter allein die Straße entlangzurennen. Was sollte er tun? Ihr das Auto vor der Nase wegschnappen? Sie bitten, ihn in seinen stinkenden Klamotten am Bahnhof abzusetzen? Das schiere Ausmaß des Problems schnürte ihm die Luft ab und machte ihn panisch. Das alles wäre völlig daneben, und vor allem durfte er Leah nicht noch weiter hineinziehen, als sie jetzt schon drinsteckte.

»Kommen Sie!«, sagte sie und rannte zur Straße. Und da ihm gerade ums Verrecken nichts anderes einfiel, folgte er ihr.

Jason und Boyd schauten einander über den Rasen hinweg an, der schon wieder gemäht werden musste. Jason konnte unmöglich als Erster an der Fahrertür des Pick-ups sein. Boyd stand genau im Weg, und ob ihm die Eier wehtaten oder nicht, er stand auf festen Beinen. Grillen zirpten im Gebüsch; ein Wolkenstreifen zog vor den Mond; Autos rauschten auf dem fernen Highway vorbei. Die meisten Szenen des Dramas hatten sich im Haus abgespielt, gedämpft durch Ziegelmauern und Gipskartonwände. Draußen hatten sie abgesehen von ein paar kurzen Quietschern von Leah und einem Aufschrei von Boyd nur fauchend und zischend um den Garten gekämpft. Das war nicht lauter gewesen als ein Streit unter Katzen oder ein Fuchs, der ein Kaninchen zum Abendessen holt. Die Old Green Valley Road lag in ahnungslosem Schlaf.

Jason war trotzdem unruhig. Da war dieses unterschwellige Ziepen einer unerledigten Sache, das ihn nervös machte. Harris war Brei, daran war nichts mehr zu ändern. Abgesehen von der Pampe, die sie jetzt alle in den Haaren und an den Klamotten hatten, würde er im Garten liegen bleiben, über die Plane geschmiert und in den Rasen gedrückt, und so würden ihn die Ermittler finden. Sein Plan war fehlgeschlagen. Kurz fragte Jason sich, ob er nun zum letzten Mal in seinem Haus gewesen war. Er gab die Idee auf, später dort ab und zu heimlich einzudringen, und sprintete zu Leah. Sie lief zur Beifahrertür.

»Ich bin fix und fertig«, sagte sie. »Sie fahren. Der Schlüssel steckt. Beeilung! Los!« Sie schlug die Tür hinter sich zu.

Als er sich hinters Steuer schob, hörte er beim Pick-up die Gangschaltung, dann heulte der Motor auf. Montgomery fuchtelte hektisch am Armaturenbrett herum, fuhr mit Handbremse und quietschenden Reifen an, löste das kleine Problem, sodass der Wagen einen Satz nach vorn machte, und rumpelte die lange Auffahrt hinunter. Die Räder auf der Fahrerseite rissen die Grasnarbe auf und nahmen einen halben Busch mit, als der Wagen auf die Straße bog.

Da Montgomery nach rechts fuhr, legte Jason augenblicklich den Rückwärtsgang ein und gab Gas, um in möglichst kurzer Zeit möglichst große Distanz zu gewinnen, aber Leah schrie, und er trat reflexhaft auf die Bremse.

»Das Handy!«, rief sie. »Der Detective hatte ein Handy! Jason, halt! Es lag am Boden neben der Tür!«

Er hatte gerade mit dem Gedanken gespielt, Montgomery wegfahren zu lassen und Leah dann zu überzeugen, dass sie sich auf der Stelle trennen sollten. Es sei besser, wenn jeder im eigenen Wagen führe, hätte er erklärt, und er werde direkt hinter ihr bleiben. Das war eine gute Idee. Zuerst ihn abziehen lassen und dann sie. Das war es, was ihn unterschwellig beschäftigt hatte, oder? Nein! *Vielleicht*, kam es nervös. Leah hatte schon die Hand am Türgriff. Wenn er sie nicht aufhielt, würde sie in Jasons Flur die Polizei anrufen – vom Handy eines Bullen noch dazu.

»Nein, wir sollten ihn verfolgen«, sagte er. Dafür, dass das nicht sehr einleuchtend war, kam es zu hastig. Jason legte den Gang ein, gab Gas und brachte Leah von ihrem Heureka und der Gelegenheit, die Kavallerie zu rufen, kurzerhand weg. Vor ihnen hüpfte der Pick-up über den Bordstein.

»Was? Aber wir müssen Hilfe rufen! Jason, nicht, warten Sie!«

»Er wird sonst entkommen. Wir müssen doch beobachten, wo er hinfährt, damit wir es melden können, oder?« Die dreiste Lüge kam ihm geschmeidig im Ton der Vernunft über die Lippen.

»Ich weiß nicht –«

Leahs wendiger Kleinwagen klebte Montgomery zunächst an der Stoßstange, dann sorgten die acht Zylinder des Pick-ups für wachsenden Abstand. In Jasons Kopf machte es klick; das unterschwellige Ziepen setzte aus. Das Handy eines Bullen.

»Leah. Wir sind geradewegs nach vorn durchgelaufen. Wo war er?«

»Wo war wer?«

»Detective Watts. Sein Handy lag am Boden, aber wo war er?«

Verblüfft schauten sie einander an, dann die Rücklichter, die vor ihnen immer kleiner wurden.

20

Maggie Watts machte im Dunkeln die Augen auf. Sie hatte schon vorher gewusst, dass sie allein im Bett war. Ein Windhauch wehte ihr über die Schulter, wo eine warme Körpermasse sie sonst gegen das offene Fenster abschirmte. Ford bestand darauf, es nachts das ganze Jahr über offen zu lassen, wenigstens einen Spalt breit. Seine Mutter hatte ihm eingetrichtert, dass frische Luft beim Schlafen genauso wie Lebertran und Apfelessig Erkältungen, Grippe, Trübsinn, schlechte Laune und Heuschnupfen fernhielt. In den siebenunddreißig Jahren, die sie ihn kannte, hatte er kein einziges Mal geniest. Darum wäre es keine leichte Übung gewesen, dagegen zu argumentieren.

Der Luftzug auf der Haut hatte ihr Unterbewusstsein gekitzelt und Alarm ausgelöst. Sie überlegte, wie lange sie wohl schon geschlafen hatte, dann wunderte sie sich über die Überlegung. Sie brauchte sich nur umzudrehen und auf den Wecker zu schauen. Aber das schob sie vor sich her.

Maggie wurde seit jeher von nebulösen Ahnungen geplagt. Häufig und gewöhnlich grundlos sprang ihr plötzlich das Gesicht eines Freundes oder Verwandten in den Sinn, eingerahmt von neongrellen, blinkenden Ausrufezeichen. Dann musste sie ununterbrochen an ihn denken und konnte sich auf keine Aufgabe konzentrieren, bis sie nachgab und sich bei einem Anruf erkundigte, ob alles in Ordnung sei. So drückend und plastisch diese Ahnungen waren, sie brachten selten Neuigkeiten hervor, auch keine dringende Warnung vor einem Schicksalsschlag oder vor einem ganz gewöhnlichen Notfall. Einige Male immerhin hatten die Anruferin und der Angerufene zufällig zur selben Zeit aneinander gedacht und sich auf unheimliche Weise miteinander verbunden gefühlt. Das reichte vermutlich nicht, um es als übernatürlich zu bezeichnen. Und die Zahlen, die sie immer wieder träumte, hatten nur zwei Mal etwas eingebracht – fünfzehnhundert Dollar beim Lotto und einen Jahresvorrat Hundetrockenfutter beim Erbsenzählwettbewerb in der Zoohandlung zu Ostern.

Aber als sie nun wach war und sich Sorgen machte, nützte ihr die Erfolgsbilanz ihrer unzuverlässigen Hellseherei gar nichts.

Ford ging ihr nicht mehr aus dem Kopf. Sie drehte sich um und sah, dass sie noch keine halbe Stunde im Bett lag. »Du meine Güte, Margaret, schlaf weiter.« Maggie sprach laut mit sich selbst und hatte das schon immer getan, ohne sich zu rechtfertigen.

Es gelang ihr, wieder einzuschlafen, aber dann fuhr sie atemlos aus einem Traum hoch und saß schon aufrecht, als sie die Augen aufmachte. »Ford!« Sie griff zur Seite und fand das Bett noch immer leer vor. Der Traum hatte keine Bilder hinterlassen, die sie noch mal abspulen könnte, sondern sie hatte sich im Nichts befunden und war in äußerster Panik gewesen. Sie strich über das kalte Laken, als hätte sich Ford, ausgerechnet er, irgendwie so kleinmachen können, dass sie ihn verfehlt hatte.

Hellwach und alarmiert zog sie sich gewohnheitsmäßig ihren Bademantel über, bevor sie vom Nachttischtelefon aus anrief. Sie telefonierte niemals hüllenlos, auch nicht mit ihrem Mann, konnte aber nur nackt wirklich gut schlafen. Im Bett nahm Ford von den vielen Kosenamen Abstand und nannte sie Lady Godiva. Sie wollte nichts weiter, als ihn das sagen zu hören und von ihm schlafen geschickt zu werden.

Die schaurig grüne Displaybeleuchtung des Telefons löste eine gewisse Stimmung und mit ihr den Gedanken aus, dass ein nächtlicher Anruf nicht immer eine gute Idee ist. Erstes Klingeln: *Gut.* Zweites Klingeln: *Er muss es erst aus der Tasche holen, Margaret.* Drittes Klingen: *Geh ran, Ford.* Viertes Klingeln. Fünftes Klingeln. Klick. »Hier Ford Watts vom Carter County Sheriff's Department. Wenn es sich um einen Notfall handelt, wählen Sie bitte die 911. Wenn Sie nur mit mir sprechen möchten, warten Sie auf den Piepton und hinterlassen Sie eine Nachricht. Ich rufe zurück.«

Maggie räusperte sich. »Ja, Mr. Watts. Hier ist Mrs. Watts, allein unter der Watts'schen Bettdecke. Das ist kein Notfall. Jedenfalls noch nicht.« Sie kicherte. »Wollte nur mal nachhören. Komm nach Hause oder ruf mich an und sag mir, dass ich nicht aufbleiben soll.«

Sie legte auf, und ihr Lächeln verging mit den Sekunden, nachdem sie seine Mailboxstimme gehört hatte. Sie saß im Dunkeln, starrte auf das telefonförmige schwarze Loch im Schatten auf dem Nachttisch. Sie schälte die Schultern aus dem Bademantel und hielt dann inne. Es war nicht kalt genug für eine Gänsehaut, aber Maggie hatte trotzdem eine.

Sie zog an der Kette der alten Nachttischlampe, und die Einzelheiten ihres *gemeinsamen* Schlafzimmers sprangen sie an, Fords Morgenmantel, der über dem Fußende des Bettes hing, und seine Kleingeldschale auf der Kommode, alles überdeutlich und dafür, dass es mitten in der Nacht war, viel zu bunt. Sie stopfte sich ihr Kissen in den Rücken, aber nach zwei Abschnitten der Bettlektüre war sie frustriert. Sie hatte jede Zeile vier Mal lesen müssen, um sich zu merken, was da stand. Nervös tippte sie sich mit dem Daumennagel gegen die Schneidezähne. Zwei Mal griff sie zum Telefon und zog die Hand wieder zurück, dann seufzte sie verärgert, nahm es und wählte.

Während des endlosen Klingelns schlug sie ungeduldig die Knie zusammen. »Ich bin's noch mal«, sagte sie zu seiner Mailboxstimme. »Es ist albern, ich weiß, aber rufst du mich mal bitte zurück? Ich möchte nur wissen, ob alles in Ordnung ist.« Bis zu seinem Rückruf war an Schlaf nicht zu denken.

Maggie flocht sich den Zopf neu, zog sich aber nur den Seidenkimono an. Es hatte keinen Sinn, sich anzuziehen, da Ford bald anrufen oder sogar heimkommen und sie dann wieder im Bett liegen würde.

Sie trank eine halbe Tasse Kamillentee und hielt es aus bis zur ersten Pause einer Dauerwerbesendung, die die Vorzüge eines Gummibesens pries.

Die Tasten bekamen ihre Ungeduld mit voller Wucht zu spüren, als sie Fords Handynummer zum dritten Mal wählte. Es klingelte, bis die Mailbox ansprang, und Maggie legte auf, bevor sie gebeten wurde, eine Nachricht zu hinterlassen. Er war entweder außer Reichweite oder hatte es abgeschaltet.

Wenn er am Stadtrand in einer Gegend mit schlechtem Empfang war, wäre sie nur ein bisschen verärgert. Er hätte sie anrufen sollen, wenn er weiter fuhr als bis zum Park. Es war mitten in der Nacht um Himmels willen, und außerdem hatte er dienstfrei.

Wenn er das Handy aber abgeschaltet hatte, würde es Streit geben. Maggie überging ihre Ahnungen meistens, um nicht wieder am Ende mit rotem Gesicht dazustehen. Um des lieben Friedens willen und auf Kosten ihrer Nerven dachte sie pragmatisch. Aber Ford wusste, wenn sie anrief, und das gleich zweimal hintereinander, dann brauchte sie ihn wirklich, und sei es nur, damit er ihr sagte, er komme gleich nach Hause.

Ihre Geduld ließ sich keine zehn Minuten länger auf die Probe stellen. »Tessa?«

Der Hund war ihr von einem Zimmer ins andere gefolgt, mit schweren Lidern und am anderen Ende mit dem dazu passenden Schwanz, der sich lediglich im Takt mit den schlurfenden Pfoten bewegte.

»Was meinst du?« Maggie zog Entschlusskraft aus der automatischen Zustimmung, die Tessas treue braune Augen ausdrückten. Tessa war immer erst mal einverstanden, egal worum es ging, und dann erst recht, wenn die Frage laut gestellt wurde. »Willst du eine Autofahrt machen?«

Beim Klang der Lieblingswörter spitzte der Hund die zimtbraunen Ohren. »Ist es schon Zeit fürs Fressen?« kam gleich an zweiter Stelle, aber Autofahren war ihr noch lieber als fressen und schlafen.

Beim Anziehen versuchte Maggie noch einmal, Ford zu erreichen. »Verdammt.« Mehr sagte sie nicht in die Mailbox.

Der Park war verlassen, wie es sich für die Uhrzeit gehörte. Maggie bog in die Parkbucht, wo der blaue Kleinwagen gestanden und der jungen Frau beim Zeittotschlagen als Koje gedient hatte. Sie starrte durch die Windschutzscheibe nach draußen, wo nicht das Geringste vor sich ging. Der Motor knackte, und der Hund scharrte erwartungsvoll auf dem Beifahrersitz. Mehr war nicht zu beobachten.

Maggie machte die Leine an Tessas Halsband fest und ging zur Beifahrerseite, um sie aus dem Wagen zu lassen und mit ihr in den Park zu gehen. Tessa zog die Leine bis zum Ende aus, schnupperte und sauste von einem unsichtbaren Fund zum nächsten, während Maggie sich ihrer Unruhe erst recht bewusst wurde und nach einem Grund suchte, sich nicht töricht vorzukommen. Sie wusste nicht, warum Ford im Park nach der jungen Frau sehen wollte, und sie wusste auch nicht, wohin ihn diese Neugier außerdem noch hätte führen können. Sie wusste nur, dass längst Schlafenszeit war. Im Hinterkopf ärgerte sie dieses ungute Gefühl wie eine juckende Stelle, an die man nicht herankommt. Das Brummen der Parklampe unterstrich nur, wie still es war, und machte sie gereizt.

»Du hättest ihn auch fragen können, weißt du. Eine ganz einfache

Frage in der Tür. Aber nein. Und jetzt stehst du da, mitten in der Nacht mit dem Hund im Park und weißt nichts. Du wirst wirklich nachlässig, Margaret.«

Bei diesem Ton merkte Tessa auf und sah ihr prüfend ins Gesicht, um sich zu vergewissern, dass die Schimpfe nicht ihr galt. Beruhigt schnüffelte der Hund weiter, während Maggie ihre leise Tirade gegen die eigene Nachlässigkeit fortsetzte. Nicht allzu weit entfernt quietschten Bremsen, und das trockene Knirschen von Kies unter Reifen hallte zwischen den Backsteinfassaden der Innenstadt.

Bei dem Geräusch stockte Maggies Monolog. Sie horchte auf mehr. Aber mehr war nicht zu hören. Sie seufzte und zog Tessas Leine ein. »Das ist albern. Gehen wir heim.« Aber Tessa blieb bockbeinig stehen und blickte an der straff gespannten Leine geradeaus.

»Komm mit, Tessa.«

Der Hund drehte den Kopf zu ihr, dann zurück zu der weiten Rasenfläche.

Maggie gab der Leine einen mürrischen Ruck. »Jetzt nicht, Tessa. Heute Nacht wird nicht mehr herumgestreunt und im Abfall gewühlt. Ich bin nicht in der Stimmung.«

Tessa ließ den Kopf hängen, was beim Hund einem einlenkenden Achselzucken gleichkommt, und lief neben Maggie her zum Wagen.

Erfahrene Vogelbeobachter können eine verborgene Grasmücke schon am Zwitschern erkennen. Mitunter sogar das saisonale Gefieder und die Laune des Tieres. Gelehrte Musikstudenten mögen auch fähig sein, das Arrangement und den Vortragenden eines berühmten Stücks nach ein paar Takten zu erkennen. Sie können eine Stradivari oder einen Steinway erkennen, wo andere nur eine Violine und ein Klavier hören. Und jene Mütter, die hinten Augen im Kopf haben, können aufgrund ihres Unterscheidungsvermögens genau sagen, dass nur eine einzige Kombination von Gegenständen im Haus ein Geräusch wie dieses erzeugen kann: die neue Edelstahltoilettenbürste, die am Treppengeländer entlangschrammt.

Aber was der schlaueste, aufmerksamste Mensch mittels Trommelfell zu unterscheiden vermag, würde jeden durchschnittlichen Köter enttäuschen.

Für einen späten Spaziergang war Tessa immer zu haben. Nachts waren die Gerüche und Geräusche ganz anders und machten mehr Spaß, weil ihr dann nicht die Sonne aufs Fell brannte und sie ablenkte. Ihre Ohren zuckten permanent hin und her, und die Nase nahm Hunderte Fährten auf. Vor Kurzem waren Kaninchen im Park gewesen, und zuvor ein Kind, dem von zu vielen Süßigkeiten schlecht geworden war. Sie fühlte, dass es ein Gewitter geben würde, aber erst morgen Nachmittag, und sie hörte, wie sich die Eichhörnchen in ihrem Nest in der Baumhöhle im Schlaf umdrehten. Der Sekundenzeiger der Turmuhr drehte seine Runden als Untermalung dieser Nachtmusik. All diese Kleinigkeiten beachtete Tessa so wenig wie Maggie den Wind im Gesicht. Sie reagierte nicht darauf, weil sie unwichtig waren.

Offenbar war Maggie aufgewühlt. Dass sie nachts mit ihr zum Park fuhr und spazieren ging, hätte ihr das schon verraten können. Angst hat einen Geschmack, den die menschliche Zunge nicht wahrnimmt. Sie gibt dem Menschen eine verdrießliche Ausstrahlung. Der Angstgeruch um Maggie war noch schwach, und Tessa konnte dem ohnehin nicht abhelfen.

Und Ford offenbar auch nicht. Andernfalls hätte Tessa sich gewundert, warum Maggie beim Geräusch seines Pick-ups nicht den Kopf gereckt hatte. Durch die kleine Arrhythmie der Motorzündung war er leicht von anderen Wagen zu unterscheiden. Gab man bei einem Dutzend identischer Pick-ups Gas, würde Tessa ihren eigenen (natürlich gehörte Fords Eigentum auch ihr) sofort heraushören.

Er hatte die Richtung zum Stadtrand eingeschlagen und war auf die Waldstraße eingebogen, aber nicht mit dem geruhsamen Fahrstil wie sonst. Er entfernte sich im Schlingerkurs und fuhr launisch und bremste abrupt. Doch jetzt waren Tessa und Maggie in entgegengesetzter Richtung auf dem Heimweg. Tessa schnaubte und drehte den Kopf zu den vorbeigleitenden Leitplankenpfosten. Sie konnte hören, dass sie den Fahrtwind neben dem Wagen unterbrachen. Das war alles so interessant.

21

Boyd fuhr schweigend und sah abwechselnd von der Straße in den Rückspiegel, aufs Tachometer und in die Außenspiegel und fuhr die Kurven präzise aus. Er kümmerte sich nicht um die Geschwindigkeitsbegrenzungen und fuhr manchmal doppelt so schnell, um möglichst viel Asphalt zwischen sich und die zwei Verrückten aus seinem Haus zu bringen.

Aber in den vergangenen Jahren war er nicht viel gefahren. Die Bank, der Schnapsladen und der Markt lagen alle an derselben Einkaufsmeile. Fünfzehn Minuten hin und fünfzehn zurück, zweimal im Monat, mehr war es nicht gewesen. Sein zwanzig Jahre alter Nissan war zwar schon ein bisschen klapprig in der Verkleidung, aber der schwache Motor lief leise wie eine Uhr. Diese Mammutkiste dagegen dröhnte wie ein Flugzeug, und das nervte ihn. Er hatte sich noch nie ein so modernes, kompliziertes und höllenlautes Fahrzeug verschafft. Und er war noch nie gejagt worden.

Ihm war nicht klar gewesen, wie viel Konzentration das alles verlangte. Er hatte schon Kopfschmerzen davon, die es mit den Schmerzen in seinen Eiern locker aufnehmen konnten. Er beugte sich übers Lenkrad und passte angestrengt auf, dass er unauffällig fuhr. Gleichzeitig versuchte er mit mäßigem Erfolg, nicht an die große Lösung des Rätsels zu denken, wie man schnellstmöglich im gestohlenen Pick-up eines toten Bullen aus Stillwater herauskam. Denn danach brauchte er sich nur noch über eines Gedanken zu machen: was er mit dem Rest seines Lebens anfangen wollte.

Nicht allzu weit weg gab es ländliche Regionen und unerschlossene Waldgebiete, und in manchen lebten sogar Verwandte von ihm, aber seine distanzierte Art hatte ihm wenig Sympathie eingebracht. Gar keine, wenn er ehrlich war. Ein kaltes Flattern durchlief ihn. Was, wenn er als Polizistenmörder in eine dieser Fahndungsshows käme? Dann gäbe es für ihn keinen sicheren Platz mehr auf der Welt, nicht mal unter dem Dach eines Montgomery. Blut war nicht immer dicker als Wasser, das wusste schließlich jeder.

Das war nicht fair.

Boyd hatte die Zeit, seine Zeit, immer wie einen riesigen Wald voll sonniger Lichtungen und schattiger Dickichte angesehen. Er hatte sich an den natürlichen Lauf der Dinge angepasst, aber er war nicht bereit, sich zu entschuldigen, weil er sich selbst etwas Raum verschafft hatte. Jeder Mann hatte ein Recht darauf. Jetzt wo er allein war, wollte er es auch bleiben – niemanden belasten und dafür ein bisschen Ruhe und Frieden haben. Er hatte es auf die normale Art versucht. Er hatte einen Haufen Schulden gemacht und das sein Zuhause genannt, hatte geheiratet und sie ihr Leben planen lassen, während er den Müll raustrug. Katielynn hätte ihn nicht derartig betrügen sollen. Und dieser langhaarige kleine Arsch mit Ohren? Boyd wünschte, er wäre noch am Leben, damit er ihn noch mal erschießen konnte. So sauer war er noch.

Die vorbeisausenden Lichtflecke der Straßenlampen machten ihn unruhig. Er wollte den Landkreis über dunkle Seitenstraßen verlassen, musste aber eine kurze Strecke durch einen Zipfel der Stadt in Kauf nehmen. Und die machte ihm am meisten Sorgen, weil sie hell beleuchtet war. Er fühlte sich wie auf dem Präsentierteller.

Die Läden waren unbeleuchtet. In den dunklen Schaufenstern war wenig zu erkennen, und die Scheiben spiegelten im Vorbeifahren. Boyd blickte aber immer wieder hinein, um Schaufensterpuppen von Nachtwächtern zu unterscheiden, denn seine Angst sah verstohlene Bewegungen, wo keine waren. Da ihn das sehr in Anspruch nahm, reagierte er nur schwerfällig auf die ganz reale Katze, die aus einer Gasse zwischen einer geschlossenen Kneipe und einem noch voll besetzten Diner auf die Straße rannte. Sie erstarrte im Scheinwerferlicht und schaute mit großen gelben Augen wie gebannt auf den Kühler.

Boyd riss hart bremsend das Steuer herum und befreite das Tier aus dem Bann der Scheinwerfer, machte einen Heidenlärm im Rollsplitt am Straßenrand, wo die Räder ins Rutschen kamen, und wurde in den Sicherheitsgurt geschleudert, als der Wagen mit einem Ruck stehen blieb. Die Katze lief zum gegenüberliegenden Bürgersteig und schaute noch einmal verächtlich zurück. Boyd sah sie im Rückspiegel davonschleichen und beobachtete die Straße und das Fenster des Diners, ob jemand auf ihn aufmerksam geworden war. Er nahm Abstand von seiner neuen Angewohnheit und verkniff sich einen Fluch. Mit zitternden Händen lenkte er den Wagen zur Straßenmitte, sodass der Rollsplitt im Radkasten klapperte.

Der Schreck hatte seine Sinne mächtig geschärft. Er schnupperte und wünschte sofort, er hätte es nicht getan. Die ganze Zeit schon, seit er ins Fahrerhaus gestiegen war, hatte er den Gestank aus seinen Klamotten eingeatmet, und jetzt erinnerte er ihn an seinen Ringkampf in der Leichenbrühe, die keinesfalls, ganz unmöglich von Katielynn stammen konnte. Ein tiefes Kribbeln äußerte eine Warnung, die sich plötzlich in seinen Eingeweiden bemerkbar machte.

Und dann gab es ein Geräusch. Beim Anfahren hatte er sich gefühlt, als wären die Steine, die unter den Reifen wegspritzten, ihm gerade vom Herzen gefallen. Aber jetzt pochte es heftig, und seine Brauen zogen sich zusammen, während er konzentriert schaute, horchte, schnupperte, überlegte.

Er gab es nicht gern zu, vor allem weil es gerade passierte, als er an Katielynn dachte, doch als das Klappern des Rollsplitts nachließ, wurde das andere Geräusch umso lauter – ein gedämpftes Schleifen, ein Kratzen an Metall, ein weicher Bums. Es kam nicht von den Radkästen, sondern war dicht hinter ihm.

Sein Fuß vergaß seine Aufgabe am Gaspedal, und der Wagen fuhr schließlich im Schritttempo. Boyd blickte in den Rückspiegel und sah einen rot-schwarzen Schmierfleck auf der hinteren Scheibe. Er wusste ganz genau, dass der eben noch nicht da gewesen war. Er wusste auch, dass eine genauere Untersuchung fällig war, und zwar schleunigst, doch sein Verstand steckte noch in der Überlegung fest, dass Katielynn nichts Rotes mehr in sich haben sollte.

Boyd ließ den Wagen auf dem Seitenstreifen ausrollen und starrte dabei in den Rückspiegel. Die letzte Straßenlampe war einen Block weit entfernt, aber noch nah genug, dass der nasse Schmierfleck in ihrem Licht schimmern konnte. Boyd war in seinem ganzen Leben noch nicht ohnmächtig geworden, aber als ihm langsam schwarz vor Augen und der Ausblick hinter ihm verdunkelt wurde, fand er, dass ein erzwungenes Schläfchen, ob unmännlich oder nicht, im Moment nicht das Schlechteste wäre.

Der Schmierfleck an der Scheibe verschwand in aufsteigender Schwärze. Je mehr Boyd hinstarrte, desto unsicherer war er, ob er noch bei Bewusstsein war. Die schwarze Leere bewegte sich und verriet dabei ihre Umrisse. Boyds Aufmerksamkeit verlagerte sich hin zum Wesentlichen. Er fand seine Augen im Spiegel fremd, und sie waren doppelt vorhanden, sein Gesicht wurde von einem menschlichen Schatten verdunkelt, der nicht ganz zu seiner Größe und Statur passte. Zwei Männer nahmen dort Gestalt an und überschnitten sich im düsteren Spiegelbild.

So sehr er sich eine Ohnmacht gewünscht hatte, sie würde ihn nicht retten, und nur weil es nicht anders ging, saugte Boyd eine Nase voll stinkender Luft ein. Mit Entsetzen sah er sich auf dem Autositz hellwach mit alles übertönendem Herzklopfen durch eine blutige Scheibe starren, direkt in die wütenden Augen eines Passagiers auf der Ladefläche.

Seelentotems sind gewöhnlich etwas Beeindruckendes wie Adler, Bären oder reißende Flüsse, lauter urgewaltige oder edle Dinge. Jasons Seele war wahrscheinlich am besten mit einem Stück Seil zu vergleichen, ein in sich verdrehtes Bündel, ein faseriges, schrecklich einfach beschaffenes Ding, weshalb er auch nachvollziehen konnte, welche Spannung beim Tauziehen in der Mitte zwischen gleich verteilten Kräften herrschte.

Der untote Ford Watts war mit seiner cleveren Flucht zum Pick-up nicht erfolgreich gewesen, zumindest hatte er es nicht bis hinters Steuer geschafft. Jason hörte den Keuchlaut neben sich und wusste, dass er nicht als Einziger den hellbraunen Arbeitsschuh sah, der langsam unter die Sichtlinie der Seitenwand verschwand. Und er stellte fest, dass der Sog, das Richtige zu tun, und der Drang, sich von seinen Problemen fortzustehlen, gleich stark, aber nicht unter einen Hut zu bringen waren. Anstatt sich zwischen beiden zu entscheiden, zerquetschte er das Lenkrad und ließ sich von Leahs Sorge um den Polizisten weiter vorantreiben.

»Oh nein! Schneller! Schneller! Helfen Sie ihm!«, schrie sie.

Der Pick-up geriet sehr schnell außer Sicht; Montgomery fuhr anscheinend wie der Henker. Wenn man die Pferdestärken zählte, würde man bei einem Rennen nicht auf Leahs Wagen wetten. Aber das Tor hatte sich bereits geöffnet, und sie rasten los. Vor ihnen lag eine unansehnliche Durchgangsstraße, die schnurgerade auf ein Stadtviertel zuführte und dann außerhalb über sanfte Hügel verlief. Jasons Angst rannte voraus zu jeder

Kreuzung und jedem Hügel ihrer Route. Der Gedanke, was es bedeutete, wenn sie den Pick-up einholten, schubste Jasons Fuß immer wieder vom Gas, und sowie sie langsamer wurden, schrie Leah, er solle schneller fahren.

»O Gott. Das ist alles meine Schuld«, jammerte sie.

»Ihre Schuld? Wie sollte das Ihre Schuld sein?«

»Detective Watts wäre ohne mich gar nicht aufgekreuzt.«

»Hä? Wie soll man das wissen? Vielleicht hat jemand Montgomery gesehen und die Polizei gerufen oder derjenige hat mich —« Er stockte, bevor ihm das »graben sehen« herausrutschte. Aber warum war Watts eigentlich gekommen? Warum waren sie alle gekommen?

Durch das Ausgraben der Leiche würde die Nacht immer traumatisch unangenehm bleiben. Jason hatte sich entschlossen, Harris wegzuschaffen, und war schon im Vorfeld mit Albträumen bestraft worden. Dann hatten sich auch noch die Absichten der Beteiligten auf katastrophale Weise überschnitten, und er konnte sich, von seinem üblichen Agnostizismus einmal abgesehen, nur noch wundern. Was zum Teufel war hier eigentlich los? War hier eine höhere Macht am Werk, die einen Schlussstrich unter sein bisheriges Leben zog? Gab es überhaupt solches Eingreifen? Oder besser gesagt (oder schlimmer): War alles vorherbestimmt?

»Hat Sie was -?«, fragte Leah.

Jason kroch die Panik in den Hals, der sich schloss wie eine Venusfliegenfalle.

»Ach, nichts.«

Der Schnitzer blieb jedoch hängen, und er merkte, wie sie ihn anstarrte und der Blick seine rechte Gesichtshälfte aufheizte. Er drückte sich tiefer in den Sitz. Er war nicht dafür geschaffen, so etwas längere Zeit durchzustehen, auch wenn sich gezeigt hatte, dass er es ganz gut mal kurz vortäuschen konnte.

»Ich weiß nicht«, sagte er. »Vielleicht hat mich jemand hinter

Ihnen herrennen sehen. Ich meine, Sie sind mitten in der Nacht zu meinem Haus gefahren und haben ein unbekanntes Auto geparkt, richtig? Das hat die Nachbarn vielleicht beunruhigt.« Er probierte eine bedeutungsschwere Pause im Stil Bayards und spürte deren Macht, aber nicht die Rechtmäßigkeit. *Das war ein Tiefschlag, Mr. Getty.* Nachträglich versuchte er ihn abzumildern. »Aber deswegen sind Sie doch nicht daran schuld.«

»Wir verlieren sie aus den Augen«, sagte sie.

Weit vor ihnen verschwand der Pick-up hinter einer Kurve und einem Hügel. Die Optionen brachten Jasons Hochseil zum Schlingern; es war ein Balanceakt auf dem Einrad ohne Netz, aber bei Sturm. Alles, was ihn dem Moment näher brachte, wo er irgendetwas würde tun müssen, machte ihn zutiefst unruhig. Und ihm war sehr wohl bewusst, dass seine Unruhe der metaphysische Katalysator eines Fiaskos war.

Er hatte es selbst gesagt: Er tat immer das Falsche. Wie lange würde er aber damit durchkommen, nichts zu tun? Er wusste es nicht. Wie viel Benzin war noch im Tank? Wie übel würde er dastehen, wenn er sich das nächste Mal verplapperte? Und da war auch noch der unerwartete Telefonmast, in den er reinpflügen konnte. Er sah nach, ob Leah angeschnallt war.

»Jason, da!«

Als sie über die Hügelkuppe kamen, lag eine Meile schnurgerader Strecke vor ihnen. Die gelbe Mittellinie schoss unter den Scheinwerfern durch die Nacht. Weit vor ihnen flammten Bremslichter auf und bogen um eine Rechtskurve, hinter der sie verschwanden.

22

Die Entwicklung einer Spezies braucht Millionen Jahre, aber die Angst kann sich innerhalb von Minuten vom Einzeller zum wendigen Nagetier entwickeln. Als Maggie ihren Pullover an den Haken in der Garderobe hängte, führte sie bereits einen Streit gegen den starken Drang, Alarm zu schlagen.

»Maggie Watts, wenn du die Nachtschicht für nichts und wieder nichts aufschreckst, wird Ford dir den Kopf abreißen.«

Bei dem Ausbruch hob Tessa die Nase vom Küchenboden.

Sofern er dazu noch imstande ist. Die Stimme in ihrem Kopf gab sich kühl distanziert und deutete ganz nebenbei das schlimmstmögliche Ende an.

»Das ist doch lächerlich. Er ist noch gar nicht so lange weg.«

Tessa sah von Maggie zur Tür, eindeutig verblüfft über den scharfen Ton.

Aber es ist mitten in der Nacht. Hätte er nicht angerufen?

»Ja, es ist mitten in der Nacht, was genau der Grund sein könnte, weshalb er nicht angerufen hat. Er denkt zweifellos, dass ich schlafe, wie jeder vernünftige Mensch um diese Uhrzeit.«

Wahrscheinlich hast du recht. Maggie hielt den Atem an und horchte in sich hinein, ob sie den Streit gewonnen und mit sich selbst Frieden geschlossen hatte. *Aber er kennt dich, weiß, dass du dir Sorgen machst.*

Sie antwortete nicht sofort. Sie stritt nicht gern, besonders nicht mit dem Teil ihres Ichs, der ein bisschen klang wie Schwester Patricia Ignatius, die einzige hochnäsige, gewohnheitsmäßige Kinderhasserin, die an der St. Joseph's Primary Academy unterrichtet hatte. Und Maggie war höflich. Immer. Sie redete nicht, wenn sie nicht an der Reihe war, nicht mal, wenn sie mit ihrer dunklen Seite stritt, und sie eilte mit den Gedanken auch nicht voraus, bevor sie die Gegenrede des anderen durchdacht hatte.

Erst mal kochte sie sich einen Tee und versuchte das Ticken der Kaminuhr zu ignorieren. Sie nahm das Telefon aus der Ladeschale und holte sich einen Beutel Schokolade-Cashew-Mischung aus einer Kasserolle, die ganz hinten auf dem Topf- und Pfannenregal stand. Die ständigen Blicke auf das Display brachten das Gerät auch nicht zum Klingeln. Sie rührte sich Milch in den Tee und fischte zwischen den Nüssen nach Schokoladenstücken. Kein Nachrichtensymbol blinkte. Sie rief den Anrufbeantworter trotzdem ab, nur um sicherzugehen. Sie starrte auf das Muster der Granitarbeitsplatte und tippte mit der Fingerspitze Salzkrümel auf, um sie abzulecken.

»Inzwischen hätte er doch angerufen, oder nicht?«

Schwester Patricia schwieg.

»Wenn ich um diese Uhrzeit auf dem Revier anrufe, damit sie ihn suchen, und dann stellt sich heraus, dass er dort ist und mit den Kollegen herumscherzt oder dass er irgendwo einem Autofahrer den Wagen aus dem Straßengraben zieht, dann wird es heißen, er hat eine Glucke zu Hause, keine Frau.«

Das würdest du nicht wollen.

»Ich gebe ihm noch eine halbe Stunde.«

Natürlich.

Die Stimme beherrschte dieses Mitgehen perfekt, und Maggie war sicher, dass diese scheinbar abschließende Bemerkung noch nicht das Ende der Debatte war. Sie lenkte ein und aß eine Nuss, während sie wartete, da keine Schokolade mehr in der Tüte zu sein schien.

Mal ehrlich, was kann in dreißig Minuten schon passieren?
Die Cashewpaste in Maggies Mund war plötzlich klebrig und schwer zu schlucken. Überrascht sah sie, dass ihre Tasse leer war. *Es ist ziemlich kalt heute Nacht. Selbst für diese Jahreszeit.*
Die Uhr tickte geduldig weiter. Maggie scrollte durch die Kurzwahlnummern im Display. »Ich könnte aber Tim mal kurz anrufen. Er wird es mir sicher verzeihen. Christine würde dasselbe tun, wenn er mitten in der Nacht nicht erreichbar wäre. Sie werden das verstehen.«

Tim Bayard konnte man selbst kurz vor halb tot in der Nacht anrufen, und er klang, als hätte er sich gerade den besten Doppelwindsor der Welt geknotet und trotzdem noch jede Menge Zeit. Darum war er sofort gesprächsbereit, als Maggie anrief. Seine Frau hörte nicht mal das Telefon klingeln.
»Hier Bayard.«
»Tim, es tut mir sehr leid, dass ich so spät anrufe. Hier ist Maggie Watts.«
»Kein Problem, Maggie. Was kann ich für dich tun? Ist alles in Ordnung?«
Er machte die Tür des begehbaren Kleiderschranks hinter sich zu und sprach leise, aber mit fester Stimme weiter, während er sich Jeans und T-Shirt anzog. Seine Frau und Tochter sollten weiterschlafen, und Maggie sollte nur Beruhigendes von ihm hören, während er sich von ihr die Details erklären ließ und vorausdachte.
»Er hat also nicht gesagt, wo er mit der Frau gesprochen hat, der du im Park begegnet bist? Auf dem Revier vielleicht? War das eine neue Anzeige, die er aufgenommen hat?«
Maggie seufzte in ihrer Empörung über sich selbst. »Ich hab nicht mal gefragt.«
»Macht nichts. Ich versuche, ihn über Funk zu erreichen. Ich

werde so tun, als bräuchte ich etwas von ihm, und rufe dich sofort an, wenn ich ihn erreicht habe. Einverstanden?«

Das kurze Schweigen beunruhigte ihn.

»In Ordnung, Tim. Vielen Dank. Ich weiß, es ist töricht von mir.«

»Maggie, wie sehr bist du in Sorge?«

»Es geht schon.«

Das klang nicht überzeugend.

»Nein, scheint mir nicht so«, erwiderte Bayard. »Weißt du, Ford trägt immer seine Glückssocken, wenn er ein Lotterielos kauft, und nimmt sich dabei selbst nicht ernst. Aber er nimmt es sehr ernst, wenn er meilenweit fährt, um etwas zu überprüfen, das dir auf der Seele liegt.«

»Tut er das?« In Maggies Kehle sammelten sich Tränen und trieben ihre Stimme eine Oktave höher.

Bayard band sich die Schnürsenkel und verließ Kleiderschrank und Schlafzimmer auf Zehenspitzen. »Ja, tut er. Und bisher hat er immer richtiggelegen.«

»Es ist albern von mir. Ich werde immer so nervös. Ford weiß das. Und nie ist irgendwas.«

»Ja, aber es ist auch nie Ford, um den du dir Sorgen machst.« Bayard suchte zwischen den Papieren auf seinem Schreibtisch nach dem Funkgerät. »Bleib am Telefon. Ich rufe innerhalb einer Viertelstunde an.«

Zum ersten Mal in den letzten Tagen hatte Bayard das eingeschaltete Handy in dem neuen Gürteletui und sein Funkgerät bei sich. Wie vermutet waren das nicht die ultimativen Problemlöser, wie alle dachten. Keins der beiden Geräte brachte eine Reaktion von Ford. Die kleinen Displays blieben schwarz und stumm. Nichts piepte oder brummte oder krähte, dass es etwas Neues gab. Bayard rief auf dem Revier an.

»Können Sie über Funk durchgeben, dass jemand Ford bittet, mich anzurufen, sobald er ihn sieht oder von ihm hört?«

»Versuchen Sie's bei ihm zu Hause. Er hat heute frei«, sagte der Disponent.

»Das weiß ich, aber er ist nicht da.«

»Gibt es ein Problem?«

»Nicht, dass ich wüsste. Ich muss ihn nur mal sprechen«, sagte Bayard.

»Wird gemacht, Detective. Ich sage Bescheid.«

Und so kam es, dass Watts nach Bayards Ansicht verschollen war. Es war noch nie seine Art gewesen, schlimme Nachrichten am Telefon zu übermitteln, wenn es sich vermeiden ließ, nicht mal, wenn er eins bei sich hatte, darum schrieb er seiner Frau einen Zettel, zog sich eine Jacke an und fuhr zu den Watts.

Da Maggie einige Übung darin hatte, sich Sorgen zu machen, war sie zur Expertin geworden, und sonderbarerweise zahlte sich das aus. Da Tim ihre Sorge nun teilte, lag aber keine Befriedigung in dem »Ich hab's dir doch gesagt« von Schwester Patricia, und es nahm ihr auch nicht das ungute Gefühl. Maggie verstand es, sich trotz Verzweiflung tapfer zu zeigen. Das hatte sie schon Hunderte Male getan.

Bayard unterbrach das brütende Schweigen. »Er wird sicher gleich anrufen.«

»Ich weiß.«

»Und selbst wenn nicht, es kann eine Menge Gründe geben, warum er nicht erreichbar ist. Nicht alle sind schlimm.«

»Ich weiß.«

»Sollte er einen Zusammenbruch oder einen Unfall gehabt haben, werden wir bald etwas hören«, sagte Bayard, als hätte sie seine Überlegungen in Zweifel gezogen.

»Ich weiß.«

»Geht's dir gut?«

Maggie bekam ein kleines Lächeln hin. »Ja. Ich will mich nur nicht bewegen. Solange ich hier in diesem Sessel sitze, mit einer Tasse Tee, weiß ich irgendwie, dass nichts Schlimmes passiert ist.« Ihre Tasse war noch halb voll, aber lauwarm, denn sie wollte sie trotz ihres Durstes nicht austrinken, um sie nicht auf den Tisch stellen oder nachschenken zu müssen. Sie wollte die Szene nicht vorantreiben, nicht den nächsten Schritt auslösen.

Bayard hatte ganz andere Bedürfnisse. Er hatte angefangen, auf und ab zu gehen. »Maggie, ich denke, ich werde ein bisschen herumfahren. Ford ist bestimmt nicht weit weg, sonst hätte er dir Bescheid gesagt. Das sieht ihm nicht ähnlich.«

»Nimm Tessa mit.« Die Bitte kam ihrem Logikfilter zuvor und machte sie selbst sprachlos. Sie errötete ein wenig, blieb aber dabei.

»Wie bitte?«

»Ich weiß nicht. Es ist nur –« Sie konnte keine Erklärung bieten, aber die Idee ließ sich nicht mehr wegschieben. »Nimmst du sie einfach mit?«

»Maggie, du möchtest bestimmt nicht allein sein.«

»Sie ist Fords Hund.«

»Ich bleibe sowieso nur im Auto.«

Obwohl sie es kommen sah, dass sie am Ende wieder als töricht dastand, war sie von der Idee überzeugt und vertrat sie, ohne ein Peinlichkeitsgefühl überwinden zu müssen. »Frag sie. Frag sie, ob sie mitfahren möchte.«

Bayard war kein Hundemensch. Seine Frau und seine Tochter hielten Katzen und ersetzten ein versnobtes Fellknäuel durch ein anderes, wenn es gestorben oder weggelaufen war, manchmal auch durch zwei oder drei. Er schob sie beiseite, wenn er sich setzen wollte, und manchmal kraulte er sie am Kopf, wenn sie gnädigerweise zu ihm kamen, aber er sprach nicht mit ihnen. Er konnte sich nicht entsinnen, dass er in den zwanzig Jahren einmal überlegt hätte, ihren Haushalt um den *besten Freund des Menschen* zu erweitern. Nicht, dass er keine Hunde mochte, er hatte nur nicht das Bedürfnis, sich einen zu halten.

Er schaute von Maggie zu Tessa und kam sich albern vor, fühlte sich als Freund und Polizist aber verpflichtet, auf ihre Angst einzugehen, zumal ihm gerade nichts Besseres einfiel. Es gab keine charmante Art, sich zu drücken. Als er spürte, dass der Hund ihn ansah, drehte er langsam den Kopf und versank in dem goldbraunen geduldigen Blick.

Er schluckte an dem absurden Kloß im Hals vorbei. »Was meinst du, Tess? Willst du mit?« Bayard beobachtete Maggie aus dem Augenwinkel, ob eine kleine Geste antrainiertes Verhalten auslöste.

Aber Maggie hielt die Hände still im Schoß und tat nichts weiter, als mit dem Hund zu reden. »Willst du mit nach Daddy suchen?«

Zur Antwort wechselte Tessa von Maggies an Bayards Seite und bestätigte schwanzwedelnd das Bündnis.

Bayard musste lachen. »Als wüsste sie, was wir sagen.« Er strich ihr über den glatten Kopf.

Maggie trank einen Schluck kalten Tee. »Ich wundere mich auch immer wieder, wie viel sie versteht.«

Der Bodensatz in ihrer Tasse starrte sie an, warf Licht gegen die Porzellanwände und in die Tränen, die sich am Wimperrand sammelten. Sie trank den Rest, um für einen Moment hinter dem Tassenrand für sich zu sein. Nachdem die Tasse leer war und sich die Sache nicht weiter hinauszögern ließ, stellte sie sie hin und brachte Bayard und Tessa zur Tür.

Sie hatten den Park ein Mal umkreist und waren die Straßen der Stadt abgefahren, aber es hatte keinen Erfolg und auch keine zündende Idee gebracht. Wieder im Park, dachte Bayard konzentriert nach, während er an seinen Fingern kaute. Tessa seufzte auf dem Beifahrersitz.

»Was denn? Langweile ich dich schon?«, sagte er.

Tessa hechelte zur Antwort und schaute ihn mitfühlend an.

»Also, jetzt bist du dran, Schlaubergerin.«

Tessa zog die Brauen hoch, und das Hundelächeln wurde breiter.

»Ich mein's ernst. Wo sollen wir suchen? Sprich mit mir.«

Sie blickte kurz zum Fenster und zu ihm zurück, scheu und an seiner Stelle verlegen.

»Ich weiß, du sprichst nicht. Also machen wir's telepathisch.« Bayard schloss die Augen. »Sende mir einen Gedanken. Einen Hunderatschlag.« Er machte ein Auge auf. »Na komm, Tess, streng dich an.« Er lehnte sich an die Kopfpolster und kniff die Augen zu. »Sende mir eine Botschaft.«

Dann riss er die Augen auf. »Eine Botschaft«, sagte er und griff zum Handy.

Er rief seine Mailbox auf und ging mehrere Nachrichten durch, ob Fords Stimme darunter war. Das war nicht der Fall. Dann ging er an den Anfang zurück und hörte die jüngsten Nachrichten ab. Leah Tamblin hatte am Nachmittag drei Mal angerufen, ihre Absichten kundgetan und ihn auf dem Weg zu seinem Büro insbesondere über ihre Fahrt nach Stillwater informiert. Und auf sie passte die Beschreibung der jungen Frau, mit der Maggie Watts im Park gesprochen und derentwegen Ford noch mal das Haus verlassen hatte.

»Tessa, du bist ein Genie.«

23

Boyds Fuß hatte offenbar ein Eigenleben, denn sein Gehirn hatte sich seit der Horrorfilmszene im Rückspiegel nicht gerührt. Eine Erinnerung oder ein Gefühl des Wiedererkennens stieß ihn an, um auf sich aufmerksam zu machen, aber Boyds Fuß gab überhaupt nicht acht und trat das Gaspedal durch. Die Erscheinung im Spiegel kippte weg, worauf ein dumpfer Schlag folgte, und im nächsten Moment beugte sich Boyd angespannt übers Lenkrad, als wollte er mit dem Kinn schneller am nächsten Meilenschild sein als die vordere Stoßstange.

Er jagte den Pick-up über die Höcker und Mulden der Straße und hatte ihn gerade noch so in der Gewalt. Beim letzten Hügel war Boyds Kopf leer und das Gaspedal auf einer Höhe mit der Fußmatte. Der große Wagen sauste durch die Luft und gab, was er an Eleganz haben mochte, bei der Landung völlig auf.

Als der Ruck durch den Fahrersitz ging, nahm Boyd die Realität endlich zur Kenntnis. Er fuchtelte mit dem Lenkrad herum und flehte, dass es noch mal gut gehen möge. Die Physik war ihm gnädig – der Wagen geriet ins Schleudern, überschlug sich aber nicht und gelangte wieder auf die rechte Fahrspur. Boyd gab erneut Gas, aber diesmal mit ein bisschen Zurückhaltung im Fußgelenk.

Er vermied es angestrengt, zu horchen, was auf der Ladefläche vor sich ging, und drehte den Rückspiegel weg, ohne hineinzublicken. So gut sich die Verweigerung anfühlte, da blieb dieses kleine unausweichliche Problem. Was hinten an einem dranhängt, wird man durch Weglaufen nicht los, und Boyd könnte rasen, bis der Tank staubtrocken wäre.

Er hatte sich noch zu keiner Lösung durchgerungen, als vor ihm die Straße zu Ende ging. Die Route 10 verlief quer vor ihnen, mit einem erhöhten Mittelstreifen, der einen schmalen Durchlass zum Wenden hatte. Boyd konnte sich nicht überwinden zu bremsen. Er stellte sich das Monster auf der Ladefläche vor, das nur durch die Geschwindigkeit dort festgehalten wurde. Wenn er jetzt anhielte oder viel langsamer führe, würde ein zerfledderter Arm durch die hintere Scheibe stoßen und ihn hindurchzerren in eine mitternächtliche Gruselshow.

Das düstere Spiegelbild war ihm allerdings irgendwie bekannt vorgekommen. Das ergab zwar keinen Sinn, aber doch eine gewisse Anregung. Boyds Angst rückte ein bisschen zur Seite zu den anderen Emotionen, die wie immer neben ihm herliefen, und das befreite seinen Fuß und die Hände, sodass er nach rechts auf die Route 10 fahren konnte, ohne die ganze Kiste ins Kippen zu bringen. Er spürte, wie die Räder der Beifahrerseite entlastet wurden, und die Neigung der Fahrerkabine ließ seine kribbelnden Eingeweide in die gleiche Schräglage rutschen, doch sie entschied sich ganz allein gegen eine Rolle seitwärts.

Als Boyd die Angst vor den Fliehkräften und dem Phantom abgestreift hatte, besann er sich dankbar auf die Klemme, in der er steckte.

»Wille und Weg, Boydie«, flüsterte er zu sich, und plötzlich fuhr ihm der Schmerz in den Kiefer, so sehr biss er die Zähne zusammen. »Eins nach dem anderen.«

Auf der Ladefläche des Pick-ups befand sich eine Person. Nicht Katielynn und auch nicht ihr Geist. *Nur eine Person, Boydie, denn es gibt auf der Welt nur Menschen und Tiere.* Und egal, warum diese Person dort war, sie würde verschwinden müssen.

Boyd hatte keine Zeit, sich im Nachhinein zu kritisieren. Er lenkte den Wagen nach rechts an den Straßenrand, trat gleichzeitig scharf auf die Bremse und betätigte den Automatikschalthebel. Der Wagen kam ruckartig zum Stehen. Ein lauter Knall erschütterte die Karosserie, als das Monster gegen die Fahrerkabine prallte. Boyd sah nicht in den verdrehten Rückspiegel. Er warf nicht mal die Tür zu, als er aus dem Wagen sprang. Die zwischen die Finger geklemmten Schlüssel waren die einzige Waffe, die ihm spontan eingefallen war. Er hob die stachelige Faust, während er über die Seitenwand nach der Gestalt griff, die zusammengekrümmt mit den Füßen scharrte.

So hoheitsvoll Boyd Montgomerys Entschlossenheit stets war, die Verurteilungen anderer Leute brachten ihn jedes Mal aus dem Konzept. Sein wilder Fahrstil hatte die Person auf der Ladefläche in Rage versetzt. Völlig sprachlos und reaktionsunfähig bemerkte Boyd zwei Dinge an der Gestalt, die sich über die Seitenwand auf ihn stürzte: Der Mann war enorm groß und schien ihn zu kennen.

Der Bulle krachte auf Boyds Brust und trieb ihm den Atem aus. Die Schlüssel sausten klirrend über den Kies und verschwanden im Schatten eines Radkastens. Nach dem ersten Angriff war die Kraft des Cops anscheinend verbraucht. Er lag schwer wie ein Stein auf Boyd und versuchte, sich auf die zitternden Arme zu stemmen.

»Bart Montgomery?«, sagte er heiser röchelnd. Er drückte Boyd an den Boden, während er sich, den Unterarm auf dessen Brust gestützt, aus der Bauchlage hochstemmte. »Was haben Sie getan? Haben Sie den Verstand verloren? Haben Sie den beiden was getan? Was hatten Sie um Himmels willen bei dem Haus zu suchen?« Ford Watts streckte einen Arm an seiner Seite entlang nach unten und verzog vor Schmerz das Gesicht.

Ohne Ehrfurcht vor der guten Neuigkeit, dass er den Polizisten doch nicht umgebracht hatte, wand Boyd den rechten Arm unter ihm hervor und verpasste ihm einen Faustschlag an die Schläfe. Zwei Knöchel trafen auf Fleisch, zwei auf Knochen. Vor Schmerz holte Boyd zischend Luft, doch die wurde ihm gleich wieder ausgetrieben, da Watts auf ihn sackte.

Unter dem Gewicht konnte Boyd kaum richtig Atem holen. Ihm taten die Rippen weh, und hinter den Lidern sprühten Funken. Blind tastete er in die Richtung, in der das Klirren verhallt war, und stieß mit ausgestrecktem Arm gegen die Schlüssel. Obwohl halb erstickt, klaubte er sie behände auf und drückte dem Bullen eine lange gezähnte Kante unter den Kiefer.

»Runter von mir, Alter. Sofort. Steh auf!«, schäumte er.

Gemeinsam kamen sie vom Boden hoch, ohne dass Boyd den Schlüssel wegnahm. Er konnte den Puls der Halsschlagader an seiner Handkante fühlen. Ihm wurde ein bisschen schwarz vor Augen, während er zu Atem kam.

Watts keuchte angestrengt. Er hielt sich schützend den Bauch, aber seine Stimme zitterte nicht. »Treib das nicht noch weiter, Junge«, schnaufte er. »Ich weiß, du hast Angst. Aber die Einlösung der Schecks ist doch keine große Sache. Mach jetzt keinen Fehler.«

Jetzt, wo es so weit war, stellte Boyd zugleich erleichtert und verdrossen fest, dass er doch niemanden umbringen wollte. Das hatte er schon vermutet, nachdem er diesem unaufrichtigen Weichei drüben im Haus nicht das Licht ausgeblasen hatte. Manchmal, meist wenn er nachts wach lag, hatte er sich Sorgen gemacht, dass ihm das Töten vielleicht ein bisschen zu leicht fiel. Katielynn schien in seinen Gedanken auf wie eine Mohnblüte auf grünem Acker, und dann natürlich der dreiste Stecher, der sich in Boyds glückliches Heim geschlichen hatte, und dieser eine dumme Köter, dem er das etwas zu scharfe Knurren nicht hatte durchgehen lassen. Er sah Bart, seinen Zwilling, der ihn mit sanften Augen und freundlichem Ton um Verständnis bat, um einen Moment Aufmerksamkeit, damit er seinen Kummer loswerden konnte, um einen Bruder, der den Schmerz mit ihm teilte. Diesmal also hatte Boyds Hand kein Verlangen danach, ein Blutbad anzurichten. Im Augenblick war er nicht wütend oder beleidigt, nicht mal gleichgültig. Er war beschäftigt, mehr nicht.

Der Bulle, Watts, hatte Schmerzen. Boyd hörte, dass ihm das Einatmen schwerfiel. Er selbst atmete die ganze Zeit nur flach, um möglichst wenig vom Dunst seiner Klamotten abzukriegen. Ihm ging einfach nicht aus dem Kopf, wie er sich mit dem Kerl über die Verpackung der Leiche gewälzt hatte. Jedes Mal, wenn er den Gestank in den Rachen bekam, kroch es ihm wie eine grüne Pampe in den leeren Magen, und vor Übelkeit wurden ihm die Knie weich.

Er stieß Watts weg. »Gehen Sie. Los.«

Watts taumelte einen halben Schritt, hielt sich aber aufrecht. »Montgomery«, mahnte er.

»Zwingen Sie mich nicht zu einem Kampf. Sehen Sie sich doch an.« Boyd schüttelte den Kopf. »Sie würden verlieren.«

Der große Mann spannte sich an; ob er nur das Gleichgewicht halten oder angreifen wollte, konnte Boyd nicht einschätzen. Er umklammerte die Schlüssel und überlegte, ob es so klug war, Watts gehen zu lassen. Viel war nicht mehr nötig, um ihn durch die Himmelspforte zu befördern. Und Boyd könnte einen Vorsprung gut gebrauchen. Doch sowie er die Tat in Erwägung zog, sah er davon ab.

Ford Watts teilte einen mächtigen Schwinger aus und landete eine Doublette. Er war geschwächt, aber ein Hüne und hatte genug Muskeln, um sein Gewicht zu schleppen. Darum brachte der Kopfhieb Boyd ins Taumeln; der Nachfolger traf ihn unterhalb des Ellbogens, worauf ihm ein gemeiner Schmerz in den Unterarm raste und ihm die Hand betäubte. Die Schlüssel flogen im hohen Bogen außer Sicht und landeten klirrend unter dem Pick-up.

Der Detective nutzte Boyds Verblüffungsmoment. Eine Hand

am verletzten Bauch, lief er so gut es eben ging den Hügel hinauf auf die Bäume zu.

Bayard versuchte nicht, sich das auszureden. Jason Getty war ein Verbindungsstück zwischen Leahs Kommen und Fords Abwesenheit, ein unsicheres zwar, aber die nagende Idee wurde gestützt von den Nachrichten, die die junge Frau hinterlassen hatte und die im Ton fordernd, wenn auch in der Wortwahl einigermaßen höflich gewesen waren. Sie war versessen darauf, sich die Einzelheiten des Falles zu beschaffen, wollte unbedingt alles ganz genau wissen, um damit abschließen zu können. Er kannte diese Sorte und bewunderte sogar ihren Mumm. Das Einzige, was sie in Stillwater wollen könnte, waren ein Blick in die Fallakte und ein Blick auf den Tatort, und da sie nicht in ihrem Wagen im Park in die Fallakte geschaut haben konnte …

In Watts' Wohnzimmer zu sitzen hatte nichts gebracht. Vom Revier war keine Meldung gekommen. Bei der Fahrt durch die Stadt hatte sich nicht die geringste Spur ergeben. Dass es so spät war, war ärgerlich, hatte aber auch einen Vorteil. Er konnte sich im Schutz der Dunkelheit nach Ford und Leah umsehen, und Getty lag vielleicht schlafend im Bett und bekam gar nichts mit.

Die Straße vor Gettys Haus war verlassen – kein Ford Watts, keine Leah Tamblin. Bayard fragte sich, ob er erleichtert oder enttäuscht sein sollte. Er lehnte den Kopf an das Stützpolster und sah zu seinem neusten Observierungsobjekt hinüber.

Dinge, die er zu lange oder zu durchdringend betrachtete, schienen zurückzustarren, so war es ihm immer vorgekommen. Der Druck, länger als ein paar Minuten bei Dunkelheit auf ein stilles Haus zu blicken, setzte seiner Rationalität zu. Unsichtbare Tentakel kitzelten ihn in den Haaren und richteten sie an den Wurzeln auf, fest verankerte Gegenstände beteuerten am Blickfeldrand, sie könnten sich bewegen – nur ein bisschen.

Leute dagegen waren ihm selten unheimlich. Er konnte seine überaktive Intuition stundenlang unterhalten, indem er im Gesicht eines anderen das Kleingedruckte las. Reglose Dinge hatten nur den Subtext, den er ihnen gab, was erst zum Problem wurde, wenn er nichts zu tun hatte, außer zu bemerken, dass die Hecken neben ihm auf verdächtige Weise kauerten. Die Spontanobservierung zerrte an seinen Nerven.

Eine Windbö fuhr in die Bäume und brachte die nächtlichen Schatten auf den Fenstern in Bewegung, sodass sie aussahen wie blinzelnde Augen und ängstlich oder wütend aufgerissene Münder. Das reichte ihm jetzt erst einmal, und so löste er die Handbremse und schaltete in den Leerlauf, um den Wagen vom Rinnstein weg und ein Stück weit zurückrollen zu lassen, fort aus dem Blickfeld des Hauses. Nichts deutete darauf hin, dass Getty ihn gehört hatte. Kein Licht ging an, und Geräusche waren auch nicht zu hören. Aber Bayard fühlte sich trotzdem besser, als er den herausfordernden Blick des Hauses nicht mehr spürte.

Tessa rutschte unruhig auf dem Beifahrersitz hin und her und fand alles unbequem.

»Ist schon gut.« Er streichelte sie, ohne von der Straße wegzusehen, und tastete nach den Ohren, um sie zu kraulen. Sein Blick wanderte von der Hausecke, die er noch sehen konnte, zum Rückspiegel und umgekehrt, und alle paar Sekunden schaute er auf sein Handy. Keine Anrufe. Ford war nicht nach Hause gekommen. Bayard brannten die Augen, weil er sich kaum zu blinzeln traute. Maggie wollte er erst anrufen, wenn er etwas zu berichten hatte, und sie nicht mit der Nachricht belasten, dass es noch nichts zu sagen gab. Er schob das drängende Gefühl beiseite, dass er besser woanders sein sollte.

Die Luft im Wagen wurde mit Tessas Hecheln doppelt so schnell schal. Er schaltete die Zündung ein und ließ die Fenster herunter. Sofort begann Tessa zu winseln und lehnte sich hinaus. Ab und zu endete ein langgezogenes Winseln mit lautem Schnauben.

»Was hast du?«

Sie drehte den Kopf zu ihm, dann reckte sie ihn aus dem Fenster und stimmte ein hohes Geheul an, das sie ab und zu mit tiefem, leisem Gebell unterbrach.

Bayard bekam eine Gänsehaut nach der anderen. Er griff sich die Taschenlampe und sah Tessa an.

»Du bleibst hier. Ich bin gleich wieder zurück. Es dauert nicht lange.« Ein Hundeohr drehte sich zweifelnd in seine Richtung. »Hoffe ich jedenfalls.«

Sie blickte ihn mit hochgezogenen Brauen an, schnappte in die Luft und leckte sich die Lefzen.

»Ist ja gut. Steigere dich bloß nicht hinein.« Er fasste sich an die Schläfen. »Warum spreche ich mit einem Hund?« Er tätschelte ihr den Kopf. »Ich geh mal kurz, Tess.«

Aber Tessa hatte eine andere Idee. Als Bayard seine Tür öffnete, krabbelte sie quer über ihn hinweg, ohne Rücksicht auf die Empfindlichkeit des männlichen Schoßes zu nehmen. Als der Hund an eine stabil erscheinende Stelle trat, schnappte Bayard in qualvollem Vorgefühl nach Luft, da die Pfote im Augenblick des Absprungs unweigerlich in den gefährlichen Bereich abrutschen würde. Physik und Anatomie trafen aufeinander, als Tessa geschmeidig nach draußen schnellte. Bayard stöhnte und ließ sich übers Steuer sinken, sog den Atem durch die zusammengebissenen Zähne, was die Sauerstoffzufuhr nicht erhöhte, und stieß ihn knurrend wieder aus. Tessa wartete tänzelnd mitten auf der Straße. Bayard packte sich an die Knie, während der fiese, wirbelnde Schmerz in seinen Bauch zog und einen langsamen Tod starb, für den Bayard jedoch keine Geduld hatte.

Behutsam setzte er die Füße auf den Asphalt und stand auf, ganz gegen den Willen seines Rückgrats, das sich noch schützend über den Unterleib krümmen wollte. »Tessa, geh zurück ins Auto«, knurrte er und zeigte energisch hinein. »Geh. Na los. Ab ins Auto.«

Tessa senkte den Oberkörper und bellte auffordernd.

»Ins Auto. Marsch.«

Sie sauste davon, um sogleich an denselben Fleck zurückzukehren, und wiederholte das zwei Mal, wobei sie jeweils ein Stück näher ans Haus heranlief. Bayard wusste nicht, wie er mit einem Hund argumentieren sollte. Und er war nicht einmal sicher, ob das so ratsam wäre.

»Also schön, na gut«, sagte er zu niemand Bestimmtem. Und dann zu Tessa: »Du bist still.«

Er hakte die Leine an das Halsband. »Und ich rate dir gut, nirgendwo hinzupinkeln.«

24

Leah hatte es verlernt, das Beste zu hoffen, gab sich aber Mühe, an der Szene, die sich im Randbereich ihrer Scheinwerferkegel abspielte, das Positive zu sehen.

So verblüffend es war, Ford Watts war aus dem Totenreich zurückgekehrt. Über der Seitenwand der Ladefläche hatte sich ein Stiefel bewegt. Es war nicht anzunehmen, dass es ihm gut ging. Aber er war eindeutig am Leben, denn da drüben neben der Straße stieg er den Hang hinauf und hielt sich dabei den Bauch. Plötzlich kribbelte es sie im ganzen Körper, und es rauschte ihr in den Ohren. Sie glaubte, sie würde ohnmächtig werden, doch anstelle eines schwarzen Vorhangs, der ihr vors Gesicht fiel, wurde sie hellwach und fühlte eine drängende Unruhe.

Ihre Stimme sträubte sich, einen hoffnungsvollen Ton anzuschlagen, sodass Leah nur flüsterte. »Jason, sehen Sie! Da am Hang! Das ist Detective Watts!« Und gleich danach: »O Gott.«

Neben dem Pick-up stand Montgomery vom Boden auf und starrte gegen das Scheinwerferlicht zu ihnen herüber, in einem T-Shirt mit einer Rose darauf. Er hatte neben dem Vorderreifen von Watts' Wagen gekauert.

Leah wusste, dass die Rose nicht dahin gehörte, konnte sich aber im Augenblick keinen Reim darauf machen. Sie hatte Kopfschmerzen, und die Gedanken verschwammen schnell. Aber wen interessierte, was der Kerl auf seinem T-Shirt hatte? Welche

Rolle spielte das? Leahs neu erwachter Optimismus konnte jedoch nicht so schnell eine Mauer hochziehen, wie ihr gesunder Menschenverstand sie einreißen konnte. Das war keine Rose. Das war Blut, was der Kerl da an sich hatte. Montgomery suchte weiter den Boden ab, während sie näher kamen, dann rannte er den Hang hinauf hinter Watts her.

»Jason, sehen Sie!«

Aber Jason guckte nicht hin. Und er sagte auch nichts dazu. Stattdessen beschleunigte er.

Als sie an dem Pick-up vorbeischlingerten, wurde Leah in ihren Sitz gedrückt und dann gegen die Beifahrertür, bevor sie sich umdrehte. Sie sah Montgomery am Waldrand ankommen. Plötzlich war sie klar im Kopf. Sie hatte noch Schmerzen, sicher, aber die waren örtlich begrenzt und lenkten nicht mehr jeden vorbeigleitenden Gedanken ab. Wenn sie die Augen zusammenkniff, konnte sie klar denken, und darüber hinaus funktionierte bei ihr alles prima. Ganz besonders ihr Gewissen.

»Was tun Sie denn? Stopp!«

Jason bremste nicht. Er gab Vollgas, sodass Leah mit dem Kopf gegen die Seitenscheibe stieß, was ihr gerade noch gefehlt hatte. Es war ein Stoß von der ernüchternden Sorte.

»Jason, stopp!«

Und noch immer bremste er nicht. Der Wagen holperte über den unbefestigten Seitenstreifen, kam auf dem losen Schotter ins Rutschen, und das Heck schleuderte hin und her wie der Schwanz einer Meerjungfrau, bis es wieder auf den Asphalt gelangte. Dann begriff Leah, dass Jason nichts sehen konnte. Sie beobachtete fasziniert sein Gesicht, das beinahe losgelöst vom Moment schien, so sonderbar sah er aus – nackte Angst vernebelte ihm die Augen. Sie hätten genauso gut vermauert sein können. Er starrte geradeaus, aber was er sah, war viel weiter entfernt als das schwarze Asphaltband, das sich vor ihren Scheinwerfern auspulte.

»Jason«, sagte sie, diesmal ruhig, und berührte ihn am Arm. »Was ist los? Sie müssen anhalten.«

Der Meinung war er offenbar nicht.

»Wohin wollen Sie?«

Jason schüttelte den Kopf.

»Wir können ihn nicht hilflos zurücklassen! Um Himmels willen, er ist verletzt!« Mit der simplen Feststellung kam in ihr ein heftiges Schuldgefühl hoch, und es hatte durchaus Ähnlichkeit mit dem, das Jason lähmte, seit er sie in seinem Garten hatte aufstehen sehen. Es traf sie mit der Wucht einer Woge, füllte ihre Magengrube mit beißendem Grauen und ließ sie in Reue schwimmen. »O Gott, wir müssen ihm helfen. Wir müssen zurückfahren.«

Jason raste weiter, versuchte einem Nervenzusammenbruch zuvorzukommen, indem er schnell fuhr und noch schneller redete. »Ich kann nicht. Es ist zu spät.«

»Zu spät wofür?« Leah sah die Tachonadel zur Beifahrerseite schnellen.

Aus Jasons Kehle perlte ein irres Kichern. Er lachte rauer und schnaubte ein bisschen, als er Luft holen musste. Dann blieb das Kichern in einem Schluchzer stecken.

»Sie wissen nicht, was Sie von mir verlangen. Wenn ich ihm helfe, glauben Sie, er wird mir dafür helfen?« Er warf ihr einen Blick zu, der nur eine ganz bestimmte Antwort gelten lassen wollte, welche auch immer. Jason schüttelte den Kopf. »Ich muss weiterfahren. Ich kann Sie irgendwo absetzen. Es tut mir leid«, plapperte er und umklammerte das Lenkrad, als versuchte es wegzuspringen.

Leah hielt nach einer Wendemöglichkeit Ausschau, aber sie sausten durch eine gestaltlose Schwärze, zu schnell für die Sichtweite. Wenn sich ein Hindernis zeigte, würden sie nicht mehr rechtzeitig bremsen können.

»Beruhigen Sie sich«, sagte sie. »Und fahren Sie um Gottes willen *langsamer*. Wovon sprechen Sie eigentlich?« Er sah schrecklich aus. Als hätte er keinen einzigen Freund auf der Welt. Das hatte sie schon manchmal über fremde Leute gesagt, über irgendein armes Schwein, ohne sich wirklich Gedanken zu machen. Sie hätte nicht gedacht, dass tatsächlich jemand ohne einen Freund dastehen konnte. Nicht buchstäblich.

Jason war restlos allein mit etwas, das in diesem Wagen allen Raum einnahm, sodass sie ebenfalls allein war, aus seiner Realität ausgeschlossen, aber an ihn gefesselt. »Jason, bitte. Sie machen mir Angst.«

Der Aufhänger dieser Bitte war ein vollkommen neuer Stachel. Jason hatte Patty enttäuscht und Harris zu tiefster Verachtung getrieben. Aber soweit er sich erinnern konnte, hatte er noch nie jemandem Angst eingeflößt. Das machte ihm eine Gänsehaut. Selbst in seiner Fassungslosigkeit hatte er seine charakterlichen Veränderungen akzeptiert, die seine Zeit mit Harris hervorgebracht hatte. Aber nicht diese.

Harris hatte sich an der Angst anderer geweidet, was Jason niemals könnte. Aber nun hatte er eine Trennlinie überschritten, die ihm bislang nicht bewusst gewesen war. Er sah Leah wieder an, und zum ersten Mal seit seinem Gewissenskonflikt in seinem Flur mit starkem Interesse. Er brachte es nicht fertig, sie solcher Gefahr auszusetzen oder sie so furchtbar zu erschrecken. Wie er sein Problem auch anpacken würde, auf diese Weise nicht.

Er fuhr langsamer und ließ die Schultern hängen. »Also gut.« Er bremste, nahm die nächste Kehre im Mittelstreifen und fuhr zurück.

Leah ließ sich erleichtert in den Sitz sinken. Die Straße sauste ruckelnd auf sie zu und verwischte den Blick durch die Fenster. Leah nahm die Taschenlampe aus dem Handschuhfach und betete, es möge noch nicht zu spät sein.

Als sie um die letzte Biegung fuhren, gab Leah ihm ein paar aufgeregte Klapse. »Hier ist es.«

Der Wagen holperte über den grünen Mittelstreifen auf die Gegenfahrbahn und hielt vor Watts' Pick-up.

Leah drückte Jasons Arm. Er wusste, er könnte sie einfach aussteigen lassen und weiterfahren. Den Wagen nehmen und sie allein nach Watts suchen lassen. Aber Montgomery war auch da draußen. Er hatte zwar beteuert, keinem etwas tun zu wollen und nur einen Wagen zu brauchen, aber seitdem war Blut geflossen und hatte seine neue weiße Weste zumindest rosa gefärbt.

Wollte Jason dieses Blut auch auf seinem Gewissen haben? Wollte er sie ohne Erklärung zurücklassen und einem zweifachen Mörder ausliefern, wo weit und breit keine Hilfe zu erwarten war? Das wollte er nicht, und das war ihm klar. Er würde die Wagenschlüssel behalten. Er würde abwarten, was passierte. Die Sache konnte sich durchaus anders entwickeln.

Leah blickte durch die Wagenfenster zu beiden Horizonten, die auf diesem Streckenabschnitt durch Hügel verkürzt waren, und hielt nach einem sich nähernden Auto Ausschau. Sie drehte sich auf dem Sitz und schaute, ob das weiße Licht von Scheinwerfern über die Anhöhe käme. Es kam keines. Doch es würde jemand kommen. Es war doch immer jemand unterwegs.

In dem Moment, kurz vor der triumphalen Wiederkehr der Hoffnung, summte es leise an der Sitzlehne neben ihr, und eine Melodie wurde erkennbar, ein Ohrwurm, ein reizloser, mitgelieferter Klingelton. Jason schrie auf und zappelte überrascht. Er schlug sich auf die Hosentaschen, als hätte er Feuer gefangen.

Leah konnte die Gefühle, die in ihr aufbrausten, nicht sofort benennen; erst im Kopf zerfiel die Mischung in ihre Bestandteile: Verwirrung, Empörung, schon leicht abgestumpfter Horror und halb wütende, halb traurige Enttäuschung.

»Sie hatten die ganze Zeit über ein *Handy* dabei?«

25

Im Haus war es vollkommen dunkel und still, und Gettys Wagen stand abgeschlossen und leer im Carport. Bayard schnippte die Decklasche am Pistolenholster auf und fand das keineswegs übertrieben. Irgendetwas stimmte hier nicht. Er trat leise auf, war aber nicht bereit, auf Zehenspitzen zu gehen. Hätte er die Hand in der Hosentasche gehabt und nicht an der Pistole, hätte man ihn für einen Nachbarn halten können, der von der Blase seines Hundes beherrscht wird. Das heißt, bis er sich seitwärts nach SWAT-Art an die Wohnzimmerfenster schlich, um hineinzuspähen. Zum Glück war Bayard dort von der Straße aus fast nicht zu sehen. In den vorderen Räumen des Hauses war es dunkel, aber zwischen den schwarzen Umrissen der Möbel deutete nichts auf etwas Finsteres hin.

Tessa nutzte den Spielraum der Leine, lief hierhin und dorthin, hielt die Nase in den Wind und richtete die Ohren nach Geräuschen aus, die Bayard nicht hören konnte. An der Seite des Hauses wehte ein unangenehmer Geruch heran. Müll? Komposthaufen? Tessa raste los wie ein Rennpferd und zog Bayard hinter sich her.

Während er an der Hauswand entlangstolperte, fingerte er am Schalter der Taschenlampe. Der Geruch brauchte nur ein bisschen stärker zu werden, und ihm war klar, was er da roch. Aber da hatte Tessa ihn schon halb zu der Grube am hinteren Rand des Gartens gezerrt.

»Was zum Teufel –?« Bayard leuchtete über die Grubenkante, während Tessa hinter ihm im taufeuchten Gras schnupperte. Dann fing sie an, den Boden aufzuscharren, und drückte die Schnauze in die Erde.

Bayard ging neben ihr in die Hocke. »Was ist da?« Er richtete den Lampenstrahl auf die Stelle, die Tessa mit Pfoten und Schnauze bearbeitete. »Halt mal still, Tessa, und lass mich gucken.«

Sie schob seine Hand von ihrer Entdeckung weg. Bayard schnappte ihre wuselnde Schnauze und drückte sie beiseite. »Lass mich nur mal kurz hinschauen.«

Ihr Bart war zu klebrigen Strähnen zusammengeklebt. Bayard spürte eine glitschige Nässe in der Hand, während Tessa den Kopf hin und her warf, um freizukommen. Er ließ sie los und sah seine Handfläche glänzen. Er musste kein Hundefachmann sein, um zu wissen, dass das kein Sabber war. Im Licht der Taschenlampe sah er dann frisches Blut und Erde.

Seine Instinkte kribbelten in allen Gliedern, aber das verwirrende Rätsel hielt ihn an Ort und Stelle fest. Er leuchtete zwischen die Bäume, dann wieder auf das Blut in seiner Hand und schließlich über die Hausfassade. Auf halber Strecke zur Terrasse streifte der Lichtkegel platt getretenes Gras und eine flache Erhebung. Bayard stockte. Tessa sauste durch das Licht darauf zu, bis sich die Leine straffte.

»Was zum Teufel –?« Im Hinterkopf fing Bayard an zu zählen, wie oft er das in dieser Nacht sagte.

Für Tessa war der Boden vom vorderen bis zum hinteren Garten mit einem Gewirr von Spuren bedeckt. Das Verlangen, all den Gerüchen der vielen sich kreuzenden Pfade nachzugehen, war wie ein Rausch, und sie musste sich stark konzentrieren, eine seltene Sache für einen Kopf, der es so sehr gewohnt ist, Vages zu untersuchen.

Die Grube hatte Tim erschreckt. Der Geruch toter Lebewesen löste bei Leuten fast immer Ammoniak-Angst aus, auch bei denen, die nicht wegrannten. Gerüche machten Tessa keine Angst. Menschen mussten eingeschätzt werden, und Tiere musste man jagen, zum Freund machen oder manchmal einschüchtern, aber Gerüche waren die beste Nachrichtenquelle. Manche waren wie ein Schlag auf die Nase, und bei anderen fing sie an zu geifern und zu betteln, und wieder andere mussten markiert werden. Tessa verstand all diese Dinge und beachtete sie dementsprechend.

In dieser Hinsicht hatte sie einen ausgefüllten Tag gehabt. Sie verstand nicht, warum Tim an den Spuren vorbeiging. Aber das taten die Leute immer. Dafür, dass es Schlafenszeit war, hatte der Garten zu viele frische Trampel- und Blutspuren. Doch sie hatte keine Angst, weil das Wichtigste dieser Nacht hier im Gras zu erschnüffeln war. Bei allem, was sonst noch im Argen lag, ihr Herrchen war hier entlanggegangen, und das würde sie Tim irgendwie begreiflich machen.

Es brauchte einige Überzeugungskraft, um Tessa zum Wagen zu ziehen, aber es war zwingend erforderlich. Bayard hatte Handy und Funkgerät dortgelassen, und es war Zeit, Meldung zu machen.

»Ich gehe ins Haus«, sagte er. »Kommen Sie schnell, aber ohne Blaulicht und Sirene. Ich will nicht, dass hier die ganze Nachbarschaft im Schlafanzug herumsteht und die Schweinerei begafft. Also, Beeilung.«

Kurz darauf stand Bayard an Gettys Vordertür, den Finger an der Klingel. Den Wert simpler, selbstverständlicher Höflichkeit hatte er noch nie unterschätzt. Bei allem, was er im Garten entdeckt hatte, hätte er mit Schlachtruf das Haus stürmen können, und man hätte ihm die Dramatik nachgesehen. Aber im Laufe seiner Dienstjahre hatte er immer wieder den höflichen Weg gewählt – und oft mit verblüffendem Resultat. Ein erschrockener Übeltäter war erst mal aus dem Konzept gebracht, und wenn er seine Tat gerade beging, war nichts erschreckender als ein höfliches Anklopfen oder ein respektvolles »Bitte« und »Vielen Dank«. Damit rechneten solche Leute einfach nicht.

Sein Anruf war von der Zentrale an Mike weitergeleitet worden, einen gut gepolsterten Kollegen von der Streife, den Bayard vom Sehen kannte. Der begleitete ihn jetzt übers Handy.

Bayard informierte ihn flüsternd, worum es ging. »Dieser Getty ist ein ganz normaler Typ. Sollte keine große Sache sein.« Als er das vor jemand anderem laut aussprach, wenn auch sehr leise, schloss sich für Bayard der Kreis.

Er hatte insgesamt schon einige Stunden mit Getty gesprochen und war immer mit einem Gefühl gegangen, als hätte er nicht die richtigen Fragen gestellt. Der Montgomery-Reynolds-Fall schien ziemlich simpel zu sein. Getty hatte ihnen überall Zugang gewährt und die Ermittlung erleichtert. Und doch: Hier war Bayard nun wieder. Wenn ein »Alles in Ordnung« ganz und gar gelogen war, dann war auch alles an dieser Person falsch – jedes Lächeln einen Wimpernschlag zu spät, jeder Tonfall ein bisschen zu unsicher. Ein Lügner hielt sich immer ein bisschen zu gerade, sodass das Hemd an den Schultern komisch saß. Wenn er mit Getty gesprochen hatte, waren dessen Augen ständig im Begriff gewesen, abzuschweifen. Getty hatte sich zwingen müssen, ihn anzusehen, und seine Iris hatte gezittert wie ein Schwächling auf der Hantelbank. Getty hatte Angst vor der Polizei, und das in einem nicht ganz normalen Maße. Für seinen neuen Partner drückte Bayard die Schlussfolgerung einfacher aus.

»Er war immer lammfromm, ziemlich hilfsbereit sogar. Aber irgendwie … Ich weiß nicht. Es hat nie so ganz gepasst. Ich wusste, dass die Sache noch kippt. Irgendetwas kam mir die ganze Zeit verdächtig vor. Bleiben Sie einfach bei mir, Mike.«

»Ich bin direkt neben Ihnen, bis ich da bin, Detective.«
»Danke.«

Bayard klingelte und klopfte gleich darauf ein paar Mal zurückhaltend an die Tür. Er reckte den Kopf zur Seite und spähte durch das Esszimmerfenster in den Hauptflur, um zu sehen, ob sich ein Schatten bewegte. Er wiederholte die Sequenz. Nichts.

Tessas Ohren waren flach angelegt, ihr Körper gespannt wie eine Bogensehne.

»Versuchen wir's hinten«, schlug Bayard vor.

Tessa lief voraus.

An der Hintertür bekam Bayard die gleiche Reaktion, nämlich gar keine. Doch Tessa wurde auf der Terrasse wild, sprang und kläffte und stieß die Schnauze in Bayards Hand.

Er strich sich mit der anderen Hand über den Mund. Dann nahm er die Pistole aus dem Holster. Er schnupperte, was er sofort bereute, und schnaubte den Gestank heftig aus. »Bereit?«, fragte er den Hund.

Tessa sprang diensteifrig hin und her und knurrte.

»Noch da, Mike?«

»Jep. Sind Sie sicher, dass Sie nicht warten wollen? Sie wissen doch schon, dass Ford nicht da ist, und alles ist still, wie Sie sagen.«

»Sein Pick-up ist nicht hier, aber Sie sollten mal den Hund sehen.«

»Und?«

»Es ist sein Hund.«

»Ach so, na, dann tun Sie, was nötig ist.«

Bayard hängte sich das Handy mit eingeschaltetem Lautsprecher an den Gürtel und klopfte noch mal gegen das Holz, dann gegen die Scheibe der Tür. Er sah Tessa an, die ihren Enthusiasmus hechelnd kundtat. Sie riss den Kopf zu ihm hoch und senkte die sprungbereiten Hinterläufe. Bayard verstand das als Nicken. Er versetzte der Tür unmittelbar unterhalb der Klinke einen kräftigen Tritt.

Es war überraschend leicht. Die Tür bog sich unter einem schwachen Riegel am oberen Ende. Der gab mit scharfem Knacken nach. Die Tür sprang auf, und Bayard taumelte über die Schwelle. Er musste ordentlich rudern, um sich nicht langzulegen, und konnte seinen Schwung nur knapp abfangen.

Außerdem rannte Tessa ihn fast um, als sie zum Hauptflur sauste. Sie streifte nicht nach rechts und links, sie lief nicht am Boden schnuppernd einer Spur nach und hielt nicht inne, um mit den Ohren zu zucken. Das wenige Licht von den Frontfenstern tauchte alles in graue Schatten und zeigte einen freien Weg von der Küche bis zur Haustür. Bayard fand, dass es im Haus ein wenig nach Verwesung roch. Er konnte nicht wissen, was Tessa wahrnahm, doch die Schauder, die ihm die Haare aufrichteten, sprachen Bände.

An der Wand im Korridor hatte Tessa sich auf die Hinterläufe gesetzt, die Vorderläufe steif nach vorn abgespreizt, damit sie den Kopf ganz in den Nacken legen konnte. Aus ihrer Kehle stieg ein Geheul, das tiefe Trauer ausdrückte und jedem, der es hörte, durch Mark und Bein ging.

Das tönende Geheul raubte Bayard jeden Gedanken. Auch wenn es für das Urempfinden furchterregend war, blind und taub gegen die Schrecken zu sein, die Tessa spürte, schon der Klang erzeugte ein weißes Rauschen, wo sonst sein logisches Denkvermögen residierte. Das Geheul weckte seinen Fluchtinstinkt, den seine eigenen unzureichenden Sinne aber nicht auszulösen vermochten. Er spürte nichts. Und er konnte nicht einmal ahnen, was sie wusste. Es jagte ihm Schauder über den Rücken.

»Was zum Teufel –?« Bayard ging in die Hocke. »Tessa, was ist?« Ihre Augen waren zugekniffen, das Heulen kam tief aus dem Innern und stieß ihren Schmerz ins Freie. Es hallte durch den Flur und durch seinen Kopf.

»Tessa, hör auf.« Bayard schlang die Arme um den Hund. Er fühlte ihr Zittern, drückte sie an sich und barg das Gesicht an ihrem Fell. »Tessa, bitte.« Sie heulte weiter, bis Bayards Wimpern nass von Tränen waren, von denen er bis dahin nichts bemerkt hatte.

Dann stockte sie, und durch die plötzliche Stille kam Bayard aus dem Gleichgewicht. Er fing sich mit einer Hand am Boden ab und drehte das Gesicht zu Tessa.

Er hatte gern geglaubt, dass der beste Freund des Menschen gelehrig war und einfache Befehle befolgen konnte. Er hatte selbst gesehen, wie klug Hunde ihre Wünsche und Bedürfnisse mitteilen und vorausahnen konnten, was ihr Herrchen von ihnen verlangte. Aber wenn jemand angedeutet hatte, ein Hund könnte die Gedanken eines Menschen lesen oder gar das interne Geplapper übergehen und in die Seele schauen, dann hatte er dazu nachsichtig genickt, genau wie bei UFO-Sichtungen und Geistern auf der Treppe.

Er vergaß jedoch, dass er an solches Zeug nicht glaubte, als Tessas Blick durch seine Augen in seinen einsamen, beengten Geist kroch. Für einen ganz kurzen Moment war sie dort, und ihr beider Wille war nur durch eine gläserne Stille getrennt. Angesichts der warmen, bernsteinbraunen Ruhe ihrer Augen keimte Begreifen zwischen seinen donnernden Herzschlägen. Ihm kribbelte die Kopfhaut, als er ehrfürchtig staunend begriff, dass er einen Moment lang in seinen Gedanken nicht allein gewesen war, fast als hätten sie tatsächlich ein Zwiegespräch geführt.

Sie nahm Bayards Handgelenk zwischen die Zähne, drehte sich einmal um sich selbst und zog seinen Arm um sie. Er drückte sie und wischte sich die Augen, doch sie stieß ihn mit der Schnauze weg, um das Verfahren zu wiederholen.

»Was ist bei Ihnen los?«, fragte der Kollege an Bayards Gürtel, der endlich wieder zu hören war.

»Das weiß ich nicht, Mike.« Bayard stand auf, und sofort wiederholte Tessa den Bewegungsablauf, indem sie Bayards Handgelenk behutsam, aber fest mit den Zähnen packte. Er sah ihr dabei zu und redete weiter. »Getty ist nicht hier, oder er stellt sich tot. Ich werde mich gleich mal umsehen, fasse aber nichts an.«

»Verstanden. Bin fast da.«

Bayard machte einen Schritt, um aus dem Flur wegzugehen, aber Tessa ließ ihn nicht. Sie stellte sich in den Weg, drückte sich an seine Schienbeine und packte erneut sein Handgelenk, um seinen Arm um sich zu legen.

Bayard versuchte, wegzugehen, und sie sprang vor ihn, packte ihn diesmal fester am Handgelenk und duckte sich zur Seite. Dann sprang sie bellend von ihm weg und machte einen Sprung auf ihn zu, wiederholte das und unterstrich es mit kurzem Bellen.

»Was tust du da, Mädchen?« Er versuchte es im Befehlston. »Tessa, komm.«

Sie bellte unbeeindruckt.

Da sie offensichtlich nicht damit aufhören wollte, unterbrach Bayard die Verbindung zu Mike und rief Maggie an.

»Hast du ihn gefunden?« Sie sagte nicht einmal Hallo.

»Noch nicht. Ich weiß nicht mal, ob er hier gewesen ist. Aber Tessa führt sich seltsam auf. Sie lässt mich nicht an sich vorbei.«

»Was tut sie denn?«

Bayard schilderte es, und fünfzehn Meilen entfernt sank Maggie auf den Boden. »O Gott. Er ist nicht da? Bist du sicher?«

»Maggie, was ist denn? Was versucht sie mir zu sagen?«

»Sie tut das, wenn mit Ford etwas nicht stimmt, wenn er zum Beispiel einen seiner Angina-Anfälle bekommt. Wenn er einen hat oder kurz davor steht, macht sie das. Sie weiß es schon vorher. Sie macht das mit mir, damit ich mich zu ihm führen lasse. Und sie hat es getan, als er – oh Tim – als er voriges Jahr von der Trittleiter gefallen ist. Weißt du noch? Dabei hat er sich den Ellbogen angebrochen.«

»Moment, Maggie, mehr brauche ich nicht zu wissen. Er ist nicht hier. Hier ist überhaupt keiner. Sein Pick-up steht auch nicht draußen, das könnte also ein gutes Zeichen sein. Ruf die Krankenhäuser an, erkundige dich, ob er eingeliefert wurde. Wir werden ihn schon finden.«

»Ruf mich häufiger an, Tim.«

»Du sollst nicht mit Herzklopfen ans Telefon gehen müssen, wenn ich gar nichts zu berichten habe. Also, kein Anruf heißt keine Nachricht, okay? Das verspreche ich. Ich bin weiter auf der Suche, da kannst du sicher sein. Ich gehe nicht nach Hause, ehe ich ihn gefunden habe. Ruf du die Krankenhäuser an und gib mir hinterher Bescheid.«

Bayard ging vor Tessa in die Hocke. Sie blickten einander in die Augen. »Tess, ich weiß nicht, wie ich mich verständlich machen soll.« Er hielt ihr das Handgelenk hin. »Bring mich zu Ford, wenn du kannst.«

Sie wippte einmal mit steifen Vorderläufen und bellte, dann rannte sie zur Haustür, zog nach links ab, lief zurück nach rechts und tippte winselnd mit der Pfote auf einen kleinen dunklen Gegenstand, um sogleich kehrtzumachen und über einem Fleck im Teppich zu schnauben.

Bayard probierte den Lichtschalter, aber es blieb dunkel. Da er nur die grelle Taschenlampe hatte, leuchtete er Tessas Route ab. Links am Boden fand er Blut und rechts ein Handy, das mit dem Display nach unten auf dem Teppich lag. Das musste er so liegen lassen.

Er klappte sein Handy auf und wählte Gettys Nummer aus der Anrufliste, dann starrte er auf das Handy am Boden. Der Wählton in seinem Ohr setzte sich fort, bis sich die Mailbox meldete, mit der voreingestellten Ansage, keiner persönlichen. Grimmig entschlossen wählte er Fords Nummer. Kurz hielt er hoffnungsvoll den Atem an, aber das Handy auf dem Teppich leuchtete auf, drehte sich halb im Kreis, und Beethovens Fünfte tönte in die Stille.

Tessa jaulte herzzerreißend.

26

»Ich hab's vergessen!«, stieß Jason hervor.

Es war erfrischend wie ein kalter Guss und seltsam festigend, dass es in dieser Höllennacht etwas gab, das ihr vertraut vorkam. Auf solche fadenscheinigen Ausreden war sie vorbereitet, die hatte sie schon ein Dutzend Mal gehört, wenn Reid sich auf absurde Weise von seinen Sünden distanzierte.

»Sie haben *vergessen*, dass Sie ein Handy hatten.« Während sie das Rätsel der letzten paar Stunden zu lösen begann, kämpfte eine vernünftige Angst gegen den starken und verwirrenden Eindruck, dass sie von Jason nichts zu befürchten hatte. Darum war Leah erst einmal wütend. »Wir hätten längst Polizei und Krankenwagen rufen können, weil Sie das Ding in der Tasche haben, und Sie haben es vergessen?«

Zähneknirschend hörte sie sein Schweigen und entschloss sich zu einem einfachen Test. »Dann rufen Sie jetzt die 911 an.«

Er rührte keinen Finger.

»Sie wollen es nicht«, sagte sie.

»Ich kann nicht. Bitte.«

Leah stieg aus dem Wagen und Jason ebenfalls, um sie über die Motorhaube hinweg anzusehen. In keiner Richtung näherten sich Scheinwerfer, nichts, was auf Hilfe hoffen ließ, aber zum ersten Mal in dieser Nacht, seit dem Moment, wo ihr Besuch an Reids zeitweiligem Grab zur Katastrophe wurde, fühlte sich

Leah wie sie selbst. Sie wollte eine Erklärung, noch dringender als einen Retter in der Not oder eine Aspirin.

»O mein Gott«, sagte sie, als bei ihr im Takt der pochenden Kopfwunde die Groschen fielen. »Ich bin so blöd.«

Leahs Blick ging hin und her, während sie die vordergründigen Merkmale der Szene, durch die sie beide nun hier standen, herausgriff. »Sie waren schon schmutzig, bevor Sie sich mit ihm geprügelt haben, und dann sagte er, er sei es nicht gewesen – oh ja, ich weiß es! Ich hab alles gehört.« Sie ließ Jasons erschrockenen Blick an sich abprallen. »Sie waren still, und ich fiel über meine eigenen Beine, aber man hört alles ziemlich gut, wenn die ganze Welt im Bett liegt und schläft. Ich wusste nicht, was für ein Spiel er trieb, aber er spielte mir nichts vor, stimmt's?«

Jason schnappte erschrocken nach Luft wie ein Fisch auf dem Trockenen.

»Haben Sie mich niedergeschlagen?«

»Ich – Leah, lassen Sie mich das erklären –«

»Das ist eine ganz einfache Frage: Haben Sie mich niedergeschlagen?«

»Das war keine Absicht.«

Ihn mit Fragen zu bedrängen rangierte irgendwo zwischen unfreundlich und unklug, aber sie konnte nicht anders. Das Frage-und-Antwort-Spiel brannte den Schmerz und das Entsetzen weg und hielt den Rest der Nacht von ihr fern. Sie war sich ziemlich sicher, dass sie vieles von dem, was ihr in unmittelbarer Zukunft bevorstand, nicht sehen und nicht tun wollte, darum warf sie weiter Fragen aufs Feuer.

»Wollten Sie mich umbringen?«

»Ich würde niemals jemandem etwas tun!«

Und da war sie, die seltenste Spezies der Unwahrheit – die schlüpfrige, nachtaktive, wahre Lüge. Leah betrachtete sich als Kurator einer Weltklassesammlung ehrlicher Unwahrheiten; die meisten waren nur Varianten von Reids Ich-liebe-dichs.

»Na, da bin ich aber erleichtert.«

»Es war Notwehr!«

»Mich niederzuschlagen war Notwehr?«

»Nein, nein, der andere – der –« Er ließ die Arme hängen. »Harris. Der auf der Plane.«

»Ich will es nicht wissen.«

»Ich bin kein schlechter Mensch. Ich hab es der Polizei nicht gesagt, weil ich Angst hatte, aber ich bin nicht so.«

Nicht so. Leah fragte sich, was »nicht so« heißen sollte, und dachte an Montgomery. Der hätte sicher auch eine gute Geschichte parat, um zu rechtfertigen, warum er Reid und seine Frau erschossen hatte. Aber würde er je ein Gesicht machen wie Jason? Würde das zu seinem Gesicht passen? Würde sie es glauben, wenn er es versuchte? Es war schwer vorstellbar. Jason hätte sie ein halbes Dutzend Mal Montgomery ausliefern können und hatte es nicht getan. Sie hätte das gern abgetan, konnte es aber nicht.

Gegen ihren Willen bekam sie Mitleid und wusste nicht, was ihr mehr auf der Brust lag, das oder ihre Wut. Sie schnaubte und war erst mal empört über sich selbst. Da sie beim Streiten außer Übung war, fehlte ihr die Ausdauer. Der Wind strich ihr durch die Finger, wo sie Reids Hand schon so lange nicht mehr gespürt hatte.

»Wissen Sie was? Beweisen Sie es. Zeigen Sie uns, wie sehr Sie wirklich *nicht so* sind.« Sie schaute zum Waldrand und zeigte hinüber. »Da ungefähr ist er zwischen den Bäumen verschwunden. Er kann noch nicht weit sein.« Sie drückte ihm die Taschenlampe in die Hand. »Beeilen Sie sich, Jason. Sie bringen ihn her, den Rest erledige ich.«

»Den Rest?«

»Ich bringe Detective Watts ins Krankenhaus. Sie können den Pick-up nehmen und fahren, wohin Sie wollen. Sie gehen einfach in den Wald, holen ihn her, und dann können Sie abhauen oder was Sie sonst vorhatten.«

»Warum? Warum sollten Sie das tun?«

»Darum – wenn Sie mir helfen und hinterher nicht davonkommen, dann jedenfalls nicht deshalb. Sie hatten für heute Nacht einen Plan, und ich hatte das Pech, hineinzustolpern. Aber wie auch immer. Sie müssen jetzt los, sonst wird es zu spät sein. Jason, beeilen Sie sich. Laufen Sie. Ich bleibe so lange beim Wagen.«

Jason fuhr zurück, als hätte sie ihn geschlagen. »Ich soll allein gehen? Sie werden nicht bleiben. Sie werden wegfahren. Sowie Sie ein paar Minuten allein sind, werden Sie durchdrehen, Leah. Sie werden wegfahren und mich allein lassen.«

»Nein, werde ich nicht. Im Augenblick ist es mir wichtiger, dem Detective zu helfen, als Sie ins Messer laufen zu lassen. Sie können die Wagenschlüssel mitnehmen, wenn Sie wollen.«

»Doch, Sie werden abhauen. Sie werden einen Wagen anhalten.« Er sah weg, rot bis über die Ohren. »Ich täte es jedenfalls.« Sie hörte ihn schlucken. Seine Nase wurde rot und die Augen nass. »Und überhaupt, was ist, wenn Montgomery zurückkommt? Dann wären Sie ganz allein hier. Sie können doch hier draußen nicht allein bleiben. Das ist gefährlich.«

»Gefährlich? Hier draußen gefährlich? Soll das ein Witz sein?«

Seine Augenbrauen schoben sich traurig die Stirn hinauf. Wieder horchte sie in sich hinein, ob sie Angst vor ihm hatte, und fand keine. Irgendetwas, oder vielleicht eine Kette von solchen Etwas, musste seine Welt auf den Kopf gestellt haben. Es gelang ihr nicht, ihn anzuzweifeln, und obwohl sie wusste, was er getan hatte, spürte sie immer wieder Mitgefühl für ihn.

»Hören Sie, ich weiß nicht, wie ich die Sache morgen sehen werde, Jason, aber ich schwöre bei Gott, ich werde nirgendwo anhalten, sondern direkt zum Krankenhaus fahren. Das verschafft Ihnen Zeit. Und das hat nichts damit zu tun, was Sie mir erzählt haben. Ganz ehrlich. Ich bin nicht imstande, in einen Wald zu gehen. Ich kann es einfach nicht. Ich kann da nicht reingehen.«

»Sie müssen. Sie müssen mit mir kommen.«

»Sie hören nicht richtig zu. Ich kann in keinen Wald gehen, Jason. Weil ich nämlich sonst durchdrehe.«

»Was heißt das?«

Als sie zehn war, war sie mal mit der Familie zelten gewesen, bei einem der seltenen Familienausflüge. Während ihre Mutter und der Stiefvater ein Besäufnis abhielten, lockte ihr ältester Stiefbruder, der bekifft und träge war, sie mit einer Bestechung vom Seeufer weg, wo sie planschte, damit sie zum Zeltplatz lief und ihm sein Radio holte. Er bot ihr dafür vier Dollar, und dann versüßte er ihr die Sache mit einer erwachsenen Mutprobe: Da sie ja kein Baby mehr sei, werde er das letzte Bier aus seinem Geheimvorrat mit ihr teilen.

Es war glühend heiß, die Fliegen summten ihr lauter als sonst in den Ohren, und der Waldboden kippte und schwankte unter ihr. Leah blieb im Schatten neben dem Weg, als der erste Alkohol ihres Lebens durch ihre Adern zischte. Innerhalb einer halben Stunde verlief sie sich hoffnungslos. Sie fanden sie erst am nächsten Morgen und auch nur mithilfe einiger Parkranger.

Seit dem Tag konnte Leah kein Bier mehr vertragen und ging nicht weiter als drei Schritte in ein Gehölz.

Obwohl sie nur die Kurzversion der Geschichte erzählte, waren ihre Handflächen schweißnass. Jason sah sie erwartungsvoll an, ob sie einen stärkeren Grund nennen würde, aber sie hatte keinen. Angesichts seiner gigantischen Angst und seiner drohenden Verhaftung erschien ihre Phobie harmlos und oberflächlich. Nüchtern betrachtet war es wirklich keine gute Entschuldigung, um allein und mit einer Gehirnerschütterung hier draußen zu sitzen. Nicht, wenn Montgomery noch frei herumlief.

»Verdammt!« Sie schlug mit beiden Fäusten auf die Motorhaube und schrie: »Dann sagen Sie mir jetzt eins!«

In Erwartung einer Bombardierung hielt Jason die Luft an.

»Sagen Sie mir, dass ich mich nicht mit dem falschen Mörder

eingelassen habe!« Leah riss ihm die Taschenlampe aus der Hand und knallte die Tür mit einer Wucht zu, die für einen Rahmenbruch gereicht hätte.

Jason hatte das Gefühl, als faltete sich sein Kehlkopf zu einem Origamischwan und könnte nicht mehr als ein papierdünnes Schnattern hervorbringen, darum folgte er ihr stumm und ungelenk in den Turbulenzen ihrer Wut.

Leah leuchtete zwischen die Bäume. »Detective Watts! Hier ist Leah Tamblin! Wir wollen Ihnen helfen. Bitte, sagen Sie uns, wo Sie sind. Detective? Mr. Watts? Bitte! Können Sie mich hören!?«

Jason und Leah liefen in den Wald und dann knöcheltief durch altes Laub und knackende Zweige. Er blieb nah beim Licht und dicht hinter Leah, während er die letzte Gelegenheit für sein Geständnis verstreichen fühlte. Er würde es nie wieder jemandem erklären können. So oder so würde es bald keine Rolle mehr spielen.

Jason räusperte sich und begann leise mit seiner Geschichte.

Vom Haus bis zum Carport blieb Tessas Nase am Boden. Ein unsichtbarer Faden der Vergangenheit zog sie hierhin und dorthin und über die Stellen, wo Leute entlanggetrampelt waren und elementare Spuren ihrer Absichten hinterlassen hatten. Plötzlich hob sie den Kopf und sauste die Auffahrt hinunter. An der Straße bog sie nach rechts ab, wurde aber sogleich langsamer.

Sie drehte den Kopf nach Bayard. Mike war inzwischen angekommen und informiert worden, dass ein erster Gang durchs Haus wenige Hinweise auf das Geschehen ergeben hatte. Tessa lief zu Bayard zurück, berührte sein Handgelenk mit den Zähnen und sauste erneut zur Straße, wo sie mit hündischer Eleganz pfotenstrampelnd um die Kurve schlitterte.

Auch Mike sah, dass eine Absicht dahintersteckte. »Warum tut sie das?«

»Keine Ahnung. Fords Frau meint, es hätte mit ihm zu tun. Verrückt. Mike, es hat keinen Zweck, wenn wir untätig herumstehen.« Bayard blickte sehnsüchtig zum Haus zurück. Holz und Schindeln. Schränke und Zimmer und Indizien. Die Wahrnehmungen eines Hundes zu untersuchen war nicht sein Spezialgebiet. »Ich habe nichts weiter als einen Hund, der sich wie toll aufführt.« Er schnaubte. »Ich werde ein Stück mit ihr gehen. Vielleicht wird mir dabei klar, was sie will.«

Aber als Bayard neben ihr herlaufen wollte, machte Tessa kehrt und rannte zu seinem Wagen, als stünde ihr Schwanz in Flammen.

»Was denn nun, Tessa?«, brüllte er auf und bezwang sich sogleich. Er schaute entschuldigend zu den dunklen Häusern ringsum und wartete, ob irgendwo Licht anging, aber alles blieb dunkel. Das war noch mal gut gegangen. Und er hatte wenigstens ein bisschen Dampf abgelassen. Tessa stand beim Wagen und trieb ihn schwanzwedelnd mit kleinen Sprüngen zur Eile an.

Bayard ging noch mal zu Mike. »Mike, tun Sie mir einen Gefallen. Warten Sie auf die Spurensicherung und sorgen Sie dafür, dass alles leise abläuft, wenn die da sind. Bewachen Sie das Haus, bis ich zurück bin. Sie brauchen nichts weiter zu tun. Nur aufpassen. Rufen Sie mich über Funk, wenn irgendwas passiert.«

»Was könnte das sein?«

»Woher soll ich das wissen? Ich mache eine Fahrt mit dem verdammten Hund, aber ich brauche Sie hier, falls es ein Fehler ist.« Er biss sich auf die Lippe und guckte verstohlen, ob Tessa das gehört hatte. Allein wegen eines solchen Gedankens hatte er ein schlechtes Gewissen. Tessas Spürnase zu folgen war nicht verkehrt. Nur leider gab es diese Verständigungsbarriere, sodass ihre Partnerschaft nicht hundertprozentig funktionierte. Sie bemerkte jedoch Dinge, von denen er nicht mal etwas ahnte. Inzwischen glaubte er, dass sie helfen könnte, sofern er ihr auf die richtige Weise folgte. Er traute ihnen beiden zu, die Absichten des anderen zu verstehen, aber die Einzelheiten begreiflich zu machen dürfte schwierig werden, sodass alles Phänomenale ins Leere liefe. Und außerdem war Tim Bayard es beileibe nicht gewohnt, sich in Kaninchenlöcher zu wühlen.

Als er sich hinterm Steuer anschnallte, griff er hinüber, um ihr reumütig den Kopf zu tätscheln. Für einen Augenblick unterbrach Tessa ihre Wache an der Windschutzscheibe und leckte ihm die Hand, aber wirklich nur ganz kurz. Dann blickte sie in die Dunkelheit vor ihnen und war ganz Ohr, Auge und Nase. Sie ließen Gettys Haus hinter sich und fuhren langsam die Old Green Valley Road entlang, zwei verschiedene Wesen, aber verblüffend einmütig.

Boyd betastete sein T-Shirt, ob er eine Platzwunde oder, Gott bewahre, etwa ein Loch im Bauch hatte. Die ankommenden Scheinwerfer hatten es angestrahlt und die Bescherung in weihnachtlichem Weiß-Rot offenbart. Im Wald war er schneller außer Sichtweite gelangt, als es auf der Straße möglich gewesen wäre. Nur kannte er sich jenseits der Route 10 nicht aus. Sie war die Grenze seiner Kennerschaft. Darum lief er der Nase nach. Jedenfalls war er froh, dass er die beiden Verrückten los war. Die hätten ihn an der Straße niedergemäht, wenn er gezögert hätte. Die Erleichterung war kurzlebig. All das Ringen und Rennen hatten ihn in Wut und ins Schwitzen gebracht, und der Gestank seiner Klamotten hatte ständig Brechreiz ausgelöst, bei dem sich sein leerer Magen umstülpte. Am Waldrand hatte er sich dann das T-Shirt vom Leib gerissen.

Während er im Unterhemd durch die Bäume rannte, schlugen ihm Zweige ins Gesicht. Er sah fast nichts, schon gar nicht, was mit seinem Bauch war. Seine tastenden Finger wurden ständig weggerissen, weil er stolperte, und verfehlten die Wunde wahrscheinlich nur. Er fühlte sich nicht, als wäre er verletzt, aber das sorgte nicht für jene heitere Gemütsruhe, die es hätte auslösen können. Boyd hatte sich mal bei einem Wutanfall den eckigen Griff eines Schlüssels in die Handfläche gerammt, weil der im Schloss stecken geblieben war. Da hatte er auch stundenlang erst mal keine Schmerzen gehabt.

Je mehr er darüber nachdachte (sofern er noch etwas anderes denken konnte, als möglichst schnell möglichst weit wegzukommen), desto mehr war er überzeugt, dass das Blut von dem Bullen stammte. Dessen Gesicht hatte er nur im Mondschein gesehen, aber es war gleich klar gewesen, dass es ihm dreckig ging, auch wenn ihn das Stuhlbein doch nicht umgebracht hatte. Eigentlich war es nicht seine Schuld und auch nicht sein Problem.

Aber egal, wie und warum es passiert war, die Bullen waren ihm auf den Fersen, und Boyd zwang sich, leise zu gehen. Er war am Ende seiner Kräfte. Seit anderthalb Tagen war er nervös, müde, verwirrt, verängstigt, wütend und immer wieder für längere Zeit voller Arroganz, und diese vielen Gefühle machten ihn völlig fertig. Mit ein bisschen Zeit und Ruhe zum Nachdenken müsste er sich eigentlich wieder orientieren können, trotz Dunkelheit und obwohl er planlos durch den Wald gelaufen war. Sein Orientierungssinn war sehr gut. Aber er war ein lausiger Fährtensucher. Geräuschen konnte er nichts entnehmen. Wenn der Wind drehte, hieß das für ihn nur, dass eine andere Gesichtshälfte abkühlte, und die Spuren anderer Geschöpfe bekam er nicht ins Blickfeld, da er immer in Augenhöhe nach Orientierungspunkten Ausschau hielt. Er wollte nicht auf den Detective stoßen. Und er wollte auch nicht von ihm überrascht werden. Darum bewegte er sich verstohlen und so leise wie möglich.

Die abstoßende Geigenversion eines Popsongs überforderte Maggies Geduld. Der Pförtner des Krankenhauses ließ sie ewig in der Warteschleife und allein mit dem Dilemma, einerseits konzentriert bleiben zu müssen und andererseits zwanghaft auf die Melodie zu hören, um auf den Titel zu kommen. Mitten in dem Endloschor setzte ihre Aufmerksamkeit aus. Ihre abschweifenden Gedanken griffen sich das Geräusch von knirschendem Kies und quietschenden Bremsen heraus, ob aus ihrer Fantasie oder ihrem Gedächtnis, konnte sie nicht sagen. Der Eindruck war fern und klar und verband sich mit einem Bild von Bäumen, an denen jemand vorbeihastete. Die Vision prallte auf die verzweifelte Ungeduld, die auf die Nachricht aus der Unfallstation wartete, und lenkte den *Idiot savant* in ihrem Hinterkopf ab, der gerade fast auf diese dumme Melodie gekommen wäre.

Maggie nahm das Telefon so weit vom Ohr weg, dass sie den Wind in den Dachrinnen hören konnte, und horchte, ob nicht etwa Fords Pick-up gerade in die Garage fuhr. Sie dachte schaudernd, wie sehr die Böen das Frühlingslaub zausten und sie drängten, zu ihrer Vision von Bäumen zurückzukehren. Sie drückte den Hörer wieder ans Ohr, als die Orchestermelodie immer leiser wurde, und da hatte sie es: »I'm a Believer«. Und im selben Moment durchfuhr sie ein Schreck.

Maggie hatte gewartet, darum gefleht, Tims Nummer möge im Display aufleuchten, seit sie ihn mit dem Hund in die Nacht geschickt hatte. Sie hatte ihre Hoffnung auf diese Nummer reduziert, sich darauf konzentriert, alles andere auszuklammern. Doch das Bild mit den Bäumen war so stark und so …

Fast ließ sie das Gerät fallen. Sie drückte den Knopf, um das Freizeichen zu bekommen. »Ford!«

27

An der T-Kreuzung der Old Green Valley Road, wo es auf die Route 10 ging, hatte das ungleiche Cop-Hund-Gespann einen Durchhänger. Zwei Fahrspuren gingen nach rechts und ein Durchlass in dem erhöhten grasbewachsenen Mittelstreifen führte auf zwei Spuren in die Gegenrichtung – eine Wahl, bei der keine der Möglichkeiten logischer war als die andere.

»So, und was jetzt?«

Tessa gab nur ein kurzes Winseln von sich.

In der Stunde vor Morgengrauen war in Stillwater kaum jemand unterwegs, und so weit außerhalb hätten sie ebenso gut auf dem Mond sein können. Bayard parkte mitten auf der einsamen Fahrspur, schaltete den Motor ab und warf sich gegen die Rücklehne. Vorsichtshalber jedoch schaltete er die Warnblinkleuchte ein. Nachdem ihm beim Fingerkauen nichts einfiel, stieg er aus und horchte auf das Flüstern des Windes. Dann ließ er Tessa in die Nacht und beobachtete, wie sie den Asphalt und den Grasrand mit der Schnauze absuchte.

»Was stellst du fest, Tess?«

Sie beachtete ihn nicht.

Er ließ ihr eine Minute Zeit, um Witterung aufzunehmen, lehnte sich gegen die warme Motorhaube und ließ sich in seiner Müdigkeit vom Ticken des abkühlenden Metalls hypnotisieren. Als es dabei zum zweiten Mal surrte, dachte er, dass sich parkende Autos so nicht anhören. Aber Handys in schicken neuen Gürteletuis. Fast hätte er es wieder abgerissen, als er sich beeilte, das Gespräch anzunehmen, bevor sich seine Mailbox einschaltete.

»Hier Bayard.«

Maggie schrie ihm ins Ohr: »Tim! Es ist Ford!«

»Oh Gott sei Dank. Was hat er —«

»Er ist im Wald. Ich denke, im Wald am anderen Stadtende!« Ihre Stimme zitterte. Sie war gar nicht freudig erregt, wie er jetzt merkte, sondern verzweifelt und den Tränen nahe. »Ich weiß nicht, wie ich darauf komme, aber ich meine, wir hätten Reifenquietschen gehört, im Park, und vielleicht – da ist doch der Wald hinter der 10 – hatte es schon fast vergessen« – es gab immer wieder kurze Funkstörungen – »dieses Gefühl.«

»Warte mal, Maggie, das Letzte hab ich nicht verstanden.« Bayard joggte ans andere Ende des Wagens und schwenkte das Handy in der Hoffnung, ein paar Empfangsbalken mehr herauszuschütteln. »Was hast du gesagt?«

»Im Krankenhaus suchen die noch nach ihm, aber ich glaube nicht, dass er da ist.«

»Gut.«

»Was? Ich kann dich nicht hören. Tim!«

Er klopfte das Gerät gegen seinen Oberschenkel. »Maggie, ich bin an der Route 10. Stehe mitten drauf. Kannst du mich hören? Tessa hat mich hierher geführt.«

»Tim, du musst ihn finden! Es ist etwas passiert. Ich weiß es einfach.«

»Ich werde die Route 10 ein Stück weit fahren.«

»Ich komme hin.«

»Maggie, nein! Wenn er anrufen kann, wird er zu Hause anrufen. Du musst da sein, falls er es versucht. Bleib zu Hause. Ich suche mit Tessa weiter.«

Die Entscheidung stand noch aus – rechts oder links. »Was gefunden, Tessa?«, fragte er, als er sie in den Wagen winkte. Er lief zur Fahrerseite und stieg ein, drückte ungeduldig die Fensterknöpfe, als brächte das eine Beschleunigung, und ließ für Tessa die Nachtluft mit ihren unsichtbaren Hinweisen herein. Aber an der Kreuzung hatte sie nichts gewittert. Ihre Ohren zuckten, und sie schob die Nase in den Wind, aber der lenkende Einfluss war außer Reichweite. Sie hechelte mitfühlend, und das war alles.

Computer können nicht vorausdenken. Sie können schrecklich schnell rechnen, aber keine Lücke überspringen, wenn der nächste Schritt nicht durch Logik oder Syntaxregeln geboten ist. Und auch Tessa mit ihren scharfen Sinnen war nicht fähig, zu vermuten oder auf Erfahrungen, ungewohnte Einzelheiten und reine Fantasie zurückzugreifen, um weiterzukommen. Das kann nur der Mensch.

Wenn Ford verletzt war, könnte er versucht haben, zum Krankenhaus zu fahren, und das hieße, nach links. Wenn er stattdessen nach Hause gewollt hatte, hieße das, nach rechts. Links oder rechts? Rechts oder links? Bayard drehte den Kopf hin und her. Dann holte er tief Luft, machte einen Riesenschritt über alle Zweifel hinweg und fuhr nach rechts.

Er fuhr langsam und ließ Tessa den Kopf nach draußen strecken, ohne sagen zu können, ob das nützlich oder bloß angenehm für sie war. Er beugte sich über das Lenkrad, um eine Sekunde eher zu sehen, was es zu sehen gäbe. Ein paar Minuten kamen ihm vor wie eine Stunde. Hinter einer Biegung schließlich erfassten seine Scheinwerfer den roten Schimmer ausgeschalteter Rücklichter. Bayard hielt den Atem an, als der schmale Kegel beleuchteten Asphalts herumschwenkte und die Details der dunklen Formen am Straßenrand offenbarte: roter Lack, Ladeklappe, breites Fahrerhaus. Fords Pick-up. Und davor Leah Tamblins Wagen.

»Sieh mal einer an.«

Im dunklen Unterholz gab es nur den Weg des geringsten Widerstands. Dickichte sprangen ohne Warnung auf, und alles Fortkommen beugte sich dem Willen des Waldes. Die nächtlichen Eindringlinge gingen, wohin er sie führte, etwas anderes blieb ihnen nicht übrig. Was Leah aufrecht hielt, war ihre doppelte Angst, die vor dem Wald und die vor der Möglichkeit, die Ermordung eines Polizisten ausgelöst zu haben. Ihre Kopfschmerzen waren mörderisch. Sie schwenkte die Taschenlampe in einem beruhigenden Rhythmus mit ihren raschelnden Schritten: Licht nach links, rechter Fuß, Licht nach rechts, linker Fuß, oben links, unten rechts, oben rechts, linker Fuß … Sie gab sich große Mühe, genauso eifrig zu suchen, wie sie auf die Bewegungsfolge achtete, und zumindest schob es die Panik auf.

»Leah!«

»Was? Sehen Sie ihn?« Angst und Hoffnung drückten gegen ihre neurotische Luftblase.

»Sehen? Wen denn?«, fragte Jason. »Ich habe Sie ein paar Mal gerufen, und Sie antworten gar nicht.«

Ihr Grauen schlug in Wut um. »Wen Sie sehen sollen? Sind Sie verrückt? Suchen Sie überhaupt nach Detective Watts?« Ruckartig leuchtete sie Jason ins Gesicht, sodass er zurückfuhr.

Er beschirmte sich die Augen und spähte zwischen den Fingern durch. »Sie haben nichts dazu gesagt, was passiert ist.«

»Wieso? Was ist passiert?« Verwirrung schützte den letzten Rest Glauben, dass sie beide dieselbe Sprache sprachen.

»Was ich eben erzählt habe. Das mit mir und Harris. Haben Sie mir gar nicht zugehört?«

»Himmel noch mal, Jason!« Sie fuhr auf ihn zu, die Taschenlampe über den Kopf gehoben, und hätte ihn beinahe geschlagen. »Sind Sie noch ganz bei Trost? Hier liegt irgendwo ein Mann, der vielleicht jeden Moment verblutet, und zwar unseretwegen. Ich versuche, ihn zu retten.« Sie schoss ihm einen Blick zu, der ein paar Tausend Volt hatte. »Also, mit einem Wort: Nein! Ich habe

Ihnen nicht zugehört.« Sie fand nicht in den Marschrhythmus zurück, und durch ihre dünnen Sohlen spürte sie jede Unebenheit des Bodens.

Sie hörte ihn schneller laufen, um aufzuholen. »Aber es ist wichtig, dass Sie mir glauben.«

»Warum?«, schrie sie, ohne stehen zu bleiben oder ihn anzusehen. »Warum ist das so wichtig, Jason? Hier in diesem Moment, warum sollte Ihre Geschichte irgendeine Bedeutung haben?«

Plötzlich war er so still, dass sie sich umdrehte, um zu sehen, ob er in ein Loch gefallen war. Der Lichtkegel fand ihn: aufrecht, traurig und restlos verloren. Er ließ die Schultern hängen. »Weil es die Wahrheit ist.«

Sie schüttelte den Kopf. »Die Wahrheit? Hören Sie, wenn ich wegen dieser Nacht nicht ins Gefängnis komme, dann ist das Beste, was dabei herauskommt, dass ich von nun an damit leben muss, was Detective Watts zugestoßen ist. Für den Rest meines Lebens! *Das* ist die Wahrheit. Und das wissen Sie genau. Aber auf sich selbst aufpassen ist nicht gerade Ihr Ding, hm? Sie sind völlig verwahrlost.« Sie seufzte. »Aber ich versteh schon. Sie haben überhaupt kein Selbstvertrauen, nicht mal, wenn's um Ihr eigenes Interesse geht. Pfff. Sie sind hier bei mir, während sie schon längst über die Staatsgrenze sein könnten. Sie lassen sich von mir mitschleifen. Nicht, dass ich das nicht zu schätzen weiß. Aber alles in allem wäre ich jetzt lieber zu Hause im Bett.« Leah fasste sich an die verletzte Kopfseite und stöhnte. »Aber danke, wozu es auch nützt. Trotzdem wären Sie besser abgehauen. Wirklich. Sie sollten über Ihr Leben bestimmen. Stattdessen lassen Sie mich entscheiden. Und diesen Harris – sogar einen Kerl wie den. Ja. Hauptsache jemand anderen. Die anderen haben immer mehr recht als Sie. Das ist traurig. *Da* haben Sie die Wahrheit.«

Die Analyse hing peinlich zwischen ihnen.

»Ich dachte, Sie hätten nicht zugehört.«

»Das nicht, aber ich habe Sie verstanden. Das ist ein Unterschied.«

Ford Watts hätte den Schuss abgefeuert, wenn sie ein paar Augenblicke früher da gewesen wären. Er hielt die Pistole in der Hand, die er endlich aus dem Holster bekommen hatte. Seit seiner Rückkehr aus Vietnam trug er sie jeden Tag am Fußknöchel, aber für einen Mann mit einem Loch im Bauch war sie diesmal zu weit weg gewesen.
Er hatte beobachtet, wie das schwenkende Licht nach und nach auf ihn zukam, während seine Kraft in den Boden sickerte und es unter ihm wärmer war als in seinen Gliedern. Der Lichtstrahl kam den Weg, den er vorher gegangen war, wo er über Wurzeln gestolpert und an unsichtbaren Zweigen hängen geblieben war. Der lange weiße Lichtkegel lenkte seine Augen nach links und rechts wie das Pendel eines Hypnotiseurs, bis sich seine Lider schlossen. Er wehrte sich gegen den Frieden, der sich auf seine Schultern senkte und mit weichen, warmen Händen sein sehnsüchtiges Herz umfing. Er dachte an Maggie in ihrem korallenroten Sommerkleid, das sie vor Jahren trug, wenn es heiß war. Die Sonne ging hinter ihr unter, und sie reichte ihm den Schraubenzieher, mit dem er den Torriegel wieder festschrauben sollte. Sie lachte, und ihre Blicke trafen sich. Das war nichts Besonderes und bedeutete ihm doch alles. Seine Waffenhand sank zu Boden, der Finger glitt aus dem Abzug, und die Schmerzen erloschen wie eine Kerze.

Bei den flinken Schwenks ihrer Taschenlampe wäre der Lichtkreis nicht lange genug am selben Fleck geblieben, damit sie Beine von Ästen hätte unterscheiden können. Aber da Jason jetzt neben ihr ging, hatte ihre Phobie so weit nachgelassen, dass sie sich ein wenig konzentrieren konnte. Sie leuchtete den Waldboden langsam und in weitem Bogen ab.

Unwillkürlich zuckte ihre Hand mit der Taschenlampe, als ihr Verstand die Unstimmigkeit im Reisig erfasste. Am Ende der Jagd bekommt man, was man gesucht hat, und muss tun, was nötig ist, doch Leah erstarrte beim Anblick des Funds. Dann schob sie den zitternden Lichtkegel die langen Jeansbeine hinauf und leuchtete Watts ins Gesicht.

Jason gab einen bestätigenden Laut von sich und bemerkte, dass Leah erstarrt war. Er nahm ihr die Taschenlampe ab und griff nach ihrer Hand, um sie hinter sich zu schieben. Dann lief er hin und zog sie mit. Sie traten rechts und links das Reisig weg und knieten sich neben den Polizisten.

»Ist er am Leben?«, fragte Leah.

»Ich weiß nicht.« Jason nahm die Waffe aus Watts' schlaffen Fingern und schüttelte ihn sacht an der Schulter.

»Lebt er noch?«, quiekte Leah. Sie rutschte näher und fasste ihm zaghaft an die Brust. »Mr. Watts? Oh bitte, lieber Gott. Er darf nicht tot sein. Wenn er jetzt hier liegt nur meinetwegen, wenn er ...«

»Leah, er liegt hier wegen Boyd Montgomery. Nicht Sie haben Detective Watts verletzt. Sie haben auch Ihrem Verlobten nichts getan. Sie haben gar nichts von all dem getan.« Jason nahm ihre Hand und duckte sich unterhalb ihrer Sichtlinie, um ihren verzweifelten Blick auf sich zu lenken. Sie sahen einander an. »Tun Sie das nicht«, sagte Jason. »Geben Sie nicht sich die Schuld, sondern dem Täter, Boyd Montgomery.« Jason beugte sich über Watts und tastete am Hals ungeschickt nach dem Puls. »Oder auch mir, ich weiß. Aber Ihre Schuld ist das nicht.«

Leah dachte zurück und wünschte sich verzweifelt, sie hätte sich irgendwann im Lauf des Tages, der Woche, des ganzen Lebens nur ein Mal anders entschieden, damit es diese Situation jetzt nicht gäbe. Wahlloses Bedauern überflutete sie. »Ich hätte nicht hinfahren sollen. Ich hätte darauf verzichten sollen, es zu sehen. Das ist wie – heimliche Schadenfreude. Immer muss ich es genau wissen. Muss rumschnüffeln. Dabei ist es nichts wert! Nichts! Und ich wollte … Es war leichter, nachdem er tot war. Ich hätte nicht hinfahren sollen …« Sie wiegte sich zu ihrem Klagelied und steigerte sich in ein panisches Flehen.

Jason, neuerdings zu Geständnissen aufgelegt, hörte jedes Wort. Leah war für ihn ein normaler, guter, unbescholtener Mensch. Das hatte er gerade selbst gesagt. *Es war leichter, nachdem Reid tot war.* Plötzlich war das keine abartige Empfindung mehr, die nur er allein hatte. Wenn er das aus diesem Wald mitnehmen konnte, dann wäre das etwas.

Watts Lider flatterten.

Jason hockte sich auf die Fersen. »Er lebt.« Er leuchtete an dessen Hemd entlang und berührte den glänzenden dunklen Fleck. Er fühlte sich klebrig an. »Er blutet nicht mehr stark, aber er sieht schrecklich aus. Wir müssen ihn von hier wegschaffen.«

Er beugte sich über Watts' rollende Augen. »Mr. Watts? Keine Angst, Sie werden wieder gesund.« Jason nahm seine Hand, und Watts griff zu. Jason lächelte unter Tränen. »So ist es gut. Halten Sie sich fest. Es tut mir so leid. Halten Sie durch. Wir bringen Sie von hier weg.«

»Tut weh«, krächzte Watts.

Jason hatte die Flucht noch vor sich und wusste nicht im Geringsten, wie er das alles hinkriegen sollte. Er würde es eben versuchen müssen. Aber ein Augenblick der Absolution war für ihn gerade wie Wasser und Schlaf.

Für Leah war die Erleichterung jedoch zu viel. »O Gott, mein Kopf.« Sie beugte sich vornüber, dann richtete sie sich an einem Baumstamm auf und taumelte, die Hände auf die Knie gestützt, weg.

Jason ließ Watts' Arm los und rannte zu ihr.

Und um frischen Wind in die Sache zu bringen, vergaß er, die Pistole loszulassen.

Er legte ihr den Arm mit der Pistole um die Schultern und richtete sie auf, leuchtete ihr ins Gesicht und sah ihren schweißglänzenden Schockzustand. Sie sah schlimm aus – zu blass und abwesend. »Leah, halten Sie durch. Alles wird gut.«

Es raschelte im Unterholz. Dann schien ihm etwas ins Gesicht, und eine Pistole wurde durchgeladen.

»Werfen Sie die Waffe hin, Jason«, sagte Tim Bayard. »Und lassen Sie sie los.«

28

Bayard hatte hinter dem Pick-up angehalten und bei sämtlichen Notdiensten von Carter County angerufen. In der Fahrerkabine war niemand, zumindest nicht in aufrechtem Zustand. Ein paar Schritte weiter stand Leahs Wagen mit der Schnauze halb im Straßengraben. Bayard beugte sich hinüber, um die Taschenlampe aus seinem Handschuhfach zu nehmen. Tessa drängte sich dazwischen und kratzte an der Scheibe, winselte und tänzelte auf ihrem Sitz. Bayard griff an ihr vorbei und stieß die Tür auf, um sie hinauszulassen und damit sie ihm nicht mehr dazwischenfahren konnte. Sie nahm sofort Witterung auf und war ganz bei der Arbeit, als er die Fahrertür hinter sich schloss. Er sah ihr zu, wie sie auf dem Randstreifen hin und her schnüffelte.

Mit einem Blick auf die Ladefläche des Pick-ups stellte er fest, dass sie leer war. Ein dunkler Schmierstreifen zog sich außen über das Rückfenster, und in der Fahrerkabine hing ein schwacher Gestank, aber davon abgesehen war sie leer, wie er vermutet hatte. »Was zum Teufel …?«, seufzte er.

Bayard leuchtete die Wagen und den Straßenrand ab. Außer dass die Schlüssel des Pick-ups unter der Vorderachse lagen, kam ihm nichts interessant vor, im Gegensatz zu Tessa. Er legte die Hände um den Mund und rief: »Ford!«

Tessa zuckte zusammen und zog den Kopf ein, dann trottete sie geduckt an seine Seite, die Ohren flach angelegt. So blickte sie zu ihm hoch und wuffte leise, schlich voran, blickte zu ihm zurück und wuffte erneut. Bayard schüttelte verwundert den Kopf und war das Staunen fast leid. So groß und geschmeidig, wie sie war, hätte sie ihm glatt die Pfote über den Mund legen können, um ihm zu bedeuten, dass er still sein sollte. Mit vorgerecktem Kopf lief sie durch den Straßengraben und dann den Hang hinauf. Bayard musste laufen, um mitzuhalten.

Tessas Loyalität war stark, aber das Interesse an ihrer Umgebung war stärker. Gehorsam brachte sie an die Seite ihrer zweibeinigen Rudelmitglieder, aber es war ein ständiger innerer Kampf, dort zu bleiben. Sie fühlte sich von deren Wünschen nicht allzu sehr an die Leine gelegt und liebte sie dafür. Darum rang Tessa hin und wieder den Ungehorsam nieder, um ein »Braves Mädchen!« zu verdienen, selbst wenn sie etwas Interessantes hörte und roch, bei dem sich das Fell über dem Halsband sträubte und juckte.

Fords Schmerzen zu spüren hatte ihr fast das Herz gebrochen. Was in dem Haus passiert war, hatte seine Schmerzen in die Luft gestreut. Tessa hätte ewig geheult, wenn Tim sie gelassen hätte. Er zog sie weg und fragte: *Was?* Na, was wohl? Es waren Leute bei Ford gewesen: der Mann aus dem Haus, die Frau aus dem Park, der Mann von vorher, der mit den Hunden. Und dann witterte Tim etwas, das sie nicht riechen konnte, nachdem sie da draußen an der Straße die Spur verloren hatte. So fand er dann Fords Wagen. Sie verstand nie, was die Leute wussten und was nicht. Das war völlig unbegreiflich.

Jetzt roch sie wieder denselben Tod. Der hatte das Loch hinter dem Haus durchtränkt, wo die Erde den Saft aufgesogen hatte. Noch viel mehr davon war auf der Plane im Gras gewesen. Hier war nur ein bisschen davon. Das war der älteste Tod, den sie je gerochen hatte, ein so kräftiger Geruch, bei dem sich kaum noch sagen ließ, wer derjenige gewesen war, der jetzt von anderem Leben wimmelte.

Ford war ganz nah gewesen und auf den Beinen. Sie wusste, er war von seinem Wagen zu den Bäumen gelaufen. Er war verletzt. Sie würde ihn finden. Aber plötzlich wurde ein Wunsch in ihr geweckt. Sie wollte dringend noch etwas von diesem Todesgeruch mitnehmen. Es war nur ein kleiner Umweg dahin. Sie blickte zu der Lücke zwischen zwei Kiefern, zu der Tür im Wald, wo Ford durchgegangen war. Sie wollte zu ihm, aber dieser Wunsch stieß mit dem anderen zusammen, der von ihrer Nase diktiert wurde. Der einsame Wolf stachelte das brave Mädchen zum Pflichtversäumnis an.

In einer flachen Erdmulde mit Laub lag ein schmieriges, wunderbar riechendes T-Shirt, das Plätzchen in der Brusttasche hatte. Tim schnaufte hinter ihr her den Hang hinauf, und er jaulte, als er den Geruch abbekam, war aber so freundlich, es anzuleuchten, während sie die Nase hineinstieß.

»Tessa!« Er schaffte es immer besser, Schreie wie Flüstern klingen zu lassen. »Geh da weg!«

Doch er hätte nichts zu sagen brauchen. Sie hatte den Kopf schon gereckt, weil sie etwas gehört hatte. Stimmen. Das war im Moment noch besser als Plätzchen. Der Wind trug die Stimmen von Süden heran. Und schon war sie bereit, weiterzulaufen. Braves Mädchen.

Bayard nahm auf die Empfindsamkeiten des Hundes Rücksicht und blieb am Rand der Mulde, während er ihn flüsternd rief, selbst als er das zusammengeknüllte T-Shirt anleuchtete, das dort lag. Der zerknitterte Stoff war dunkel verkrustet, die Quelle des schon vertrauten Gestanks. »Tessa! Komm da weg!« Das war zu viel. Mitten im Wald ein T-Shirt mit Verwesungsgestank, nach all den Sonderbarkeiten dieser Nacht?

Klugerweise war er früh ins Bett gegangen, noch vor den Spätnachrichten, um ruhig schlafen zu können. Später hatte er gespürt, wie sich seine Frau selig seufzend an ihn kuschelte. Er hatte warm und friedlich geschlafen – was für ein fantastischer Gedanke!

Der Hund fuhr von dem verdorbenen Kleidungsstück hoch und rannte los.

»Was zum Teufel –?«, stöhnte Bayard. Aber er schwenkte den Lichtkegel nur zu gern von dem stinkenden Rätsel weg und beobachtete Tessa, wie sie durchs Laub tapste. Durch die Hindernisse im Unterholz folgte sie weiterhin geduckt und still einer Spur, die tiefer in den Wald führte. Als Erstes hörte Bayard eine Frauenstimme. Er verstand nicht, was sie sagte, aber den Ton. Die Frau war wütend und hatte Angst. Er nahm die Taschenlampe in die andere Hand und zog seine Dienstwaffe.

Je näher er den Stimmen kam, desto sicherer war er, dass da die Beteiligten dieses Abends versammelt waren. Es klang ganz nach Jason Getty und Leah Tamblin, die sich stritten, und zwar gar nicht weit weg.

Tessa kam an seine Seite. Er spürte ihre Vorsicht. Er schaltete das Licht aus und hakte den Zeigefinger um ihr Halsband, um sich führen zu lassen.

Zuerst tat sie es zögerlich. Als er sich an die Dunkelheit gewöhnt hatte und sicherer auftrat, wurde sie ein wenig schneller, und ihr Schwanz peitschte gegen seine Beine. Bei einem langsamen, geduckten Trab durch den Wald, in der sonderbarsten Nacht seines Lebens, wurde Tim Bayard bekehrt. Trotz der Spannung der Situation lächelte er staunend, und es entzündete sich eine ohnmächtige Zuneigung für seine Gefährtin.

Er spürte den Luftzug einer Lichtung an der Wange, und im selben Moment wurde Tessa vollkommen still. Vor ihnen tanzte ein Licht zwischen den Bäumen. Leise schlich er mit Tessa darauf zu und sah zwei dunkle Gestalten nach rechts flitzen. Ihr Lichtstrahl sauste umher, und er hörte die Stimme, die ganz sicher

Leahs war, gequält aufschreien. Das Licht schwenkte herum und zeigte Jason Getty, der ihr um die Schultern fasste, mit einer kurzläufigen Pistole in der Hand.

Tessa sprang von Bayards Seite weg. Er hielt die Hände über Kreuz, um seine Lampe und die Waffe auf das Paar zu richten. Mit dem linken Daumen drückte er den Schalter, während er den rechten Zeigefinger an den Abzug legte. Sein Licht wackelte, als er durchlud.

»Werfen Sie die Waffe hin, Jason. Und lassen Sie sie los.«

Verwirrt fuhr Getty vor dem grellen Licht zurück und starrte Bayard mit offenem Mund an. Nach einem raschen Schritt zur Seite blickte er auf die Pistole in seiner Hand. Er machte Stielaugen, als hätte jemand Abrakadabra gerufen.

»Aber ich hab sie nicht –«

»Er hat mich nicht –«

»Ford!«, schrie Bayard. Endlich hatte er die Unruhe an seinem Blickfeldrand begriffen. Tessa beschnüffelte Ford Watts, der schlaff an einem Baum lag. Sein Hemd war am Bauch blutdurchnässt. Bayard richtete seine volle Aufmerksamkeit auf Getty, der wie betäubt dastand.

»Verfluchte Scheiße, Getty!« Bayard zitterte vor Wut, hielt aber die Waffe fest auf sein Ziel gerichtet. In Sekundenschnelle rechnete er den stundenlangen Papierkram und den Stress der Prozessvorbereitung gegen den Nutzen einer Kugel auf und berücksichtigte die Zeit, die es dauerte, bis Verstärkung käme. Der Finger am Abzug wartete auf das Rechenergebnis.

Aber Tessa hatte, wie es schien, eine eigene Berechnung angestellt. Sie sprang Getty an, drückte ihm die Pfoten an die Brust und die Schnauze ins Gesicht. Bayard wartete auf den Aufschrei.

Doch Getty schrie nicht. Er wehrte sie nicht ab, sondern taumelte bloß einen Schritt zurück, um nicht das Gleichgewicht zu verlieren. Sie leckte ihm das Gesicht und wedelte heftig mit dem Schwanz.

»Tessa, zurück!« Bayard streckte die Arme durch, während Verunsicherung und Empörung in ihm aufeinanderprallten. »Getty, lassen Sie die Waffe fallen!« Getty tat es. Tessa malträtierte ihn weiter mit Küssen. »Tessa, Menschenskind, runter von ihm!«, rief Bayard. Diesmal gehorchte sie, so dachte er jedenfalls. Tessa drehte sich zu seinem Befehlston um und duckte sich. Ihre Blicke trafen sich, das weiße Licht der Taschenlampe spiegelte sich in ihren Augen. Sie rannte auf ihn zu und sprang im letzten Moment. Auch Bayard taumelte einen Schritt rückwärts. Er stemmte die Füße in den Boden, um das Gleichgewicht zu halten, doch ein Ruck in den Hüften brachte seine Knie zum Einknicken. Sein Finger zuckte am Abzug und löste einen Schuss aus.

Getty floh.

29

Ohne Auto, ohne Plan und mit viel vertaner Zeit war Boyd hoffnungslos weit von einer Flucht entfernt, aber nicht von dem Waldstück, durch das er am frühen Abend schon gelaufen war. Der Rückschlag war viel schlimmer als die verlorenen Stunden. Sie hatten ihn von der Straße aus gesehen und bestimmt sofort die Bullen gerufen. Die Jagd auf ihn würde bald losgehen, während er noch damit beschäftigt war, genau zu bestimmen, wo er eigentlich war. Wenn er sich seine Lage ehrlich eingestand, würde es vermutlich so laufen.

Beim ersten Mal, als er bei dem ganzen Laubgeraschel eine Stimme hörte, hielt er den Atem an, bis der sich anfühlte wie eine Kanonenkugel kurz vorm Abschuss. Er ortete die Stimme rechts, dann schien sie plötzlich vor ihm zu sein. Als er nur ein klein wenig den Kopf drehte, klang es, als wäre die Stimme weit hinter ihm und käme von unten, wie von einem Steilhang, obwohl es in diesem Wald gar keine Hügel gab. Es war wie in einem Gruselkabinett. Sein innerer Kompass funktionierte wohl nicht, aber er schob den Gedanken beiseite.

Boyd ging auf Zehenspitzen weiter. Nach einer Meile hörte er gleich mehrere Stimmen, anscheinend direkt vor ihm. Er horchte angestrengt, bis sie – mindestens zwei – sich entfernt hatten.

Jetzt wusste er gar nicht mehr, in welche Richtung er noch gehen konnte. Wo waren sie? Alle paar Schritte zweifelte er von

Neuem und wehrte sich gegen die Angst, vielleicht im Kreis zu laufen.

Er holte tief Luft und versuchte, aus seinem Innern den unnachgiebigen Willen hervorzuholen, der ihn immer voranbrachte, doch stattdessen stieß er auf ein hohles Gefühl und merkte, wie hungrig er war. Seine Hände waren zerkratzt vom ständigen Wegschlagen der Zweige. Im Nacken hatte etwas an ihm gesaugt und eine heiße, juckende Beule hinterlassen.

Boyd ging weiter. Ständig schaute er sich nach einem Gesäusel in den Bäumen um, um zu hören, ob es Geflüster war. Der Puls in seinen Augen wurde stärker und brachte die Umrisse der Bäume zum Verschwimmen, tauchte das ganze Blickfeld in dunkle, wummernde Unschärfe. Er schob die Füße über den Boden, in der plötzlichen Angst vor Wurzeln, die nach ihm schnappen und ihn umreißen könnten. Blind griff er nach einem Halt und bekam nur Luft zu fassen und noch mehr Luft. Der Horror vor dem freien Fall durchfuhr ihn. Seine Luftröhre schnürte sich auf den Durchmesser eines Strohhalms zusammen. Die Luft stockte und passte nicht hindurch. Etwas Vorbeihetzendes streifte ihn und entriss ihm ein erschrockenes Jaulen, worauf er sich in die Hocke fallen ließ, aus Angst, es hätte ihn jemand gehört. Dann stellte er fest, dass ihn seine Knie nicht mehr hochbringen wollten.

Er versuchte, aufzustehen, doch seine Oberschenkel zogen in die Gegenrichtung, machten ihn kleiner und kleiner, während ihm die Panik den Durchhaltewillen austrieb. Er wollte Bart. Die Sehnsucht nach seinem Bruder wallte auf und blieb als Kloß im Hals stecken. Er griff zu den Erinnerungen an Katielynn, schreckte aber vor dem Hass in ihren Augen zurück, der durch den wachsenden roten Fleck an ihrer Brust noch unterstrichen wurde.

Boyds Wille hatte ihn immer wieder über seine Gefühle hinwegkatapultiert, über alles oder jeden, der ihm im Weg war. Irgendwann hatte sein Wille alles hinter sich gelassen, sogar Boyd selbst, und ließ ihn nun im Wald allein, wo er nach Atem rang und mit einem Zittern kämpfte, in dem das Potenzial für einen hysterischen Anfall steckte. Ganz langsam kroch er rückwärts, bis er mit dem Hintern an einen Baumstamm stieß, wo er sich anlehnte, mit kaltem Schweiß bedeckt, in die Enge getrieben von geisterhaften Stimmen, die er nicht ausmachen konnte.

Tessa verstand grundlegende physikalische Vorgänge. Sie verstand sie von Natur aus und besser als die meisten Highschoolschüler im Kurs Naturwissenschaften. Ursache und Wirkung und das Wesen gegensätzlicher Kräfte waren ihr Spezialgebiet. Aber sie machte dabei weniger Unterschiede. Für sie war alles dasselbe. Druck war Druck, egal, ob eine Hand gegen die Tür drückte oder die Schwingungen von Furcht und Wut an den Leuten ringsherum abprallten wie ein Vollgummiball von den Tischbeinen zu Hause. In dieser Gruppe hier im Wald erzeugte der Druck klaffende Spalte, die so real waren wie jeder andere, in den sie schnuppernd die Schnauze schob.

Doch sie kümmerte sich nicht um den Druck. Ford war gefunden! Sie näherte sich vorsichtig tänzelnd und kauerte sich neben ihn. Er bot ihr nicht die offene Hand. Die meisten Leute strichen ihr zuerst übers Gesicht oder kraulten ihr die Ohren, was ziemlich angenehm war, aber Ford kraulte sie unterm Kinn, sodass sie genießerisch die Augen zusammenkniff und den Kopf in seine Handfläche sinken ließ. Wenn er ihr die offene Hand in Kinnhöhe hinhielt, war alles in Ordnung. Er tat das sogar im Schlaf, wenn sie bei einem nächtlichen Kontrollgang ins Zimmer tappte, um nach ihrem Rudel zu sehen.

Der Tumult auf der Lichtung lenkte sie von Ford ab. Die Leute bellten und fauchten und jaulten wie drei in die Enge getriebene Füchse. Tessa ging dazwischen. Der meiste Druck ging von Tim aus; wo er stand, zitterte die Luft. Seine Wut prallte auf den Mann aus dem Haus, und sie wusste nicht, warum. Er war in Ordnung, der Mann aus dem Haus; einer, den man mögen konnte, wenn er nicht gerade in sich zusammensank. Sie versuchte, Tim zu zeigen, dass alles in Ordnung war, dass der Mann nur mal ein »Braves Mädchen!« hören musste.

Dann ging sie zu Tim, doch ehe sie ihn überzeugen konnte, gab es einen lauten Knall.

Und der Mann aus dem Haus rannte weg. Direkt auf das Loch zu.

Tessas empfindliche Sinne reichten weit und sorgten für eine enorme Wahrnehmungsdichte, von der sie sich leiten ließ. Das schwache Licht wurde ringsherum von Dingen verschluckt, und es schimmerte, wo keine Dinge waren. Der Schall wurde gedämpft und übertönt und die Töne des Windes flüsterten ihr die Umrisse und Entfernungen der Dinge zu.

Der Wald war an manchen Stellen sehr dicht – so dicht, dass selbst Tessa mit ihrer Neugier von ihnen abließ – und an anderen hoch und licht und trocken, in den Senken wiederum mulchig, feucht und verlockend. Dabei säuselte, raschelte und knackte es in einem fort. Rechter Hand vor ihr klaffte ein Abgrund. Er war riesig. Geräusche fielen hinein, das Sternenlicht fiel hinein, und bald, wenn er nicht vorher über etwas stolperte, würde der Mann aus dem Haus auch hineinfallen.

Tessa jagte bellend hinter ihm her. Sie rannte an seiner rechten Seite, um ihn von der Kante wegzuscheuchen. Doch der Wald streckte seine Dickichtfinger bis dicht an den Abgrund aus, und deren Peitschenenden streiften den Mann. Tessa ließ sich ein wenig zurückfallen, um ihm keinen Anlass zu geben, einen Haken zu schlagen. Er sollte denken, er sei ein bisschen schneller als sie. Zwischen den Brombeeren und dem tiefen Loch, das er nicht spüren konnte, war nicht viel Raum, und es lag nur drei große Schritte halb rechts vor ihm. Der Mann aus dem Haus rannte unachtsam, kam dem Rand des Lochs immer näher, da er den stachligen Zweigen auswich, die sich immer weiter vorstreckten und manchmal seine linke Seite streiften. Doch Tessa wusste, sie konnte furchteinflößender sein als ein Brombeergestrüpp. Sie rannte schneller, knurrte und schnappte an seiner rechten Flanke. Mit einem Aufschrei steuerte er von ihr weg nach links. Gleich würde er in Sicherheit sein. Tessa zog neben ihn, um ihn weiter abzudrängen, und fletschte schreckenerregend die Zähne, während sie nur eine Handbreit neben dem Abgrund entlangsprang.

Doch so wendig sie war, als sie mit den Hinterläufen in loses Erdreich geriet, war auch sie überfordert. Die ersten verirrten Steine prasselten den Steilhang hinab. Tessa sprang dem festeren Grund entgegen, doch der Rand brach beim Abstoßen unter den Hinterpfoten weg. Jaulend krallte sie die Zehen in die lockere Erde, suchte mit den Läufen scharrend nach Halt und trat dabei mehr Erdreich los, als sie vorne an Boden wettmachte.

Tessa kannte Schwerkraft. Sie hatte in ihrem Leben zum Glück wenig Schmerzen erleiden müssen. Ford hatte immer gut auf sie aufgepasst. Doch jetzt wappnete sie sich für eine neue Erfahrung und fiel.

Boyd hatte schon seit zwanzig Jahren nicht mehr die Nerven verloren. Schüsse machten ihm nicht immer etwas aus, nur ab und zu brachten sie ohne Warnung die Erinnerung zurück, und dann sah er, wie seine Mutter in der Küche auf Knien lag und sich vor dem Lauf des Jagdgewehrs duckte oder wie der Hund vor dem Kolben den Kopf einzog oder wie Bart in blinder Hast vor der Wut und dem angelegten Gewehr ihres Vaters aus dem Hof flüchtete.

Sein Vater hatte nie abgedrückt, außer wenn er auf Wild schoss, aber die Drohung, es zu tun, kam ganz verlässlich drei oder vier Tage, bevor er wieder mal abhaute. Nach den lauten Streiten machte Boyd noch wochenlang nachts ins Bett. Er regte sich über seine Mutter, seinen Bruder und jeden verdammten Hund auf, der es nicht hinkriegte, Daddys Wut aus dem Weg zu gehen. Dabei war es doch ganz einfach, ihm nicht den letzten Nerv zu rauben. Und schließlich wurde man auch mehrmals gewarnt. Durch diese Erfahrung hatte Boyd keine Geduld mit Leuten, die sich nicht so benehmen konnten, dass Frieden herrschte. Er hatte aber nie mit einer Waffe gedroht und dann nicht geschossen. In der Hinsicht war er besser. Es war feige zu drohen, wenn man nicht bereit war, die Drohung wahrzumachen.

Als der Schuss losging, hockte er gerade an dem Baum, und die Kugel fetzte durch Blätter und streifte einen Stamm ganz in der Nähe. Der Schreck machte seinen letzten Rest Selbstbeherrschung zunichte.

Er sprang auf und setzte über den letzten Orientierungspunkt hinweg, den er gefunden hatte, einen umgestürzten Baumstamm, den er schon auf dem Hinweg durch den Wald einmal überquert hatte. Dass er ungefähr wusste, wo er war, hielt ihn einigermaßen aufrecht, aber als er den Wind von einer Lichtung spürte, gewann er an Schnelligkeit. Der Luftstrom und der eigene Atem rauschten an seinen Ohren vorbei, Gott sei Dank lauter als der Nachhall des Schusses.

Als der Hund ihn ansprang, hinten auf der Lichtung, hatte Jason geglaubt, er werde ihm das Gesicht zerfleischen, weil er irgendwie gerochen hatte, womit Jason bislang davongekommen war. Der Hundeatem war über seine Wangen geströmt, doch ehe er sich gegen den Schmerz wappnen konnte, strich ihm die nasse Zunge übers Kinn. Jason schwankte unter den Pfoten, die ihm der Hund aufgeregt hechelnd und schwanzwedelnd gegen die Brust stemmte.

Dass Bayard den Schuss auf ihn abgab, machte alle edelmütigen Betrachtungen über einen engen Umgang mit anderen

Spezies zunichte, und Jason floh. Er floh, wie er es sich gar nicht zugetraut hätte. Der Hund reagierte gemäß seinem Urinstinkt und jagte ihn. Jason war stolz, dass er ein bisschen schneller war. Aber kaum hatte er das gedacht, da war der Hund neben ihm und knurrte so laut, dass Jason es trotz seiner trampelnden Füße und seines hämmernden Pulsschlags hörte. Die Steinzeitangst vor dem jagenden Wolf verdrängte jeden vernünftigen Gedanken. Doch plötzlich jaulte der Hund und verschwand in der Tiefe.

In dem Moment erkannte Jason, wo er war. Jeder Atemstoß versengte ihm die Luftröhre und setzte seine Lungen in Brand. Keuchend hielt er an und stützte sich auf die Knie. Das Hemd klebte ihm nasskalt am Rücken. Das Blut brandete rauschend an seine Trommelfelle, und darum hörte er nicht, wie der Mann hinter ihm angerannt kam.

Aber auch Boyd sah kaum etwas, als er durch die Bäume auf die Lichtung brach, als wären alle Bären des Waldes hinter ihm her. Jason hatte Glück, dass er nicht in das Erdloch stürzte, denn Boyd rannte mit voller Wucht in Jason hinein, der vornübergebeugt mitten im Weg stand und zu Atem kommen wollte.

Die zwei Männer schrien überrascht auf und verstanden die Kollision beide als taktischen Angriff. Jason glaubte, Bayard sei gekommen, um ihn endgültig umzubringen, nachdem er danebengeschossen hatte. Boyd vermutete in ihm jeden, von dem er sich in den letzten drei Jahren verfolgt gefühlt hatte. Wer immer es war, er sollte jetzt stellvertretend für Phil sein Fett abkriegen, weil der nicht da gewesen war, um mit seinen Wagen und Pillen zur Verfügung zu stehen. Dass sie sich beide irrten, spielte keine Rolle. Das Prügeln und Raufen bekam sofort äußerste Dringlichkeit und befreite die Männer von den Regeln höflichen Umgangs. Boyd juckte es, die Zähne in lebendiges Fleisch zu schlagen, und Jasons Fäuste konnten gar nicht genug auf den Gegner eindreschen. Dass sie einander nicht sehen konnten, nahm ihnen noch die letzte Hemmung, die sie vielleicht noch zurückgehalten hätte. Sie rangen und klammerten und drehten sich für jeden kleinen Vorteil und prügelten, ohne zu wissen oder sich zu scheren, wo die Hiebe landeten.

Die monatelange Anspannung weckte in Jasons dünnen Armen ungeahnte Kraft, und die jahrelange Frustration versorgte Boyd mit enormem Rachedurst. Als die Ausdauer nachließ, taumelten die zwei Männer den Weg zurück, den sie gekommen waren. Doch dann trieb frische Entschlossenheit sie erneut auf unbekannten Boden. Das heißt, nur für einen der beiden war er unbekannt, denn Jason wusste, wo er war.

Das Licht des nächsten Tages sickerte schon seit einer Stunde in den Himmel. Die Bäume hielten die Dunkelheit zwischen ihren Stämmen fest, sodass die Dämmerung bislang nur am Rand des Erdlochs zu bemerken war.

Das Schiefergrau des Waldbodens konnte mit dem Tintenschwarz des finsteren Lochs nicht mehr konkurrieren, das neben ihren Füßen klaffte. Die Rauferei hatte sie bis zu dem trügerischen Boden an dessen Rand geführt. Plötzlich riss Boyd die Arme hoch. Die Kampfeswut verließ ihn schlagartig und machte enormem Schrecken Platz. Er hörte lose Erde wegprasseln und bildete sich ein, Sieblöcher zu fühlen, die ihn durch die Schuhsohlen kitzelten. Sein ungeheurer Wille drängte vom Abgrund weg, prallte aber gegen sein erstarrtes Rückgrat. Angespannt wie ein Turmspringer stand er auf den Zehenspitzen und blickte in die Tiefe.

Wo fester Boden hätte sein sollen, war keiner, unter allen zehn Zehen von Boyd und fünf von Jason. Jason stand mit dem hinteren Bein auf festem Grund und nur knapp jenseits des Drahtseils, auf dem Boyd balancierte. Der verlagerte sein Gewicht auf die Fersen, zog Zoll um Zoll die Ellbogen nach hinten, um dem unwiderstehlichen Sog der Tiefe zu entkommen, stieß jedoch mit dem Rücken gegen Jasons Brust, und Jason wich nicht zurück.

Der schob vielmehr das vordere Bein zwischen Boyds breitbeinigen Stand, damit der seine Balance nicht verbessern konnte, und fasste ihn am linken Arm und an der rechten Schulter. Eine harte Drehung, und der Detective, wie Jason glaubte, würde kopfüber in den Abgrund stürzen.

Wieder stand Jason am Scheideweg und schluckte gegen einen schmerzenden Kloß an. Das Vergehen der Zeit war Übelkeit erregend. Die Sekunden tickten über ihn hinweg, so langsam und klar, ganz anders als beim vorigen Mal, wo er das Leben eines Mannes in der Hand gehabt hatte. Bei Harris hatte es keine Wahl gegeben. Der Augenblick trat ein und war vorbei, wild und erschreckend.

Dies hier war schlimmer. Die neue Straße, die weitergebaut worden war und von der Hauptstraße abzweigte, lag nur ein paar Schritte weit entfernt. Er wusste, wo er war. Sie zog an ihm wie ein Magnet. Aber er wollte es nicht tun, nein. Andererseits war das die letzte Gelegenheit. Er könnte es schaffen und weg sein, bevor die restliche Polizei ankäme, falls er sich überwinden würde zu …

Schwer atmend drehten beide Männer den Kopf nach dem Gestampfe rennender Füße hinter ihnen. Jason bekam eine kitzelnde Haarsträhne ins Gesicht, die seine Augen zum Tränen brachte. Leah rief: »Detective, warten Sie!« Dann hörte er Bayards Stimme von weiter weg, als er erwartet hätte, und sie verlangte von ihm, zurückzutreten.

Verwirrung war jetzt das Letzte, was Jason brauchte. Plötzlich war der Mann, den er gepackt hielt, zu groß und zu dünn, als dass er der Polizist sein konnte, aber das war nicht so verwirrend wie der Drang, sich an der Nase zu kratzen und zu ergründen, wie es sein konnte, dass Tim Bayards Haare über Nacht schulterlang und blond geworden waren.

»Ziehen Sie ihn weg von mir«, schrie der Mann am Abgrund mit schriller Stimme.

Bayard leuchtete ihm ins Gesicht. »Boyd Montgomery? Was machen Sie –«

»Ziehen Sie ihn weg, und ich komme mit Ihnen. Egal, was Sie denken, ich habe Bart nichts getan. Hätte ihm niemals was tun können. Er war es selbst. Bitte! Ziehen Sie ihn weg. Sonst fallen wir beide«, jammerte Boyd.

»Was zum Teufel –?«, brüllte Bayard aus vollem Hals.

»Ich war nur wegen Phil da«, plapperte Boyd weiter.

»Getty, zurück da!«

»... Katielynn und der langhaarige, schwule Hurensohn ... in meinem *Bett*.« Ein Klumpen Erde löste sich, weil Boyd unwillkürlich mit dem Fuß aufstampfte, um dem Wort Nachdruck zu verleihen. Man hörte es prasseln. Boyd kreischte: »Ich wollte keinem was tun!«

Jason hatte aus den Augenwinkeln gesehen, wie Leah sich versteifte, als Katielynns Name fiel, und wie sie bei Reids Charakterisierung zusammenfuhr. Jason, der kurz vor dem Ende seines Fluchtversuchs stand, hörte die Erde immer schneller wegprasseln. Es war endgültig vorbei; er würde dieses Tal entweder kopfüber nach unten oder aufrecht in Handschellen verlassen.

Boyd rutschte und griff hinter sich nach einem Halt. Er fand nur Jason, der unter dem Kampf zwischen Impuls und Zurückweichen in die Knie ging. Waldboden regnete den Hang hinunter. »Nein!«, schrie Bayard und rannte, griff blind ins Gegenlicht, erwischte einen rudernden Arm und riss ihn zu sich. Ein Schrei stürzte die Steilwand hinunter und verstummte unter nassem Reißen und dem trockenen Knacken von totem Holz.

30

Die Dämmerung machte das Schwarz mit jeder Sekunde ein bisschen blauer. Tim Bayard atmete über den bösen Krampf in seiner Seite hinweg. Das Handy in der Gürteltasche hatte alles darangesetzt, sich unter seine Rippen zu schieben. Er wünschte, er hätte das blöde Ding nicht mitgenommen. Jason lag auf Bayards Schienbeinen und hing mit dem Bauch unterhalb der Abbruchkante. Das wurde umso besorgniserregender, je energischer er sich an Bayards Beinen hochhangeln wollte.

»Jason!« Leah rannte auf ihn zu, aber Bayard riss den Arm zur Seite, um sie aufzuhalten.

»Stopp! Kommen Sie nicht näher. Getty, halt! Halten Sie sich fest, aber hören Sie um Himmels willen auf, an mir zu ziehen.« Bayard und Jason lagen still. Ihre kurzen, zögernden Atemstöße fanden allmählich zu einem gemeinsamen Rhythmus. »Getty, kriechen Sie ganz vorsichtig auf dieser Seite hoch. Aber langsam. Merken Sie, wie der Boden weggleitet?«

Jason nickte und robbte auf den Ellbogen vorwärts, wobei er versuchte, möglichst wenig Erdreich wegzutreten. Aufs Äußerste angespannt bewegten sie sich Zoll um Zoll vom Abgrund weg. Als Bayard flach auf dem Rücken auf festem Boden lag, seufzte er ein letztes Mal »Was zum Teufel –?«

Er stand auf und ließ sich Leahs Taschenlampe geben. Seine eigene hatte er fallen lassen und versehentlich in den Abgrund getreten. Seine Waffe war auch irgendwo hingeschlagen worden, aber das erwähnte er lieber nicht. Er leuchtete über den Boden, um zu prüfen, wo man gefahrlos hintreten konnte, und suchte unauffällig nach der Pistole. »Sie beide bleiben, wo ich Sie sehen kann«, sagte er in dem Ton, als führte er voll bewaffnet einen Trupp an.

Auf einem fest aussehenden Stück Boden ging er bis an den Abgrund und spähte über den Rand. Zwei Stockwerke tiefer lag Boyd Montgomery reglos auf einem großen Wurzelstock, der aus der Steilwand ragte, gespickt mit rot glänzenden Spitzen.

Bayard rieb sich die Augen, als könnte er das Bild damit wegwischen. Aber es hatte sich bereits eingeprägt. »Großer Gott.«

»Er hat mich mit dem Spaten niedergeschlagen.«

Bayard drehte ruckartig den Kopf, ebenso Jason. »Wie bitte?«, fragte Bayard.

Leah klingelten noch die Ohren von dem Schuss, und ihrem schmerzenden Kopf hatte der auch nicht gutgetan. Sie starrte die beiden Männer an, sah, wie die sie ansahen, und wusste, was vor ihr lag: Schuld und Tränen und der Versuch, etwas zu erklären, was fast unmöglich zu begreifen war. Sie hatte ein Mal zu oft nach ihrer bescheuerten Wahrheit gegraben.

Sie wollte nur noch eines: sich aus dieser Nacht herausziehen und alles ungeschehen machen, was sie geändert hatte, ungefähr so, wie es ohne sie passiert wäre. Wenn es dazu nötig war, Jason seinem Schicksal zu überlassen, dann musste es eben sein. Sie war wütend bis unter die Haarwurzeln. Sie wünschte, sie könnte seinen Blick auf sich ziehen, damit er ihren Entschluss sah und kapierte, dass er nichts dagegen tun sollte. Aber sie konnte ihn gar nicht deutlich genug sehen, nur dass er der größere der beiden Männer war.

»Er hat mich mit dem Spaten niedergeschlagen«, wiederholte sie. »Ich bin zum Haus hingegangen – nur um zu sehen, wo Reid gestorben ist, mehr wollte ich nicht, ich schwöre. Und dann hab ich ihn überrascht, wie er da im Garten grub.« Sie holte zitternd Luft.

Bei ihrer Darstellung der Dinge empfand Jason sogar noch mehr bitteres Vergnügen, als er gedacht hatte. Genau wie er vermutet hatte, wandte sie sich bei der ersten Gelegenheit von seiner Erklärung ab. Er wusste, welchen Fehler er in dieser Nacht begangen hatte, und in anderen, und die Gründe, warum es passiert war, bedeuteten am Ende gar nicht so viel. Doch dass sie nicht gewartet hatte, bis er wenigstens außer Hörweite war, gab ihm einen Stich und überraschte ihn. Die letzte Chance auf einen Sprint zur Straße erhob ihre Stimme, und er spannte die Beine an, bereit, loszurennen, egal, ob es mit einer Kugel im Rücken endete. Doch die Enttäuschung wog schwer und bremste ihn.

Leah stapfte wütend durch den Nebel und zog Bayard und Jason mit ihrer Geschichte mit. »Zuerst dachte ich, er sei der Mann, der da wohnt. Ich wusste nicht, dass es Boyd Montgomery war, erst, als ich ihn von Nahem sah. Wie hätte ich das wissen sollen?« Sie zeigte vorwurfsvoll auf Bayard. »Sie hatten mir gesagt, er sei tot.« Sie ließ den Arm kraftlos fallen. »Er hatte gerade etwas Grauenhaftes ausgegraben – diesen Phil, schätze ich – und dann, als er merkte, dass ich ihn gesehen hatte, schlug er mir auf den Kopf. Aber dann kam Jason aus dem Haus gerannt, um mir zu helfen. Erst mal sind wir ihm entwischt, aber Montgomery jagte uns durchs ganze Haus. Er hat Detective Watts in den Bauch gestochen. O Gott, ich glaube Mr. Watts ist nur meinetwegen hingekommen.«

Leah schluchzte voll ehrlicher Reue. Jasons Drang zu fliehen stockte. Er hätte alles gern noch mal abgespielt und für sich übersetzt.

»Allmächtiger! Ford!« Bayard trieb sie hastig zurück zu der Stelle auf der Lichtung, die sie alle fast vergessen hätten, und rannte dabei so schnell, wie das bei dem Dämmerlicht im Unterholz möglich war.

Als Jason neben Leah herlief, sahen sie einander an, und sie schwor ihn mit einem harten Blick auf ihre Linie ein. Sie skizzierte ihm ihre Version des Geschehens, indem sie sie Bayards Rücken erzählte, und befahl Jason stumm drohend, den Mund zu halten. Was sie erzählte, entsprach einigermaßen den Tatsachen: dass Jason ihr geholfen habe, zum Auto zu gelangen, dass sie Detective Watts hatten helfen wollen, nachdem der Pick-up die Straße entlanggeheizt war, und dass sie nicht gewusst hatten, worauf es Montgomery eigentlich abgesehen hatte. Überhaupt nicht. Beide Männer hörten zu, aber nur Jason verstand.

Vom Boden war Frühnebel aufgestiegen, bei dem sich noch schlechter etwas wiederfinden ließ als bei Dunkelheit. Große im Unterholz liegende Polizisten zum Beispiel. Die Taschenlampe war im Dunkeln nützlicher gewesen, denn jetzt zeigte der Lichtstrahl nur blendenden Dunst. Unabhängig von ihrem gewagten Spiel bei dem Erdloch lag Leah die Sorge um Ford Watts kribbelnd im Magen. Sie hatten ihn viel zu lange allein gelassen.

Zu dritt nebeneinander suchten sie sich den Weg zurück. Leah hörte hinter sich etwas schleifen, ganz eindeutig, und drehte sich um. Sie stellte sich das Geräusch noch einmal vor und dachte sich dazu den großen Polizisten, wie er an einem Baum lehnte, die langen Beine vor sich ausgestreckt, und wie er ein Knie anwinkelte und den Fuß durch das trockne Laub zog. Das Bild passte genau zu dem Geräusch. Sie packte Bayards Arm mit der Taschenlampe und schwenkte ihn zu der Stelle, wo es raschelte.

Als Erstes entdeckte sie das Fußgelenk, das dunkler war als das tote Holz, über das der Lichtkreis kroch, und außerdem in einer Socke steckte. Sie rannten zu Watts hin.

Bayard kniete sich hin, mit den Gedanken bei seinen Pflichten, und probierte, ob er Handyempfang hatte, während er Ford immer wieder prüfend anblickte. Jason sah sich suchend um, ob ihm nicht etwas Hilfreiches einfiel.

Nur Leah nahm den verletzten Mann in die Arme, aber sie konnte nur schluchzend flüstern: »Mr. Watts?«

Sie räusperte sich und atmete einmal tief durch. »Mr. Watts? Sind Sie – sind Sie okay?«, flüsterte sie. Ihr war völlig bewusst, wie lächerlich die Frage war, aber sie kam auf keine andere Formulierung. Sie legte den Kopf an seine Brust, horchte auf Atmung und Herzschlag, hatte aber Angst, das Ohr zu stark dagegenzudrücken. Weil sie zitterte, hörte und fühlte sie gar nichts. Er gab keinen Laut von sich, der Leahs Zähneklappern hätte übertönen können. »Bitte, er soll okay sein, lieber Gott, lass ihn okay sein ...«

Etwas Warmes klopfte ihr auf den Rücken, das den Rhythmus ihres Zitterns durchbrach. Watts tröstete sie, strich ihr mit schwacher Hand über die Schulter.

Die Erleichterung zog sie hinab, und ihr ganzer Plan rutschte weg. Sie versuchte, Jasons Blick zu erhaschen, als sie sich in den Ohnmachtsschleier sinken ließ, der sie rasch umfing. Jason kniete sich zu ihr, und sie flüsterte: *Sagen Sie nichts Falsches. Lassen Sie den Scheißkerl die Schuld übernehmen.*

Ein klagendes Geheul drang an ihr Ohr, aber es kam nicht von ihr. Ihr war nicht mehr bange. Sie war nur unglaublich müde. Mr. Watts lag vollkommen still neben ihr. Das Heulen klang mal höher, mal tiefer und wurde lauter und störender. Sie wollte, dass es aufhörte. Dann durchfuhr sie ein aufgeregtes *Nein!* und riss sie aus ihrer Benommenheit: Das waren Sirenen.

Unwillkürlich schlug sie Watts auf die Brust. »Sie sind da! Mr. Watts, sie sind gekommen!« Tapfer rannte sie durch die Bäume und auf die Helligkeit zu, mitten durch das Wummern in ihrem Kopf, dem Klang entgegen.

Die Beschäftigung mit der jungen Frau aus dem Park war für Maggie zu einem schwarzen Loch geworden, das Mann und Hund angezogen und verschluckt hatte. Ford war verletzt, und Maggie konnte nur warten. Tim hatte seit einer Ewigkeit nicht angerufen. Sie schritt auf und ab. Sie zog sich die Schuhe an und legte Handtasche und Schlüssel auf den Tisch neben der Tür, um startbereit zu sein. Dann trug sie beides zum Auto, damit es noch schneller ginge. Sie lief noch einmal zurück und steckte den Schlüssel in die Zündung. Als sie wieder im Haus war, fiel ihr ein, sie könnte zehn Sekunden sparen, wenn das Garagentor schon offen stünde, und mit diesem Gang brachte sie noch mal eine halbe Minute herum. Schließlich stand sie wieder in der Küche und wusste nichts mit sich anzufangen.

»Margaret, du machst dich verrückt«, sagte sie laut.

Sie setzte sich aufs Sofa auf die Hände, bis sie ein Stecknadelkribbeln in den Handflächen bekam. Erneut wählte sie Fords Nummer, um seine Stimme zu hören, um ihm nahe zu sein, so als könnte sie diese Absicht in Wellen zu ihm senden. Es gab ihren Fingern etwas zu tun. Sie hatte das Verlangen nach einer Zigarette, was ihr seit zwanzig Jahren nicht mehr passiert war.

Das vorige Mal war beim letzten Schwangerschaftstest gewesen, nachdem der verhasste zweite rosa Streifen nicht erschienen war. Damals kosteten die Tests für zu Hause noch ein Vermögen. Im Lauf von ein paar Jahren gaben sie und Ford Hunderte Dollar dafür aus, die sie eigentlich nicht hatten. Manchmal kauften sie sogar zwei, nur für den Fall, dass beim vorigen Test etwas schiefgelaufen war. Jenem letzten Teströhrchen drohten sie halb im Scherz: Diesmal kommt der rosa Streifen, sonst ... Danach wusch sie sich die Hände und zog die Handtücher auf der Stange gerade, zwang sich, ruhig weiterzuatmen. Sie wollte das Unglück nicht heraufbeschwören, indem sie zu früh linste, und wartete volle zwei Minuten. Dann gab sie eine Minute dazu, weil sie eine Digitaluhr hatte und man nie so genau wissen konnte, wie viel von der ersten Minute schon um gewesen war.

Es stellte sich heraus, dass sich ein Stück Plastik und chemisch präpariertes Saugmaterial durch eine Drohung nicht beeinflussen lassen. Maggie weinte dieses Mal nicht, aber sie gierte geradezu danach, den Rauch einer Zigarette zu schmecken und zu fühlen, wie das Nikotin durch die Adern schwirrte und sie schwindlig machte. Dem Baby zuliebe hatte sie aufgehört. Und später ehrte sie diesen Entschluss zum Andenken an das ausgebliebene Kind, indem sie das Rauchen nicht wieder anfing.

Danach entschieden sie und Ford, nicht nach dem Grund für die Kinderlosigkeit zu forschen. Was sie nicht ändern konnten, das ließen sie mit einem Achselzucken hinter sich; das war ihre Art. Sie hielten es für richtig, die Dinge mit Würde zu akzeptieren und weiterzumachen. Das hatten sie anderen auch oft geraten – es dabei bewenden lassen, sich nicht über etwas aufregen, was man nicht in der Hand hat.

Jetzt fragte sie sich, ob es richtig gewesen war, ergeben zu seufzen, nur weil der Feind unsichtbar und unüberwindlich erschienen war. Sie wurde den Gedanken nicht los, dass der Teufel jetzt den Einsatz erhöht hatte, um sich das Seine zu holen, nachdem sie ihm den Kampf so oft verweigert hatten.

Sie wählte wieder Fords Nummer, aber ehe die Verbindung zustande kam, kam ein Anruf. Noch vor dem zweiten Klingeln nahm sie ab.

Am Krankenhaus sprang Maggie aus ihrem Wagen und stand an den Hecktüren des Rettungsfahrzeugs, bevor die Sanitäter ihren Patienten ausgeladen hatten. Sie wäre zu ihm hineingestiegen, wenn nicht jemand sie festgehalten hätte. Die Füße unter der Decke waren einfach zu groß, als dass sie einem anderen gehören konnten.

»Ford!«

»Ma'am, bitte, treten Sie zurück.«

»Nein! Ford! O mein Gott.«

Sie hechtete neben die Rollbahre. Falls die Sanitäter versuchten, sie davon abzubringen, nahm sie es nicht wahr. Sie fingerte an der Decke, um seine Hand darunter hervorzuangeln, bevor ihn das Team die Rampe hinauf in die Unfallstation fahren konnte.

»Ford«, rief sie. »Tu das nicht. Geh nicht da rein, ohne mich einmal anzusehen.«

Eine Regung in dem bleichen Gesicht vertiefte die Lachfältchen, und seine Lider öffneten sich um einen schmalen Spalt, der ein bisschen Blau sehen ließ.

»Sag etwas«, verlangte Maggie und streichelte ihn.

Ford krächzte etwas.

Maggie beugte sich näher zu ihm, gerade als eine Krankenschwester sie behutsam wegziehen wollte. »Was?«

Ford schluckte und flüsterte: »Ich schwöre, Miss Margaret, das ist nicht von den Chips.«

Die Sanitäter schoben ihn im Laufschritt durch die Doppeltür und in den Schockraum. Maggie ließ sich von der Krankenschwester wegführen. Sie rief sich seine Worte ins Gedächtnis und war sich eigentlich sicher, dass das kein Unsinn aufgrund eines Hirnschadens gewesen war, denn eines hatte sie im Licht der hässlichen Natriumdampflampen genau gesehen: Ford hatte ihr zugezwinkert.

Das Licht im Warteraum war ungeheuer grell, und Maggie dachte, dass nur ein Vampir auf die Idee kommen konnte, für eine Unfallstation blutrote Polster auszusuchen. Sie wollte sich gut zureden, fand aber ausnahmsweise mal keine Worte, weder laut noch im Stillen. Wie immer versuchte sie, dem, was passieren könnte, einen Sinn abzugewinnen, was ihr jedoch nicht gelang.

Durch die Fenster in der Sicherheitstür sah sie die Ärzte, Schwestern und ab und zu einen Patienten vorbeigleiten. Dann entdeckte sie Tim zwischen zwei weißen Kitteln. Er ging gerade auf das Schwesternzimmer zu.

Die Tür wurde laut knackend entriegelt, und die pneumatischen Angeln zogen die beiden Flügel zischend auf. Ein junger Mann im OP-Kittel kam hastig heraus, der konzentriert auf sein Klemmbrett blickte. Maggie nutzte die Gelegenheit und huschte durch die zurückschwingenden Türflügel in die Station. Als sie an einer Vorhangkabine vorbeiging, schaute darin ein Mann auf. Ein feines Kribbeln strich über ihre Kopfhaut bis zum Nacken. Noch nie hatte sie so müde Augen gesehen.

Sie hörte den jungen Mann nicht in ihrem Kopf, wie sie ihre eigene Stimme hörte, und sein Blick war auch nicht so beredt wie der von Schwester Patricia Ignatius. Was für einen Gedanken Maggie gerade aufgefangen hatte, begriff sie erst, als sie vor Tim stand.

»Hat er dir gesagt, was mit Tessa passiert ist?«, fragte sie.

Sie überraschte ihn gerade, als sein Blick geistesabwesend in weite Ferne schweifen wollte. »Wie? Wer? Was mit Tessa passiert ist? Was meinst du?«

Maggie machte einmal stumm den Mund auf und zu. »Ich dachte nur – ich weiß auch nicht.« Ein nervöses Lachen rutschte ihr heraus. »Ich will dich gar nicht aufhalten, Tim, aber wo ist Tessa?«

Er seufzte. »Sie ist in den Wald gerannt. Aber ihr wird schon nichts passiert sein. Ich schicke jemanden hin, um sie zu suchen, okay?«

»Hast du ihn gefragt?« Maggie zeigte diskret auf den Mann in der Vorhangkabine, doch der beobachtete sie längst. Hastig nahm sie die Hand herunter und tat, als hätte sie etwas in der Manteltasche suchen wollen, in der allenfalls Fusseln waren.

»Du kennst Getty?«, fragte Bayard.

»Eigentlich nicht.« Verstohlen sah sie hinüber. »Aber er ist mit euch hergekommen, nicht? Er sieht zumindest so aus, als hätte er die Nacht im Wald verbracht.«

Bayard sah sie kopfschüttelnd an. Ungläubiges Staunen huschte über sein lächelndes Gesicht. »Tja, Tessa ist hinter ihm hergerannt und nicht wiedergekommen.« Sie schauten beide offen zu Jason hinüber, der plötzlich seine Handrücken wahnsinnig interessant fand. »Siehst du? Darum vertraut Ford auf deinen Riecher«, sagte Bayard. »Ich bin gleich wieder da.«

Maggie beobachtete die beiden. Tim verdeckte den jungen Mann, von dem nur der gebeugte Rücken zu sehen war. Dann sah sie dessen Hände kraftlose Gesten machen, als Tim sich erregt durch die Haare fuhr. Kurz darauf wandte Tim sich mit zusammengekniffenem Mund ab und klopfte ihr im Vorbeigehen beruhigend auf den Arm.

Er rief die Feuerwehrleute heran, die etwas abseits standen und auf Anweisung warteten. »Können Sie Kletterzeug besorgen und mit mir kommen?«

31

»Es gibt ein paar Dinge, die mir nicht so ganz einleuchten.« Bayard trank von dem Eiswasser, das Leah ihm eingegossen hatte.

»Kann ich mir denken«, sagte sie.

»Unser Gerichtsmediziner ist nicht ganz sicher, was das Alter der dritten Leiche betrifft. Sie wurde geradezu zermalmt, und der Kunststoff der Folie verfälscht allerhand, sodass sich unter anderem das Alter nicht richtig bestimmen lässt. Sie kann demnach auch sehr gut erst nach Montgomerys Auszug dort vergraben worden sein.«

»Ich frage mich auch, was dahinterstecken könnte.« Sie trank von ihrem Glas und seufzte. Es war so einfach gewesen, nur sich selbst etwas vorzumachen. Ihre Gedanken waren kühl und glatt über die Lügen hinweggeglitten. So war es immer gewesen. Aber es fiel ihr schwer, ständig diese Halbwahrheiten auszusprechen; es war so mühsam, als hätte sie den Mund voller Würfel. »Das ist so absonderlich.«

»Der ganze Fall ist absonderlich«, pflichtete er sanft bei.

»Aber wenigstens weiß ich jetzt, was mit Reid passiert ist.« Sie wollte dazu nicken, aber es kam nicht zum natürlichen Zeitpunkt, darum brach sie es ab. »Mehr wollte ich nicht. Also kam wenigstens etwas Gutes bei diesem ganzen Fiasko heraus.« Leah schnaubte leise. »Ich musste mal wieder unbedingt Bescheid wissen, hm? Darum bin ich hingefahren, obwohl Detective Watts es nicht wollte. Das sollte mir eine Lehre sein, oder?«

Leah sah zu, wie Bayard seine Papierserviette zu einem präzisen Dreieck faltete, und dass sie das tat, schien er genau zu wissen. Sie war sich nicht ganz sicher, ob sie die Botschaft, die er damit sandte, verstand. Sie wusste bereits, dass er penibel war und einen messerscharfen Verstand hatte. Und der Gedanke veranlasste sie, sich auf ein Lächeln zurückzuziehen.

»Hmhm. Jep«, sagte er. »Mr. Watts kann uns nur sagen, dass er ins Haus gerannt ist, weil Sie drinnen geschrien haben wie am Spieß, und dann versuchte Boyd Montgomery, ihn aufzuspießen. Als Nächstes erinnert er sich, dass Montgomery ihn von der Ladefläche seines Pick-ups schleudern wollte, indem er fuhr wie ein Verrückter.«

»So habe ich das auch in Erinnerung. Viel Geschrei und Raserei.« Diesmal lächelte sie ihn kurz an, dann auf die Tischplatte.

Es war der erste richtig heiße Tag. Der stille, graue Morgen hatte aufgeklart, war aber genauso drückend. Sie hörte eine Biene in den Azaleen hinter dem Geländer der Veranda und staunte über das taktische Schweigen, das Bayard in einer Unterhaltung einsetzte. Das war seine Geheimwaffe.

Ihre war, dass sie mit allem abgeschlossen hatte.

Schließlich räusperte sich Bayard und kehrte zu den Fragen zurück, derentwegen er gekommen war. »Warum haben Sie nicht während der Verfolgungsfahrt Hilfe gerufen?«

Die Antwort war einfach und wahr. Na ja, beinahe wahr. Leah lächelte. »Das hätte ich getan, aber bei meinem Handy war seit Tagen der Akku leer. Es war eine eigenartige Woche gewesen, wenn Sie sich erinnern. Ich hatte den letzten Saft am Nachmittag verbraucht, als ich mehrmals versuchte, Sie zu erreichen.«

»Und Mr. Getty?«

»Er hat sein Handy glatt vergessen. Unfassbar. Ich hätte ihn erwürgen können.« Das brauchte sie nicht vorzutäuschen, und die kleine Pause zwischen den Sätzen, mit denen sie immer knapp an der Wahrheit vorbeischrammte, war eine Erholung. »Er war ein totales Nervenbündel.« Sie dachte an Jason, wie er niedergeschlagen und zerknirscht mit ihr an der Motorhaube stand und sie anflehte. »Aber er hat mich nicht allein gelassen. Obwohl er solche Angst hatte. Er hat mir in der Nacht dreimal das Leben gerettet.« Dass er sie auch einmal fast umgebracht hätte, ließ sie aus.

Bayard wirkte nicht sonderlich beeindruckt, und seine Fragen kamen jetzt schneller. Er wollte sehen, wie gut sie jonglieren konnte. Doch sie fing die Bälle gar nicht erst auf.

»Wie ist Montgomery zum Haus gekommen?«

»Ich weiß es nicht.«

»Was hatte er mit der Leiche vor?«

»Ich weiß es nicht.«

»Warum hat er sich die Mühe gemacht, die Laternen wegzuräumen?«

»Ich weiß es nicht. Wir haben ihn nicht dabei gesehen.«

»Wie wollte er überhaupt wegkommen, nachdem er Phil in Mr. Gettys Garten ausgegraben hatte?«

»Ich weiß es nicht.«

Der schnelle Rhythmus, den er entwickelt hatte, brach ab, und zwar absichtlich, sodass Leah sich gespannt vorneigte und ihr die eingespielte Antwort schon ganz offensichtlich auf der Zunge lag.

Bayard zog spöttisch überrascht eine Braue hoch.

Mit einem kleinen bewundernden Lächeln in den Augen wartete sie ab, übte sich in Geduld, bis er fortfuhr.

Bayard stützte die Ellbogen auf die Knie. »Warum sollte Boyd Montgomery diesen Mord in seinem Abschiedsbrief auslassen?«

Leah ahmte seine Haltung nach und sah ihm in die Augen. »Ich weiß es nicht.«

Drei Sekunden lang sah er sie durchdringend an. »Mehr fällt Mr. Getty auch nicht ein.«

»Na ja, es war ja bloß die Rückseite einer Telefonrechnung, oder? Darauf ist nicht viel Platz.«

Bayard lachte und nickte, dann hörte er achselzuckend auf. Er lehnte sich in seinen Stuhl zurück und trank einen Schluck.

Leah fand, dass er für einen hartnäckigen Ermittler, der auf einem Haufen ungeklärter Fragen saß, ganz entspannt aussah. Und das war das Einzige, was sie ihn gern gefragt hätte. Warum wurde er bei all diesen Zweifeln nicht wütend? Wie konnte er das aushalten?

»Wissen Sie, es war eine furchtbare Nacht«, sagte sie. »Nichts war normal. Und nach allem, was ich von Mr. Getty gesehen habe« – sie stieß ein kurzes Lachen aus, das man für traurig oder sarkastisch halten konnte – »fällt es mir nicht schwer zu glauben, dass er überhaupt keinen Durchblick hatte.«

Das klang grausam, und deshalb war es nützlich, aber es tat ihr weh, so über ihn zu reden, auch wenn er davon nichts erfahren würde. Sie hatte ein Geschenk erhalten, anonym, aber es kam eindeutig von dem einzigen Menschen, der wusste, dass sie jetzt eine Nacht im Wald durchstehen konnte. Vorne auf der Karte war ein Tiger, der das Maul aufriss, und innen eine Eintrittskarte für eine Nachtexkursion durch den Dschungelbereich eines großen Zoos – *Snore n' Roar Overnights* hieß die Veranstaltung. Sie hatte Tränen gelacht, aber damit Mr. Anonymus anonym bleiben konnte, hatte sie sich nicht bedankt.

»Stört es Sie nicht, dass Sie die Wahrheit nicht kennen?«, fragte Bayard.

Das war fast wie Telepathie, dass er ihre eigene unausgesprochene Frage an sie stellte. Allerdings konnte sie ehrlich darauf antworten.

»Nein. Eigentlich nicht.«

»Ach, tatsächlich?«

Leah lachte. »Mir ist eines klar geworden: Egal, was ich zu wissen glaube, es ist immer nur die halbe Wahrheit, Detective. Bei jeder Geschichte bleibt reichlich Spielraum für Irrtümer. Selbst wenn man glaubt, beide Seiten zu kennen.« Sie schnalzte gegen ihren gequälten Gaumen. »Erst recht, wenn man beide Seiten kennt.« Sie sah von ihm weg und über das Geländer in den Garten. »Ich glaube, mit der Wahrheit bin ich durch.«

Die Befragung war im Grunde vorbei. Bayard sagte, dass sie noch weiter ermitteln würden, aber wenn er mehr in der Hand gehabt hätte, hätte er sie stärker in die Mangel genommen. Da er das nicht tat, schenkte sie ihm ein echtes Lächeln zum Zeichen des Waffenstillstands, und dann sprachen sie noch über Formalitäten und tauschten Höflichkeiten aus.

Für den Fall, dass er auf dem Weg zur Straße noch mal zurückblickte, tat sie, als starrte sie verträumt in die Ferne, wo sie für ihn unerreichbar war.

Die Rechnung des Tierarztes war bemerkenswert gewesen. In Watts' Gegenwart durfte sie niemand als haarsträubend bezeichnen. Wenn die Behandlung eines Kindes mehrere Tausend Dollar kostete, verzog man schließlich auch keine Miene, und es kam nicht jeden Tag vor, dass ein Kind einem Elternteil das Leben rettete. Tessa wurde wieder ganz gesund, behielt nur einen leicht steifen Gang zurück, und jeder, der sie kannte, sprach von einem Wunder. Tessa wurde häufig mit Superlativen belegt. Ihrer Meinung nach war sie nichts weiter als ein Hund.

Bayard hatte sie von dem Feuerwehrmann entgegengenommen, der sich abgeseilt und sie heraufgeholt hatte. Sie war auf halber Höhe des Abgrunds auf einem Sims aufgeschlagen und hatte sich zwei Beine gebrochen und diverse andere Verletzungen zugezogen. Bayard trug sie anschließend im Beisein mehrerer Kollegen aus dem Wald, mit tränenüberströmtem Gesicht und ohne sich dessen zu schämen. Wochenlang besuchte er regelmäßig die Watts, um Neuigkeiten und Papierkram zu bringen, obwohl es keiner Vorwände bedurft hätte. Während Tessa und Ford gesund wurden, kehrte das Leben in Stillwater zur Normalität zurück, und Bayard nahm seinen Alltag wieder auf. Und seine alten Gewohnheiten.

An einem Dienstag im Dezember sprach Watts ihm auf die Handymailbox und auf den Anrufbeantworter, und auf der separaten Anruferanzeige, die er außer Sicht auf die Küchentheke verbannt hatte, blinkte eine Nummer, die er zurückrufen sollte. Ford lud ihn ein, mal kurz vorbeizukommen, wenn er Zeit hatte.

»Ich muss dir was zeigen.« Ford führte ihn in ein neues Zimmer, das an die Küche angebaut worden war. Ein Babygitter klemmte in der Tür, und dahinter spielte Tessa mit einem Deutschen Schäferhund, der fast noch ein Welpe war. In einer Ecke auf einer Plüschmatte döste ein weiterer mit der Schnauze auf den Pfoten.

Seit seinem Ausscheiden aus dem Arbeitsleben hatte Watts sich dafür eingesetzt, dass in Mid-County eine Hundeführerstaffel aufgestellt wurde. Er meldete sich freiwillig als Verbindungsmann für das Programm und beherbergte einige der Hunde während ihrer Ausbildung.

»Erinnerst du dich noch an Giles Myers drüben in West?«, fragte Ford.

»Jep. Er ist ein Arschloch.«

»Nee, der ist okay. Er hat mir die beiden Ausgemusterten geschickt. Ihr wird im Auto schlecht.« Ford zeigte auf die junge Hündin in der Ecke, und sie blickte zu ihnen herüber. »Und er da, ich könnte schwören, er ist mit Absicht durch die Prüfung gefallen. Er ist der Klügste, den du dir vorstellen kannst, aber er will einfach nicht arbeiten, nur spielen.«

Tim nickte und streichelte Tessa die Ohren, dabei summte er

ihr Freundlichkeiten zu. Sie hatte ihren Spielkameraden weggeschoben, sowie Bayard hereingekommen war.

»Also, welchen?« Ford saugte an den Zähnen und lächelte seinen begriffsstutzigen Freund von der Seite an.

»Was welchen?«

»Welcher ist deiner? Welcher soll mit dir nach Hause gehen?«

Tessa wählte an seiner Stelle. Das Männchen hatte eine breite rotbraune Fellzeichnung als Brauen, durch die er äußerst pfiffig aussah. Es rollte sich auf Tessa zu, die zufrieden am Babygitter saß und sich den Kopf kraulen ließ. Es schlang die Pfoten um ihre Schnauze und drückte ihren Kopf nach rechts und links. Tessa zog die Schnauze weg und sah Tim mit hängender Zunge und breitem Hundelächeln an. Sie und das junge Männchen legten die Köpfe aneinander und blickten zu den beiden Männern hoch, die sie betrachteten, Tessa wissend, der Kleine mit großen unbedarften Augen.

»Bist du sicher, Ford?«, fragte Bayard. »Du könntest eine Stange Geld für die zwei bekommen.«

»An dem Tag, wo ich einen Hund verkaufe, kannst du mich einliefern. Wir behalten den anderen.«

Bayard lachte. »Also gut, dann nehme ich den hier. Christine wird mich umbringen.«

Ford öffnete den Riegel des Gitters, und alle drei Hunde sprangen in die Küche. »Er ist streitlustig. Aber du siehst, wie er Tessa liebt. Das ist so, seit wir ihn als Welpen bekommen haben. Er liebt ihre Ohren und ihren Schwanz und ihre Pfoten. Ständig zupft er an ihr herum, darum haben wir ihn Tug genannt.«

»Tug.« Bayard ging in die Hocke, um ihn versuchsweise an der Flanke zu streicheln. Sofort sprang der Hund auf und legte ihm die Pfoten auf die Schultern. So sahen sie sich an. »Hallo, Tug.«

32

Der diskret beauftragte Privatdetektiv brauchte über vier Monate, um herauszufinden, dass es keinen Gary Harris gegeben hatte. Das Nummernschild des Motorrads führte schließlich auf eine Spur. In den Wochen nach Harris' Tod hatte Jason die Maschine auseinandergenommen und Stück für Stück weggeworfen, was eine befriedigende und mitunter anstrengende Aufgabe gewesen war. Bei jedem Stück Karosserie, das er von dem Stahlskelett abschraubte, durchlebte er einen primitiven Triumph, und bei jeder Mutter, die dem Druck seines Schraubenschlüssels nachgab, die Erleichterung eines Siegers. Doch er wischte sich ebenso oft Tränen aus den Augen wie Wagenschmiere von den Händen.

Die letzten Teile verwahrte er, halb als Trophäe, halb als Grabstein, in einem Karton in dem ungenutzten Zimmer. Er hatte nie die Zeit gefunden, sie noch loszuwerden. So sagte er sich jedenfalls. Er fühlte sich immer unbewusst abgelenkt, solange sie noch da waren.

Das Motorrad war ein seltenes Modell gewesen, auch wenn es in Jasons Augen nicht so ausgesehen hatte. Der Privatdetektiv kam durch die Zulassungsnummer auf einen Sammler in Kanada, der die Maschine seltsamerweise nicht als gestohlen gemeldet hatte. Er klapperte diverse Leute ab, die mal *von einem gehört* oder die Maschine *mal irgendwo gesehen* hatten, und fand heraus, dass der letzte Besitzer ein junger Mann namens Harris Trumble gewesen war, der in seinem Heimatort in zehn Jahren nur ein oder zwei Mal gesehen worden war. Harris war der Sohn von Jolene und Gary Trumble und hatte eine dicke Akte bei der Polizei, in der es um Vandalismus, geringfügige bis mittelschwere Diebstähle und um eine Schlägerei nach der Schule ging, bei der ein Junge ins Koma gefallen war und mit einem blinden Auge und einer bleibenden Gedächtnisstörung wieder aufwachte.

Harris sollte darauf seine letzten Jahre bis zur Volljährigkeit auf einer staatlich geführten Farm zubringen, wo Ställe ausmisten und Heuballen pressen Wunder wirken sollten, sodass aus schwer erziehbaren Jugendlichen aufrechte junge Männer würden. Die Berichte aus jener Zeit flossen schließlich in eine empörte Zusammenfassung ein, die ganz hinten in einer Geheimakte landete. Jasons Privatschnüffler erzählte dem gelangweilten Büroangestellten von einer interessanten, aber von vorn bis hinten erlogenen Intrige und wurde zum Dank für diese Ablenkung für ein paar Minuten mit der Akte allein gelassen.

Harris Trumble saß seine Zeit auf der Farm nicht ab. Als er sechzehn war, überredete sein Vater Gary die Anstaltsleitung zu einem krassen Verstoß gegen die Bestimmungen. Man erlaubte ihm, den Jungen nur für ein paar Stunden auf eine Motorradfahrt mitzunehmen. Schließlich war Vatertag.

Ein paar Jahre später an einem Wintertag in Minneapolis starb Gary Trumble als grün und blau geschlagener Niemand in der Gosse. Er wurde anhand seiner Fingerabdrücke identifiziert. Keiner der benachrichtigten Verwandten hielt es für nötig, sich um seine sterblichen Überreste zu kümmern.

Der Privatdetektiv lieferte Jason die Fakten, und somit war klar, woher der Name Gary Harris gekommen war. Die Komplikationen in der Beziehung zwischen Vater und Sohn mochten ein Hinweis darauf sein, warum Harris so wütend geworden war, nachdem Jason ihn wieder mit dem vermeintlichen Nachnamen angesprochen hatte, aber mehr auch nicht. Die genauen Gründe waren der Geschichte nicht zu entnehmen. Vielleicht war Harris dadurch an seinen Vater erinnert worden, oder er war tatsächlich, wie behauptet, über die Zurückweisung beleidigt gewesen.

Die neueste und höchst interessante Frage war jedoch, warum dieser Harris noch immer Einfluss auf Jason Getty hatte, nachdem er schon so lange unter dem Rasen hervorgeholt und ins Labor geschafft worden war. Warum erwartete Jason noch immer, ihn zu sehen, wenn er in den Spiegel schaute? Und warum wurde Harris mit jedem Tag präsenter, zu einem lärmenden Geist in Jasons Erinnerung? Das hing, wie Jason sehr wohl wusste, mit dem letzten Rat einer Freundin zusammen, die er eigentlich gar nicht richtig kannte.

Zuletzt hatte er mit Leah am Seitenausgang der Polizeiwache gesprochen und seitdem nicht mehr. Sie waren zur selben Zeit aus dem Krankenhaus entlassen worden und hatten bei der Polizei auf dem Flur nur einen beschwörenden Blick gewechselt, als sie in getrennte Befragungsräume geführt wurden.

Als Jason hinterher die Wache verließ, um den Weg nach Hause anzutreten, wartete Leah am Rinnstein auf jemanden, der sie abholen wollte, und kaute an einem angerissenen Fingernagel. Da sie beide ohne Handschellen in der schmerzenden Vormittagssonne auf dem Bürgersteig standen, hatten sie die erste Hürde genommen; das war ihr genauso klar wie ihm.

»Geht's Ihnen gut?«, fragte er.

Sie nickte brummend, dann lachte sie in das anschließende Schweigen. »Na, was sagen Sie zu der ganzen Geschichte?«

Sie sahen die Ampel zwei Mal auf Grün springen.

»Das kann nur auf eine Art gutgehen«, sagte sie. »Die Antwort auf jede einzelne Frage muss immer dieselbe sein: Wir wissen es nicht. Egal, was die fragen. Egal, was die behaupten, was einer von uns angeblich gesagt hat. Wir sagen: Weiß ich nicht – und mehr nicht. Jedes Mal.«

»Okay.«

»Jason, davon hängt alles ab. Sie müssen es mir versprechen. Sie müssen stark sein. Wenn wir es jetzt vermasseln, war alles umsonst. Für das, was Sie getan haben, gibt es keine Verjährungsfrist, und ich bin ziemlich sicher, dass ich für Beihilfe und Anstiftung angeklagt würde.«

»Ich verstehe nicht, warum Sie das getan haben.«

»Weil mir nichts anderes übrig blieb. Sie können mir danken, aber ich habe das für mich so gewollt. Ich habe es getan, um die Sache zu beenden. Wir sind quitt.« Sie sah ihm direkt in die Augen, um das zu unterstreichen.

»Aber Ihr Kopf, ich hätte Sie fast —«

»Ich komm drüber weg.«

Ein Streifenwagen schaltete kurz die Sirene ein. Jason und Leah erschraken einmütig. Dann sahen sie ihn vom Polizeiparkplatz auf die Straße einbiegen.

»Wir müssen uns klug verhalten«, sagte sie. »Wir dürfen nicht über die Sache reden. Wir dürfen überhaupt nicht miteinander reden. Wir dürfen einander auch nicht sehen. Sehr lange nicht. Vielleicht überhaupt nicht.«

»Ja, ich verstehe«, sagte Jason zu seinen Schuhen und wurde rot.

»Das bezweifle ich«, widersprach sie leise lächelnd. »Können Sie mir bitte wenigstens glauben, dass ich Ihnen nichts nachtrage?«

Jasons Anker riss sich los. Sein Leben entfernte sich mit einem kurzen Schreck und einer noch kürzeren Erregung, die zugleich schön und traurig war.

»Ich wünschte, ich könnte das alles rückgängig machen«, sagte er. »Das ist die Wahrheit.«

»Die Wahrheit.« Leah schauderte. »Damit kenne ich mich nicht aus. Ich weiß nicht, was wahr ist und was nicht wahr ist. Überhaupt nicht. Aber vielleicht gibt es stattdessen einen Punktestand. Sie haben mir das Leben gerettet. Vermutlich mehr als einmal. Ich Ihres wohl auch. Was die grundlegenden Dinge angeht, haben wir einen Gleichstand erreicht. Könnte das für einen Neustart reichen?«

Ein grauer Minivan fuhr an den Straßenrand, und Leah winkte der Frau hinterm Steuer.

Sie drehte sich zu Jason, und die Sonne brach durch den Morgendunst und beschien den dunklen Bluterguss, der die eine Gesichtshälfte älter wirken ließ. Jason sah Leah, wie sie jetzt aussah und wie sie in zehn Jahren aussähe.

»Seien Sie vorsichtig«, sagte sie und stellte sich auf die Zehenspitzen, um ihm einen schnellen, ruppigen Kuss aufs Stoppelkinn zu geben. Bevor ihm der so richtig bewusst geworden war, sauste sie zu dem Van und rief noch: »Oder besser: Seien Sie der, der Sie sein wollen. Nicht, dass den Unterschied einer bemerken würde.«

Wenn ein Mann seine Wünsche entdeckt, verändert ihn das. Neid, insbesondere auf Harris' Lässigkeit, war die Brechstange gewesen, die Jasons verborgenen Antrieb freilegte. Er hatte gesehen, wie sein Herz funktionierte, und hatte einen Schatz an glänzenden, raffinierten Ersatzteilen gefunden, die bis dahin herumgelegen hatten. Nach allem, was passiert war, hätte er doch jetzt anders aussehen müssen. Er war immer enttäuscht, wenn er in den Spiegel blickte und nur Jason sah. Und nur ihn.

Jason verlor seine Abneigung gegen den Garten hinterm Haus. Er betrachtete ihn sogar stundenlang. Was dort nicht mehr lag, zog seinen Blick immer wieder an. Nachdem er Bayard gegenüber immer wieder behauptet hatte, nichts zu wissen, so oft, dass es hängen blieb, begann ihn die Wahrheit daran zu stören, nämlich dass er nicht wusste, ob es wirklich vorbei war. Irgendwann mussten der Polizei ja mal die Vermissten mit dem Vornamen Phil ausgehen, mit denen sie die Proben von der Schmiere im Gras abgleichen konnten.

Der Drang, sich abzusetzen, blieb. Er fühlte sich in der Gegend sowieso nicht mehr wohl. Häufig wachte er nachts verschwitzt und atemlos auf und hatte Verwesungsgeruch in der Nase. Jeder Gang durch den Flur vor seinem Zimmer war ein Drahtseilakt entlang der Sockelleiste, um nicht auf die längst verschwundenen Luminolspuren im Teppich zu treten. Jedes Mal, wenn er vergaß, hierhin anstatt dorthin zu treten, brachte es die Angst von damals in ihm hervor, als Bayard durchs Haus gestreift war, um sich auf Jasons kleinsten Fehler zu stürzen. Manchmal, wenn es draußen stürmte und regnete und ein bestimmtes Licht durch die Frontfenster hereinfiel, bekam er eine Gänsehaut nach der anderen. Und sobald draußen auf der Straße ein Auto abbremste, sah er Bayard vor sich, der mit einem neuen Golfhemd und *dem* unanfechtbaren Beweis zurückkam.

Jason hätte gern Leah angerufen, um mit ihr alles bis ins Einzelne auseinanderzunehmen – wie er es mit dem Motorrad gemacht hatte –, um sich zu bestätigen, was er wusste, und um nicht damit allein zu sein. Aber das durfte er nicht.

Das Grab in seinem Garten, in dem jetzt nur Erde und kein Harris war, verfolgte ihn genauso sehr wie damals, als es noch sein Geheimnis gewesen war. Wenigstens musste er sich um dieses Geheimnis jetzt nicht mehr kümmern. Nur um das Gras, das darüber wuchs.

Jason schnaufte über dem Griff des Rasenmähers. Der Schweiß lief ihm in den Bund der Shorts, und eine Mücke summte an seinem Ohr. Zweimal hatte er sie weggeschlagen, und schon summte sie noch eine Oktave höher an seiner rechten Wange. Er riss sich die Kappe vom Kopf und schlug damit rings um seinen Kopf durch die Luft. Als er das Biest los war und sich wegen seines Gewedels albern vorkam, lächelte er in die Sonne und bemerkte, dass er schon längere Zeit im Hinterkopf einen Plan gehabt hatte. Den holte er jetzt hervor.

Er wollte einen Sonnenbrand. Er wollte sogar viele Sonnenbrände. Scheiß auf den Krebs. Er wollte eine neue Haut, eine dicke, ledrige mit Falten, die bewiesen, dass er lachte und die Stirn runzelte und dass er kein unbeschriebenes Blatt war oder eine weiße Leinwand, auf die jeder projizieren konnte, was er wollte. Er würde in den Süden gehen. Aber ganz gemächlich, nicht mitten in der Nacht mit fliegender Hast.

Den Mann, den Harris' magischer Spiegel hervorgezaubert hatte, gab es nicht in Wirklichkeit. Aber wem sollte das auffallen?

Der Zauber dieser Lüge wurde zum lästigen Gedanken, dann zu einem unguten Gefühl, dann zu einem Teil seiner selbst.

Es gibt keinen Frieden für einen, der unter falschem Namen lebt. Jason Getty war es inzwischen gewohnt, erst mal zu stocken, wenn er etwas unterschreiben musste, und ihm klopfte das Herz bis zum Hals, wenn der Kugelschreiber automatisch ein J statt des R zog, das er sich als Initiale zugelegt hatte, als er Stillwater hinter sich ließ. Er hatte es gelernt, ruhig zu blicken und eine Ausrede parat zu haben, wenn er auf den Namen, der nicht seiner war, verspätet reagierte. Die neue Vorgeschichte war wie ein schlecht sitzender Mantel, und er hatte nie andere getragen. Darum veränderte er seine Körperhaltung, damit es aussah, als ob die Geschichte passte.

An Freitagabenden sang er Karaoke und benutzte ab und an ein bisschen Eau de Cologne. Seinen Hund nahm er überall hin mit. Sein Lächeln war ansteckend, und er war dafür bekannt, mit jeder Kellnerin zu flirten. Er zwang sich, immer ein bisschen zu schnell zu fahren, und er spielte Karten. Unerklärlicherweise gewann er dabei oft. Der Mann, der ihm im Spiegel an der Bar entgegenblickte, kannte den Mann nicht, der ihn zu Hause aus dem Badezimmerspiegel anstarrte.

Dass er inzwischen Sorgenfalten hatte, lag jedoch nicht daran. Auch nicht an seinem schwindenden Barvermögen oder daran, dass er bis spät in die Nacht mit dem Spanisch-Wörterbuch paukte, bis er Kopfschmerzen bekam und die Vokabeln sowohl auf dem Papier als auch auf der Zunge undeutlich wurden. Nein. Es lag an der ständigen Beschäftigung mit der Frage, ob die Geschichte oben in Stillwater standhielt.

War sein Verschwinden mehr als flüchtig zur Kenntnis genommen worden? Er hatte jede Einzelheit bedacht, sich keine Blöße gegeben und dann, während er als Täuschungsmanöver auf verschlungenen Wegen Richtung Westen fuhr, seine Gewohnheiten abgestreift und seinen Namen geändert. Jason besaß keine Möglichkeit, sich zu überzeugen, dass seine Maßnahmen etwas fruchteten. Ihm war klar, dass jeder etwaige Internetzugriff zurückverfolgt werden konnte. In den Zeitungen wurde er vielleicht als skrupelloser flüchtiger Verbrecher bezeichnet, oder der Lokalteil brachte neue Einzelheiten zur rührenden Geschichte des Überlebenden.

Doch das würde er nie erfahren. Er würde immer hoffen müssen, dass es keine Zeitungsstory gab. Zu wissen, dass – noch – nichts passiert war, bot ihm nicht den Hauch einer Beruhigung. Ein einziger Telefonanruf konnte sein Schicksal besiegeln oder ihm ewige Erleichterung verschaffen, doch dieser Anruf bliebe auf lange Sicht undurchführbar, wenn vielleicht auch nicht für die Ewigkeit, von der sie gesprochen hatte.

Daher hatte er, was von seinem alten Leben noch übrig war, aus der Wirklichkeit in seine Träume verbannt. Er hatte keine Wahl gehabt – er war kein Ungeheuer. In seinen Augen war er nicht einmal ein Lügner, aber Tatsachen sind Tatsachen.

Sogar, wenn keiner sie kennt.

DANKSAGUNG

Für ihre große Hilfe bei Fragen zur polizeilichen Arbeit möchte ich Special Agent Mike Breedlove und Captain Terry L. Patterson danken. Jegliche Abweichungen vom realen Leben im Roman waren entweder bewusst genommene Freiheiten oder geschahen, weil ich vergessen habe, diese beiden fantastischen Gesetzeshüter genauer zu befragen.

Mein Mann und meine Töchter schenkten mir die größte Unterstützung und Geborgenheit, die ich mir wünschen könnte.

Meine Agentin Amy Moore-Benson und meine Lektorin Karen Kostolnyik (sowie das gesamte Team von Gallery Books) sind auf jeder Ebene einfach nur großartig. Der Prozess der Romanentstehung war, als würde ein Traum wahr werden.

Für die vorliegende deutsche Version muss ich Friederike Achilles und das wunderbare Team bei Bastei Lübbe würdigen. Meinen herzlichsten Dank für alles, was Ihr getan habt.

Weiterhin habe ich eine wundervolle Crew von Freunden, Familienmitgliedern und Testlesern, die mich immer auf Kurs gehalten haben: William Haskins, Tana French, Alex Adams, Chris Hyde, Sharon Maas, Rob McCreery, Nichola Feeney, Kim Michele Richardson, Butch Wilson, Trish Stewart, Jeanne Miller-Mason, Carmen Mason, Natalie Sherwood, Katie Delgado, Jessica Coffey, Kelly Coffey Colvin, Lisa Fitchett, Kristi McCullough, Mary Rollins und Patience Siegler.

Und danke Dir, lieber Leser, wer immer und wo immer Du auch bist. Ich hoffe, wir treffen uns bald auf irgendeiner Seite wieder.